3.0

Della stessa autrice:

La figlia del mercante di fiori
Le lettere d'amore di Esther Durrant

Titolo originale: *The Silk House*

Traduzione dalla lingua inglese di Anna Vivaldi
Prima edizione: gennaio 2021

ISBN 978-88-227-4925-3

www.newtoncompton.com

Realizzazione a cura di The Bookmakers Studio editoriale, Roma
Stampato nel gennaio 2021 presso Puntoweb s.r.l., Ariccia (Roma)

Kayte Nunn

La casa della seta

Newton Compton editori

A Charlotte,
che adora spaventarmi con le sue storie.

Amori, ladri e paure creano spettri.
PROVERBIO TEDESCO

1

Presente

Come prima cosa Thea udì un suono, la spettrale eco di voci femminili levate in coro. Soprani e contralti che armonizzavano senza sforzo, una sequenza di note pura e cristallina che fluiva dalle finestre aperte e attraverso il tetto d'ardesia, lungo le mura di mattoni rossi consumate dall'azione centenaria dei venti e della pioggia, sui curatissimi campi da gioco e verso l'ampio viale alberato in cui si trovava. Le venne la pelle d'oca sulle braccia, mentre il vento soffiava a raffiche da dietro l'angolo della costruzione, facendole percepire quel canto più vicino, più forte. Guardando alla propria sinistra notò delle ombre, delle figure sfocate alle finestre quadrate. Con il calare della sera, l'effetto che ne scaturiva era etereo, ultraterreno. Un coro angelico. Le parole "e ti conceda la pace..." turbinarono intorno a lei, rimanendo sospese nell'aria.

Si fermò, si sollevò gli occhiali sul dorso del naso e ammirò l'edificio di fronte a lei. Era esattamente come si era sempre immaginata una scuola privata inglese, che si trascinava dietro il peso della sua storia nella pietra color miele, ricoperta di edera e glicine, nell'erba immacolata (indubbiamente curata da una schiera di giardinieri) e delineata da file ordinate di violette e alissi bianchi, nell'alta cancellata, nel loggiato ad arco, nella massiccia porta di quercia borchiata e laminata in ferro. Il posto trasudava tradizione, privilegio e denaro da ogni poro. In mezzo a edifici imponenti come questo la sensazione di essere un povero impostore trasandato ti arrivava dritta in faccia come uno schiaffo.

Il canto svanì e Thea riprese a camminare, trascinandosi dietro la valigia e imprecando sottovoce mentre questa continuava a incastrarsi nella ghiaia.

L'autobus l'aveva lasciata una mezz'ora prima sulla grande strada principale leggermente ricurva e non aveva avuto bisogno di indicazioni, avendo già fatto visita al college tre mesi prima per il colloquio. Era quasi arrivata, ma il ghiaino stava rendendo la parte finale del tragitto più difficile del dovuto. Si immaginò che la maggior parte dei visitatori arrivasse in auto e non, come lei, a piedi, il vialetto che scricchiolava piacevolmente sotto gli pneumatici costosi.

Con un ultimo strattone alla valigia, raggiunse il maestoso loggiato di pietra. Individuò una maniglia e l'afferrò, appoggiando la spalla contro la porta quando questa scattò. L'odore di c'era d'api, gigli, vecchi libri e, vagamente, di scarpe da ginnastica sudate – suo padre le avrebbe chiamate calzature ginniche – era travolgente.

Una volta entrata, la porta si richiuse alle sue spalle con un tonfo sordo che riverberò lungo il vasto corridoio. Si ritrovò nell'ingresso dal soffitto altissimo. Su un lato c'era un tavolo rettangolare, tirato a lucido, e su di esso vi erano sistemati in un lungo vaso inciso i gigli di cui sentiva l'odore. I fiori erano squisitamente aperti, i petali ricurvi verso l'esterno, di un immacolato color crema, il polline arancio acceso in equilibrio su ciascuno stame. Qualche altro giorno e sarebbero appassiti, andando verso la decomposizione, ma per il momento rappresentavano la perfezione.

Il suo sguardo superò i fiori, indugiando in fondo al vestibolo, dove un'ampia e sinuosa scala di pietra con un'elaborata balaustra si estendeva nella penombra.

«È in ritardo».

La voce era bassa e ponderosa quando le giunse tuonante

dall'ombra. Thea si sforzò di capire da dove provenisse e, un attimo dopo, un uomo alto e magro dai capelli pettinati all'indietro e il volto scavato come il greto di un fiume asciutto emerse dal buio. La sua antiquata redingote sembrava essere stata confezionata per qualcuno più massiccio di lui, ma la cravatta era perfettamente annodata e alta su un colletto bianchissimo. Spesse sopracciglia schermavano i suoi occhi, e le spalle erano curve come per tenere lontano un freddo immaginario. L'uomo non incrociò il suo sguardo.

«Mi scusi... l'autobus è partito in ritardo dalla stazione». Controllò l'orologio. «Ma solo di una quindicina di minuti».

«Certo, lei viene dalle *colonie*», disse, come se ciò spiegasse tutto. «L'aspettavamo ieri, signorina Rust».

Thea si risentì. «Credevo che gli studenti arrivassero domani».

«È così, ma l'aspettavamo comunque ieri», ripeté lentamente, come se fosse stupida oltre che straniera.

Stava per scusarsi di nuovo, ma l'uomo era già scomparso nell'ombra.

Appena Thea aprì la bocca per chiamarlo, lui tornò con in mano un pesante anello di ferro al quale era appeso un set di chiavi. «Sono tre. Una per la porta d'ingresso, una per quella sul retro e l'altra... be', immagino che lo scoprirà. Sempre che sia abbastanza sveglia». Le porse le chiavi con una mano e si sfregò il mento con l'altra. Grattandosi, sul bavero si accumularono delle scaglie di pelle morta, e Thea soffocò un brivido.

«Il dormitorio delle *ragazze* è sulla strada principale, al numero cinquantotto». Thea percepì una sorta di trasalimento nella voce dell'uomo, come se pronunciare la parola *ragazze* gli causasse dolore fisico. «Mi hanno informato che lei alloggerà là, almeno per il primo quadrimestre».

I ragazzi – i figli delle famiglie abbienti, come si gloriava il sito web – ricevevano la propria istruzione all'Oxleigh College dalla metà del diciannovesimo secolo. Secondo le letture di Thea, era stato fondato come ultimo disperato tentativo di salvare la città. Un tempo popolare meta sulla strada per Bath, Oxleigh aveva subìto un forte declino quando le ferrovie si erano dimostrate un mezzo di trasporto di gran lunga più veloce e più efficiente dalla capitale alla città termale. L'ex locanda di posta era diventata, e lo era ancora, la sede del rettore e il resto degli edifici si erano sviluppati intorno a essa. Dopodiché, con il successo dell'istituto, la città era di nuovo rinata.

Tuttavia, questo era il primo anno che l'Oxleigh College aveva ammesso delle ragazze. Aveva desistito molto più a lungo di altre scuole dello stesso tipo, che avevano iniziato ad accettarle diversi decenni prima, ma le immatricolazioni erano in calo e la scuola si era vista costretta a reggere il passo coi tempi, o almeno così aveva dedotto Thea. Era chiaro che quest'uomo, qualunque ruolo rivestisse, fosse tutt'altro che entusiasta della cosa.

Thea allungò la mano sinistra per prendere le chiavi, poi protese la destra per stringere quella del signore. «Thea. La nuova insegnante di storia».

«Questo lo so bene, signorina Rust», disse con una smorfia raggelante – non poteva essere definito un sorriso – e ignorando la sua mano. «Battle. *Signor* Battle per lei. Il custode».

«Sì, naturalmente», disse Thea, ritirando la mano quando l'uomo si voltò, congedandola.

«Torno sulla strada principale, allora?», chiese lei, mantenendo un tono di voce volutamente basso.

«È la porta verde. La successiva dopo quella di George e Dragon. Non si perda», mormorò con la testa girata verso di lei mentre scompariva di nuovo nell'ombra.

Invece di uscire subito, Thea fece un passo avanti, curiosa di vedere qualcos'altro della scuola, dato che non aveva avuto l'opportunità di soffermarsi molto durante la visita precedente. I suoi occhi, adesso, si erano abituati alla luce fioca e riusciva a distinguere dei grandi dipinti a olio di diversi eruditi appesi alle pareti rivestite in legno. Uno degli uomini ritratti, con una chierica di corti capelli scuri, era seduto dietro a una scrivania, indossava un paio di occhiali dalla rotonda montatura di metallo e ostentava un paio di piccoli baffi, la penna in mano. Un altro portava una toga da accademico con un cappuccio scarlatto e un tocco sulla testa. Un altro dipinto ancora, più contemporaneo rispetto ai primi, raffigurava un uomo giovanile dai capelli rossicci seduto su una panchina con un labrador ai piedi, il giardino e gli edifici del college alle sue spalle. Thea si avvicinò un po' di più e lesse le iscrizioni. Sotto ciascun dipinto vi erano apposte la parola "rettore" davanti al nome dell'uomo in questione e le date in cui aveva rivestito la carica. Quello coi capelli rossicci, il dottor Alexander Fox, era l'attuale rettore; subito dopo era riportata la data *2011*, ma non quella di fine servizio. Thea lo aveva incontrato durante il colloquio, e le era piaciuto il suo volto schietto e l'atteggiamento informale.

L'Oxleigh College era un baluardo della classe dirigente britannica nel cuore della campagna inglese, ma Thea avrebbe potuto benissimo presentare domanda per insegnare su Marte, poiché non aveva esperienza in posti del genere. Era rimasta sorpresa di aver superato il primo colloquio. Naturalmente, c'era un'altra ragione per cui in primo luogo avesse controllato il sito web del college e deciso d'impulso di candidarsi per la posizione che vi aveva trovato pubblicizzata sopra. Ma non era ancora il momento di soffermarsi su questo.

Prima di uscire dall'edificio, rigirò le chiavi nella mano per dare un'occhiata più da vicino. Erano grandi e lisce, la superficie di metallo consumata, risultato di anni di utilizzo. Una aveva un pentacolo sulla parte superiore, un simbolo che le era familiare, una stella a cinque punte inscritta in un cerchio. La seconda presentava un intreccio labirintico di cerchi con una stella al centro e la terza una faretra piena di frecce con un effetto trama intrecciata lungo il gambo. Accarezzò il pentacolo con il pollice e si chiese quando fosse stata realizzata, a quale scopo quelle chiavi presentassero tali disegni.

Le infilò nella tasca della giacca, si mise in spalla la borsa, afferrò la maniglia della valigia e aprì la porta. Il vento faceva frusciare gli alberi che costeggiavano il grande viale e, in risposta, lo stomaco le brontolò. Il suo pranzo era consistito in una confezione di sandwich e un caffè acquoso sul treno, molte ore fa ormai. Da qualche parte nella borsa doveva esserci una barretta di cioccolata, ma poteva resistere ancora qualche minuto. Doveva ripercorrere i propri passi in direzione della città e trovare il suo nuovo alloggio.

Il sentiero verso i cancelli era illuminato da faretti bassi che proiettavano dagli alberi delle lunghe ombre per terra. Il rumore delle macchine proveniente dalla strada era un lontano brusio. Ma c'era qualcosa di diverso adesso e in un primo momento Thea non riuscì a capire di cosa si trattasse. Poi, rimase colpita dal silenzio: la musica era cessata. Rammentò le parole del signor Battle. Se nessuno degli studenti era ancora arrivato, allora chi cantava prima?

2

Settembre 1768, Oxleigh

La prima cosa che notò Rowan fu il panciotto dell'uomo, impreziosito da un motivo che non aveva mai visto prima: petali arancioni che brillavano sotto la luce pomeridiana, un verde groviglio di foglie. Poi, i pantaloni alla cavallerizza bianchi come il petto di una gazza, le calze bianche e le scarpe di pelle lucida con scintillanti fibbie argento. Un ricco gentiluomo, a quanto pareva.

Si avvicinò a lei con passo solenne, fermandosi un attimo per mettersi qualcosa in tasca. Rowan si lisciò la gonna, stampandosi un sorriso in faccia e reprimendo l'impulso di scappare a nascondersi. Avrebbe tanto voluto che i suoi stivali non fossero incrostati di fango e il mantello rosso – un tempo appartenuto a sua madre – così rovinato e rattoppato. Si mise frettolosamente le mani dietro la schiena, perché erano strisciate di verde per via delle erbe che aveva raccolto durante il tragitto, e abbassò lo sguardo sui propri piedi.

«Ehi, ragazza. Sei forte? In salute?», s'informò l'uomo, guardando in basso dato che lei era piccola e lui più alto di almeno una trentina di centimetri.

«Sì, signore», riuscì a dire. «Ho lavorato come domestica e lavandaia per una famiglia di nove persone negli ultimi due anni». Rowan omise di dire che la famiglia in questione era quella dei suoi zii e che non l'avevano mai pagata per i suoi sforzi. Voleva che lui pensasse che avesse più esperienza di quella che poteva dare a vedere. «E non ho fatto un giorno di malattia».

«Speravo in un servitore uomo», sospirò, volgendo lo sguardo dall'altra parte del giardino pubblico dove erano riunite in gruppetti diverse persone, le donne con stracci e scope, gli uomini con falci, zappe e pale. Rowan notò che la maggior parte di quella gente aveva appuntato sul petto un pezzo di nastro blu acceso – a indicare che era già stata impiegata da qualche parte. «Ma a quanto pare non se ne vede nessuno a quest'ora tarda».

In città c'era l'annuale Fiera dei Mestieri di San Michele Arcangelo che attirava in lungo e in largo le persone bisognose di un impiego, nella speranza di assicurarsi un anno di lavoro, e Rowan si era fatta il viaggio di due giorni a piedi dal villaggio di Inkpen dove risiedeva, dormendo in una cavità del terreno sul ciglio della strada al calare del buio e riprendendo la marcia al sorgere dell'alba. Adesso, il sole aveva già oltrepassato lo zenit ed era in piedi nel giardino dalle prime ore del mattino, ma per il momento coloro che erano venuti in cerca di domestiche, lavandaie e cuoche avevano dato uno sguardo al suo volto, al suo occhio sinistro sfregiato e un po' calante sull'angolo esterno, ed erano passati oltre in tutta fretta. Si chiedeva perché questo gentiluomo non si fosse comportato come tutti gli altri, ma ringraziò il cielo che non l'avesse fatto, poiché il buco che aveva allo stomaco le ricordò la gravità della sua situazione. Se non fosse stata assunta, non avrebbe avuto la forza d'animo per affrontare il lungo viaggio di ritorno a casa della zia e non avrebbero ricevuto nemmeno un caloroso benvenuto, poiché era stata spedita fin lì per ricevere un salario e mantenere i propri fratelli.

Dal punto in cui si trovava, Rowan aveva una visuale dall'alto di quasi tutta la città di Oxleigh. Era il posto più grande che avesse mai visitato: c'erano così tante abitazioni, una dopo l'altra, di tutti i tipi e dimensioni, incastrate come tessere di un mosaico, molte in mattoni, con robusti tetti di tegole e non di canniccio, intonaco e paglia come le casette del suo villaggio. La strada principale era persino più ampia di qualsiasi fiume fosse in grado di immaginare e curvava dolcemente in discesa come la buccia di una mela. Era estasiata da tutta quella grandezza, più di quanto lo fosse per il nobile che aveva davanti.

«Immagino che una domestica sarà sufficiente». Le parole dell'uomo la riportarono nel presente e intravide un barlume di speranza. Il signore rimase un attimo in silenzio, a meditare su di lei, e Rowan cercò di non trasalire sotto il suo sguardo, di sostenerlo con una risolutezza che non le apparteneva, perché il suo cuore stava battendo più forte che se avesse corso due chilometri. L'uomo non dette alcun segno di aver notato il suo volto rovinato, il reticolo di linee che si irradiava dall'angolo dell'occhio.

«Sempre che mia moglie sia d'accordo. Vieni». Le fece segno di seguirlo e lei raccolse il fagotto contenente un ricambio di vestiti e qualche piccolo tesoro – tutto ciò che possedeva – affrettandosi a seguire l'uomo che si dirigeva verso la strada principale. Un mercato si estendeva per il centro e Rowan osservò lo sciamare della gente, spostandosi in fretta per evitare di venire travolta mentre questa era intenta a esaminare grosse zucchine, cavoli grandi quanto la testa di un bambino, ceste di uova, pesanti sacchi di cereali e malto, cataste di mele, polli con il collo spezzato, ma le piume e le zampe ancora attaccate al corpo.

Assicurandosi di non perdere di vista l'uomo, schivò banchi carichi di panetti di burro, latte cagliato e siero di latte e ogni sorta di formaggio, scorse anche delle trote, gli occhi lucidi, la pelle a puntini, argentata e marrone, mazzi di crescione, erbe e fiori, vasetti di miele, bobine di nastri. Guardò di nascosto le coppiette di innamorati che si avvicinavano timide a un violinista che suonava una serie rapidissima di note. Era bravo, a giudicare dalla folla di persone che si erano riunite intorno a lui, battendo i piedi sul terreno e ondeggiando a tempo di musica. C'era gente di ogni tipo e fattezza: bassa e larga quanto un forno per il pane, rotonda come una forma di formaggio Wiltshire o magra come una lastra di vetro.

Per poco non inciampò sulla crosta di una torta per terra, sfuggita al calpestio degli stivali. Era passato parecchio tempo dalla colazione del giorno precedente. Guardandosi intorno per assicurarsi che non la notasse nessuno, si piegò afferrando il pezzo di dolce qualche attimo prima che finisse schiacciato tra i ciottoli della strada e se lo ficcò in bocca senza farsi vedere. Quando si rialzò, perse un attimo di vista l'uomo con il panciotto vistoso e dovette farsi strada a forza tra la gente prima di poterlo scorgere di nuovo.

Era piuttosto frastornata dall'operosità della città, dagli odori sconosciuti e dagli strani appelli dei commercianti, dai rumori, dagli stralci di conversazioni stuzzicanti quanto il profumo dello stufato in una giornata fredda. A Inkpen, riconosceva i volti di tutti, sapeva il nome di ciascuno e gli altri sapevano il suo, ma adesso... Chi poteva immaginare che tutte quelle anime sconosciute potessero coesistere in un unico posto? Colse lo sguardo di un giovane macellaio che sbrigava commissioni tra la folla, il carretto a mano pieno di carne, filze di salsicce, un pezzo di bacon. Qualcosa nel modo in cui aveva girato la testa, nella linea della mascella, le ricordò Will, il più grande dei suoi fratelli, e provò un'improvvisa nostalgia di casa, che si era lasciata alle spalle insieme al villaggio.

L'uomo si fermò all'improvviso davanti a una grande dimora arretrata rispetto alla strada e anche lei si arrestò dietro di lui. «Eccoci arrivati», disse lui, una nota di evidente orgoglio nella voce. «Da Hollander, Finissima Seta».

Rowan fissò la casa. Era delimitata da due piccole abitazioni affiancate a essa come due contrafforti. Larga quanto alta – e lo era parecchio – era fatta di mattoni rossi con un ripido tetto di tegole timpanato. Due grandi finestre di quercia quadrate erano posizionate su entrambi i lati di un massiccio portone d'ingresso e un cartello che raffigurava un paio di forbici da stoffa penzolava dall'architrave. Persino a una rapida occhiata, era chiaro che si trattasse di una delle costruzioni più imponenti della città.

Il piano terra ospitava una bottega, e dalla finestra alla sinistra di Rowan si intravedevano diverse stoffe pregiate: lisce, a righe e alcune riccamente tessute con uccelli esotici e fiori. Avrebbe impiegato mesi a imparare che quei colori che tanto le riempivano gli occhi si chiamassero turchese, chartreuse, viola e vermiglio, ma soltanto poche settimane ad accarezzare la fine seta con le dita, che fino ad allora avevano conosciuto solo il lino grezzo e la lana.

Rowan distolse lo sguardo dalle stoffe e allungò il collo verso l'alto. La casa era talmente alta che sembrava toccare il cielo. Contò tre file di finestre, una sopra all'altra, e quelle del primo piano avevano i pannelli di vetro a forma di diamante. C'erano sei comignoli e quattro abbaini che spuntavano dal tetto spiovente, e, considerata l'altezza, i gradini per raggiungere la cima dell'edificio dovevano essere parecchi.

L'uomo tirò fuori un mazzo di chiavi dalla tasca del cappotto e le fece segno di entrare da un piccolo accesso. C'erano porte a destra e a sinistra e un corridoio proseguiva verso il retro della casa, che era buio e spettrale. «Noi abitiamo al piano di sopra, sul retro», spiegò. «La tua stanza – se mia moglie è d'accordo – si trova all'ultimo piano della casa, dove dorme Alice. Ora seguimi, la signora Hollander dovrebbe essere da queste parti».

La accompagnò lungo il corridoio fino a una grande stanza quadrata. Dei portacandele illuminavano le pareti rivestite di legno su cui erano appesi e i suoi stivali affondarono sui soffici tappeti disposti sul pavimento. Sul lato opposto rispetto alla porta c'era un grande camino di pietra color miele, dove stava bruciando un fuoco un po' fumoso, la legna verde che scoppiettava e sfrigolava. Rowan sapeva che ne esisteva un tipo migliore da ardere.

Di fianco al fuoco, una giovane donna era seduta su una sedia a leggere. I suoi capelli, acconciati in anelli e ricci, splendevano chiari e la sua pelle brillava, colpita dalla luce del camino. La veste che indossava era del colore del sidro di mele e il pizzo spumeggiava intorno ai suoi esili polsi come panna montata. Aveva una piccola boccuccia rosa, e il mento appuntito che dava carattere al suo volto dai tratti altrimenti dolci. Un neo sulla parte alta della gota, che poteva essere scambiato per uno di quelli finti che si disegnavano le cortigiane, richiamava l'attenzione sui suoi rotondi occhi di un blu elettrico. Rowan non aveva mai incontrato nessuno di simile: quella donna era così pura e delicata; sembrava potersi spezzare alla minima pressione.

«Ah, mia cara Caroline», disse l'uomo, sfregandosi i palmi come se fosse un po' insicuro. «Che ne dici della nostra nuova domestica?»

«Rowan Caswell, signora», s'inserì la ragazza, dato che il signor Hollander – così dedusse che si chiamasse – non si era nemmeno disturbato a chiederle il nome. Rammentò che un inchino sarebbe stato consono alla situazione e così fece di proposito la riverenza.

La moglie si voltò e posò il libro che stava leggendo, e adesso studiava Rowan con languida curiosità. Rowan era grata che il proprio volto fosse in ombra, che la cicatrice non si vedesse nitidamente.

«È inammissibile. È del tutto inammissibile».

Lo stato d'animo di Rowan sprofondò sotto le suole degli stivali.

«Non stavamo cercando un ragazzo? Qualcuno da istruire come tuo valletto?». La donna scosse la testa, come se il fatto che il marito fosse tornato con qualcosa di diverso da quanto stabilito fosse inusuale.

«Non c'era nessuno di idoneo».

«Cosa? Nemmeno stamattina presto?»

«No, temo di no».

Ma non era vero; Rowan ricordava diversi ragazzi della sua età, e anche uomini adulti, in attesa di essere assunti.

Caroline Hollander sospirò, ed esaminò Rowan più da vicino. Strinse gli occhi, e la ragazza capì che aveva visto la cicatrice. «Non è un'opera d'arte, ma forse è positivo», disse. «D'accordo, se non c'era davvero nessun altro, ce la faremo bastare, almeno per il momento. Dobbiamo farle fare un bagno, perché dubito che la ragazza abbia visto dell'acqua di recente. Probabilmente ha i pidocchi e chissà cos'altro».

La sgarbataggine di quelle parole fu stemperata da un dolce sorriso da parte della donna, ma Rowan si sentì offesa, nonostante si guardò bene dal darlo a vedere. Poteva anche essere in pessimo stato per via del lungo viaggio, ma usava una tintura di rosmarino, menta piperita, chiodi di garofano e geranio per tenere a bada i pidocchi e far luccicare i capelli. Quando necessario, si spalmava anche una pasta di semi di fieno greco e olio di senape sul corpo, che non aveva un odore altrettanto dolce, ma di certo era efficace. Poteva anche essere una semplice ragazza di un povero villaggio, ma non era una zoticona.

«Fai organizzare a Prudence il bagno per stasera. Ma per l'amor del cielo, Patrick, prima assicurati che mangi qualcosa; è talmente scheletrica che pare non faccia un pasto da mesi».

Rowan tirò un sospiro di sollievo. A quanto pareva aveva ottenuto l'approvazione della signora Hollander, al punto da essere assunta almeno in prova.

«E le servirà un nuovo vestito. I miei servitori non possono indossare degli stracci. Potrà mettere un vecchio abito di Alice per il momento». Caroline Hollander prese di nuovo in mano il libro, come se si fossero già congedati.

«Ma certo, carissima», replicò l'uomo. Poi, questo disse a Rowan: «Su, vieni, ti mostro di sopra». Afferrò una lampada di vetro da una credenza e insieme attraversarono il corridoio. Nel lasciare la stanza, Rowan si guardò alle spalle, notando che le ombre avevano avvolto la sua nuova padrona. Sbatté le palpebre e queste scomparvero; si disse che fosse solo un effetto ottico dovuto all'ambiente ancora poco familiare.

3

Presente

Aveva iniziato a cadere una leggera pioggerellina che punteggiava l'asfalto, e Thea si riparò sotto l'architrave davanti alla casa, mentre trafficava con le chiavi, cercando di capire quale potesse aprire la porta di fresca verniciatura.

L'abitazione si trovava al limite della lunga strada principale, appena prima che questa si stringesse e curvasse in salita verso le distanti colline, che ricordava di aver visto durante la sua prima visita, di giorno. Era a tre piani e squadrata, con mura di mattoni rossi e un tetto di tegole color ruggine, spruzzato di lichene. Sul tetto parecchio spiovente vi erano collocati quattro abbaini, insieme ai comignoli su ciascuna estremità. Delle ampie finestre bianche dalle multiple lastre di vetro affiancavano la porta d'ingresso e sull'elegante targa accanto a essa si leggeva "Casa della Seta". Al di sotto, un cartello più piccolo con la scritta in nero, che sembrava essere stato aggiunto di recente, avvertiva che si trattava di una proprietà privata. All'interno dell'abitazione non brillava alcuna luce accogliente.

Thea aveva superato diversi pub lungo la via di casa, udendo il fragore delle chiacchiere all'interno e inalando l'odore di legna bruciata e quello pungente della birra quando era entrata in un paio di questi. Era stata anche parecchio tentata di fermarsi a bere e a mangiare qualcosa, ma ci aveva ripensato, nonostante avesse cominciato a piovere. Priorità, aveva ricordato a se stessa.

Tornò alle chiavi, ne selezionò una e poi fece per inserirla nella toppa, ma adesso la porta era semiaperta. La fissò, convinta che un attimo prima fosse chiusa. Spingendola delicatamente con la punta delle dita, nel caso ci fosse stato qualcuno dietro, annunciò a voce alta il proprio ingresso.

«Ehilà?».

Un lampione sul marciapiede vicino faceva un po' di luce, ma l'interno della casa era completamente al buio. Non riuscì a scrollarsi di dosso la sensazione di essere osservata, e si guardò alle spalle, ma senza notare niente di strano. Con determinazione, oltrepassò la soglia e annusò l'aria – c'era un pungente odore di erbe e di fumo, come se da qualche parte fosse stato acceso un fuoco utilizzando legna umida. Non era una che si spaventava facilmente, ma una casa vuota, in una serata buia e in una città sconosciuta erano ragioni sufficienti per mostrarsi titubante. Reprimendo il primo sentore di uno strano presentimento, proseguì, trascinandosi dietro la valigia. Una volta all'interno, la posizionò in verticale e si tolse dalle spalle la sacca con le mazze da hockey. Si voltò, tastando il muro accanto alla porta in cerca di un interruttore. Le sue dita si chiusero attorno a una cupola tondeggiante e spinse in basso la levetta che vi era collocata sopra. La luce sfarfallò un attimo, poi cominciò a illuminare debolmente la stanza.

«Signorina Rust?».

Quando sentì quella voce alle sue spalle, trasalì e si girò di scatto.

In fondo al corridoio, c'era una donna alta ed emaciata, i capelli grigi lontani dal volto, degli occhiali a schermare gli occhi. La luce proiettava delle ombre danzanti nel corridoio, così il corpo della donna pareva inconsistente, quasi si fondeva con il buio attorno a lei.

«Sì, sono Thea. Thea Rust», rispose, ignorando l'impulso di tornare al pub di prima, alla luce nitida e al calore e alla vita che vi aveva respirato dentro.

La donna sembrò fluttuare sul pavimento, poi si fermò a qualche centimetro da lei. Gli occhiali fuori misura e dalle lenti opache e la pettinatura austera erano in contrasto con la sua camicetta finemente decorata. «Non è poi tanto più vecchia delle ragazze che stiamo aspettando. Mary Hicks. La madama della Casa della Seta», aggiunse, mettendosi le mani dietro la schiena. Un grosso gatto dal pelo color fuliggine si strusciò ai suoi piedi, scomparendo e riapparendo da sotto la gonna, e soffiando con accanimento a Thea.

Adesso che era più vicina, la donna era meno inquietante, ma c'era comunque qualcosa in lei che faceva rabbrividire Thea. «Molto lieta di conoscerla, signora Hicks», disse, facendo del proprio meglio per risultare autentica. «Non ero sicura che ci fosse qualcuno in casa – era tutto buio…».

«Be', ovvio che avrebbe trovato me, signorina Rust. Le ragazze arriveranno domani. Sono stata talmente occupata a sistemare la casa che non ho avuto il tempo di accendere le luci all'ingresso. Ecco tutto».

Thea si morse il labbro al tono sussiegoso della donna, ma non disse niente. Non voleva farsela nemica ancor prima di avere avuto l'opportunità di conoscerla.

«Che adorabile gatto», disse, cercando di mostrarsi amichevole e piegandosi per accarezzare l'animale. Il gatto si nascose di nuovo sotto la gonna della madama e Thea si raddrizzò in piedi, sentendosi una sciocca.

«Isis. Un'ottima cacciatrice di topi». Le sue labbra si contrassero e osservò Thea, come se la stesse inquadrando in silenzio. «Sia attenta, però – graffia».

«Capito». Thea aveva solo una conoscenza sommaria della mitologia greca, ma sapeva che quel gatto prendeva il nome dalla dea e non dallo Stato islamico.

«Be', adesso, dovremmo andare a sistemarci. La sua stanza si trova all'ultimo piano della casa», disse la signora Hicks, indicando le scale più avanti nell'ingresso. «Arrivata al piano giri a sinistra, la penultima camera. La mia è sul retro, a sinistra, su questo piano. Le ragazze alloggeranno al primo, al secondo e all'ultimo piano, e useranno le stanze comuni e la sala colazioni qui al piano terra. Dietro c'è anche un giardino, oltre la sala colazioni, e in fondo, dopo il laghetto coi pesci, c'è un cancello che porta al fiume. Uscire dal cancello sarà severamente vietato».

Thea ebbe la sensazione che quel precetto si estendesse anche a lei.

«E, in futuro, preferirei che mi chiamasse madama Hicks. È una tradizione di Oxleigh». Le fece un sorriso, ma Thea non ebbe modo di capire se fosse sincero o meno – gli occhiali rendevano la donna piuttosto imperscrutabile. «Domani le fornirò tutte le informazioni complete», aggiunse. «Dovrà essere aggiornata prima dell'arrivo delle ragazze».

«Quando avverrà esattamente?», domandò Thea.

«Dalle tre; avranno tempo a sufficienza per sistemarsi negli alloggi e disfare le valigie prima del pasto».

Dagli abbondanti documenti informativi che aveva ricevuto, Thea sapeva che le ragazze – quattordici in tutto – avrebbero fatto colazione e uno spuntino serale al dormitorio, ma avrebbero pranzato e cenato nella scuola, insieme al resto degli alunni.

«E la signora Jackson? La direttrice di convitto?». Thea l'aveva conosciuta durante il colloquio, un simpatico e cordiale fagottino di donna che profumava di borotalco e menta piperita. Thea pensò che, se il colloquio glielo avesse fatto la signora Hicks, ma anche il custode, avrebbe avuto dei ripensamenti sull'accettare il lavoro. Poteva solo sperare che la signora Jackson le avrebbe spianato la strada.

«Temo ci sia stato un piccolo inconveniente. Purtroppo lo scorso fine settimana si è fatta piuttosto male giocando a volano. Ci è inciampata sopra. Si è stirata la schiena, a quanto pare», rispose madama Hicks. «La scuola, ovviamente, non è stata in grado di assumere qualcuno per sostituirla con così poco preavviso, e mi hanno informata che sarà lei a prendere il suo posto finché non si sarà ripresa. Cosa per cui ci vorrà qualche settimana, mi hanno detto».

Thea, che si era momentaneamente distratta pensando alla barretta di cioccolata nella borsa, trasalì. Aveva sentito bene? Sarebbe stata responsabile delle studentesse? Madama Hicks sembrava contenta quanto lei a quella prospettiva, ma il suo umore precipitò quando si rese conto che ciò avrebbe implicato essere costantemente coinvolta nel loro benessere. Adorava insegnare storia e condividere la propria passione per la materia, ma non aveva la minima esperienza nell'ambito delle cure pastorali, e aveva poca pazienza con i futili drammi e con le emozioni delle ragazzine adolescenti. Ricordava ancora come si sentiva a sedici anni, passando da un'insicurezza paralizzante a una sconfinata fiducia in se stessa, certe volte nel giro dello stesso minuto. Sebbene potesse essere considerato un salto di responsabilità, ragionò tra sé, non era pianificato.

«Naturalmente, ci sarò anch'io», disse madama Hicks. «Ma il mio compito è assicurarmi che fili tutto liscio in casa, gestire la cucina e occuparmi delle pulizie, del bucato e così via. Su, andiamo», disse, dando un'occhiata all'orologio. «E prenda le sue borse. Non perdiamo altro tempo». La donna prese a marciare a passo svelto, accendendo un'altra luce durante il tragitto, senza accertarsi che Thea la stesse seguendo. «Su questo piano c'è la sala da pranzo – ospitava il ristorante dell'hotel prima che la scuola comprasse la struttura». La signora indicò una stanza sulla destra e Thea sbirciò attraverso le porte a doppia anta mezzo aperte, scorgendo due lunghi tavoli e delle file di sedie affiancati dalla zona dove veniva servito il cibo. Dalle finestre pendevano delle tende dal disegno allegro, e dall'odore proveniente dall'interno immaginò che la sala fosse stata ridipinta di recente.

«La cucina è là dietro», disse la donna, puntando una doppia porta in fondo alla stanza. «Ora mi segua di sopra».

Un'ampia scala di legno di quercia, i pilastrini terminali della ringhiera intagliati a forma di ghianda e consumati dagli anni, conduceva al primo piano. Thea sollevò la valigia e la borsa sulla superficie irregolare dei gradini, grata di essersi portata dietro solo lo stretto necessario.

Raggiunsero il primo piano, dove un lungo pianerottolo conduceva alla sua destra e oltre il quale c'erano cinque porte, due su un lato e tre sull'altro. «Le ragazze dormiranno in due o in tre in ciascuna camera». Quando madama Hicks aprì una delle stanze, Thea dette una sbirciata all'interno e notò due letti singoli con un piumone di cotone bianco e cuscini spessi, inoltre, a riempire il resto dello spazio c'erano due scrivanie dotate di sedie apparentemente comode. Sopra ciascuna scrivania era affissa una bacheca di sughero, tra i due letti vi era un tappetino rotondo, e alle spalle dei letti la parete era occupata da un armadio. A Thea, la stanza sembrò, almeno per il momento, piuttosto asettica, l'unico accessorio presente era un curioso disco delle proporzioni e della forma di un grosso sasso su una delle scrivanie. La camera da letto adolescenziale di Thea aveva più o meno le stesse dimensioni di quella, sebbene fosse tappezzata da cima a fondo di poster dei giocatori di hockey, di lucenti purosangue e delle star del tennis. Ricordò con imbarazzo la cotta durata anni che si era presa per Andre Agassi, e si chiese se alle ragazze sarebbe stato concesso di personalizzare il proprio alloggio. Sospettava che il tutto si sarebbe limitato alla bacheca di sughero.

Madama Hicks indicò una scala più piccola avvolta nell'oscurità in fondo al corridoio e che saliva a un ulteriore piano. «Questa porta alla soffitta, e scende anche fino al piano terra – credo venisse utilizzata originariamente dalla servitù. Due ragazze condivideranno la stanza più grande che si trova lassù, e poi c'è la sua stanza, e uno studio, anch'esso a sua disposizione».

«Fantastico. Da qui in poi posso farcela da sola, grazie», disse Thea, ansiosa di vedere la propria stanza e liberarsi dei pesanti bagagli.

«Molto bene. Ci vediamo domattina, allora». Silenziosamente come era apparsa, madama Hicks svanì.

Thea spostò la valigia sull'altra mano, si mise a tracolla la sacca da hockey, poi proseguì lungo il corridoio. Sulla porta della prima stanza vi erano apposti i nomi di tre ragazze: Aradia Bianchi, Morgan Addington-Clay, Sabrina Fox. L'aprì di qualche centimetro e vide un'ampia camera con due abbaini affacciati sulla strada principale. Nonostante le pareti inclinate, c'era spazio sufficiente per contenere tre letti, tre scrivanie e un grande guardaroba. C'era posto persino per un paio di poltrone rosse a quadretti, sistemate attorno a un tavolino basso. In un angolo c'era un lavabo e un tavolo sul quale erano disposti un bollitore, delle tazze e un paio di barattoli di vetro.

Soddisfatta di aver visto tutto ciò che doveva vedere, Thea si allontanò, chiudendosi la porta alle spalle, dopodiché, trascinandosi dietro i suoi averi, salì la scala che portava all'ultimo piano, dove trovò la propria camera in fondo al corridoio, oltre una porta su cui erano scritti i nomi Fenella e Camilla. Non si sarebbe sorpresa di leggere qualche Arabella, Henrietta o Clarissa ai piani inferiori, poiché quelli erano i nomi tipici delle studentesse che frequentavano l'Oxleigh College. Si fermò un attimo. Il suo nome – Teodora – non era poi così diverso.

Trascinando sulle ruote la valigia in camera, fece un inventario di ciò che la circondava. Un letto singolo, con uno spesso piumone simile a quello delle studentesse e una coperta di tartan blu ai piedi del materasso – grazie al cielo non avevano optato per il rosa –, una poltrona posizionata accanto all'abbaino e un ampio comò. Su di esso vi era il medesimo soprammobile a forma di sasso che aveva visto nelle altre stanze. Incuriosita, lo sollevò, notando una striscia di luci intermittenti intorno alla circonferenza e la parola "Ekko" stampata su un lato. Sembrava uno di quei dispositivi intelligenti, che Thea si era convinta ascoltassero ogni conversazione, fornendo informazioni a Dio solo sa chi. Lo rimise giù, pensando che avrebbe sempre potuto toglierci le batterie.

Si spostò in fondo alla stanza, dove le pareti inclinate si congiungevano in un punto dove riusciva a stare in piedi senza sbattere la testa. C'era un'altra porta, che scoprì essere quella di un piccolo bagno. Il pavimento scricchiolò sotto il peso dei suoi passi, lamentandosi come un anziano che si alzasse da una sedia. Non era neanche a livello, anzi, era talmente storto che le sembrava di essere a bordo della cabina di una nave piuttosto che sulla terraferma. Fece spallucce. Si trattava di una vecchia casa; c'era da aspettarselo. In quanto insegnante di storia la intrigava stare là, poiché l'edificio pareva risalire almeno al diciottesimo secolo, a giudicare dall'aspetto e dai pavimenti fuori asse.

Thea posò la sacca sportiva, aprì la cerniera sul lato e recuperò una mela un po' malconcia e la barretta di cioccolata. Aveva notato un'altra porta in fondo al corridoio, che supponeva essere quella del suo studio, ma sarebbe andata a curiosare più tardi. Per il momento, si sfilò gli stivali coi piedi e si sdraiò di peso sul letto, prendendo un bel morso dalla mela e masticando pensierosa.

Le faceva male ogni muscolo del corpo, il risultato del lungo viaggio in aereo seguito da due giorni in giro per Londra a cercare di individuare delle potenziali mete per approfondire le lezioni, e il suo spirito di solito normale era precipitato in basso insieme al livello degli zuccheri. Probabilmente fu questo a spingerla a domandarsi se non avesse commesso un errore ad andare lì. In quella scuola, con i suoi fantasmi; i ragazzi privilegiati – e adesso anche le ragazze – che la frequentavano; gli altri insegnanti che erano senza dubbio fatti della stessa pasta del signor Battle – che cosa aveva in comune con tutto questo?

A volte, non riusciva proprio a capire se stessa.

Irrequieta, finì la mela e lanciò il torsolo verso il cestino all'altro capo della stanza, e il canestro perfetto le disegnò un sorriso sulle labbra. Si alzò in piedi, appoggiò gli occhiali sul letto, e andò a lavarsi le mani e la faccia al lavandino, stando in punta di piedi per guardarsi allo specchio con la sua vista da miope. Delle occhiaie viola cerchiavano gli occhi e i suoi lunghi, lisci capelli castani si erano separati in ciocche unte. Mentre studiava il proprio riflesso, notò un'ombra balenare alle sue spalle, e si girò di scatto, ma questa sparì prima che potesse capire di cosa si trattasse.

Non era altro che lo sbattere delle finestre per il vento.

La stanchezza e il tiepido benvenuto la stavano rendendo paranoica. *Riprenditi, Rust.*

Si asciugò le mani, si rimise gli occhiali e tornò nel corridoio per dare un'occhiata alla stanza accanto. Era piccola, poco più di uno sgabuzzino, sebbene ci fosse una finestra che dava sul retro della casa. Aprì le tende e sbirciò fuori, ma col buio si riusciva a vedere ben poco. Una strisciata sul vetro attirò la sua attenzione, e a un'ispezione più ravvicinata si rivelò essere l'impronta di una mano, le dita allargate. Cercò di toglierla con la manica, ma non voleva andarsene. Doveva essere sulla parte esterna della finestra, anche se non aveva idea di come qualcuno potesse aver raggiunto una tale altezza, dato che l'ultimo piano – la soffitta, supponeva – era troppo alto persino per la scala più alta del mondo.

Si allontanò dalla finestra e vide una scrivania di legno, una sedia e un cestino. Un tappeto variopinto occupava metà del piccolo pavimento, e alle pareti c'erano dei ganci che dovevano essere stati messi di recente, poiché sotto di essi, sul pavimento, c'erano dei piccoli mucchietti di polvere.

Sopra la scrivania c'era una pila di cartelline color camoscio e vi dette un'occhiata, incuriosita. Ciascuna riportava il nome di una ragazza – le nuove studentesse di Oxleigh. Se le portò in camera, sistemandole sul comodino per studiarle più tardi. La sua prima priorità era disfare i bagagli e non ci sarebbe voluto molto a mettere via i vestiti e a spostare in bagno i suoi prodotti per la cura della persona. Sul fondo della borsa, recuperò una scatola di latta cilindrica, una piccola foto con una cornice di legno e un paio di libri, che ripose su una piccola libreria in fondo alla stanza. Aprì il primo libro e scorse le lettere sbiadite sul risguardo, leggendo la dicitura che sapeva a memoria: *HAR, settembre 1965, Mill House, Oxleigh College.*

HAR: Henry Adam Rust. La ragione per cui aveva visitato il sito web della scuola la prima volta, e il fattore determinante per cui aveva deciso d'impulso di candidarsi per quell'impiego.

Senza essere stato sollecitato, le tornò in mente all'improvviso un ricordo di suo padre. Era seduta con lui sulla veranda della casa in periferia a Melbourne e lui stava applicando pazientemente lo sbiancante alle sue Dunlop Volley, in previsione della consueta partita della domenica pomeriggio (nondimeno giocava come se avesse ricevuto la wildcard da Wimbledon). C'era sempre una sigaretta accesa, la cenere che diventava sempre più lunga, e accanto una bottiglia di birra imperlata di condensa. Thea aggrottò la fronte ricordando la competitività del genitore, non lasciava mai che lei o la sorella più piccola, Pip, avessero la meglio su di lui. "Niente scrupoli!" era il suo grido preferito ogni volta che si incontravano faccia a faccia davanti alla rete. Alla disperata ricerca dell'approvazione e dell'attenzione del padre, le due sorelle prendevano un sacco di batoste. Thea non pensava minimamente che potessero batterlo, né a tennis né a carte o a scacchi o a qualsiasi altra cosa, se era per quello. E meno male, perché lui odiava perdere; lo metteva di cattivo umore per giorni.

Thea chiuse il libro e stava per andare a letto, quando all'improvviso si ritrovò al buio. Calò un silenzio pesante e i peli sulla nuca le si rizzarono. Poi, da qualche parte nelle viscere della casa, si udì un urlo agghiacciante.

4

Settembre 1768, Oxleigh

In contrasto con il resto della casa quasi del tutto silenziosa e buia, la cucina era in fermento, e una quantità considerevole di fumo si levava dal grande camino, dove un cosciotto di carne girava lentamente sullo spiedo. Era di gran lunga la stanza più calda e accogliente che il nuovo padrone di Rowan le avesse fatto vedere.

«Che Dio ci salvi, cos'abbiamo qui?».

Una donna bassa era in piedi di fronte al fuoco, era larga quasi quanto alta, le braccia delle dimensioni di un prosciutto di Wiltshire e aveva dei generosi fianchi imprigionati in un grembiule unto. Delle ciocche di capelli del colore di un penny nuovo le uscivano dalla cuffia e le gote erano venate e color ruggine, come le foglie che cadono in autunno. A Rowan sembrava una mela renetta rossastra e leggermente rinsecchita.

«Prudence, lei è la nuova domestica tuttofare», disse Patrick. «Da ora in poi risponderà a me, mentre Alice servirà la signora Hollander».

«Molto bene, signore». La cuoca si passò il braccio sulla fronte imperlata di sudore, mentre studiava Rowan. «È pelle e ossa. Ma sembra forte. Che ti è successo all'occhio, ragazza?»

«Mi sono ferita con un gancio da macellaio», disse Rowan timida. La verità era molto più complessa, perché Rowan ce l'aveva dalla nascita, quella lesione. Non aveva mai capito se le era stata causata per farla uscire dal ventre della madre (un parto difficile, a detta sua), o se ci fosse semplicemente nata, deforme e imbarcata. Aveva imparato che era meglio fornire la spiegazione più facile, poiché le persone nate con qualche deformità venivano spesso guardate con sospetto. E c'erano già sufficienti ragioni per cui la gente la ritenesse diversa.

La cuoca fece una smorfia.

«La signora Hollander ha richiesto un bagno per lei. Dopo un pasto, sarà sicuramente gradito», disse Patrick, uscendo dalla cucina.

«Allora, siediti, ragazza», disse Prudence, indicandole una sedia all'ampio tavolo che occupava gran parte della cucina. «Non ti davano da mangiare nell'ultimo posto dove hai lavorato? Persino un monello avrebbe più ciccia intorno alle ossa». Le mise davanti una scodella di orzo con carote e pezzi di carne e le tagliò una fetta di pane da una pagnotta sulla credenza.

Rowan non perse neanche un minuto e ne fece una scorpacciata. «C'è qualcosa che posso fare per aiutarti?», domandò, mormorando con la bocca piena, desiderando rendersi subito utile.

«Presto avrai il tuo bel da fare qui, ragazza. Gestisco da sola la cucina da quasi sette anni ormai, un giorno in più o in meno non mi cambierà niente. Prima mi occupavo di quella del padrone quando stava a Londra e ora di questa».

«Viveva a Londra?». Rowan deglutì. Aveva sentito vari aneddoti su Londra, città di ladri e borsaioli, sgualdrine e mendicanti, arruolatori e tombaroli, elettrizzanti storie di dubbia moralità e cupidigia. Guardava a quel luogo con un misto di assoluto timore e attrazione. Oxleigh era una città movimentata, in grado di consumare un'anima tranquilla; difficilmente riusciva a immaginare una città venti volte più grande.

«Sì, prima che si sposasse». La voce della cuoca si fece brusca. «Ora, basta chiacchiere, non giovano a nessuna di noi due».

Rowan prese un'altra cucchiaiata di porridge d'orzo, grattando gli ultimi rimasugli di cibo sul fondo della scodella. Per la prima volta da che ne aveva ricordo, la sua pancia piena premeva contro la stoffa grezza del suo vestito.

Una volta finito, si mise a osservare affascinata un'indaffarata Prudence, intenta a spostare pentole, a scolare l'acqua bollente e a disporre i piatti da portata con impressionante alacrità. Rowan non aveva mai visto così tanto cibo come quello del banchetto che era stato appena allestito. Ed era solo per due persone. Si ritenne più che fortunata ad aver trovato questo ricco datore di lavoro.

Il tepore della cucina e il cibo nutriente le misero sonnolenza, così appoggiò le braccia e la testa sopra il tavolo, pensando di riposarsi giusto un attimo.

«Su, bella addormentata». Rowan si sentì strattonare leggermente la manica e alzò il collo rigido. Sbatté le palpebre, e notò che adesso la cucina non mostrava più alcun segno della precedente operosità culinaria. «Andiamo a farci un bagno?». Prudence sparì in un corridoio che si apriva sul retro della cucina, ma rimase via per talmente tanto tempo che Rowan cominciò a chiedersi se non le fosse successo qualcosa. Alla fine tornò, con una sottoveste di cotone, un quadrato di stoffa ripiegato, una spugna e una saponetta marrone chiara. «C'è un abbeveratoio nel retrocucina, in fondo al corridoio alla tua sinistra. L'ho riempito di acqua dalla pompa esterna», disse Prudence, porgendo a Rowan le cose che aveva in mano. «Non sopporto l'acqua calda, porta ogni sorta di malattie».

Anche la madre di Rowan la pensava allo stesso modo.

«Su, forza; non c'è tempo da perdere in questa casa».

«Sì, Prudence». Rowan si affrettò in direzione del retrocucina.

Dopo essersi strofinata ogni centimetro di pelle, batteva i denti dal freddo, così si asciugò con lo straccio, si strizzò i capelli e se li pettinò con le dita, poi s'infilò la sottoveste.

Un tempo doveva essere stata un'elegante camicia da notte, e sebbene fosse stata rammendata ai polsi e strusciasse per terra, il sottile tessuto le scendeva morbido sulla pelle. Sollevò con una mano la stoffa in eccesso, con l'altra raccolse i vestiti sporchi, e tornò in cucina.

«Oh!». Per poco a Rowan non cadde tutto a terra. Seduto al tavolo c'era il giovane macellaio che aveva visto prima al mercato. «Chiedo scusa». Sul suo collo cominciò a svilupparsi del rossore, e mentre un tempo sarebbe rabbrividita, adesso provava solo un caldo sgradevole. Non era abituata a farsi vedere da degli sconosciuti, almeno non in biancheria da notte.

Il ragazzo aveva l'espressione di chi avesse appena visto un fantasma. «Tu chi sei?», le chiese una volta ripresosi.

«Rowan Caswell. Domestica tuttofare», rispose lei, assaporando l'effetto che le faceva sulla lingua scandire la sua nuova posizione lavorativa.

«Tommy Dean, che ci fai qui?». Prudence era tornata in cucina e si piegò sul tavolo. Aveva in mano una bottiglia a forma di cipolla contenente un liquido chiaro, che versò in un bicchiere accanto a lei.

Persino da quella distanza, Rowan sentì l'inconfondibile odore di gin, perché anche a sua zia piaceva berne un bicchiere o due.

Poi Prudence notò Rowan ed ebbe un sussulto. «I tuoi capelli...».

Rowan si portò una mano alla testa. Prima di farsi il bagno, ce li aveva nascosti sotto la cuffia. Sapeva cosa avesse provocato l'improvviso rantolo di Prudence e la reazione del ragazzo, i suoi capelli, che erano di un colore che si vedeva molto di rado: biondo platino, sottilissimi come i fili di una ragnatela. Le stavano sospesi sopra l'occhio sfregiato e le arrivavano quasi fino in vita. I fratelli di Rowan la prendevano in giro per questo: "La regina delle nevi, darci un taglio devi!" cantilenavano di solito, finché lei non li rincorreva, mettendosi a ridere quando inciampavano l'uno sull'altro nella fretta di scappare. La sera, sua madre le scioglieva i nodi con il pettine e, quando la luce del fuoco si rifletteva sulla sua capigliatura, persino suo padre la guardava con gli occhi sgranati.

Prudence la osservò cautamente, poiché era risaputo che le persone con capelli del genere si trascinassero dietro un vento contrario – alcune voci dicevano che addirittura portassero male. Storse le labbra, ma non rispose niente. «Faresti meglio ad andare di sopra e fa' attenzione a che nessuno ti veda. Aspetta...». La donna porse a Rowan una vestaglia da uomo, e si chiese subito se non fosse appartenuta al signor Hollander; la lana era finemente tessuta, una lieve sfilacciatura sui polsini l'unico segno che fosse stata usata. «Metti prima questa. Quella sottoveste è poco decente».

Rowan si infilò la vestaglia, ma si arrestò, incuriosita dal ragazzo. Sembrava stare male. Dall'espressione del suo volto non trapelava nulla, ma Rowan percepì un travolgente dolore proveniente dal suo corpo, nonostante ci fosse già caldo per via del fuoco.

Non era la prima volta che aveva una premonizione. Un pomeriggio, l'estate in cui aveva compiuto dieci anni, era in mezzo ai campi con i suoi fratelli, quando aveva provato l'impellente bisogno di correre a casa. Si era precipitata verso il cottage e, una volta arrivata, aveva trovato la madre con la mano macchiata di sangue scarlatto e il volto contratto in una smorfia di dolore. «Prendimi uno straccio», aveva sibilato alla figlia. Rowan era tornata con un grembiule, la prima cosa che avesse trovato, e l'aveva aiutata a legare la ferita. «Mi è scivolato il coltello», le aveva spiegato la madre a denti stretti.

Dopodiché le aveva chiesto: «Come sapevi di dover tornare?».

Rowan aveva alzato le spalle. «L'ho sentito. Come se mi fossi tagliata io, e poi, prima ancora che me ne accorgessi, le gambe mi hanno portato qui».

Sua madre l'aveva fissata, tutta riflessiva. «Le hai, vero?», le aveva chiesto. «Le visioni?»

«Le cosa?». Rowan l'aveva guardata perplessa.

«Anche tua nonna ce le aveva. Dovrai sempre stare in guardia. Soprattutto dati i tuoi capelli così chiari. Non farti sfuggire una sola parola, nemmeno coi tuoi fratelli o con tuo padre, capito? Le persone crederanno facilmente che tu sia una strega».

Quella parola le aveva instillato la paura; sapeva bene cosa succedeva quando si veniva accusati di magia. Si veniva scansati, incolpati quando il raccolto andava storto o il bestiame moriva, quando la malasorte o la malattia affliggevano qualcuno. Le persone sospettate di stregoneria, sebbene non ci fossero prove contro di loro, venivano prelevate dalle case, espulse dai villaggi, o peggio, chiuse nella galera più vicina. I mormorii diventavano pettegolezzi, che diventavano fatti in meno di un battito di ciglia.

Non molti anni prima, sua madre glielo aveva raccontato, le streghe venivano annegate, o bruciate su delle pire, mentre il resto del villaggio le guardava morire in preda all'orrore e allo sbigottimento. Quantomeno, venivano torturate, i serrapollici usati per spezzare le ossa delle loro dita finché non confessavano i propri crimini, che fossero reali o frutto del più piccolo sospetto. Il solo essere schiette voleva dire venire imbrigliate nella mordacchia, un morso di metallo che veniva posto tra i denti per impedire alla persona di parlare. Tutti conoscevano la storia delle streghe di Malmesbury, tre donne che erano state accusate di causare malattie, bollate come "donne subdole" e impiccate per la creazione di pozioni e incantesimi. E sua madre era solo una ragazza quando le sorelle Handsel – quattro danesi che vivevano a Wilton, un villaggio non lontano da Inkpen – erano state incriminate per aver portato il vaiolo nel paese e bastonate a morte nel bosco di Grovely senza neanche un processo.

Non tutte le sedie da immersione – tortura inflitta a prostitute, pettegole e streghe – erano state distrutte quando si erano abrogate le leggi contro la stregoneria. Alcune erano state nascoste in stalle e capanni, nelle soffitte e nei retrocucina. Rowan non ne aveva mai vista una, ma tremava al ricordo di sua madre che le raccontava delle spesse cinghie di cuoio che tenevano ferma la persona mentre veniva calata in acqua legata alla sedia, riusciva a immaginarsi il terrore sulla sua faccia, incapace di muoversi, incapace di respirare. Aveva sempre avuto paura dell'acqua: dei fiumi con la forte corrente, dei torrenti che si snodavano tra pietre e rami, laghetti profondi formati dagli alberi abbattuti da una tempesta.

Sua madre aveva già insegnato a Rowan delle semplici cure, fatte di erbe e piante raccolte tra le siepi e sulle colline, ma dopo l'incidente del coltello l'aveva istruita su una serie di incantesimi, e Rowan sapeva, senza che le venisse ripetuto, di dover tenere la bocca chiusa fuori casa e con il resto della famiglia.

Il ragazzo si spostò sulla sedia e Rowan percepì di nuovo il dolore irradiarsi dal suo corpo; c'era qualcosa di molto strano.

«Mia sorella si chiederà che fine tu abbia fatto», lo rimproverò Prudence. «Sei venuto sperando di scroccare da mangiare, per caso?», gli chiese.

«No, zia Pru, guarda». Con cautela, Tommy tirò fuori la gamba da sotto al tavolo.

La cuoca, che aveva preso una sorsata dal bicchiere accanto a lei, sputò il liquido dalla bocca. «Buon Dio!», gridò. «Che diavolo è successo?».

Un livido si era formato sullo stinco e sotto vi era una profonda ferita che stillava sangue, la pelle tutta intorno era già scolorita. «Un calcio del cavallo», disse, stringendo i denti per il dolore.

A quelle parole, Rowan andò a recuperare le sue cose e vi trovò un vasetto di unguento che aveva portato con sé. «Ecco», disse con cautela, porgendolo a Prudence. «Questo potrebbe aiutare. Ha bisogno anche di una fasciatura; si deve tenere pulita la ferita. C'è della stoffa da qualche parte? Di certo, deve essercene, nella casa di un commerciante di tessuti».

«C'è della mussolina che uso per filtrare la salsa», disse Prudence, la voce un po' dubbiosa.

«Se è pulita, prendila, per favore», replicò Rowan, più sicura di sé adesso.

«Ma questo dove l'hai preso?». Prudence indicò il barattolo che Rowan aveva in mano.

«È mio. Cioè l'ho fatto io», replicò. Al culmine dell'estate appena passata, Rowan aveva raccolto la consolida maggiore, la melissa e la calendola, aggiungendo estratto di lanolina che aveva recuperato dagli agnelli che si radunavano intorno ai cespugli. Sua madre era stata una brava insegnante; sapeva fare quell'unguento e una serie di altri balsami e impiastri, usando erbe raccolte ai bordi delle strade e nei campi, mescolandole con c'era d'api e miele, crusca ammollata e pane. Non aveva dimenticato il procedimento di altri rimedi più forti, sebbene quando lei e i fratelli erano stati accolti da zia Win, la donna aveva proibito "qualsiasi sorta di magia" sotto il suo tetto. In seguito, Rowan aveva continuato a preparare solo semplici rimedi.

La cuoca alzò scettica un sopracciglio.

«Me l'ha insegnato mia madre. Lei era... sapeva fare certe cose».

Rowan guardò la cuoca con lo sguardo più innocente possibile, sperando di dissipare il lampo di diffidenza che vide balenare nei suoi occhi.

«Sputa il rospo», disse Prudence, l'espressione sempre più sospettosa. «Sei una *hedgewitch*?».

Rowan trattenne il fiato. *Hedgewitch* era come si definiva qualcuno che trattava tinture a base di erbe e pozioni curative, non proprio magia, ma lei non osava ammettere nemmeno quello, poiché il minimo accenno a qualcosa di disdicevole poteva gettare una lunga ombra su di lei. Dopotutto era una straniera in quella casa e doveva ancora dimostrare il suo valore e il buon carattere. «È solo un comune rimedio», disse pacata.

La cuoca esitò un attimo, poi protese la mano. «Va bene. Da' qua, allora. E faresti meglio ad andare a dormire. Domani sarà una lunga giornata per te».

Rowan le passò il prezioso barattolo di unguento e si voltò per lasciare la stanza.

«Grazie, Rowan Caswell», disse Tommy.

Lei si girò a guardarlo e gli rivolse un sorriso riconoscente – le ricordava così tanto suo fratello Will. Aveva la stessa massa di capelli color stoppa e gli occhi nocciola, non poteva non piacerle. «Figurati», disse lei, prima di sgambettare su per la scala sul retro.

Quando Rowan raggiunse l'ultimo piano della casa trovò di nuovo la mansarda, ma ancora nessuna traccia della misteriosa Alice. Si trattava di uno spazio piccolo e buio con un soffitto spiovente e una finestra ad abbaino affacciata sulla strada. Ospitava un letto dalla struttura in ferro con il copriletto con un motivo disegnato sopra, lenzuola di lino e un paio di cuscini sottili; un grosso armadio per la biancheria e un cassettone sul quale erano sistemati un ampio lavabo e una brocca dovevano essere una rimanenza dell'arredamento. A Rowan, che aveva dormito su un pagliericcio in cucina nella casa degli zii, e che prima aveva diviso il letto con due dei suoi fratelli quando erano piccoli, sembrava senz'altro magnifico.

Posò le sue pochissime cose per terra accanto al letto e si distese sul lato più lontano dalla porta. Sebbene il materasso e i cuscini fossero sottili, le parevano fatti di piuma d'oca, dopo la notte passata in un bosco ceduo sulla via di Oxleigh. Se ne stava distesa, a godersi la loro sensazione sulla pelle, la mente in tumulto per le esperienze della giornata. Poi, rammentandosene all'improvviso, infilò la mano nel suo fagotto e tirò fuori una piccola croce fatta con due ramoscelli legati al centro con un filo di lana rossa colorato con la buccia delle mele selvatiche. I rametti provenivano dall'albero del sorbo degli uccellatori, dal quale derivava il suo nome, e l'aveva creata suo padre quando era piccola, ne aveva fatta una per ciascuno dei suoi fratelli. Quando ne sfiorò la superficie familiare udì le parole della madre. «Per proteggerti», le aveva detto quando gliel'aveva data. Rowan sperava che l'incantesimo che sua madre vi aveva posto sopra non avesse perso alcuna efficacia, che la tenesse al sicuro in questo posto strano e nuovo. Strinse la croce nella mano e fu colta da un improvviso desiderio di trovarsi a Inkpen, coccolata dalla brace ardente del fuoco, dai suoi fratelli vicini, stretti in un groviglio come dei cuccioli. Prima ancora di potersi soffermare più a lungo su quel pensiero, si addormentò così profondamente da rimanere immobile quando, parecchie ore più tardi, una giovane donna s'infilò nel letto accanto a lei.

5

1768, Londra

I petali erano ricoperti di minuscole goccioline che, a uno sguardo ravvicinato, riflettevano un mondo al rovescio, come per effetto del trucco di un illusionista. Mary-Louise Stephenson era seduta a un tavolo vicino alla finestra del salotto e stava sistemando i fiori nel vaso di fronte a lei, allentando lo stretto nodo che vi aveva fatto attorno ai gambi quando li aveva raccolti, prestando particolare attenzione a non disperdere le rimanenti gocce di rugiada.

Prima, quella mattina, si era offerta di andare al mercato, attraversando le poche stradine che andavano dalla casa a Spital Yard in cerca di una rapa e di carote, poi, sulla via del ritorno, aveva raccolto quei fiori di campo, che crescevano in un'intricata abbondanza nei fossati lì attorno. Li prediligeva su tutti, e meno male, perché le magre entrate della famiglia consentivano di rado l'acquisto di carne, figuriamoci di deliziose rose, vaporose peonie e gigli che la facevano svenire con il loro profumo quando passava accanto al fioraio. Più tardi, sua sorella Frances avrebbe aggiunto una manciata di grano e dell'acqua alle verdure che aveva lasciato in cucina, facendone una zuppa da mangiare insieme a una pagnotta del giorno prima. Con un po' di attenzione, quel pasto si sarebbe protratto fino alla fine della settimana.

Ignorando il morso della fame, Mary girò e rigirò i fiori, finché non trovò l'angolazione giusta della tossilaggine color giallo sole e delle viole selvatiche. Aveva in mente di creare un motivo ispirandosi alle loro forme contrastanti e alle loro sfumature complementari. Per prima cosa avrebbe dipinto il fiore e poi tracciato uno schema dal quale avrebbe potuto ricamare una replica dello stesso sul tessuto. La sua abilità con l'ago per lei non era di sufficiente qualità per potersi immaginare di cercare un impiego in quel ramo, né la paga – sette pence alla giornata, che spesso iniziava all'alba e non terminava prima di tarda notte – la invogliava più di tanto. Ma ciò le permetteva di chiarirsi le idee su che aspetto avrebbe avuto il disegno una volta tessuto sulla seta. O almeno, questo era ciò che sperava.

Era stata sua sorella Frances a suggerire a Mary di trasformare la sua passione per la pittura in un'attività più remunerativa. Vivevano ai confini dell'industria tessile della città, in un reticolo più periferico di strade di circa un chilometro quadrato, dove quasi ogni abitazione ospitava ai piani alti un telaio per tessere, presieduto da un operaio qualificato o da un maestro tessitore, e, dall'alba al tramonto e oltre, si sentivano risuonare nell'aria gli schiocchi e lo sferragliare di quelle macchine. Venivano tessuti sete e damaschi e broccati con disegni appariscenti di fiori, frutta esotica e foglie. Ma anche lucidi taffettà, paduasoy a coste, moiré, velluti; le sete più costose venivano ornate di finissimi fili d'oro o argento. La seta decorata costava più del doppio di quella pura e semplice, poiché richiedeva una capacità di tessitura di gran lunga maggiore.

«Qualche scellino in più in questa casa sarebbe di certo una benedizione», aveva detto Frances. «Perché non so come faremo a permetterci l'affitto dopo quest'anno». Aveva insistito sul fatto che Mary fosse talentosa al pari di qualsiasi uomo. «Scommetto persino più abile, una volta imparate le basi. Il passo dalla pittura al ricamo dovrebbe essere breve».

A Mary, la progettazione dei tessuti, così come molte altre attività interessanti – e meglio retribuite – sembrava un ambito prettamente maschile, e i disegnatori tessili, i commercianti di stoffe e i tessitori di seta si comportavano come degli amanti possessivi, non permettendo a nessuno di ficcare il naso nel proprio lavoro. Nel corso degli ultimi decenni, si era distinta solo una disegnatrice tessile – la stimata Anna Maria Garthwaite – ma ormai si trovava all'altro mondo già da cinque anni. Mary sognava di prendere il suo posto un giorno, avrebbe tanto desiderato che quella donna fosse ancora viva per tramandarle la sua saggezza.

Le due sorelle erano fortunate che il defunto marito di Frances, Samuel, fosse stato un operaio tessile specializzato, e che, tra i tanti amici, ce ne fossero parecchi che si guadagnavano da vivere nelle vie circostanti. Frances si era appellata alla buonagrazia di uno di loro, Guy Le Maître, un ugonotto il cui padre era sfuggito alla persecuzione di Lione, convincendolo a iniziarle alla misteriosa arte tessile. Una mattina, l'uomo le aveva condotte nel suo solaio, una stanza dalle pareti spioventi e piena di luce, che entrava dalle lunghe finestre poste sulle pareti inclinate. Lì, aveva mostrato loro il funzionamento delle cinghie, dei battenti e dei licci, dove questi posavano su delle molle guida, e come venivano disposti il filo di trama e il filo d'ordito, utilizzando come riferimento uno schema su un foglio quadrato posizionato davanti a lui. «Abbiamo una spoletta», aveva detto l'uomo, l'espressione seria mentre indicava un ragazzo seduto in cima al telaio, intento a manovrare un piccolo oggetto su un binario che scorreva velocemente attraverso i fili di seta dell'ordito. «Ormai possiamo tessere la stoffa a una larghezza più ampia del braccio di un uomo. È un gran risparmio».

Mary aveva annuito, inebriata dal secco odore terroso delle matasse di seta e dal fulmineo movimento della spoletta. «Accidenti, sembra più un fine lavoro di ricamo che di semplice tessitura», aveva detto, avvicinandosi al telaio più di quanto non avesse mai osato. «Com'è possibile?»

«Il dettaglio», aveva detto lui. «Possono volerci settimane per montare i motivi più complessi».

Mary aveva unito le sopracciglia confusa.

«Intendo per prepararli», aveva spiegato l'uomo. «Questo particolare disegno è fatto in modo che possiamo vedere il motivo ripetersi abbastanza, se utilizzato per un panciotto o la gonna di un abito da ballo».

Un barlume di comprensione aveva rischiarato le idee di Mary, mentre ammirava stupita gli accesi colori dei fili di seta arrotolati sui rocchetti, presenti in gran numero all'interno della stanza: c'era il giallo ranuncolo, il rosso cinodromo, il pesca, lo scarlatto acceso, e il viola tendente al blu simile a quello dei petali dell'iris.

«Più il motivo è dettagliato, più è realistico, ma anche più difficile da tessere senza commettere errori, saltando un filo. Dobbiamo trovare un equilibrio», aveva detto lui. «Chi progetta il motivo non dovrebbe essere estraneo né alla geometria né alle proporzioni, e nemmeno all'arte», aveva aggiunto.

«E quanta di questa stoffa verrà tessuta?», gli aveva domandato Mary, sebbene Frances, che se ne stava lì vicino ma senza fiatare, le avesse già spiegato qualcosa di come funzionasse quel settore. Mary era intenzionata ad appellarsi all'egocentrismo di Monsieur Le Maître, a lusingare il suo ego per incoraggiarlo a rendersi più disponibile.

«Di solito solo il necessario per quattro abiti, tanta quanta ne ha richiesta il commerciante e sa di poter vendere. Per ogni vestito ci vogliono tra gli otto e i quindici metri di materiale».

«Quindi, in totale, tra i trenta e i sessanta metri di tessuto», aveva detto Mary, facendo il calcolo a mente.

Guy aveva spalancato per un momento gli occhi alla precisione e alla rapidità della risposta, poi la sua espressione era passata alla consueta, severa impassibilità.

«E quanto tempo ci vuole?»

«Diversi mesi».

«Posso immaginare che una signora non voglia rischiare di trovarsi di fronte a un'altra vestita uguale», aveva mormorato lei. «E questo comporta un prezzo così alto».

«Esatto».

«Chi sceglie i colori? E la trama? Come viene scelto con precisione il motivo?»

«Talvolta il tessitore incarica un disegnatore tessile; altre è il commerciante che decide ciò che deve essere fatto. Devo ammettere, comunque...», aveva borbottato. «Che in alcuni casi il disegnatore non è consapevole dei limiti del telaio e, di tanto in tanto, ci vediamo costretti a interrompere il lavoro finché non capiamo come modificarlo. Di quando in quando capita persino di buttare al vento l'intera commessa».

«Posso immaginare la perdita in termini di tempo e materiali», si era mostrata comprensiva.

Guy aveva annuito, apparentemente imperturbato dalle sue infinite domande. «Il commerciante ci fornisce l'ordine, sebbene possiamo produrre un campione di stoffa nella speranza di trovare un acquirente», aveva proseguito l'uomo. «Non è mai bello lasciare fermo il telaio».

«Deve essere difficile convertire un disegno su carta, no?», gli aveva chiesto.

«All'inizio sì», aveva ammesso l'uomo. «Ma, venite, lasciate che vi mostri questo tessuto in twill...».

Quel giorno Mary era uscita dal solaio di quel tessitore con la testa che le girava, con davanti agli occhi milioni di immagini di come avrebbe potuto trasformare i suoi schizzi naturalistici di piante e fiori selvatici in motivi abbastanza accattivanti da destare l'interesse di importanti signori e signore – e magari, aveva pensato lasciandosi trasportare dall'immaginazione, persino di reali.

Aveva trascorso ore e ore a disegnare e a dipingere finché non si era sentita gli occhi affaticati, le dita intorpidite e i mozziconi di candela non si erano sciolti in una pozza di cera. Aveva pitturato primule e crochi, e poi, dato che la temperatura si era fatta più mite, fiordalisi, cerfogli e digitali. Aveva trasferito il tutto su stoffa, ricamando finché i fiori in questione non avevano assunto tridimensionalità. A questo punto, come le aveva mostrato Guy, aveva cercato di tracciare uno schema del motivo sulla carta copiativa, che il tessitore avrebbe utilizzato come guida. A un primo tentativo, era stata dura trasferire i disegni dalle linee curve su una griglia, e ciò l'aveva lasciata piena di frustrazione. Ma aveva insistito, e alla fine ne aveva creati diversi che secondo lei potevano funzionare.

«Sono piuttosto freschi e vivaci», aveva detto Frances, quando Mary le aveva mostrato la raccolta di disegni. «Accidenti, mi piacerebbe proprio indossare un abito con un motivo a fiori così bello e delicato».

«Ma sono molto diversi dai lavori degli altri disegnatori», aveva affermato Mary, dubbiosa, chiedendosi all'improvviso se non stesse perdendo tempo con delle piante così comuni. Non sarebbero apparsi ridicoli sulla lussuosa seta, sul rilievo di un damasco o messi in risalto dai fili d'oro e argento, quei fiori ai margini delle strade che venivano liquidati come erbaccia? La moda esigeva fiori più appariscenti, rose, gigli, camelie e simili. No, si era severamente detta, quelle fioriture selvatiche avevano una bellezza tutta loro. Avrebbe convinto i tessitori a servirsi dei suoi motivi. «Il mio lavoro spiccherà come originale», aveva dichiarato, una nota di determinazione nella voce.

«Spero vivamente che tu abbia ragione», aveva detto Frances, un'espressione preoccupata che non abbandonava il suo volto. «Perché presto finiremo anche gli ultimi soldi rimasti».

Mary si era rifiutata di lasciare che il denaro la preoccupasse e la distogliesse dai suoi propositi: mettere insieme una raccolta di schizzi e motivi da tessere sulla seta per ornare la schiena delle signore e dei signori più eleganti della città.

Solo nelle prime ore del mattino un dubbio si era insinuato nella sua mente agitata, tenendola sveglia finché gli uccellini non avevano cominciato a esibirsi con il loro cinguettio melodico. Chi era lei, una zitella che aveva ricevuto la propria istruzione in una canonica, per immaginare di potersi fare strada con forza in un mondo prettamente maschile, e avere persino successo?

6

Presente

In un primo momento, Thea non ricordò dove fosse. Disorientata, allungò la mano per afferrare gli occhiali e barcollò fuori dal letto, aprì le tende e sbirciò la strada sotto di lei. Curvava gradualmente in discesa, e nella grigia luce del mattino riuscì a scorgere in lontananza i contorni dei tetti della scuola, e dietro di essi i verdi campi da gioco. Sull'altro lato della strada, diversi camion si muovevano rombando pesantemente, facendo stridere gli ingranaggi mentre scendevano verso il ventre della città.

La sera precedente, dopo che si erano spente le luci e poi riaccese, poi di nuovo spente e riaccese ancora, era stata sul punto di scendere a tentoni al piano terra. Dando la colpa all'instabile impianto elettrico della vecchia casa, e imputando un inquietante scricchiolio a un gatto che fosse stato chiuso all'interno dell'abitazione, era riuscita comunque a reprimere la paura e a prepararsi per andare a letto. Nonostante la stanchezza, aveva impiegato più tempo del solito ad addormentarsi.

Si spostò dalla finestra e dette un'occhiata al suo orologio: aveva ampio margine di tempo prima d'incontrarsi con il rettore. Prese il telefono e schiacciò il tasto per accenderlo, ma lo schermo rimase ostinatamente nero. Controllò il caricabatterie e il cavo. Niente. Magari non funzionava la presa, o durante la notte era saltata di nuovo la luce? Imprecò in silenzio. Voleva controllare le e-mail; assicurarsi che non avesse dimenticato nulla prima dell'inizio della giornata. Stava per andare in bagno a farsi la doccia, quando una sagoma ricurva in un angolo della stanza catturò il suo sguardo. La sua giacca. Poteva giurare di averla appesa dietro la porta. La sera precedente doveva essere più stanca di quanto avesse pensato. Accanto alla giacca, per terra, giaceva l'involucro della cioccolata – non era riuscita a centrare il canestro – e capì che la sua priorità dopo la doccia sarebbe stata la colazione, preferibilmente non in compagnia di madama Hicks. Doveva recuperare le energie, prima di affrontare di nuovo quella donna imperscrutabile.

La cucina era grande, pulita con un'attenzione clinica e, piacevolmente, vuota. Un orologio alla parete segnava le dodici meno un quarto. Thea non ebbe bisogno di controllare il suo per capire che doveva essersi fermato parecchio tempo prima.

Camminò sul retro, dove si accedeva a un piccolo corridoio e poi a una porta esterna. Togliendo il paletto, vide un lungo e stretto giardino circondato da alte mura di selce. Al centro vi era un'aiuola dall'aspetto complesso, con varie sezioni marcate da vecchi mattoni e siepi potate basse: un giardino a nodo o magari all'italiana. Oltre vi era un piccolo stagno coi pesci. Fissò l'aiuola e ci volle qualche secondo prima che il suo cervello ne distinguesse la forma e capisse dove l'avesse già vista. Si trattava di un pentacolo, lo stesso di una delle chiavi che le aveva dato il signor Battle. Il vento scompigliò le ultime foglie sull'erba umida e Thea rabbrividì nel sentire l'aria fredda del mattino.

Tornata al calduccio della cucina, rovistò nei cassetti e nei pensili, senza scorgere delle batterie nuove per l'orologio, ma trovando tè, pane, marmellata e confezioni assortite di cereali. Un paio di frigoriferi erano stati riempiti generosamente con, tra le altre cose, burro, latte, formaggio e verdure. Nei pensili c'erano tazze e piatti, e in una lunga cassettiera su un lato della stanza si trovavano le posate. Contenta alla prospettiva del cibo e di una tazza di tè, Thea tostò il pane e mise su il bollitore prima di sistemarsi in fondo a uno dei due lunghi tavoli di quercia nella sala da pranzo, crogiolandosi al sole che adesso entrava luminoso attraverso due bovindi.

Non aveva ancora fatto in tempo a mandare giù un boccone di pane tostato che la porta si aprì, annunciando l'entrata di madama Hicks. La donna appariva un po' meno inquietante alla luce del giorno e portava una blusa simile a quella della sera precedente, ma stavolta con un motivo con dei frutti rossi. In occasione del suo primo giorno di lavoro, Thea indossava un paio di pantaloni grigi fatti su misura e una semplice camicia, aveva persino applicato un inconsueto velo di rossetto, ma in confronto a quella di madama Hicks la sua mise era cupa. Posò la fetta di pane, ingoiando frettolosamente il boccone, e le dette il buongiorno, decisa a non farsi intimidire.

Mentre tra loro si protraeva un attimo di silenzio, Thea notò una strana spilla di peltro rotonda al colletto della blusa di madama Hicks. Sopra vi era raffigurato un disegno con delle frecce, non dissimile da quello sulla chiave di Thea. Intrigata, avrebbe voluto interrogarla sull'origine della spilla, perché sembrava davvero antica, ma tenne a freno la lingua. L'espressione dell'anziana donna non invitava alle domande di natura personale, sebbene quando parlò il tono della sua voce le parve leggermente meno frigido.

«Spero abbia riposato bene».

«Sì. Grazie. Anche se sarebbe stato difficile il contrario – ho dormito come un ghiro».

Madama Hicks la guardò in modo duro. «Magari, prima dell'arrivo delle ragazze, potremmo discutere della gestione della casa e delle nostre responsabilità».

Thea annuì. «Che ne dice se facciamo alle undici?»

«Molto bene. Devo occuparmi della consegna delle ultime

forniture, e il personale della cucina arriverà dopo pranzo, ma dovremmo avere tempo a sufficienza per discorrere di tutto». Poi lasciò Thea da sola a fare colazione.

Mentre ripuliva il tavolo dove aveva mangiato, la porta si aprì con uno scricchiolio, seguito da un acuto miagolio. Isis. Il gatto cominciò subito a strusciarsi alle gambe di Thea, serpeggiando tra le sue caviglie. Come madama Hicks, anche il gatto sembrava più socievole quella mattina. Thea si piegò per accarezzarlo e questo rispose con delle fusa roboanti. «Eri tu che miagolavi stanotte? Che combinavi?», cantilenò, guardandosi in giro in cerca di una ciotola. «Forse è meglio non darti da mangiare, micetta», sussurrò. «Non posso rischiare di mettermi nei guai il primo giorno di lavoro».

Dette uno sguardo all'orologio. Le otto e mezza. Aveva tempo a sufficienza per dare un'occhiata in giro prima dell'incontro. Non aveva avuto l'opportunità di passeggiare per la città dopo il colloquio di diversi mesi prima, perché si era dovuta precipitare a prendere l'autobus per la stazione dei treni, e adesso era ansiosa di vedere cosa potesse offrire. Dopotutto, quelle erano le stradine dove suo padre aveva passato gran parte della sua giovinezza; lì vicino c'erano i campi dove aveva giocato le sue partite, il teatro dove si era esibito, il dormitorio dove aveva alloggiato. Lei e sua sorella avevano sentito la storia degli otto chilometri di corsa che si faceva durante le gelide mattine d'inverno prima di una doccia fredda e della colazione, di come veniva bacchettato sulle nocche con un righello di legno alla minima trasgressione, costretto ad asciugarsi il sangue una volta finito tutto.

Di come quelli fossero stati per lui gli anni migliori della sua vita.

Suo padre aveva descritto loro il mercato bisettimanale che si snodava al centro della larga strada principale come "il terzo in ordine di grandezza in tutta l'Inghilterra". "Organizzato in modo che una carrozza con sei cavalli potesse farne il giro".

Quando erano piccole, aveva raccontato a lei e a Pip di cibi a loro sconosciuti: il pasticcio di maiale agli aromi, le uova alla scozzese grandi come la testa di un bambino, il pane inglese all'uvetta e scorza d'arancia.

Con la testa immersa in quei ricordi, uscì di casa e attraversò al centro della strada, dove, dopo solo qualche metro, s'imbatté nel banchetto di un fornaio pieno di sformati e crostate, empanadas e, sì, uova alla scozzese e pasticci di maiale. Sulle sue labbra si disegnò un sorriso, e se non avesse appena trangugiato un ulteriore pezzo di pane tostato, sarebbe stata tentata.

Pochi minuti più tardi, oltrepassando l'arcata che conduceva al cortile della scuola, notò un certo numero di donne e uomini di varie età e altezze che si affrettavano verso la sede del rettore. Una donna attirò la sua attenzione, indossava una gonna vaporosa fermata da una larga cintura e una camicetta rosso arancia e scarlatto, e camminava con lunghe falcate sicure e un fascio di fogli infilati sotto il braccio. «Non avevo capito che avremmo partecipato tutti all'incontro col preside», disse Thea, riconoscendo un'insegnante della facoltà di lettere, Claire McGovern, che le aveva mostrato la scuola prima del famoso colloquio.

«Ehi, ciao», rispose Claire, il volto illuminato di piacere. «Sì, il primo giorno di scuola siamo tutti convocati. Be', in realtà, è domani il primo giorno ufficiale, ma ci siamo capite, no? Comunque, benvenuta, non ti dico come sono contenta che tu abbia ottenuto il posto – avresti dovuto vedere gli altri candidati», disse piano, arricciando il naso, come se avesse sentito un odore particolarmente sgradevole. Thea non poté fare a meno di mettersi a ridere. Forse l'esperienza in quella scuola non sarebbe stata scoraggiante come le era sembrata a primo impatto.

«Non sono ancora sicura di esserne pronta», le confidò sussurrando.

«Non preoccuparti – adesso non è più botte, prepotenza e sodomia, anche se si narra che se un insegnante viene scoperto ad alzare il braccio oltre la spalla in procinto di bacchettare uno studente debba pagare con una cassa di vino francese. Sono certa che sia una leggenda, però». Claire le fece l'occhiolino, parlando veloce quasi quanto il suo passo. «Vieni», disse, rallentando un attimo e permettendo a Thea di raggiungerla. «Il rettore detesta il ritardo».

Era un bene che gli uffici del dirigente scolastico fossero ampi, poiché Thea e Claire fecero parte dell'ultima dozzina di insegnanti a doversi infilare lì dentro. I presenti, che si rivedevano dopo la lunga pausa estiva, producevano un forte brusio, ma quando il dottor Fox fece il suo ingresso, nella sala calò il silenzio. Thea dovette allungare il collo per vederlo oltre le teste delle persone davanti a lei. Era giovane per essere a capo di una scuola del genere, sui quarantacinque anni, e aveva un sorriso in grado di scaldare tutta la stanza. La sua paura si attenuò ancora un po'.

Sei mesi prima, Thea non stava nemmeno cercando un nuovo lavoro, figuriamoci valutando l'idea di lasciare Melbourne, o l'Australia, se era per quello. Insegnava in una scuola pubblica progressista e multiculturale nell'estrema periferia della città e, nonostante la triste mancanza di fondi, le risorse limitate e le costanti opinioni politiche dei professori, Thea amava il proprio lavoro. Ma l'opportunità di venire a lavorare in questo posto l'aveva attirata come una calamita. A prescindere dalla connessione col padre, per lei avrebbe significato trovarsi in un posto ideale per incoraggiare i propri studi di dottorato. Senza pensarci due volte, aveva inviato la domanda di assunzione per il posto vacante pubblicizzato sul sito web della scuola. Più o meno un mese dopo, era rimasta sorpresa di essere stata contattata per un colloquio, e aveva prenotato un viaggio a Londra senza troppi ripensamenti.

«Buongiorno, professori», disse il dottor Fox, irrompendo nei suoi pensieri. «Sono molto lieto di essere davanti a voi in questo giorno propizio: il centocinquantesimo genetliaco dell'Oxleigh College, e non vedo l'ora di condividere con voi quali sono i programmi dei festeggiamenti di questa importante tappa nelle settimane a venire».

Thea aveva solo una vaga idea di cosa volesse dire "genetliaco", ma quasi tutti i presenti stavano annuendo, come se fosse talmente ovvio.

«Comunque, prima di tutto, volevo dare il mio speciale e caloroso benvenuto ai nuovi arrivati. Magari potreste alzare la mano affinché tutti possano sapere chi siete».

Quando Thea alzò esitante il braccio si guardò attorno, sollevata di vedere altre tre persone fare la stessa cosa e di non essere la sola novizia. Mentre si abbassavano le mani, notò un uomo robusto a qualche metro di distanza, i suoi capelli ramati un faro in mezzo a un mare di capigliature castane o grigie. Aveva la solida struttura di uno sportivo, spalle larghe e fianchi stretti – rugbista, se doveva tirare a indovinare. L'uomo la colse a guardarlo e Thea registrò i suoi disarmanti occhi celesti prima di distogliere lo sguardo e tornare a concentrarsi sul rettore.

«Bene, allora...», disse il dottor Fox. «Come ben sapete, oggi è un giorno memorabile. Per la prima volta in centocinquant'anni di storia di questa scuola, includiamo le ragazze nel nostro corpo studenti».

Ci fu un brusio generale.

«Occorrerà, indubbiamente, un periodo di assestamento, ma mi aspetto che ognuno di voi farà del suo meglio per far sentire a casa le quattordici nuove alunne».

Ancora un brusio, stavolta più forte. Thea notò l'espressione di uno dei professori più anziani; non sembrava per niente contento, e udì le parole: «Le femmine... rovinano sempre tutto...» e «...è inconcepibile». Un altro bofonchiò: «Dove andremo a finire? Tra poco assumeranno una donna a capo della scuola». Fecero seguito delle risatine anonime.

Thea sbatté le palpebre, ma si sforzò di mantenere un'espressione neutra. In che era pensavano di vivere? Avrebbe dovuto esserne sorpresa, ma non lo era. Quei vecchi burberi erano per natura recalcitranti al cambiamento, e l'afflusso di donne e ragazze sarebbe stato niente di meno che un trauma di portata sismica per loro. L'insegnante coi magnetici occhi azzurri guardò di nuovo nella sua direzione, sollevando le sopracciglia e alzando gli occhi al cielo per ciò che stavano dicendo i colleghi.

Thea sentì la presenza di Claire al proprio fianco. «Era ora che il college entrasse a far parte del ventunesimo secolo», sussurrò la professoressa al suo orecchio.

«Chi è lui?», le chiese a voce bassa, indicando con un'occhiata l'uomo con gli occhi celesti.

Claire impiegò un attimo per capire dove stesse guardando. «Gareth Pope. Educazione fisica».

«Giusto». Thea ricordò il suo nome; avrebbe lavorato insieme a lui per aiutarlo ad allenare le squadre di hockey dell'ultimo anno.

Il dottor Fox continuò a parlare, esponendo i risultati ottenuti nell'anno precedente e le sue aspettative per quello a venire. La scuola si focalizzava con forza sugli studi accademici – l'esame di ammissione aveva fama di essere il più impegnativo di tutta l'Inghilterra – ma persino Thea rimase sbalordita nel venire a conoscenza dei numeri dei risultati eccellenti. Quando parlò dei vari conseguimenti nel campo della musica, dell'arte e del teatro, iniziò anche a chiedersi come facessero gli alunni ad affrontare una tale pressione competitiva, e cosa succedesse a coloro che invece vacillavano davanti a essa. Pensò per un attimo a tutti i ragazzi che avevano frequentato quella scuola, e il cui carattere era stato forgiato, in meglio o in peggio, dalla sua influenza – tra coloro che avevano studiato all'Oxleigh College si annoveravano membri di gabinetto, scienziati ed esploratori, ma anche persone che conducevano vite più semplici, ma non per questo meno stimabili, tuttavia, dovevano esserci anche quelli che avevano ceduto sotto il peso di tutte le aspettative nei loro confronti, del costante paragone con gli altri, che volavano più in alto, che ottenevano di più. Una scuola come quella ti segnava a vita, di questo ne era certa perché suo padre l'aveva ripetuto spesso. Non ci fu molto tempo per soffermarsi sull'argomento, però, poiché il dottor Fox concluse il suo discorso e qualcuno aprì la porta per far uscire tutti.

Thea si voltò per seguire il resto degli insegnanti, ma sentì una mano posarsi sul suo gomito. «Un momento, se non le dispiace, signorina Rust».

7

Presente

Il dottor Fox. Non lo aveva visto arrivare, era stata troppo presa dalla fiumana di professori, ma si trovava già al suo fianco. «Mi chiedevo se potessimo scambiare due parole».

Thea annuì. «Certo».

Esitò un attimo e aspettò che la stanza si svuotasse del tutto. Claire fu tra le ultime persone a uscire, e prima di oltrepassare la porta le lanciò un'occhiata interrogativa. Thea la salutò con la mano e scandì con le labbra un «A dopo», poi si voltò verso il rettore.

«Come si sta trovando?», le chiese il dottor Fox, una volta rimasto solo con lei. Ma senza aspettare la risposta, proseguì: «Bene, quanto allo sfortunato incidente della signora Jackson... È a dir poco sconveniente».

«Già», concordò Thea.

«Ho delle riserve sulla sua mancanza di esperienza nell'ambito delle cure pastorali, ma ci troviamo in difficoltà, perché non siamo stati in grado di trovare un rimpiazzo, con così poco preavviso. Penso che dovrà fare le sue veci solo per metà del primo quadrimestre al massimo».

Thea annuì, facendo del proprio meglio per dare l'impressione di essere all'altezza di quel compito. Si sarebbe trattato solo di poche settimane; poteva senz'altro riuscirci. E, comunque, non aveva molta scelta al riguardo.

«L'Oxleigh College vanta degli eccellenti risultati sportivi, non inferiori a quelli accademici. Crediamo nel concetto delle tre A: studi Accademici, Arte e Agonismo», disse il dottor Fox. «Sono certo che non sia una sorpresa il fatto che la sua ragguardevole competenza in ambito sportivo l'abbia aiutata a ottenere il suo posto qui». Le rivolse un sorriso incoraggiante.

Quando le avevano offerto quel lavoro, Thea sapeva che non erano solo le sue qualifiche di insegnante di storia che stavano cercando. Il fatto che da ragazza avesse giocato per anni a hockey in Australia, sebbene ormai fosse passato un decennio o più, che avesse più di recente lavorato come istruttrice della squadra della nazionale under diciannove, senza tralasciare il passato da ex studente della scuola del padre, aveva giocato tutto a suo favore.

Allo stesso modo, le nuove iscritte che più tardi avrebbero fatto il loro ingresso nella scuola non erano studentesse qualsiasi. Tutte al penultimo e all'ultimo anno – tra i sedici e i diciassette anni –, erano state selezionate in base alle loro competenze accademiche e sportive, ma anche per il loro legame diretto con la scuola; molte avevano un fratello che studiava lì o un papà che era stato un vecchio Oxleighiano. Sebbene all'inizio Thea fosse stata titubante all'idea di insegnare a degli studenti così privilegiati, sentendo che fosse più giusto mettere la propria esperienza al servizio di quelli che ne avevano più bisogno, accettare l'offerta era servito a un ulteriore scopo, un po' più egoista.

«Ovviamente, il suo carico di lavoro accademico sarà ridotto, per compensare le sue nuove responsabilità», aggiunse. «L'orario delle sue lezioni è stato aggiornato in base a questo». Il rettore parlò in un modo di gran lunga più formale di quanto Thea non fosse abituata, ma la fissò comunque con un caldo sorriso. «Non mi stancherò mai di dire quanto sia importante che le ragazze si ambientino bene. Il futuro dell'Oxleigh College dipende da questo. Il suo ruolo sarà determinante nell'ottenere ciò. Deve sapere che mia figlia, Sabrina, sarà una delle nuove allieve».

Ma certo, Sabrina Fox. Fino a quel momento, Thea non aveva collegato. «Chiaro, rettore».

«Se ha qualche problema, qualsiasi problema, la prego di venire direttamente da me».

Mentre l'uomo continuava a parlare, Thea vagava con lo sguardo per la stanza, notando, ora che si era svuotata degli altri insegnanti, l'elenco di nomi maschili e le date incisi sulle pareti rivestite di legno di quercia. I primi risalivano a centocinquanta anni prima, un'epoca in cui il suo Paese era ancora abitato da ladri deportati e furfanti.

Vi erano i nomi di matricole, ricercatori e borsisti, e poi una sfilza di rappresentanti d'istituto. I suoi occhi scorsero in basso le iscrizioni in foglia d'oro, fino a fermarsi su un nome in particolare. *1970 Rust, Henry.*

Thea non riusciva ancora a credere di trovarsi davvero lì. In piedi, sullo stesso suolo calpestato un tempo dal padre, ripercorrendo letteralmente i suoi passi una cinquantina di anni più tardi. Magari avrebbe persino insegnato nella stessa classe dove lui aveva seguito le sue lezioni, mangiato agli stessi tavoli lunghi che aveva scorto nel refettorio del college durante la sua prima visita. Dubitava che fosse cambiato molto da allora.

«Qualche domanda, signorina Rust?», le chiese il dottor Fox.

«No, nessuna, grazie. Sono certa che andrà tutto bene», lo rassicurò.

«Ottimo. Non ho dubbi che sarà all'altezza della situazione». Il rettore fece una pausa, osservandola con un'espressione seria. «Sono stato veramente dispiaciuto nell'apprendere di suo padre. Non ho mai avuto il piacere di conoscerlo, ma, a detta di tutti, era un grande uomo. Un vanto per l'Oxleigh College».

«Grazie», rispose lei, arrossendo a quelle parole. «Spero solo di essere alla sua altezza».

Scacciò il ricordo del funerale di suo padre; la confusione di sentimenti, di cui il dolore era stato prevalente.

Il rettore si schiarì la voce. «Bene, farà meglio a sbrigarsi. Le nuove ragazze arriveranno insieme agli altri studenti oggi pomeriggio e sono certo che abbia molto da fare prima di accoglierle».

«Credevo avessimo detto alle undici, signorina Rust».

Madama Hicks era in piedi al di là della porta, avvolta nell'ombra, come se fosse di vedetta.

Thea, che era rientrata dalla scuola il più in fretta possibile, dette un'occhiata al suo orologio. Cinque minuti di ritardo. «Mi ha trattenuta il rettore», le spiegò, rifiutandosi di scusarsi per qualcosa che andava oltre il suo controllo.

«Forza, allora, abbiamo un sacco di cose da fare prima dell'arrivo delle ragazze».

Raggiunta la sala da pranzo, le due donne si misero sedute e Isis entrò con passo felpato nella stanza, inarcando la schiena contro le caviglie di madama Hicks e facendo le fusa come un motore V8. «La sveglia per le ragazze suona alle sette – avrà notato i dispositivi di ultima generazione presenti in ogni stanza, li utilizziamo per qualsiasi tipo di comunicazione –, poi la colazione è alle sette e mezza...». Madama Hicks proseguì, parlando di tempi di studio, di pomeriggi sportivi e attività del fine settimana, e Thea cominciò a chiedersi se ci si aspettasse da lei che ricordasse ogni cosa. Avrebbe dovuto prendere appunti.

«Domande?».

Thea scosse la testa. Era certa che avrebbe compreso tutto il resto da sola.

«Spero che mi consideri una persona a cui rivolgersi in caso di bisogno», la voce dell'anziana donna si addolcì leggermente e un flebile sorriso comparve sulle sue labbra sottili. «Ma lei si occuperà della comunicazione coi genitori, di fare da mediatore con gli insegnanti delle ragazze e di tenere d'occhio il loro rendimento. Sarà anche il primo contatto diretto con le studentesse per qualsiasi problema possano avere, sia di natura scolastica che personale».

«Il dottor Fox mi ha spiegato a grandi linee, e tutto torna», disse Thea, cercando di non sembrare troppo intimorita.

Madama Hicks annuì. «Ora, ha delle domande specifiche sulle ragazze?».

Thea aveva brevemente studiato i profili di ciascuna sulle schede che aveva trovato sulla scrivania. Su ogni scheda erano riportati una fotografia, i dettagli dei risultati dei recenti esami sostenuti dalle ragazze, i raggiungimenti co-curricolari e il giudizio delle scuole frequentate in precedenza. Erano tutte, senza alcuna eccezione, molto ambiziose. Brillanti ragazze sportive dalla carnagione rosea che riflettevano giovinezza e buona alimentazione, pensò mestamente, consapevole delle sue braccia scottate dal sole e piene di lentiggini. Tre in particolare le erano rimaste impresse: Morgan, che con i suoi due fratelli gemelli costituiva la sesta generazione di Addington-Clay che avevano frequentato l'Oxleigh College; Aradia Bianchi, una ragazza italiana dai capelli scuri che, oltre ai risultati quasi perfetti dei suoi esami, parlava fluentemente tre lingue; e Sabrina Fox, figlia unica, il cui padre, adesso Thea lo sapeva, si dava il caso essere il rettore della scuola. Morgan, Aradia e Sabrina avevano studiato nella stessa scuola femminile nei precedenti cinque anni prima di trasferirsi all'Oxleigh. Le tre ragazze, insieme a un'altra – Fenella Wildash – erano state selezionate per lo studio della storia, ed era rimasta contenta di apprendere che era stata assegnata come loro tutor.

«Ho letto le schede», disse Thea. «C'è altro da sapere?»

«Non molto. Immagino che lei continuerà i suoi studi mentre è qui», disse madama Hicks.

«Esatto», replicò Thea. *E come faceva a saperlo?*, pensò senza dirlo a voce alta. Forse le era stata fornita una scheda informativa come quella delle studentesse su di lei. «Dopo il lavoro scolastico, soprattutto. Mi interessano le ideologie di natura persecutoria – in particolar modo la stregoneria nel sedicesimo e nel diciassettesimo secolo in Inghilterra». Anche la sua tesi universitaria era stata incentrata su quell'argomento e sapeva molto bene che la contea di Wiltshire aveva assistito alla sua buona dose di donne – soprattutto vecchie e povere – accusate, impiccate o annegate per via di un sospetto che aleggiava su di loro. Thea sapeva che in genere erano dei capri espiatori – a cui veniva addossata la colpa degli scarsi raccolti o delle malattie – e non vedeva l'ora di scoprire altro su alcune delle vicende meno note, poiché doveva ancora determinare uno specifico indirizzo dei suoi studi.

«Allora crede nella magia?».

Che domanda strana. «Per niente. Quelle donne potevano avere delle abilità speciali, delle conoscenze, ma poteri soprannaturali? Si trattava di accuse da parte di gente spaventata da ciò che non comprendeva o non riusciva a spiegarsi».

«Certo». Madama Hicks fece una pausa e sembrava quasi sul punto di aprirsi con Thea, ma poi aggiunse blandamente: «Be', sono sicura che scoprirà un sacco di cose interessanti al riguardo, da queste parti. Ora, dato che è stata aggiornata, possiamo terminare qui». Si alzò in piedi per uscire dalla stanza e Isis la seguì, la coda dritta a forma di punto interrogativo.

Aveva fatto il passo più lungo della gamba? Thea non aveva alcun dubbio sulle proprie competenze d'insegnamento, ma fare la direttrice di convitto – sebbene per poco – di quattordici ragazze adolescenti era una questione del tutto diversa. Detto ciò, Thea non sapeva cosa volesse dire tirarsi indietro da una sfida, indesiderata o meno che fosse. Suo padre lo aveva capito subito.

8

Settembre 1768, Oxleigh

Poco prima che Rowan se ne rendesse conto, Prudence la stava scuotendo per svegliarla. Inalò il confortante profumo di cannella e noce moscata, sovrapposto a un pungente tanfo di alcol e rammentò dove fosse.

«Ehi, ragazza, non sono ammesse le sciattone in questa casa. Lavati la faccia e vestiti il più in fretta possibile. Dobbiamo pulire i caminetti della sala da pranzo, del salotto e del salone e accenderli. Ti mostrerò dove prendere la legna e il materiale per accendere il fuoco. Sai come si accende un fuoco, vero?».

Meglio di qualcuno in questa casa.

Rowan si stropicciò gli occhi e sbatté le palpebre alla luce fioca della candela di Prudence. Non c'era nessuna traccia di Alice; in effetti, l'altro lato del letto appariva intatto, le lenzuola ben tirate e il sottile cuscino intonso, ma a Rowan era sembrato di sentire qualcuno accanto a lei, quando si era rigirata durante la notte. «Sì, certo», le rispose, molto più sveglia, adesso.

«Bene. Allora inizia ad aprire le tende e gli scuri di sotto, per favore. Forza, in piedi, il giorno non aspetta nessuno».

Rowan abbassò le coperte, tremando per l'aria fredda che la travolse all'istante. Ciò fece svanire qualsiasi residuo di sonno e si vestì in fretta con i suoi abiti di ricambio, poi raccolse i capelli sotto la cuffia e si legò il grembiule che Prudence aveva appoggiato ai piedi del letto. «Ricorda di tenere quei capelli sempre coperti», l'aveva avvertita la donna la sera prima. «Alla signora non farà piacere avere una coi capelli così bianchi in casa». Rowan non se lo era fatto ripetere due volte.

Scesa la scala principale, si fermò un momento a tracciare con le dita i pomelli a forma di ghianda dei pilastri terminali della ringhiera, meravigliandosi dei dettagli, non avendo mai visto nulla di intagliato con una simile abilità artistica. Udendo un rumore in lontananza, e preoccupata di non farsi sorprendere a gingillarsi, si precipitò nel salone.

Nell'aria c'era un odore pungente di tabacco, e quando aprì gli scuri un paio di bei bicchieri, con residui di vino rosso scuro all'interno, e una bottiglia vuota catturarono la luce del mattino. Un'altra bottiglia, anch'essa vuota, era su un tavolino di servizio, insieme a una pipa di terracotta, la cenere che fuoriusciva dal fornello dell'oggetto. Delle carte giacevano abbandonate sulla chaise longue, girate con la faccia all'insù e sparpagliate, come se qualcuno le avesse lanciate con disgusto.

Spazzò il camino e lo pulì con la grafite, poi lo asciugò con un panno. Nel ridisporre il focolare, fece attenzione a scegliere solo i ceppi più asciutti e li posizionò su un paio di alari di ferro, in modo che l'aria tirasse da sotto la legna. Accese un cerino e una volta preso a bruciare, attizzò il fuoco con il soffietto che si trovava accanto al camino, tossendo per il fumo che le veniva addosso, ma provando soddisfazione quando le fiamme cominciarono a scaldare la stanza.

Soddisfatta del fuoco, si avviò nel salottino in cui aveva conosciuto la padrona di casa il pomeriggio precedente per ripetere la stessa procedura, anche se in quella stanza il camino era di pietra e perciò non richiedeva il dispendioso lavoro di lucidatura con la grafite. Poi passò in sala da pranzo dove, dopo aver tirato le tende a festoni (dovette chiamare Prudence per farsi mostrare come fare, dato che non ne aveva mai viste – c'erano così tanta stoffa e balze che stentava a credere che fossero vere), si inginocchiò per ripristinare il tappeto da camino. Facendo questo, scorse un piccolo oggetto in un angolo buio della stanza e si alzò per andare a recuperarlo. Il metallo di cui era fatto era annerito per l'ossidazione, ma sollevandolo da terra e avvicinandoselo all'orecchio sentì un flebile suono di legumi secchi che collidevano tra loro. Un sonaglio. Uno strano oggetto da trovare in una casa priva di bambini. Lo posò sulla credenza, con l'idea di lucidarlo più tardi.

Una volta terminati i propri compiti, Rowan tornò in cucina, dove Prudence era davanti ai fornelli intenta a girare il contenuto di una grande pentola, l'odore di aringa affumicata che proveniva dalla padella che sfrigolava accanto. «Vieni a sederti, ragazza, fai colazione», disse Prudence. «Rowan, lei è Alice; Alice Picken».

La ragazza seduta al tavolo aveva forse un anno o due più di Rowan e stava mangiando da una ciotola di porridge, infilandosi il cibo in bocca con un movimento automatico del cucchiaio.

Se avesse avuto un'espressione un po' più affabile, l'avrebbe considerata carina, poiché i suoi occhi erano orlati da spesse ciglia nere, due violette su di un volto perfettamente ovale e dalla carnagione olivastra, e le labbra erano grandi e carnose. Dei ricci scuri fuoriuscivano dalla cuffia di lino che indossava e le mani erano fini e delicate. Rowan si sentì all'improvviso una grezza stracciona in confronto, un pony gallese in compagnia di una bella cavalla.

Alice non sembrava poi così contenta di fare la sua conoscenza, data l'espressione scontrosa in disaccordo con i suoi freschi lineamenti. Rowan la salutò con un cauto cenno della testa, prima di sedersi a poca distanza da lei. Alice ricambiò il saluto inclinando la testa, lo sguardo che indugiò un secondo sul volto sfregiato della nuova collega, dopodiché tornò al suo porridge.

Prudence mise in tavola una scodella fumante. «Per me?», chiese Rowan.

«Be', Alice si è già servita».

Il tono della cuoca fu indulgente e Rowan non poté fare a meno di sorridere. Non aveva mai visto così tanto cibo per una persona, e, sebbene avesse mangiato bene la sera prima, non si sorprese di trovare il proprio appetito rinnovato, quella mattina. La fame era stata una costante della sua esistenza da che ne aveva memoria; la pancia piena era un'esperienza nuova per lei.

Mentre Prudence si affrettava nel retrocucina, Rowan colse l'occasione per tentare di stringere amicizia con Alice. «Sei qui da molto?», le chiese.

«Abbastanza», le rispose lei con la bocca piena di cibo. Poi la guardò storto, e Rowan si chiese cosa avesse mai fatto per indispettirla in quel modo.

Ci riprovò. «È piacevole stare in questa casa?», le domandò.

«Dipende da cosa intendi», rispose l'altra.

«Sono gentili? Il signore e la signora?».

Alice sembrò riflettere un attimo. «Ti aspetti gentilezza?», disse con una risata di scherno. «Sei proprio una sempliciotta».

A quel punto, Rowan rinunciò a fare conversazione e tornò a concentrarsi sulla scodella e su ciò che la circondava. Il sole adesso brillava attraverso una finestra affacciata su un lungo giardino recintato. Sembrava esserci una miriade di piante, sebbene a quella distanza non riusciva a identificarle con precisione. Se mai avesse avuto qualche minuto libero per avventurarsi là durante la giornata, avrebbe indagato meglio.

Prudence continuò ad andare avanti e indietro, e quando le ragazze ebbero finito di mangiare anche l'ultimo granello di porridge, ordinò a Rowan di portare in sala da pranzo i piatti da portata della colazione.

Rowan li trasportò con cautela attraverso il buio corridoio, facendo attenzione a non inciampare, poi entrò nella stanza, appoggiandoli su una credenza e riuscendo a non far sbattere troppo il peltro sul legno, ma, quando il suo nuovo datore di lavoro s'infilò in sala con passo energico, per poco non urtò contro di lui. «Mi è sembrato di sentire profumo di aringa affumicata», disse l'uomo, sollevando il coperchio del vassoio più lontano da Rowan e sbirciandone il contenuto. Rowan mormorò un conciso e vagamente imbarazzato: «Buongiorno, signore». Ma l'attenzione di Patrick Hollander era monopolizzata dal cibo che aveva davanti e a malapena sembrò notarla.

Rowan tornò in fretta in cucina e vide Alice sparire sul retro. Prudence stava sollevando nuvole di farina mentre impastava e stendeva della pasta davanti a lei.

«Prudence?», la chiamò timidamente Rowan, incerta se valesse la pena o meno tirare fuori l'argomento.

«Sì?»

«C'è una ragione per cui non piaccio ad Alice?»

«Non badarle», replicò Prudence. «Pensa che sia più prestigioso occuparsi del padrone; di essere migliore di una domestica di campagna. Non era per niente contenta quando ha scoperto che eri stata assunta tu e che lei non si sarebbe più occupata del signor Hollander».

«Capisco», disse Rowan. «Be', spero solo che comprenda che non sono una minaccia». Ma come superare al meglio il rancore di Alice nei suoi confronti? Non voleva che tra loro due corresse cattivo sangue.

«Dalle tempo, ragazza. Dunque, la signora scenderà presto. Vai nella camera padronale e rassettala. Tira le tende, fai prendere aria al letto, svuota il vaso da notte e riempi il portacatino. È di sopra, terza porta a destra».

«Certo, Prudence».

«Quando hai finito, spazza le scale e lucida gli specchi. Trovi tutto quello che ti serve nel retrocucina».

«Sì, Prudence».

«Presto imparerai a capire quello che c'è da fare, senza che te lo dica io».

«Sì, Prudence».

Rowan dette di nuovo un'occhiata sognante al giardino. La perlustrazione avrebbe dovuto attendere.

Più tardi durante la giornata, quando la signora l'aveva chiamata per ravvivare il fuoco del camino in salotto, si udì del trambusto in strada. Dirigendosi alla finestra per vedere da dove provenisse tutto quel baccano, Rowan vide un carro proprio lì sotto. Un grosso oggetto, coperto da uno spesso telo, era fissato a delle tavole. Mentre diversi passanti si fermavano per assistere allo spettacolo, il padrone emerse all'esterno e iniziò a indicare verso la casa.

«Di cosa si tratta?», chiese languidamente Caroline, senza muoversi dalla sedia.

«Non ne sono sicura, signora. Ma è enorme».

«Non stavamo aspettando nessuna consegna. Non può essere seta, quella arriva con la carrozza da Londra, e non sarà qui prima della prossima settimana. Sei sicura che sia per noi?»

«Non lo so, signora, ma il signore sembra se ne stia occupando». Rowan continuò a osservare la scena, notando che qualsiasi cosa fosse stava monopolizzando l'attenzione di metà degli abitanti di Oxleigh, che avevano interrotto le proprie occupazioni per fermarsi a guardare.

«Credo sia meglio che venga a vedere cosa sta succedendo», disse Caroline. «Se mio marito ha qualcosa a che fare con la faccenda, non oso immaginare cosa dobbiamo aspettarci». Si alzò dalla chaise longue, sistemandosi la gonna di un colore che a Rowan ricordava una foglia nuova che inizia ad aprirsi, e raggiungendo la ragazza alla finestra. Il signor Hollander, il carrettiere e diversi altri uomini sembravano discutere su come spostare l'oggetto, indicando i piani superiori della casa, in particolare verso la finestra alla quale Rowan e la sua padrona erano affacciate a guardare. «Quella cosa non entrerà certo in casa?», chiese Caroline. Poi, sottovoce: «Cosa diavolo avrà combinato stavolta?».

Rowan rimase a osservare mentre venivano portate fuori due scale a pioli e il carrettiere reggeva quella che sembrava una grossa puleggia, insieme a delle funi larghe quanto un avambraccio. Lui e un altro uomo appoggiarono le scale contro la facciata della casa, una su ciascun lato del bovindo sottostante, poi andarono a prendere le corde e la puleggia ed entrarono in casa. Rowan sentì risuonare i loro passi sulle scale, dopodiché i due uomini fecero irruzione in salotto, seguiti da Patrick Hollander.

«Per cos'è tutto questo gran da fare?», domandò Caroline al marito. «Sei uscito di senno?».

Lui la guardò con l'espressione di qualcuno che stia per fare una grande magia, gli occhi pieni di malizia. «Aspetta e vedrai, mia cara, perché quando capirai di cosa si tratta sarai elettrizzata quanto me, senza ombra di dubbio».

Caroline contrasse le belle labbra e Rowan intuì che la signora non sembrava affatto condividere l'aspettativa del marito. «Rimando il giudizio a quando mi verrà svelato cosa hai comprato», disse lei. «Anche se dubito che possiamo permettercelo», aggiunse sottovoce.

«Basta, adesso, sono stato fortunato al gioco», disse, rivolgendole un ghigno che lo faceva assomigliare a un monello impertinente. «Quindi, non preoccuparti di certe questioni. Non ne rimarrai delusa, questo te lo posso assicurare». Così dicendo liquidò le preoccupazioni della moglie e gesticolò ai due uomini: «Sveglia, mettiamoci in moto».

I due avanzarono e Rowan e Caroline si fecero da parte, osservandoli mentre si mettevano all'opera, Rowan con gli occhi spalancati dalla curiosità, Caroline con un'espressione un po' esasperata.

«Dobbiamo aprire le finestre al massimo, ma credo che ci sia abbastanza spazio», disse il carrettiere.

Si misero tutti quanti al lavoro per fissare la puleggia e, una volta sistemata a loro piacimento, vi inserirono la fune. Un uomo scomparve giù dalle scale insieme a Patrick, mentre l'altro reggeva l'estremità della corda, avvolgendola e legandola intorno alla vita, tra le urla provenienti dalla strada che portarono in salotto altri due uomini, mandati in aiuto del primo, dove fu detto loro di stringere la corda.

Rowan si appostò a un lato della finestra, continuando a sbirciare fuori, dove il suo padrone e il carrettiere stavano fissando la fune a quelle già legate attorno all'ingombrante oggetto sistemato sulle tavole. Poi si arrampicarono sulle due scale e, con la collaborazione di diverse persone, iniziarono a issarlo lungo la facciata della casa. La battaglia che ne scaturì per evitare che si schiantasse contro la struttura di mattoni sollevò un gran baccano di urla, e Rowan sentì parole da far accapponare la pelle e sanguinare le orecchie.

Lentamente, l'oggetto fu tirato su finché non raggiunse il livello della finestra. Altri uomini erano accorsi a dare una mano e, adesso, il salotto era pieno di gente. Caroline e Rowan osservavano la scena in disparte, incantate da tutto quel da fare. Gli uomini, sudando e tirando, guidarono il grosso arnese imballato all'interno della stanza, dove fu abbassato sul pavimento con un tonfo, seguito da un lieve suono metallico.

«Splendido», disse Patrick Hollander, entrando di corsa in salotto con al seguito un uomo piccolo e scuro che Rowan non aveva mai visto. «Oh, splendido lavoro!».

Lo sconosciuto iniziò a disfare i nodi delle corde e ad allentare la copertura, mormorando tra sé e sé tutto il tempo. Anche il carrettiere fece il suo ingresso, portando un altro oggetto più piccolo e imballato, e posizionandolo per terra.

«Tutti fuori, ora», ordinò Patrick, consegnando a ciascun uomo una moneta di rame. «Anche tu, mia cara», disse a Caroline. «Voglio che tu lo veda solo quando sarà tutto sistemato».

«Ma via, che seccatura», replicò lei, alzando gli occhi al cielo. Tuttavia, nella sua voce si distinse una nota di divertimento. «Andrò nella mia stanza».

Rowan seguì la signora fuori dal salotto, e mentre Caroline salì le scale, lei svoltò nel corridoio di servizio, imbattendosi in una Prudence appostata nell'ombra.

«Cosa pensi che sia?», le domandò la cuoca, gli occhi incuriositi.

«Non ne ho idea», rispose Rowan, mentre si dirigevano in cucina.

«Forse un dipinto», suggerì Alice, che stava sgranando i piselli seduta al tavolo. «Anche se scommetto che non la renderà allegra, qualunque cosa sia», mormorò quando Prudence le voltò la schiena.

Rowan era sconvolta dal tono aspro della domestica, ma continuò a non esternare niente. Era consapevole del fatto di essere nuova nella casa e doveva ancora imparare i suoi ritmi e le sue peculiarità. Vivere con i suoi zii per due anni dopo la morte dei genitori le aveva insegnato che, in un modo o nell'altro, ogni casa aveva i propri. «Non ha le dimensioni e la forma di un quadro», replicò piano.

«Presto scopriremo cos'è», disse Prudence. «Ora, basta gingillarsi, ragazze, c'è da lavorare».

Diverse ore più tardi, Patrick convocò tutti in salotto per quello che lui chiamava con pomposità "il grande disvelamento".

L'oggetto era ancora coperto dal telo con cui era arrivato, anche se era stato allentato. Da sotto si intravedevano quattro gambe, le due anteriori erano spesse, mentre quelle inferiori più strette. La parte superiore dell'aggeggio era ampia e piatta, ma più di questo Rowan non riuscì a vedere e non aveva idea di quale potesse essere la sua funzione, sempre che ne avesse una. Magari era un nuovo pezzo di mobilia? Avrebbe occupato parecchio spazio all'interno della stanza ed era senz'altro imponente.

Rowan era in piedi accanto ad Alice. Cercò il sonaglio che aveva posato sulla credenza quella mattina presto, e fu sorpresa di vedere che non c'era più, ma qualsiasi pensiero su di esso venne spazzato via dalla curiosità di vedere rivelato ciò che il signor Hollander aveva portato in casa.

Quando Patrick fu certo di avere l'attenzione di tutti, tirò via il telo con un gesto teatrale e lo lasciò scivolare sul pavimento. Le domestiche, la cuoca e persino la moglie trasalirono quasi all'unisono. L'oggetto aveva l'aspetto di una grande scatola di legno a forma di ala d'uccello e la sua superficie era stata tirata a lucido. Rowan immaginò persino di potercisi specchiare, se avesse osato avvicinarsi abbastanza.

«Un clavicembalo?», domandò Caroline, una lieve nota di delusione nella voce.

«Capisco perché ti sembri un clavicembalo, mia cara, la forma è molto simile, ma il suono che produce è molto, molto diverso, come scoprirai ben presto». Patrick si avvicinò all'oggetto e sollevò il pannello superiore fino a fissarlo in posizione inclinata, grazie a un piccolo sostegno che misteriosamente – per Rowan, almeno – emerse dalla pancia dello strumento.

«Be'», disse Caroline, esaminandolo con la massima attenzione. «Ha solo una tastiera. E a cosa servono questi pedali? È molto più liscio di un clavicembalo». Tuttavia non sembrava affatto impressionata.

Rowan si avventurò il più vicino possibile, scorgendo spesse corde e cuscinetti di feltro all'interno della struttura. Non aveva mai visto una cosa del genere, non aveva idea di cosa potesse essere. Era dotato di una seduta – che riconobbe – e di rettangoli bianchi intervallati da altrettanti più stretti e neri che sembravano fatti per essere sfiorati dalle dita.

«È un pianoforte», disse Patrick trionfante. «L'ultimissimo degli strumenti musicali, direttamente da Parigi. Ne ho visto uno in un salotto quando sono stato a Londra la scorsa volta e dovevo assolutamente averne uno uguale. So quanto ti piaccia la musica, così ho pensato che fosse il regalo perfetto per celebrare il nostro quinto anniversario di matrimonio, mia cara».

Caroline non fece alcun commento, ma un lieve sorriso le increspò le labbra.

«Perché non provi a suonare? Poi mi dirai quanto ti piace». L'uomo saltellò attorno alla moglie tutto elettrizzato, indicando il panchetto davanti ai tasti.

Caroline esitò, ma poi si avvicinò, sollevando la gonna e sistemandosi sullo sgabello. «Sono sicura di non sapere produrre una nota da questo marchingegno», protestò, posando comunque le dita sullo strumento. Iniziò a premere alcuni tasti a caso e Rowan percepì, oltre che udire, il suono che si riverberava nella stanza verso di lei. Le note basse ricordavano il ronzio di un'ape e quelle alte il sibilo di una zanzara. Gli unici strumenti musicali che avesse mai visto erano violini, zufoli e tamburi, niente di paragonabile a quell'oggetto impressionante.

Il suo padrone batté le mani nell'udire le note prodotte dalla moglie e guardò le domestiche, incoraggiandole a fare altrettanto.

«È davvero un'armonia deliziosa, signore», disse Prudence durante una pausa della moglie.

Caroline, che non aveva alzato lo sguardo dal pianoforte, non prestò loro la minima attenzione, e compose a poco a poco una melodia, sperimentando la pressione dei tasti d'avorio. «Può essere suonato forte e piano», esclamò. «Questo lo rende di certo superiore a qualsiasi clavicembalo».

«Solo il meglio per mia moglie», dichiarò Patrick, orgoglioso.

Rowan notò l'espressione di pura gioia della sua padrona, che trasformò completamente il suo volto, il quale non si guastò nemmeno quando il marito le annunciò che sarebbe tornato a Londra con la diligenza di quella mattina. La faccia di Alice, invece, era inespressiva, come se stesse deliberatamente cercando di non mostrare alcuna emozione. C'era qualcosa in grado di allietare la scontrosa domestica?

9

Presente

Thea osservò le tredici ragazze riunite attorno ai due tavoli. Non erano quattordici come previsto, in quanto a una – Camilla – era stata diagnosticata la mononucleosi a due giorni dall'inizio della scuola e sarebbero passate alcune settimane prima che potesse unirsi alle compagne. A eccezione di un paio di ragazze più tranquille, le altre sembravano socializzare fra loro, a dire il vero alcune erano già in sintonia e chiacchieravano senza sosta, tralasciando quasi il mangiare. Prima, Thea le aveva osservate scambiarsi grandi abbracci e baci coi genitori, e per un attimo aveva invidiato quelle semplici e palesi emozioni. Adesso, col proseguire della cena, eccitate per la nuova situazione, nessuna di loro mostrava segni di nostalgia di casa, a un occhio esterno, almeno.

Batté le mani due volte, e fu grata di notare che quel gesto comportò quasi un istantaneo silenzio e tutti gli sguardi rivolti su di lei. «Adesso vi conosco tutte e sono lieta di essere la vostra direttrice di convitto finché la signora Jackson non si sarà ripresa dallo sfortunato incidente», disse, studiando i loro volti accesi. «Con alcune di voi ci vedremo anche per le lezioni di storia, e, per le appassionate di hockey, vi comunico che assisterò il professore di educazione fisica, il signor Pope, nella formazione di una squadra mista. Vi invito tutte quante a provare a giocare». Mentre parlava, si mise a osservare alcune di loro – in particolare Fenella,

Joy e Morgan – ricordando i dettagli delle loro attitudini sportive e fu contenta di notare la loro reazione entusiasta a quella notizia.

«Domani vi aspetta un giorno importante, perciò, finito di cenare, mi aspetto che torniate nelle vostre camere per finire di disfare i bagagli. Le luci si spegneranno alle ventuno e trenta». Si levò un brusio generale dopo quella affermazione, ma Thea sollevò la mano. «So che molte di voi hanno già vissuto in un dormitorio, ma per coloro che non ne hanno esperienza, sappiate che andare a dormire presto è una regola che siete tenute a rispettare rigorosamente, qui». Notò le loro espressioni in apparenza ingenue. «Vi chiediamo anche di mettere i vostri cellulari nella stazione di carica in fondo alla sala da pranzo. Resteranno qui dentro durante le lezioni e potrete accedervi solo dopo la scuola, ogni pomeriggio. Sono sicura che avrete notato la sveglia tecnologica in camera – vi sveglierà ogni mattina e vi avvertirà quando verranno serviti i pasti e via dicendo. Le camere devono essere mantenute in ordine e i letti rifatti prima di scendere a fare colazione. Domattina vi accompagnerò a scuola e vi mostrerò le vostre classi. Ci sono domande?».

Ci fu un mormorio, ma nessuno alzò la mano, così Thea si rimise a sedere. C'erano così tante altre regole con cui doveva prendere confidenza, ma, a parte quella dell'andare a letto presto, la maggior parte delle ragazze non sembrava affatto turbata.

Stava per afferrare la caraffa dell'acqua, quando un gran fracasso la fece trasalire e nella stanza calò il silenzio. Si girò e vide Fenella, il volto preoccupato, delle schegge di vetro ai piedi.

«Non l'ho neanche toccato, giuro», mormorò, arrossendo per l'imbarazzo.

Thea si alzò in piedi, ma la donna che aveva servito loro la cena fu più veloce, arrivando con uno straccio in mano. «Non preoccuparti», le disse con uno sguardo comprensivo. «Può succedere».

Quando la donna si chinò per raccogliere i vetri, Thea notò un tatuaggio sbiadito sul suo polso sinistro, una macchia bluastra con una forma simile a quella di una freccia.

Un quarto d'ora prima che le luci venissero spente, Thea fece un giro di controllo delle camere, lieta di vedere che gran parte delle ragazze fossero già a letto, a leggere o a parlare sottovoce. Quando toccò alla stanza di Fenella, venne accolta da un vortice di vestiti e libri sparpagliati sul materasso e per terra.

«Sembra peggio di quel che è, giuro», disse Fenella, guardandosi attorno scoraggiata.

«Che ne dici se ti do una mano?», le disse Thea. «Così avremo la minima possibilità di riuscire a mettere un po' d'ordine nei prossimi dieci minuti».

Fenella ripiegò la pila di vestiti ammassati sul letto e insieme sistemarono i libri e i fogli.

«Avevi ragione», disse Thea, una volta finito. «Sembrava peggio di quello che era. Ora cerca di riposare bene. Lo so che all'inizio sarà un po' strano, ma non preoccuparti, ci abitueremo tutte. Mi spiace che tu sia senza una compagna di stanza, visto che Camilla è ammalata, ma per un po' avrai a disposizione più spazio».

Fenella alzò le spalle, come se l'una o l'altra delle cose non avesse importanza.

«Sai, non sei l'unica a non aver mai alloggiato in un dormitorio», aggiunse Thea. «Anch'io non l'ho mai fatto». Si sentì rassicurata nel vedere un lieve sorriso sul volto della ragazza, mentre si apprestava a uscire dalla camera. «E, se hai bisogno di qualcosa, mi trovi in fondo al corridoio».

Tornando in cucina dopo che la luce era stata spenta, Thea

s'imbatté in madama Hicks. «Non l'ho vista a cena...», iniziò a dire Thea.

«Pensavo di averglielo detto: io mangio nella mia camera», la interruppe, il tono che non accettava obiezioni.

«Ah, d'accordo». Thea non ricordava che glielo avesse detto, ma ritenne che non valesse la pena puntualizzarlo. «Stasera vado a letto presto. Domattina dobbiamo alzarci tutte quante. Non posso permettere che le ragazze arrivino in ritardo il loro primo giorno di scuola», disse, rendendosi conto che la responsabilità di ciò era sua, adesso.

«Esatto».

«Buonanotte, allora».

Thea salì i due piani in direzione della sua camera, una fioca luce notturna la sola illuminazione del corridoio. Inciampò verso il letto e trovò a tastoni la lampada, imprecando per averla quasi buttata a terra. Schiacciò l'interruttore e tirò un sospiro di sollievo quando la stanza fu rischiarata dalla luce.

Thea si svegliò all'improvviso, al buio, nel cuore della notte. Rimase immobile per qualche istante, convinta di aver sentito un suono. Si mise seduta sul letto e restò in ascolto per capire cosa potesse averla svegliata. Poi lo udì di nuovo. Il suono di un pianoforte in lontananza. Ne aveva visto uno nel salotto al piano terra, ma stentava a credere che qualcuna delle ragazze lo stesse suonando a quell'ora. Poi sentì dei passi, un urlo soffocato. Spaventata, afferrò la vestaglia e infilò i piedi nelle ciabatte. Servendosi della funzione torcia del cellulare, aprì la porta della camera e strisciò in corridoio, ascoltando attentamente.

Un bisbiglio. Avanzò verso la camera di Fenella e si fermò. Da là dentro non proveniva alcun rumore. Si avvicinò alle scale. Niente. Poi udì di nuovo dei passi, stavolta più forti. Cominciò a scendere i gradini, facendo una smorfia quando una delle assi scricchiolò sotto il suo peso, il cuore che le martellava nel petto.

Fermandosi sul pianerottolo del primo piano, Thea tornò a sentire dei passi, ma poi il rumore cessò, sparendo nell'ombra. Se lo era sognato?

Poi, all'improvviso, sentì qualcosa sfiorarle le gambe nude e per poco non le venne un colpo. Abbassò lo sguardo: c'era un'ombra ai suoi piedi.

Il cuore rallentò la sua corsa, quando vide che si trattava soltanto di Isis.

Scendendo verso la cucina, udì un tintinnare di vetri, il rumore sordo dell'anta di un pensile che si chiudeva. Accese la luce ed eccola lì, davanti al lavandino, bloccata nell'atto di riempirsi un bicchiere d'acqua.

Thea lasciò uscire il respiro che stava trattenendo. «Fenella», bisbigliò, attenta a non disturbare il resto della casa.

«Avevo sete», replicò la ragazza, reggendo il bicchiere. «Mi scusi, l'ho svegliata? Ho cercato di fare piano. Prometto che questo non lo romperò». Le rivolse un'occhiata mesta.

«Tranquilla».

Fenella mandò giù dell'acqua, mentre Thea andava a prendere un bicchiere anche per sé. Quando aprì l'anta del mobile, una nuvola di minuscole farfalline svolazzò fuori e trasalì, spaventata, scacciandole con la mano. «Puah». Andò al lavello a riempire il bicchiere. «Non è facile, dormire per la prima volta in un posto nuovo».

«Mi abituerò».

«Sicura?».

Fenella annuì.

«Cerca di riposare un po', allora».

Quando Thea tornò in camera, trovò la porta chiusa. Credeva di averla lasciata aperta quando era scesa di sotto, ma adesso era chiusa. Abbassò la maniglia, spingendo con forza dal momento che la porta oppose resistenza prima di aprirsi. Entrando, dette un'occhiata in giro. Era tutto come lo aveva lasciato, ma non riusciva a scrollarsi di dosso la sensazione che qualcuno fosse stato lì durante la sua assenza. Un refolo d'aria, un lieve profumo di fiori... La sua immaginazione stava facendo gli straordinari.

Salì sul letto, ma il sonno fu fastidiosamente sfuggente. Alla fine, ricorse a un podcast – sugli antichi Egizi, il più noioso che fosse riuscita a trovare – e lasciò che la voce narrante la cullasse nell'oblio.

La mattina seguente, mentre le ragazze erano riunite in sala da pranzo, intente ad aggiustarsi le cravatte e ad abbottonarsi le nuove giacche e i cappotti, Thea si preparò per accompagnarle a scuola. «Vi mostrerò dove si trovano gli armadietti e vi porterò nelle vostre rispettive classi, poi, da lì, andrete alla cappella. Dovreste già avere gli orari delle lezioni», disse, prima di venire interrotta da dei colpi alla porta.

«Solo un minuto, ragazze», aggiunse con la testa girata all'indietro, mentre andava ad aprire.

Davanti a lei si palesò un uomo alto dai capelli scuri, una macchina fotografica con un grande flash appesa al collo. «Jeff Damer, il fotografo ufficiale della scuola», disse, mettendole sotto il naso un cartellino.

«Oh», rispose Thea, colta di sorpresa. «Non me lo avevano detto».

«Mi è stato chiesto di scattare delle foto alle ragazze durante il loro primo giorno di scuola. Per il registro annuale, sa?».

No, Thea non lo sapeva, ma sul cartellino dell'uomo era riportato lo stemma della scuola, così si fece da parte per farlo entrare. «Quanto ci vorrà?», gli chiese, ansiosa di non tardare.

«Solo un attimo», rispose, rivolgendole un sorriso che mostrò una dentatura disordinata.

«D'accordo, allora», disse. «Sono tutte in salotto, a sinistra».

«Buongiorno, signore», annunciò briosamente l'uomo, mentre tutte le ragazze si zittirono e si girarono a guardarlo.

«Lui è Jeff». Thea lo presentò. «Deve farvi delle foto per l'archivio scolastico, se gli fate questa cortesia». Poi si voltò verso il fotografo. «È un po' buio qui dentro; forse sarebbe meglio andare fuori in giardino?».

Lui annuì entusiasta. «Fantastico».

«Ehm... ragazze?». Senza alcun entusiasmo, le studentesse si zittirono di nuovo e iniziarono a uscire dal salotto per salire le scale. «Il giardino non è da quella parte», aggiunse Thea.

«Controllavamo solo che fossimo a posto», disse Aradia, passandole accanto. «Se l'avessi saputo, mi sarei alzata prima per stirarmi i capelli», si lamentò.

Thea sospirò, esasperata. «Fate presto», disse loro. «*Non possiamo* arrivare in ritardo proprio stamattina».

Dopo circa dieci minuti, in cui Thea non aveva fatto altro che preoccuparsi per l'ora, le ragazze scesero tutte insieme, con un aspetto, ai suoi occhi, non dissimile da quello che avevano prima.

«Bene, disponetevi in tre file, contro quella parete, per favore», disse Jeff, facendo mettere in formazione le ragazze. «Anche lei, signorina», aggiunse, indicando a Thea di unirsi a loro. Non appena fu sul punto di scattare, Thea dette un'occhiata alla sua sinistra e vide madama Hicks accanto a Fenella e le rivolse un rapido sorriso.

Jeff fu di parola, e concluse l'improvvisato servizio fotografico in cinque minuti. «Presto, ragazze», disse Thea, mandando via l'uomo. «Dobbiamo uscire subito. Prendete le vostre borse e muoviamoci».

Thea si era svegliata presto apposta per studiare la mappa della scuola, perché la struttura era immensa e non era ancora sicura di dove fossero ubicate tutte le classi. «Dopo l'orientamento, vedrete che prenderete dimestichezza, ma a ognuna di voi è stata assegnata una guida scelta tra gli alunni maschi del vostro anno», disse mentre si dirigevano a piedi verso la strada principale.

Aradia arricciò il naso a quella notizia.

«Non preoccuparti», le disse. «Sono sicura che i ragazzi saranno gentili, e che presto vi ambienterete. Credo ci sia anche una mappa, tra le varie informazioni, ad attendervi».

«Saremo tutte nella stessa classe, signorina Rust?», le domandò Joy, una ragazza tranquilla che indossava un paio di occhiali dalla montatura blu e aveva un'espressione seria in volto.

«No, non per la prima parte della giornata, ma sarete divise in due gruppi pastorali solo femminili, e poi naturalmente sarete in gruppi diversi in base alle vostre materie. È importante che interagiate coi ragazzi, anche se sarete in minoranza. Presto diventerà una cosa normale, ne sono sicura», rispose, facendo del suo meglio per rassicurarle, mentre si apprestavano ad attraversare i cancelli della scuola.

Una volta raggiunta la struttura che ospitava le classi dell'ultimo anno, Thea consultò la propria lista. «Fenella, Aradia, Sabrina e Morgan». Si accertò che avessero sentito. «Voi quattro siete nella classe del dottor Adam, salendo da quelle scale laggiù».

Le ragazze andarono nella direzione che Thea aveva indicato loro, poi lei proseguì con le altre nove ragazze, accompagnandole a turno nella propria classe. Congratulandosi con se stessa per aver portato a termine con successo il primo compito della giornata, si recò nell'aula professori, imbattendosi in Claire durante il tragitto.

«Sei riuscita a orientarti?».

Thea annuì. «Credo di sì». Si sistemò la borsa sulla spalla. «La mia prima lezione inizierà solo alle dieci, ma sento di dover ripassare ancora gli appunti».

«Andrai bene. A me ci è voluto un po' per abituarmi a questo posto».

«Lo so», disse Thea. «È esattamente quello che ho detto alle ragazze; dovrei dare ascolto ai miei stessi consigli». Rovistò nella borsa. «Ahi!». Ritirò la mano e notò che si era graffiata la pelle del pollice. «La carta», spiegò, succhiando il sangue che era uscito dal taglietto.

«Ci sono dei cerotti da qualche parte, credo», disse Claire. «Vieni con me». S'incamminarono nell'aula professori, dove Claire sollevò una grande scatola nera da uno scaffale sulla parete più lontana.

«Tutto bene?». Era Gareth Pope, il professore di ginnastica.

«Solo un po' maldestra», rispose Thea con un sorriso sardonico, mentre si metteva il cerotto al dito. «Ma ora è tutto risolto». Accartocciò l'involucro del cerotto nell'altra mano e lo lanciò nel cestino vicino. «Bene. Farò meglio a trovare la mia classe», disse, raddrizzando le spalle. «Ci vediamo dopo».

C'erano dieci alunni nel corso di storia di Thea, incluse tre delle nuove ragazze. Sabrina, Morgan e Fenella. Thea si presentò, dopodiché ascoltò gli studenti fare altrettanto. La maggior parte la guardava con curiosità, un paio di loro con una leggera aria di sfida, come in attesa che desse prova di se stessa. «Bene. Perché si studia la storia?».

Un paio di mani si sollevarono.

«Per conoscere quello che è successo nel passato», azzardò uno dei ragazzi. Edward, se non ricordava male.

Si udì una risatina.

«Potrebbe sembrare ovvio, ma Edward ha ragione», disse Thea.

«Per evitare di incorrere negli stessi errori», aggiunse Sabrina.

«Anche se la gente e i popoli non lo fanno», disse un ragazzo di nome James.

«Vero». Gli sorrise. «Qualcun altro?»

«Per bilanciare comprensione e conoscenza e imparare a pensare in modo indipendente», disse Fenella.

«Bene», replicò Thea. «È un inizio. E qual è la prima regola dell'analisi storica?»

«Nessuno è imparziale, nemmeno un partecipante o un testimone», disse di nuovo Fenella. «Ci sono sempre due versioni di una storia».

«A volte, anche più di due». Thea pensò a suo padre. Era stimato da tutti, ma i suoi sentimenti nei suoi confronti erano piuttosto complicati. La facciata che era solito presentare al mondo era diversa da quella che mostrava a casa. Non sempre era stato una persona facile con cui avere a che fare; aveva poca pazienza per i limiti di qualsiasi genere, e lei e sua sorella avevano passato i primi anni della loro esistenza terrorizzate all'idea di deluderlo. Era noto dare sfogo alla propria frustrazione, se pensava che Thea o Pip non si impegnassero abbastanza, e lei aveva ricevuto parecchie botte umilianti sulla spalla o sul didietro quando era piccola. Crescendo, aveva imparato a nascondere il suo senso di inadeguatezza, ma era comunque sempre presente, un nodo allo stomaco ogni volta che doveva affrontare una nuova sfida, la paura di fallire e dimostrare che il padre avesse ragione.

Deglutì e guardò la classe; adesso non era il momento di pensare a certe cose. «Ci sono i fatti noti. E ci sono le interpretazioni di quei fatti. Quello che dobbiamo fare è esaminare la situazione da ogni angolazione possibile, vagliare e analizzare il materiale – le fonti primarie e secondarie –, ottenere una comprensione completa degli eventi e determinare la loro importanza, prima di arrivare a una conclusione», disse.

Sabrina alzò la mano. «Non è un po' come sbucciare una cipolla strato per strato, arrivare al cuore della verità?».

Qualche compagno annuì.

«Un po'», concordò Thea, anche se non poté fare a meno di pensare che a volte si continua a sbucciare senza trovare nulla di certo, nulla di vero.

10

Dicembre 1768, Londra

Mary si ficcò sotto il braccio il fascio di disegni, campioni ricamati e schemi a pallini e si preparò a bussare alla porta di ogni mastro tessitore di Spital Square, Old Artillery Ground e oltre.

In pochi l'avrebbero fatta entrare.

Alcuni tirarono gli scuri al suo arrivo, come se fossero stati avvisati delle sue intenzioni. Altri – soprattutto i tessitori francesi – fecero finta di non comprendere la sua lingua. Molti la derisero all'idea che una donna possedesse le abilità artistiche e la conoscenza tecnica per fare quel lavoro, e non le dettero nemmeno il tempo di aprire l'album da disegno. Quelli che dettero un'occhiata ai suoi lavori l'allontanarono sdegnati. «Chi pagherebbe per vestirsi con una fantasia ispirata ai fiori di campo?», commentò più di uno. «Ciò che è ricamato non può essere facilmente tessuto, di certo lo capirai», disse un altro. Non le fu data neanche l'opportunità di replicare.

Quando si ritrovò a casa alla fine della seconda settimana di porte sbattute in faccia, la luce stava già calando. Trascinò i piedi pieni di vesciche su per i gradini e scaraventò furiosa l'album coi disegni sul pavimento, all'avvicinarsi della sorella. «Come ho fatto a pensare di poter combinare qualcosa?», urlò, mentre l'espressione speranzosa di Frances si faceva costernata.

«Oh, mia cara», replicò Frances, notando le spalle ricurve

di Mary e il suo atteggiamento abbattuto. «Ci faremo venire in mente qualcosa». Raccolse i lavori della sorella, lisciando l'angolo di un foglio che si era stropicciato e ne tracciò con il dito i sottili tratti a matita.

Mary non rimase demoralizzata a lungo. Pensava che i suoi lavori fossero buoni, ma che doveva solo persuadere qualcuno a darle una possibilità e tutto sarebbe andato certamente nel verso giusto. In ogni caso, non aveva altra scelta se non quella di continuare a insistere, perché non esisteva alternativa per poter contribuire alle spese di casa, almeno non in un modo che si confaceva a una donna della sua classe sociale. Certo, avrebbe potuto assicurarsi un posto da governante, ma dato che non si sognava nemmeno di lasciare da sola Frances, doveva escludere quel tipo di impiego. Inoltre, si conosceva abbastanza da rendersi conto che non possedeva la necessaria pazienza per occuparsi di bambini. Era ritenuta – con non poco sollievo da parte sua – troppo vecchia per pensare di potersi sposare. Le istituzioni non suscitavano alcun interesse in lei: non aveva desiderio di vivere alla mercé di qualcun altro, di promettere di obbedire. Tutto ciò che voleva davvero era progettare, disegnare e dipingere, e godere della tranquilla compagnia della sorella. Era forse chiedere troppo?

Ci avrebbe provato ancora, avrebbe lavorato ancora più sodo e padroneggiato il mestiere. Determinata, immerse il pennello nel barattolo dell'acqua e contemplò i fiori davanti a lei. Stava per posare di nuovo il pennello sulla spessa carta da acquerello sul tavolo, quando un brusco colpo alla porta disturbò la sua quiete. Interruppe quello che stava facendo, il pennello in alto. Non aspettava nessuno. Frances, che trascorreva le mattine nell'ospedale francese per prendersi cura di quelli meno fortunati di loro, non era ancora tornata, lasciandola sola in casa, dato che non potevano permettersi nemmeno una domestica.

Mary sospirò per l'interruzione, posò il pennello e si portò le mani ai capelli. Avevano il vizio di arricciarsi disordinatamente ai lati della sua semplice acconciatura e se li buttò all'indietro, sperando di essere quanto meno presentabile. Quando dipingeva, di solito indossava un grembiule di cotone per non rovinare il vestito, e se lo sfilò in fretta dalle maniche per andare ad aprire la porta.

«È qui che abita la signorina Mary-Louise Stephenson, vero?», domandò l'uomo sulla soglia di casa. «Mi sta aspettando».

L'aveva chiaramente scambiata per la domestica, tale era l'aspetto umile del suo vestito. «Posso chiedervi chi la desidera?», gli chiese, fingendo di servire in quella casa.

«Il signor Patrick Hollander». L'uomo fece una pausa, come se si aspettasse da lei che sapesse chi fosse, ma Mary sollevò soltanto le sopracciglia.

«Mi dispiace, signore, ma temo di non conoscervi», disse avventatamente, dimenticando la sua farsa di fronte allo sguardo penetrante del signore.

«Signorina Stephenson?», chiese conferma lui, rendendosi conto dell'equivoco.

Notando la seta elegantemente tessuta del panciotto, il taglio dei pantaloni alla cavallerizza, le calze linde, le belle scarpe di pelle con le fibbie luccicanti, Mary fu ancora più consapevole del proprio aspetto arruffato, poiché sotto il grembiule per dipingere indossava una semplice camicetta di lino che aveva ricavato da un vecchio abito di Frances e una sottogonna rattoppata. La trina sul collo e sui polsi era macchiata di pittura. Si portò la mano alla gola nel vano tentativo di coprirsi, sebbene, facendo ciò, non fece altro che attirare l'attenzione sui polsini macchiati. Davanti a lei c'era un uomo di una certa sostanza, mentre lei appariva agli occhi del mondo non molto dissimile da una sguattera. Per la prima volta, si ritrovò a corto di parole.

«Madam. Le mie scuse più sincere», proseguì l'uomo, rivolgendole un sorriso di un tale calore che le sue parole sembravano tutt'altro che piene di rimorso. «Vi ho inviato una lettera, un giorno fa, avvertendovi della mia visita. Non era mia intenzione presentarmi senza preavviso o coglervi alla sprovvista».

Sebbene a disagio, Mary non poté fare a meno di essere affascinata da quell'uomo. Il placido timbro della sua voce, con le sue vocali arrotondate tipiche della campagna, era molto piacevole all'orecchio e parlava con un ritmo languido, le parole sembravano miele colato da un favo, suggerendo che avesse tutto il tempo del mondo a disposizione.

«Non fa niente. Come posso esservi di aiuto?»

«Vengo dal Wiltshire, dalla città di Oxleigh».

Le sopracciglia di Mary schizzarono ancora più in alto. Non erano solite ricevere visitatori da così lontano. Anche se in modo approssimativo sapeva dove si trovasse la città, nell'arco dei suoi trentacinque anni non si era mai avventurata a sud di Londra, e neanche a ovest se era per quello. La sua conoscenza della geografia, come molte altre cose, le veniva dalla scuola e non dall'esperienza. «Ne avete fatta molta di strada».

«Vi confesso che sono venuto qui quattro giorni fa. Dovevo condurre degli affari». Di nuovo quel sorriso, ma Mary non capiva ancora cosa l'avesse portato alla sua porta. «Magari potremmo continuare a parlare dentro?», suggerì lui, girando la testa per indicare gli occhi indiscreti dei vicini. Uno scuro venne sbatacchiato lungo la strada, e una finestra a ghigliottina a un piano più alto della casa di fronte si abbassò.

Era una situazione piuttosto inusuale, perché nessuno era mai venuto a farle visita da quando viveva con Frances. Prese la rapida decisione di fidarsi dell'uomo. «Certo». Spalancò la porta e gli fece segno di entrare. Se era venuto da così lontano, non poteva certo mandarlo via senza dargli l'opportunità di spiegarsi meglio. Mentre lo conduceva nel corridoio e poi nella stanza che lei e la sorella chiamavano affettuosamente salotto (era l'unica che occupavano, oltre alla camera da letto che dividevano e alla cucina sul retro della casa), prese di nuovo coscienza dell'aspetto logoro dei mobili, della tinta scrostata, del tavolino da gioco sfregiato e del tappeto consumato, tremendamente in contrasto con l'eleganza del suo visitatore. Fece di tutto per non pensare né a quello né al tempo che avrebbe sottratto alla pittura, e si chiese piuttosto cosa fosse ad aver condotto quell'uomo da lei.

Era alto e dovette abbassare la testa per evitare di sbattere la fronte sull'architrave entrando nella stanza, ma si muoveva con una grazia invidiabile e flessuosa.

Mary indicò due sedie dallo schienale alto davanti al tavolino da gioco. «Prego. Sedetevi». Adesso che si trovava dentro casa, si sentiva più al sicuro.

Patrick Hollander non sembrava sorpreso dal fatto che non ci fossero domestiche o una governante a occuparsi di loro, e non appariva nemmeno turbato dall'umile ambiente circostante. Mary concluse che fossero le sue buone maniere a impedirgli di fare caso a entrambe le cose. Anche lei cercò di non richiamare l'attenzione sulla propria situazione. «Magari posso offrirvi del tè?», disse.

«Sarebbe molto gradito».

Mary tornò in salotto diversi minuti più tardi con un vassoio con la teiera d'argento di Frances, tazzine e piattini di bianchissima porcellana cinese, e un bricchetto del latte. Aveva raschiato il fondo della scatola in cerca delle ultime, preziose foglie di tè e pregato che fossero sufficienti a rendere l'infuso abbastanza forte. Non c'era zucchero, neanche un granello in tutta la casa, e sperava che l'uomo le facesse la cortesia di non chiederlo.

Quando entrò nella stanza e posizionò il vassoio sul tavolo con un leggero tintinnio di porcellane, il signor Hollander si alzò in piedi. Mary sistemò la gonna e si sedette di fronte a lui, facendogli segno di accomodarsi. «Mia sorella, la signora Wycroft, è fuori, ma tornerà tra poco». Lo stava avvertendo che non sarebbero rimasti soli a lungo.

«Non voglio mancare di rispetto a vostra sorella, ma è alla vostra buona persona che sono venuto a far visita».

«Sono piuttosto certa di non capire cosa vi porti qui».

«Voi siete l'artista di cui parlano gli apprendisti tessitori, no?», le domandò. «Spero che l'informazione sia corretta, poiché è questo che mi porta qui oggi».

Mary rimase sorpresa. *Parlavano* di lei? Se era così, doveva essere per spettegolare della sua presunzione e ignoranza. «Personalmente non mi definirei tale», replicò con modestia. «Al massimo, sto cercando di diventare un'artigiana. Una disegnatrice di stoffe. Sempre che riesca a convincere i commercianti e i tessitori a prendere sul serio il mio lavoro. Tendono a deridere i miei sforzi, purtroppo». Mary si morse il labbro nel tentativo di smettere di parlare. Aveva ammesso più di quanto fosse nelle sue intenzioni, soprattutto davanti a un perfetto sconosciuto, tuttavia si sentiva rilassata al cospetto del suo sguardo schietto, poiché il suo volto era florido come una pagnotta di pane fresco.

«È una ridicola consuetudine quella di escludere le donne», dichiarò lui. «Ma ci sarebbe un'opportunità per me? Magari un cammino verso la fortuna per entrambi».

Mary versò prima il latte nelle tazze – essenzialmente per evitare che la delicata porcellana si crepasse – poi sollevò la teiera. Studiò Patrick Hollander da sotto le ciglia mentre serviva il tè. Era più giovane di lei di almeno dieci anni, ma fu sorpresa di ritrovarsi ad apprezzare quell'esemplare di uomo: pelle chiara priva di imperfezioni, spalle larghe che tiravano le cuciture del soprabito, mani forti e robuste, e i lucenti capelli color nocciola con un riccio che gli ricadeva sulla fronte. Scacciò via un briciolo di disagio; aveva un aspetto del tutto piacevole, e non sapeva dire cosa continuasse a preoccuparla.

Forse era la sua visita inaspettata, e il fatto di non essere abituata ad avere ospiti, si disse.

Hollander notò divertito che lei lo stava studiando di nascosto e Mary trasalì, facendo sbattere il beccuccio della teiera sul bordo della tazza e rischiando quasi di capovolgerla.

«Posso darvi una mano?», si offrì, posando le mani sulle sue. Lo lasciò prendere la teiera e, solo per un fugace attimo, si gustò la sensazione della sua pelle addosso. Era raro che sperimentasse il calore di un altro essere umano e quel tocco improvviso sollecitò un'intimità che risvegliò in lei una sensazione piuttosto inquietante.

«Mi sembra di aver capito che non ci sia nessun signor Stephenson?», le domandò.

La sua impudenza fu inaspettata e per un momento non capì se dovesse prenderla come un'offesa. «Siete piuttosto ben informato su una perfetta sconosciuta», replicò lei, sviando la domanda.

L'uomo inclinò la testa. «Perdonatemi, ma ho fatto delle ricerche».

«Mio padre non aveva soldi da investire in un matrimonio», si sorprese ad approfondire. «Inoltre, trovo di preferire la mia indipendenza, così come è. Preferisco essere una zitella di città che una moglie di provincia. Non credo di riuscire a sentirmi obbligata nei confronti di un marito». Lo sguardo baldanzoso dell'uomo la innervosiva. Non essendo abituata a intrattenere dei visitatori maschi, forse non era cauta come avrebbero richiesto le convenzioni sociali.

«Parlate senza mezzi termini».

Mary inclinò la testa. «Esatto».

«Bene. Sono contento di sentirvelo dire. Rispetto la schiettezza, che provenga da un uomo o da una donna».

«Questa è una cosa che non ammetterebbero in molti, perché è un mondo fatto per gli uomini, no?», replicò lei.

«Vorreste farci governare dalle donne, immagino?»

«Forse non mi spingerei così oltre». Gli rivolse un sorriso cospiratorio. «Non quest'anno».

Il signor Hollander irruppe in una fragorosa risata soddisfatta e si batté la mano sulla coscia. «Signorina Stephenson, vedo che ho trovato una donna alla mia altezza».

Mary prese un sorso di tè, posò la tazza a fiori sul tavolino e lo guardò negli occhi. «Allora forse posso domandarvi lo scopo della vostra visita di oggi? Il cammino verso la fortuna, dicevate? Sono parole forti, e devo ammettere che ne sono intrigata».

«Certo. Parlerò chiaramente, se posso». Guardò dritto nei suoi occhi. «Ho una proposta per voi».

«Ah, sì?»

«È una proposta molto esclusiva».

«Non sono abituata a ricevere proposte», replicò lei, incapace di evitare una nota di divertimento nella voce. «Soprattutto da gentiluomini sconosciuti».

«Spero che non saremo degli sconosciuti ancora per molto». La sua voce era più bassa ora, confidenziale. Anche lui la stava provocando. «Sono un umile commerciante di seta. La città in cui si svolge la mia attività è una popolare stazione di posta sulla strada per Bath e trattiamo alcune delle più pregiate stoffe prodotte nel Paese. Riforniamo i migliori sarti e tappezzieri di tutte le contee meridionali». Lasciava trapelare parecchio orgoglio, rendendo piuttosto ridicolo l'uso della parola *umile* nel suo discorso. «Abbiamo anche un certo numero di clienti in America. Infatti ho attraversato di recente l'Atlantico, dove sono stato a Boston, Philadelphia e New York».

«Capisco», Mary non poté evitare di esserne impressionata, ma fece del suo meglio per mantenere un tono di voce neutro e non far trasparire l'eccitazione che aumentava dentro di lei a ogni parola dell'uomo, perché c'era una speranza che fosse venuto in visita per i suoi disegni.

«Sono un uomo ambizioso, signorina Stephenson, e m'impegno ad assumere solo gli stilisti più raffinati su base esclusiva, per creare stoffe su misura per i nostri clienti più *oculati*». Sottolineò l'ultima parola, piegandosi verso di lei allo stesso tempo, come per invitarla in un circolo privato.

«Cosa vi ha colpito dei miei lavori da spingervi a venirmi a cercare?», gli chiese Mary. «Esistono così tanti disegnatori talentosi, no? E uomini, soprattutto».

Hollander rise di nuovo e lei notò i suoi denti perfettamente allineati, il colore roseo delle sue labbra mentre si schiudevano per sorriderle, l'elegante luminosità della sua pelle. «Sono sorpresa che consideriate divertenti le mie parole, signore», disse lei, una nota di rimprovero nella voce.

L'uomo tornò ad assumere un'espressione normale. «Non sono affatto divertenti, ve lo posso assicurare, madam. Trovo semplicemente divertente la vostra modestia. I vostri disegni sono sulla bocca degli apprendisti, non ne siete informata? I loro maestri possono non apprezzarne la ventata di aria fresca che rappresentano, la loro originalità, ma gli apprendisti – e io – senz'altro. Sto cercando qualcosa di diverso, signorina Stephenson, qualcosa che faccia distinguere la bottega Hollander – e credo di averlo trovato».

«Avete visto i miei lavori? Dove?».

L'uomo dette un'occhiata al tavolo dove giaceva aperta la cartella dei suoi lavori. «Mi sono preso la libertà di esaminarli mentre eravate di là. Mi scuso per la mia sfrontatezza, ma non ho potuto aspettare di vedere se quello che dicono è vero. E lo è. Come fate a non essere consapevole che, nonostante la vostra piccola statura, siete una spanna sopra ai vostri colleghi maschi?».

Era rincuorante sentir pronunciare quelle parole da un'altra persona, soprattutto dopo aver ricevuto tante porte in faccia. Aveva avuto il sospetto che tessitori e operai fossero più interessati a proteggere i propri interessi che a giudicare oggettivamente i meriti dei suoi lavori, ma la scortesia nei suoi confronti aveva colpito nel segno.

«Ho visto la bellezza e l'originalità dei vostri disegni», proseguì. «Avete un talento naturale».

«Signore, voi mi lusingate», obiettò lei. «Vi prego, ditemi perché dovrei offrirvi i miei servigi in maniera esclusiva?». Mary poteva anche essere contenta delle sue parole e – si sforzò di ammetterlo – affascinata dalla sua persona, ma teneva ancora gli occhi ben aperti. Per quanto disperata, non si sarebbe buttata sulla prima offerta che le veniva fatta.

L'uomo allargò le braccia, l'immagine della serenità. «Certo. Capisco che possiate pensare questo, ma se potessi offrirvi di più per meno?»

«Di più per meno?». Mary aggrottò la fronte e dette una rapida occhiata agli acquerelli e ai pennelli in attesa sul tavolo all'interno della stanza.

«Da un artista di successo ci si aspetta che crei oltre sessanta pezzi l'anno. Io posso promettervi di dimezzare quel carico di lavoro, pagandovi il doppio».

Adesso fu Mary a mettersi a ridere. «Fallirete senz'altro se conducete gli affari in questo modo», dichiarò.

«Chi è che conduce gli affari in questo modo?». La sorella di Mary, Frances, comparve sulla porta, togliendosi il cappellino e i guanti, un soffio d'aria fredda entrò nel salotto insieme a lei. «Oh, vedo che abbiamo visite. Molto lieta, signore», aggiunse.

Patrick Hollander si alzò dalla sedia e le prese la mano che gli aveva offerto, facendo un inchino. «Madam».

«Il signor Hollander è un commerciante di seta dello Wiltshire», spiegò Mary. «È venuto a chiedermi di lavorare per lui». Spalancò gli occhi guardando la sorella, implorandola di non rivelargli la sua mancanza di esperienza. «In maniera esclusiva».

«Ah sì?», disse Frances, il tono della voce e l'espressione

neutri. «Prego, non voglio interrompervi, ma mi piacerebbe troppo ascoltare cosa avete da proporre».
«Ma certo», replicò Patrick. «Non c'è niente di quello che devo dire che non possa essere ascoltato anche da voi».
«Lascia che vada a prenderti un'altra tazza, Frances», disse Mary.
«Grazie», replicò la sorella, accomodandosi sulla sedia più lontana.
Quando Mary tornò, Patrick cominciò a delineare la propria proposta. «Una paga fissa, garantita ogni mese, non ci sarà da aspettare che i commercianti paghino alla vendita della merce».
Tutto quello che Mary doveva fare era produrre venticinque disegni originali all'anno. Ciò significava poco più di un paio di settimane di lavoro ciascuno. Era fattibile, rifletté, e la paga sarebbe servita a comprare combustibile per il resto dell'inverno e a portare del cibo in tavola. Aveva l'acquolina in bocca al pensiero di un bel pollo in una pentola.
«E perché dovrei accettare?», chiese con cautela.
«Io vi ritengo una donna intelligente, signorina Stephenson. È una buona offerta; non ne riceverete una migliore».
Questo è poco ma sicuro, pensò Mary amaramente.
«E come facciamo a sapere che siete quello che dite di essere, che manterrete fede alle vostre promesse?», lo interruppe Frances.
«Avete la mia buona fede e potrete studiare attentamente questi», disse l'uomo, producendo subito delle carte dall'interno del cappotto e porgendogliele.
Frances prese i fogli, la bocca contratta per la concentrazione, mentre leggeva la scrittura intricatissima.
«Posso anticipare il primo pagamento oggi stesso, per dimostrarvi le mie buone intenzioni», promise loro. «Dopodiché, verrò in visita ogni mese per esaminare i lavori. Conosco bene Guy Le Maître; sarà lui a tesserli. Devo confidarvi che,

sebbene pensi che quella famiglia non rida da più di quattro generazioni ormai, lui è comunque un abile artigiano».

A quel commento, i tre si scambiarono un sorriso.

«Possiamo stringere l'accordo?», domandò Patrick.

Per Mary, l'idea che qualcuno volesse utilizzare i suoi lavori e pagarla così bene per questo era più di quanto avesse potuto sperare. Che poi l'offerta provenisse da un uomo così affascinante la rendeva ancora più irresistibile.

11

Dicembre 1768, Oxleigh

Dopo sei settimane nella sua nuova vita a Oxleigh, i calli delle mani di Rowan si erano fatti più spessi e i muscoli del corpo le dolevano come se avesse trascinato le pietre incastonate nel rivolo in fondo al giardino. Ogni sera andava a letto già mezzo addormentata, incrociando di rado Alice, che di solito faceva le ore piccole.

Aveva imparato in fretta il modo in cui il suo signore voleva che venissero sistemati i vestiti, le tecniche più efficaci per rendere più lucidi i candelieri di ottone e pulire le posate dal manico in osso, come passare efficientemente la grafite nei camini e – soprattutto – a evitare di versare gli escrementi dalla latrina quando li svuotava nella fogna in fondo alla strada. Aveva persino ridotto la pila di abiti in attesa di essere rammendati. Con suo grande sgomento, tuttavia, non aveva fatto alcun progresso nello stringere amicizia con Alice. La domestica la evitava ogni volta che poteva e rispondeva alle sue domande con il minor numero di parole possibile, di solito facendo seguire un grugnito o un sospiro. «Non voglio prendere il tuo posto», aveva sussurrato una sera che l'altra si era infilata silenziosamente nel letto.

«Non credere che diventerai mai la sua preferita», aveva replicato Alice. «Non importa quanto sarai brava a compiacerlo».

Rowan si era irrigidita: «Che vuoi dire con questo?».

Alice non aveva risposto.

Rowan aveva cercato di fare il proprio lavoro nel modo meno invadente, e l'idea che il suo signore o la sua signora avessero delle preferenze riguardo al personale non le era neanche passata per la testa. «Non devi preoccuparti di me», le aveva detto. «Assolutamente. Non m'interessa essere la preferita di nessuno».

Alice aveva grugnito e si era girata dall'altra parte, facendo finta di dormire.

Da quell'episodio aveva avuto poco tempo per meditare sulla questione, ma, una sera, dopo essersi imbattuta in Alice che usciva dalla camera del signore prima di cena, le era venuto un sospetto, perché sapeva che non c'era alcuna ragione plausibile per cui la domestica dovesse esserci entrata. Alice l'aveva ignorata, mormorando qualcosa a proposito di una camicia che necessitava di essere rammendata e rifiutandosi di incrociare il suo sguardo, e in quel momento Rowan aveva cominciato a pensare che forse sotto l'ostilità di Alice si celassero più ragioni di quelle che aveva immaginato.

Patrick Hollander era spesso via per condurre affari a Londra e, quando era a casa, andava in città per delle commissioni misteriose. Per ciò che Rowan aveva potuto osservare, la sua padrona non faceva altro che sedere davanti al pianoforte o leggere accanto al fuoco, e Rowan si era abituata a sentire il suono della musica aleggiare nella casa mentre sbrigava le faccende. C'era una melodia in particolare che la signora Hollander suonava spesso. Rowan ricordava che sua madre cantava la stessa canzone mentre cullava il suo fratellino, Albie, per farlo addormentare. Una ninnananna. E ogni volta che Rowan sentiva quelle note pensava al sonaglio ossidato che aveva trovato la prima mattina di lavoro, e rammentava il busto con le stecche sotto il vestito della signora.

Abituata com'era a una casa piena di corpi, chiacchiere e movimento, Rowan trovava quella del mercante tranquilla in un modo innaturale, e veniva lasciata da sola senza essere controllata da nessuno per molte ore al giorno, ma non per questo osava tralasciare i propri doveri. Utilizzava il suo prezioso tempo libero per vagare in giardino, una lunga striscia di terra delimitata sui due lati da un alto muro di mattoni, che la deliziava con il suo caprifoglio rampicante e i cespugli di rose spinose. In fondo c'era un frutteto, un groviglio di meli, susini e nespoli, e poi il rivo, che era strozzato dal crescione d'acqua e la calendola, la malva, la primula e l'epilobio. Aveva persino scoperto un orto, dove cresceva una certa quantità di erbe e altre piante officinali, incluse le sue preferite: il partenio, la melissa, il tanaceto, l'issopo e la camomilla. Aveva deciso che, quando avesse avuto del tempo libero, avrebbe raccolto un po' di menta, consolida maggiore e rosmarino per preparare un unguento per alleviare i dolori muscolari, seccato l'amamelide per fare un balsamo per la pelle, ed estratto le radici del cardo che cresceva in abbondanza, per aiutare lo stomaco e i nervi. Con l'arrivo dell'estate avrebbe raccolto i petali della rosa canina e i fiori di lavanda per creare un'acqua profumata da spruzzare sulle lenzuola.

Un pomeriggio, aveva passato quasi un'ora a cercare gli ingredienti per una tintura per Prudence, poiché si era accorta che la cuoca aveva sviluppato una tosse che somigliava a una pergamena che venisse raschiata sulla pietra. La camera da letto di Prudence si trovava accanto alla sua e di Alice, e avrebbero dormito tutte molto meglio se la sua gola avesse trovato un po' di sollievo.

Oltre il frutteto, il giardino cominciava a digradare e, esplorando con più attenzione, Rowan si era imbattuta in alcuni cespugli di rosmarino e salvia lungo i bordi. Aveva strappato alcune foglie da entrambe le piante, infilandosele nella tasca, stando attenta a non ammaccare quelle giovani e delicate della salvia. Poi, in un angolo remoto, aveva trovato ciò che sperava di incontrare: la rosa canina.

Stava tornando dentro, una manciata di vivaci frutti raggruppati nel grembiule, quando aveva visto Prudence sulla porta, una lunga scopa in mano. «Che ci fai laggiù, ragazza? Ti sto chiamando da un po' – non mi hai sentito? Rientra subito, o ti prenderai qualche malanno; tira un vento gelido fuori».

Rowan era così presa dalle sue ricerche che aveva fatto a malapena caso al freddo. Aveva tirato fuori dalla tasca una manciata dei frutti che aveva raccolto. «Potrei fare un decotto», aveva detto. «Per la tua tosse. La calmerà».

Prudence l'aveva guardata dubbiosa, valutando i benefici di un tale tentativo. «Visto come il tuo unguento ha aiutato il giovane Tommy...», aveva decretato alla fine. «Direi che è molto gentile da parte tua. Ma bada a rimettere tutto in ordine e a non farmi lavorare il doppio».

Più tardi, Rowan aveva bollito le erbe e i cinorrodi in acqua pulita presa dal pozzo fino a ottenere un liquido scuro al quale aveva aggiunto un po' di miele e una spruzzata di aceto. La finestra si era appannata per il vapore creato dalla sua pozione e i fornelli accesi avevano scaldato la cucina. Era diventato un posto più piacevole in cui stare e si era messa a canticchiare tra sé e sé una canzone che le aveva insegnato sua madre e che parlava di un innamorato dal cuore spezzato e di un sudario. Aggiungeva una nota di malinconia al suo umore, ma l'aveva canticchiata lo stesso. Quando i cinorrodi si erano ammorbiditi, li aveva scolati nel mortaio che un tempo era appartenuto alla madre, e aveva cominciato a ridurli in poltiglia e poi in liquido. Il mortaio non era altro che una pietra incavata, con un lungo sasso stondato come pestello, ma a Rowan piaceva credere che sprigionasse ancora il potere della madre.

Quando aveva ritenuto che fosse pronto, aveva travasato il composto in un'ampolla e lo aveva messo da parte a raffreddare sul davanzale. Più tardi lo avrebbe tappato con il sughero che aveva preso da una bottiglia di Porto vuota del signor Hollander. Era una cosa da poco creare una bevanda medicinale per Prudence, ma, lavorandoci, aveva sentito la connessione con le donne della sua famiglia, che erano venute prima di lei, che avevano preparato altrettanti rimedi, e questo le aveva regalato un po' di conforto.

Un pomeriggio, Tommy Dean si presentò di nuovo alla porta sul retro e fece vedere la gamba alle due donne perché la controllassero. «Guardate!», disse, con un'espressione trionfante in volto. La ferita era completamente guarita e adesso si intravedeva solo una lieve cicatrice. «Sembra quasi che non mi sia capitato nulla».

Rowan sogghignò, compiaciuta che lui stesse bene e ancora più contenta di rivederlo, dato che nei momenti di svago si era ritrovata a rammentare il calore del suo sorriso e a chiedersi se lo avrebbe rivisto. Sebbene fosse passata solo qualche settimana dal loro primo incontro, Tommy sembrava essersi irrobustito in quel poco tempo, sviluppando un petto più ampio. La sua voce si era fatta più profonda ed era notevolmente più alto. Così le venne in mente che anche i suoi fratelli sarebbero cambiati e il fatto di essere così lontana da loro l'aveva per un attimo intristita. «Sono sicura che da ora in poi girerai alla larga dai cavalli», disse.

«Di certo mi rimetterò in piedi più velocemente», rispose lui, ridendo.

Prudence annuì ammirata verso Rowan. «Hai un raro talento, Rowan», ammise la cuoca.

«E quale sarebbe?», domandò Alice, alzando lo sguardo dal calzino che stava rammendando.

«Rowan ha il dono della guarigione», le rispose Prudence. «L'ho provato su me stessa, la mia tosse è già migliorata».

Alice abbassò di nuovo la testa sul calzino da rammendare, ma non prima di aver rivolto a Rowan una smorfia di disprezzo che rovinò i suoi lineamenti. «Non sei d'accordo, Alice?», le chiese coraggiosamente Rowan.

«In un modo o nell'altro, non credo di avere un'opinione in merito», rispose, sebbene il tono della sua voce fosse in contrasto con le sue parole. «Sarà meglio che il signore non senta certe cose», aggiunse. «Se sapesse che sotto questo tetto si pratica la più piccola magia o stregoneria...».

«Zitta!», urlò Prudence, facendosi il segno della croce contro gli spiriti maligni. «Non usare quella parola dentro questa casa. Stiamo parlando di un talento curativo, niente di più».

«Ricorda cos'è successo alla vedova Spanswick», le disse Alice con fare minaccioso.

«Cosa le è successo?», domandò Rowan.

«Offriva sciroppi, balsami e cose del genere», rispose Alice. «Veniva in città durante i giorni di mercato. Poi, durante l'ultimo raccolto, la figlia del fornaio si è ammalata. Vaiolo. Lui ha supplicato la donna di preparare una tintura che poi ha dato alla moglie, ma moglie e figlia sono morte prima della fine della settimana. Fredde come il marmo».

«E poi cos'è successo?», domandò Rowan, la preoccupazione che le cresceva nel petto.

«La vedova è stata allontanata dalla città», disse Alice, apprezzando ovviamente la storia. «Alcuni uomini – incluso il nostro signore – se la sono trovata davanti la successiva giornata di mercato e le hanno detto che se si fosse fatta vedere di nuovo a Oxleigh, l'avrebbero portata davanti a un giudice. È stato solo per il brav'uomo del defunto marito che non è stata rinchiusa in una prigione e accusata di avvelenamento». Guardò Rowan negli occhi.

«Smettila di spaventare la ragazza», la rimproverò Prudence. «Rowan non sarebbe mai tanto sciocca da cercare di guarire qualcuno con il vaiolo».

Alice alzò le spalle e riprese a rammendare, l'espressione scettica, e Rowan provò un brivido di agitazione lungo la schiena.

La maggior parte delle volte era Alice ad assistere Caroline, ma un pomeriggio che lei era fuori per delle commissioni, vennero in visita due donne. Mentre Rowan serviva loro tè e pasticcini preparati da Prudence, sbirciò rapita i loro abiti e le acconciature eleganti. Una aveva il pancione e, sentendo che stavano parlando eccitate della famiglia in aumento, notò che l'espressione serena della sua signora cambiò per un istante.

Dopo che le donne se ne furono andate, Caroline la prese da parte e la portò nella bottega sul davanti della casa. Là, Rowan rimase a bocca aperta di fronte ai rotoli di raffinati tessuti sparpagliati sul lungo e largo bancone, così delicati e vaporosi che traboccavano dai bordi come l'acqua da un argine. Le sue dita smaniavano di toccarli, di tastare la loro morbidezza.

«Siamo qui per scegliere la stoffa per un nuovo abito, perché non posso permettere che tu serva di nuovo il tè alle mie amiche con *quello*», disse Caroline, squadrando la grezza sottoveste e il lino rattoppato del suo vestito. «Dio solo sa cosa penseranno di noi, se non possiamo nemmeno vestire adeguatamente le nostre domestiche».

Mentre fissava le stoffe, Rowan si sentiva come un uomo affamato davanti a un banchetto di prelibatezze. Cosa le sarebbe stato permesso scegliere? A proposito, le sarebbe stato permesso scegliere o avrebbe dovuto farsi bastare ciò che le veniva offerto? Gli indumenti di Alice, sebbene ovviamente non eleganti come quelli della sua signora, erano comunque della taglia giusta e alla moda.

Sul bancone c'erano diversi pesanti libri rilegati in pelle, ma non poteva confessare alla sua signora di aver già sbirciato ogni mattina, spazzando i pavimenti, i campioni delle vibranti stoffe al loro interno. Ne ricordava una con una delicata riga rosa e un'altra con dei mazzolini di minuscoli fiorellini blu e gialli e fantasticò su una bellissima veste con la gonna ampia, le maniche in coordinato e un corpetto indossato con cura sopra il busto con le stecche.

Jeremiah, l'uomo dal volto emaciato e col parrucchino che serviva in bottega, tirò fuori un rotolo di semplice tessuto spesso, del colore dell'acqua dopo che Prudence aveva lavato i piatti della cena, una specie di grigio-marrone scuro. «Questo è molto funzionale», disse lui, lo sguardo fisso sul vestito malandato di Rowan.

Risciacquatura di piatti grigiastra. Le speranze di Rowan furono deluse. Era stato troppo desiderare un colore più carino, e lottò per nascondere il proprio disappunto.

Caroline annuì d'accordo con lui. «Avrà anche bisogno di una nuova cuffia. Magari con dei nastri, del resto una domestica sogna di vestirsi come una duchessa. Potresti scegliere un ornamento di tuo gradimento, Rowan».

«Sì, signora. Grazie». Era un piccolo atto di cortesia, supponeva.

«Mi domandavo se potessi chiederti una cosa», disse Caroline uscendo dalla bottega ed entrando nel salone. Una curiosa espressione accendeva i bei tratti del suo viso, un misto di speranza e preoccupazione.

«Certo, signora».

«So che hai un dono con i tonici a base di erbe e cose simili».

Rowan rifletté bene prima di rispondere. «Sono... sono dei rimedi comuni», balbettò, ricordando il racconto di Alice sulla vedova Spanswick. «Semplici infusi e tinture, niente di più».

«Capisco», disse Caroline. «Niente di più potente?».

Margaret Gyngell, la maestra Anne Bodenham, le sorelle Handsel: sua madre le aveva sussurrato i loro nomi, avvertendola del destino a cui erano andate incontro. Ancora adesso, una persona poteva essere multata o imprigionata per stregoneria. Rowan esitò un attimo, poiché non sapeva quale fosse la migliore risposta da dare, ma poi non dovette più pensarci perché la signora continuò il proprio discorso.

«Si tratta di una questione piuttosto delicata, capirai bene.

Una di cui solitamente non parlo con una domestica. Confido nella tua discrezione».

Rowan annuì, consapevole, mentre erano una di fronte all'altra, di quanto fosse esile la padrona di casa, della sua vita sottilissima.

«Perciò parlerò con franchezza. Mio marito e io siamo sposati da cinque anni, ma non ci è ancora stata fatta la grazia di un bambino. Prego ogni giorno, fino a farmi i lividi sulle ginocchia, ma senza alcun risultato. Devo confessarti che per me è un grande dolore. Temo che il mio matrimonio sia malato e che la mia incapacità di mettere al mondo un erede ne sia la causa».

Caroline tamburellò sulla gonna con le dita, apparentemente inconsapevole del suono che stava producendo. Rowan riconobbe il sonaglio ossidato che aveva trovato il primo giorno di lavoro e che poi non aveva più rivisto.

«Sono costretta a chiederti se conosci un rimedio che potrebbe...». Si schiarì la voce, arrossendo per l'imbarazzo dell'argomento. «Aiutarmi a tale scopo».

Rowan soppesò se fosse il caso di rivelare la portata della sua conoscenza. Se avesse acconsentito, la sua signora avrebbe sospettato dei suoi insoliti poteri, soprattutto nel caso in cui i risultati non fossero stati positivi? E se il suo signore l'avesse scoperto? Rabbrividì al pensiero, perché adesso sapeva quello che sarebbe potuto succederle. Ma se avesse rifiutato, Caroline avrebbe potuto prenderla in antipatia. Se poteva, voleva aiutarla, perché essere moglie ma non madre non era una situazione piacevole da sostenere.

In entrambi i casi, avrebbe potuto avere dei problemi.

«Ho sentito parlare di un certo rimedio», disse con cautela. «Ma può essere pericoloso, se usato male. E non sono certa di poter trovare tutto ciò che mi serve».

Un'espressione sollevata trasformò il volto di Caroline, e, quando le sorrise, Rowan scorse di nuovo la dolcezza nella sua padrona. «Avvertirò Prudence di lasciarti del tempo per cercare tutto quello di cui necessiti. A quanto ho sentito, il bosco a nord della città fornisce ogni sorta di pianta che non si trova altrove. Tuttavia, se non riesci a trovare tutto quello che cerchi, puoi recarti dal farmacista. Assicurati di fargli mettere tutto direttamente sul mio conto e non su quello di mio marito».

«Alcuni ingredienti potrebbero essere costosi», l'avvertì Rowan.

Caroline scacciò l'apprensione della ragazza con un gesto della mano. «Non preoccuparti di questo». Sembrava non aver nemmeno sentito i dubbi di Rowan sulle probabilità che c'erano di non riuscire a preparare la bevanda medicinale. Rowan sapeva un sacco di cose sulla nascita dei bambini, avendo osservato e una volta persino assistito la madre a metterne al mondo, ma la creazione – il produrre il seme di una nuova vita al di là di ciò che aveva visto accadere nel recinto dei cavalli e nella stalla – be', era tutta un'altra cosa.

Rowan tornò con la mente al tempo in cui aveva visto sua madre andare in cerca di arbusti ed erbe al chiaro di luna. Era grata di aver prestato attenzione, che sua madre le avesse fatto ripetere gli ingredienti e i metodi per combinarli tra loro fino a saperli recitare a memoria senza commettere errori. Magari avrebbe trovato l'ortica, il tarassaco, il rizoma del giaggiolo e altri ingredienti di cui aveva bisogno nei dintorni. «Potrebbero volerci settimane per raccogliere tutte le erbe. Almeno fino all'inizio della primavera», disse.

Caroline sospirò impaziente. «Sei sicura di non poterci mettere meno?».

Rowan scosse la testa. «Alcune piante non sono ancora in fiore».

«Molto bene, del resto cosa vuoi che sia qualche mese in più?», rispose l'altra, sospirando di nuovo. «Ma non dire nulla a mio marito».

«Certo che no, signora». Rowan si vide passare davanti agli occhi il viso di un neonato. Ma la visione non la riempì di calore, perché quel volto era pallido come la cera, gli occhi chiusi. Scacciò via quell'immagine.

«So che sei orfana, ma che hai quattro fratelli».

Rowan era sorpresa che Caroline avesse preso nota di questo. Prudence doveva averla informata, perché era sicura di non averlo detto a nessun altro. Annuì. «Sono più piccoli di me».

«Devono mancarti, la famiglia è un conforto. Se la cosa andrà a buon fine, magari riuscirò a persuadere mio marito a concederti una settimana libera, così potrai andare da loro».

«Grazie, grazie davvero». Rowan si girò per andarsene.

«Ah, Rowan?»

«Sì, signora?».

Caroline tirò fuori dalla tasca della redingote un biglietto ripiegato e glielo passò.

Per un momento, non capì di cosa si trattasse.

«La tua paga», disse Caroline.

Rowan afferrò il pacchetto e sentì il peso sulla mano, la prova tangibile di quei mesi di duro lavoro. «Molto obbligata, signora», disse, facendo un inchino. Caroline la congedò e Rowan lasciò la stanza con la testa che vorticava. Aveva fatto bene a offrire il proprio aiuto. Il pensiero di poter rivedere i propri fratelli nell'immediato futuro e dare ai suoi zii i soldi che aveva guadagnato per aiutare a mantenerli era molto più di quanto avesse mai sperato.

12

Dicembre 1768, Londra

Dopo aver aspettato una buona mezz'ora a seguito della partenza del mercante di seta, Mary uscì di casa. Prese una manciata di monete che l'uomo le aveva dato come anticipo e andò subito dal macellaio all'angolo di Spital Square. «Una bella pollastra», disse, con un moto di orgoglio. «E mezzo chilo di frattaglie di agnello, per favore». Lei e Frances avrebbero banchettato quella sera, e anche le successive.

Tornata a casa, le guance arrossate per il freddo e per il sorprendente cambio di rotta che aveva preso la loro vita, trovò la sorella seduta in salotto. L'album da disegno di Mary in mano.

«C'è qualcosa che non va?», domandò, dato che Frances aveva un'espressione serissima. Sul tavolo accanto a lei, impilato a mo' di piccola torre c'era il resto delle monete che l'uomo aveva lasciato loro.

Frances alzò lo sguardo. «Mettere tutte le uova nello stesso paniere? Sarà saggio? E quell'uomo saprà davvero quello che sta facendo, prometterti un lavoro per un anno o più? Lo so che i tuoi disegni sono unici, sorella, e, ti prego, non fraintendermi quando dico questo, ma nessuno è stato mai tessuto. Ci si potrà fidare di lui?»

«Io credo di sì. Perché dubiti di lui?».

Frances prese una delle monete e la mise sotto la luce, come per verificare che fosse vera. «C'è qualcosa…». Le si spense la voce.

«Qualcosa? Che cosa, esattamente?». Mary era infastidita. Non voleva che sua sorella scoraggiasse le aspettative scaturite dalla buona offerta del signor Hollander, ma, d'altro canto, rispettava il suo giudizio.

«Niente, credo». Frances minimizzò con un gesto della mano. «A ogni modo, o mangi questa minestra o salti dalla finestra».

«Be', stasera non mangeremo la solita minestra. Abbiamo un pollo per cena, e molto altro, e per una volta sono contenta di non morire di fame», replicò Mary, con fermezza.

Mary aveva un mese per creare tre nuove fantasie. Prima che il signor Hollander se ne andasse avevano esaminato l'album dei disegni insieme e lui ne aveva selezionati un paio che potevano fare al caso suo, ma ciò significava lavorare al resto. «Sono belli, ma piuttosto sobri», le consigliò. «Aggiungete più dettagli. Il vostro senso della geometria e delle proporzioni è molto piacevole, ma voglio di più».

Non era sicura al cento per cento di aver capito cosa avesse voluto dire, ma ci avrebbe messo tutto il suo impegno. Il pomeriggio seguente, con la pancia piena per la cena a base di pollo, si mise al lavoro.

Convinta di aver creato qualcosa di buono, iniziò a scrivere delle indicazioni che avrebbero aiutato il tessitore al momento della trasformazione del motivo in tessuto. Copiò con scrupolo il disegno sulla carta punteggiata, ma poi le venne un'altra idea. Che effetto avrebbe avuto quel motivo su un vestito? Su un panciotto? La superficie piana del petto di un uomo era facile da immaginare e presentava meno insidie. Ma applicato alle curve di una donna? Era consapevole di doverci riflettere attentamente, perché una volta tessuta la stoffa sarebbe stato troppo tardi per rimediare.

Piegata sul foglio di carta, immaginò la figura del signor Hollander e non poté fare a meno di visualizzare uno dei suoi motivi su un gilè che si adattasse a quelle sue spalle larghe. Gli sarebbe stato benissimo. Annuì tra sé e sé mentre lavorava.

Nelle settimane successive si ritrovò a dipingere sotto la luce di una lampada e sacrificando il sonno per completare i primi disegni, preoccupandosi dei contrasti di luce e delle ombre, delle esatte proporzioni della curva sinuosa e serpeggiante di uno stelo e di come trasferire il tutto sulla carta, di quali colori scegliere. Più e più volte aveva dovuto alzare lo sguardo sulle piante davanti a sé, nel tentativo di catturare la forma esatta, di replicare ciò che le rendeva caratteristiche.

Guy le aveva parlato di una tecnica di ombreggiatura tridimensionale. «*Point rentré*», le aveva detto. «Farà sembrare veri i fiori sulla stoffa». Così tornò nel solaio dell'artigiano, ponendogli domande sull'operaio al telaio e apprendendo esattamente come lavorasse per ottenere l'effetto che stava cercando. Lui la ricevette ben volentieri, e con pazienza le spiegò il procedimento, ma il compito risultava ancora arduo e i criteri che si era prefissata troppo impegnativi.

«Non so come abbia fatto a credere di poterci riuscire!», eruppe una sera, gettando nel fuoco un altro disegno. «È impossibile».

«Ce la *puoi* fare», la rassicurò Frances. «Niente di valido si ottiene facilmente. Dormici su e domattina ricomincia daccapo».

«Suppongo sia così», disse Mary, sfregandosi, ormai stanca, il braccio sulla fronte. «Ma spero di creare qualcosa di diverso, qualcosa di nuovo, un disegno che la gente non abbia mai visto. Che è la parte più difficile».

«Forse so cosa potrebbe aiutarti», disse Frances. «Un libro specifico».

Il pomeriggio seguente, sua sorella tornò dall'ospedale con un grande volume sotto il braccio, e osservò impaziente mentre Mary ne studiava il frontespizio. «*Un curioso erbario*», lesse. «Di Elizabeth Blackwell».

«Ho pensato che potesse esserti utile», disse Frances, l'espressione piena di speranza in volto.

«Ma dove l'hai trovato?», le domandò Mary.

Sua sorella si portò un dito alle labbra. «Non fare domande, devo riportarlo indietro tra qualche giorno, prima che qualcuno si accorga che manca».

Il libro conteneva illustrazioni di piante medicinali, calendola, alchemilla, vaporosi fiori di sambuco, lavanda e camomilla, melissa, enotera e partenio, sena e rabarbaro, ma anche altea, malvarosa e ippocastano, cardo benedetto, biancospino, amamelide, tarassaco e lappola. Alcune di quelle piante, Mary le aveva viste passeggiando, ma molte le erano sconosciute. Si ritrovò immersa nella lettura dei vari capitoli che descrivevano le piante più letali, poiché erano tra le più affascinanti: la dulcamara, i bellissimi fiori del napello, le bacche rosse dell'alloro, quelle viola della belladonna, la digitale lentigginosa, i semi arancioni del gigaro scuro e i delicati petali dei papaveri rossi.

Mentre girava le pagine, cominciava a crearsi nella mente un'immagine e un forte sfrigolio allo stomaco le suggerì che fosse sulla strada giusta per creare qualcosa di innovativo, qualcosa di sorprendente e originale, che avrebbe fatto reclamare alle eleganti signore della città la sua arte. Non vedeva l'ora di cominciare. Immaginò di combinare tra loro i fiori e i frutti di alcune delle piante più velenose, perché non solo erano bellissimi, ma era certa che una donna audace avrebbe apprezzato il messaggio più nascosto dietro a un motivo fatto di steli sinuosi e fiori a campana.

Alla fine, circa tre settimane dopo, Mary aveva prodotto quattro disegni, insieme a un dettagliato cartamodello con note a margine di ciascuno.

Oltre al disegno della pianta velenosa, ne aveva concepiti tre che includevano non soltanto i più tradizionali fiori dell'aquilegia, del fiordaliso e della licnide, della stellaria e della vitalba, del pisello odoroso e delle rose, della campanula e dei gigli, ma anche gli insetti: la vespa e lo scarafaggio, e oltre alle comuni farfalle aveva inserito dei bruchi, grossi e verdi, nella speranza che ciò avrebbe fatto spiccare il proprio lavoro.

Portò il materiale a Guy, il quale sollevò le sopracciglia mentre lo studiava, ma acconsentì a lavorarci. «Anche se sono dissimili da tutto ciò che ho visto finora».

Nonostante il tono burbero di Guy, Mary era rimasta contenta di quel commento, perché il suo intento non era copiare la controparte maschile.

Patrick Hollander aveva richiesto qualcosa di nuovo e che colpisse l'occhio, e questo era esattamente ciò che gli avrebbe dato.

Aveva fatto una copia di ciascun disegno e spedì tutto a Oxleigh con il servizio postale del mattino, a malapena in grado di contenere l'impazienza per la risposta.

13

Dicembre 1768, Oxleigh

Rowan era distesa nel letto, intenta a darsi i pizzicotti per non addormentarsi, sicura che la mattina successiva si sarebbe svegliata con le braccia piene di lividi blu. Era la notte della luna fredda, l'ultima luna piena dell'anno, e si era ripromessa di andare a raccogliere le foglie di amamelide, perché sarebbero state utili per creare un potente tonico per la pelle. C'era un bell'albero nel parco cittadino a circa un chilometro dalla strada principale, e si diceva che le sue foglie, bagnate dalla luce lunare, fossero le più potenti, ma doveva raccoglierle prima dell'alba. Era anche impaziente di spingersi più lontano, per vedere di trovare il trifoglio rosso necessario per la bevanda medicinale che le aveva richiesto la sua padrona.

Sbadigliò, stando attenta a non disturbare Alice, che russava accanto a lei, e si arrese alla stanchezza che aveva minacciato di sopraffarla molte ore prima. Un attimo dopo, si svegliò di nuovo di colpo e, determinata a non farsi sfuggire quell'occasione, strisciò fuori dal letto.

Sulla strada principale, il cammino era rischiarato dalla luna, così grande e bassa nel cielo privo di nuvole. In giro non c'era anima viva. Uno spesso strato di brina aveva ricoperto l'acciottolato e Rowan tremò di freddo, stringendosi nel mantello e camminando il più in fretta possibile sulla pavimentazione scivolosa.

Ai limiti del parco, c'era un basso e lungo fienile e vi si diresse. Con sua grande sorpresa, una luce filtrava dalla soglia della porta, e, avvicinandosi di più, udì un brusio di voci, grida e di tanto in tanto un rumore metallico, lo stridio di un animale sofferente.

Attirata da quel verso, strisciò lungo il muro di selce del fienile, restando nell'ombra. La porta era socchiusa e vi si mise dietro, allungando il collo per dare un'occhiata. L'odore di birra misto a sudore la investì, mentre il caldo tanfo di aria viziata, il rumore quasi assordante, e ciò che vide per poco non la fecero urlare. Un gruppo di uomini, molti dei quali riconobbe – il macellaio, il tizio che vendeva i formaggi al mercato, il commerciante di candele, il sellaio e altri – erano disposti a cerchio, e urlavano, cantilenavano, gesticolando occasionalmente e grugnendo, sputando e bevendo dai boccali, concentrati sullo spettacolo davanti ai loro occhi. Nessuno notò la giovane che li stava osservando dalla porta.

Al centro del cerchio, tolta di mezzo la lolla, c'era la cosa più raccapricciante che avesse mai visto.

Un'arena da combattimento.

Due pennuti erano uno di fronte all'altro, e saltavano e si beccavano, le ali che frullavano, le piume del collo arruffate come una gorgiera, i loro versi quasi sovrastati dalle urla degli uomini. Rowan vide luccicare uno sperone di metallo attaccato alle loro zampe, un taglio profondo sull'occhio di uno dei due volatili.

Un combattimento di galli.

Rowan aveva visto suo padre uccidere un maiale, osservando il sangue scorrere dalla ferita sul collo, assistito mentre sua madre tirava la testa a un pollo, e aveva sentito parlare di persone che scommettevano sul risultato di un combattimento, ma tutto questo era diverso. Questo aizzare tra loro gli animali – come potevano divertirsi con un simile passatempo?

Poi, avvicinandosi ancora di più alla porta, trasalì quando notò il suo padrone, macchie di ruggine sui pantaloni alla cavallerizza, un sorrisetto malizioso sul volto. Si trovava quasi all'interno del cerchio e utilizzava un bastone per spingere i galli al centro della fossa. Disgustata e impaurita, mentre il sangue le scorreva gelido nelle vene, si ritrasse. Rowan aveva creduto che fosse un gentiluomo, ma in quel momento somigliava più a un selvaggio.

La mattina seguente, mentre accendeva il fuoco in salotto, entrò il suo signore, trascinandosi dietro una scia acre di birra. Il suo elegante panciotto era tutto storto, i capelli scompigliati e l'interno delle tasche rovesciate in fuori, come se avesse avuto fretta di svuotarle. La guardò di sbieco, gli occhi arrossati, quasi sorpreso di vederla lì, prima di collassare sulla poltrona. «La dea bendata non mi ha sorriso negli ultimi tempi», disse con un sospiro.

«No, signore», disse Rowan pacata. Quando era tornata a casa nelle prime ore del mattino – con le foglie che le servivano infilate con cura nella tasca – era rimasta sveglia nel letto fino all'alba, perché la scena a cui aveva assistito continuava a ripetersi nella sua testa, e adesso le risultava difficile riservare al suo signore il rispetto che aveva avuto finora per lui.

Più tardi, tornando verso il salotto per ritirare i piatti della colazione, Rowan sentì discutere, la voce di Patrick che cercava di placare quella alta e furiosa di Caroline. Si fermò a qualche centimetro dalla porta, incerta se entrare o meno.

«Non credere che io sia all'oscuro di quello che succede sotto questo tetto», disse Caroline. «Quella domestica se ne deve andare».

Rowan raggelò. Cosa poteva aver fatto per contrariare in quel modo la sua signora? Ci stava mettendo troppo a preparare la bevanda medicinale che le aveva richiesto? O Patrick l'aveva vista sbirciare dentro al fienile?

«Come ti ho già detto, vedi cose che semplicemente non esistono», replicò Patrick, annoiato. «Come se un rispettato mercante potesse interessarsi a una domestica di umili origini. Non c'è assolutamente bisogno di licenziare Alice. Inoltre, è brava nel suo lavoro, lo hai detto tu stessa, e nel caso non l'avessi notato, saremo a corto di personale competente fino alle assunzioni del prossimo anno».

Rowan fu di nuovo in grado di muoversi, dopo aver sentito pronunciare il nome di Alice e non il suo. Cominciò ad affiorare qualcosa nella sua testa: le assenze di Alice senza un motivo preciso; Alice che usciva dalla camera del signore; Alice e il padrone in un angolo nascosto del giardino, le loro teste inclinate l'una verso l'altra, la mano di lui sul suo gomito, quasi ad accarezzarlo. Sembrava che la sua signora non ne fosse affatto ignara.

«Be', questa cosa non può assolutamente continuare», disse Caroline, cambiando tattica. «Te ne stai fuori fino a tardi e poi non sei capace di affrontare un'onesta giornata di lavoro. Spendi più soldi di quelli che abbiamo. Non credere che io non sia capace di comprendere il libro mastro».

«Non c'è niente di cui debba preoccuparti», disse Patrick. «Ci sono alti e bassi in ogni attività commerciale. Se non sono troppo preoccupato io, non dovresti esserlo nemmeno tu. Fidati, mia cara».

«Non prendermi per stupida». Caroline alzò la voce. «Ti trascini in giro per il Paese facendo chissà che cosa e qui non ci sei quasi mai. Non riesco a capire tutte queste incombenze di lavoro che ti portano fuori casa così spesso».

«Se ci fosse qualcosa a tenermi qui, sarei più incline a restare», disse con freddezza.

«E con questo cosa vorresti dire?». Rowan poteva quasi percepire il sapore amaro della voce della sua signora.

«Mi chiedo se non abbia sposato una moglie sterile. Sono certo che in città mi prendano in giro per questo».

Rowan soffocò un sussulto alla crudeltà del suo padrone, anche se in verità non se ne sorprendeva più.

«Be', magari, marito mio, se tu fossi a casa più spesso...», controbatté Caroline.

Rowan era consapevole di dover raddoppiare i propri sforzi per preparare il rimedio che la sua signora desiderava con tanta disperazione. Caroline Hollander si era mostrata gentile con lei, e non poteva sopportare che il suo padrone la trattasse così in malo modo. Inoltre, Rowan lo sapeva bene, in una famiglia serena aveva maggiori prospettive di continuare a lavorare che in una con problemi.

Una domenica pomeriggio dell'inizio dell'anno nuovo, finito di svolgere il proprio lavoro, Rowan passeggiava sul sentiero che costeggiava il fiume e ornava la città come un nastro. Si strinse nel mantello rosso della madre e prese una boccata di aria frizzante e profumata, poi sollevò lo sguardo verso il pallido sole. Faceva veramente freddo e il suo fiato produceva delle nuvolette di fumo mentre camminava, ma era stata al chiuso troppo a lungo ed era molto più contenta fuori, in mezzo ai prati e ai campi d'orzo e sotto il cielo aperto. Seguendo l'argine del fiume si mise a cercare le erbe che le servivano. Individuò il centocchio, il biancospino, la tossilaggine e il sambuco, prendendo nota di dove si trovassero, così da tornare a raccoglierle a primavera, quando il biancospino fosse stato in fiore, e a fine estate quando si fossero sviluppate le bacche di sambuco utili per produrre uno sciroppo contro il raffreddore e il mal di gola invernale. Ma del trifoglio rosso e del giusquiamo di cui necessitava non vi era traccia.

Era totalmente immersa nella sua ricerca quando, di sfuggita, notò un improvviso lampo color ruggine. Eccolo lì, sul sentiero davanti a lei. Il folto codone di una volpe che si agitava, un pallido musino che le veniva incontro. Adesso ce l'aveva davanti. Rowan si fermò e si guardarono, gli occhi gialli dell'animale che fissavano i suoi. Rimase completamente immobile, sentendosi il cuore martellare nelle orecchie.

Pregò che non emettesse alcun suono e trattenne il fiato, che comunque le uscì dalla bocca quando, con un rapido movimento della coda, la volpe trotterellò accanto a lei. Si diceva che il verso della volpe fosse presagio di morte, e tale superstizione era molto sentita dalla gente di campagna, lei compresa.

Rincuorata dal silenzio dell'animale, continuò per la sua strada finché non raggiunse un mulino, dove una grande ruota a pale rimestava l'acqua schiumosa. Affascinata, ma impressionata dal boato prodotto dal marchingegno, si avvicinò il più possibile alla pozza profonda. Rimase subito infreddolita dagli schizzi gelidi che le atterrarono in faccia e sulle braccia, e si allontanò tenendosi a distanza di sicurezza.

La natura subdola dell'acqua l'aveva sempre turbata. Sognava spesso di venire trascinata via dalla forte corrente di un fiume e non capiva come qualcosa di fluido potesse celare tutta quella potenza. Persino sotto la calura estiva, i suoi fratelli minori dovevano convincerla a entrare nelle profondità verdi e torbide del fiume, spaventata ed elettrizzata allo stesso tempo dalla forza della corrente che le scorreva tra le gambe e le dita allargate delle mani. Non si era mai immersa oltre la vita, non ne aveva il coraggio, non riusciva a comprendere come ci si potesse muovere con una tale corrente senza avere i piedi ben ancorati per terra. I suoi fratelli non avevano la sua stessa paura; si immergevano, sparivano sott'acqua e ricomparivano dalla superficie limacciosa. Cercavano sempre di incoraggiarla, ma non si sarebbe fatta sollevare per galleggiare, non avrebbe staccato i piedi, rischiando di essere trascinata via dalla sicurezza della sponda.

Mentre pensava alle giornate estive ormai andate, vide la figura di un giovane davanti a lei. Avvicinandosi, notò che si trattava di Tommy e si mise a correre per raggiungerlo, ormai senza fiato e facendo una smorfia per le stecche del corpetto che le pizzicavano la delicata pelle.

«Rowan!» la salutò lui, un sorriso a illuminargli il volto. «Buongiorno a te. Che ci fai qui?»

«Facevo due passi», rispose, poiché per quanto il ragazzo avesse visto una piccola parte del suo talento con le erbe, non osava rivelare il motivo del suo giro, in questa circostanza. «E tu?»

«Sono solo di ritorno da una consegna. Non dirlo a nessuno, ma ho preso la strada più lunga – mi piace camminare lungo il fiume ogni volta che ne ho l'occasione».

Rowan gli sorrise, provando un brivido di piacere per averlo incrociato così inaspettatamente, dato che era la cosa più vicina a un amico che avesse in città. «Anche se fuori è così freddo?», gli domandò, notando quanto fosse fine il camice che indossava.

«Non lo sento neanche», rispose lui, allargando le braccia. «E, poi, qui posso respirare».

«Capisco bene cosa intendi», gli disse. «A volte penso che potrei soffocare al chiuso, soprattutto quando il fuoco fa tanto fumo».

«Datemi un cielo sopra la testa, i campi sotto ai piedi e il fiume al mio fianco, e sarò il ragazzo più felice del mondo».

«Se è così perché non fai il contadino?». Lanciò un'occhiata al suo volto allegro, trovandosi ad apprezzare quel ragazzo tanto innamorato della natura quanto lei.

«Fare il bracciante è la mia maggiore aspirazione, ma non c'è futuro. No, è una fortuna che io abbia un mestiere da imparare. Si fanno i soldi con la carne, dice il mio capo. E un giorno aprirò la migliore macelleria di Oxleigh, vedrai».

Rowan si mise a ridere per quell'audace affermazione, ma era segretamente colpita da tutta quella ambizione. Era molto più piacevole avere attorno persone con un forte desiderio di migliorarsi.

«Lo trovi divertente?», le chiese, un'espressione ferita a rabbuiare i suoi lineamenti di solito radiosi.

«No, no», si affrettò a rassicurarlo. «Semmai, sono impressionata dalle tue prospettive per il futuro».

«E le tue quali sono?».

Rowan rimase un attimo in silenzio. Non ci aveva mai pensato granché. «Non lo so. Credo di voler restare a Oxleigh. Aiutare chi ne ha bisogno».

«Intendi come hai aiutato me quando mi sono fatto male?»

«Esatto. Un giorno spero magari di essere qualcosa di più di una domestica», osò ammettere.

Tommy le rivolse un largo sorriso. «Anch'io sono impressionato dalla tua ambizione», le disse. «Non sei come tutte le altre ragazze, perché non ti interessano le cose frivole e sciocche. Sei una bella persona da frequentare, Rowan».

Si portò la mano alla guancia, sentendo tirare le pieghe della cicatrice all'occhio, all'improvviso vergognosa per il rossore affiorato a quelle parole.

14

Presente

«Ehi, pompinara», urlò un ragazzo.

«Abbiamo sentito che ti hanno ammessa solo perché tuo padre è il rettore», disse un altro.

«Sì, e che ti hanno messo nella Casa della Seta perché non ti volevano vicina alla scuola nel caso fossi infetta».

Thea, diretta ai campi da hockey alla fine della giornata scolastica, la mazza preferita infilata sotto il braccio, svoltò l'angolo e vide un gruppetto di ragazzini e tre delle nuove ragazze a diversi metri da lei.

«Oh, ma che carini», sentì dire a Sabrina, con un tono di voce sdolcinato. «Questo è il massimo che sapete fare? Be', dovete sforzarvi di più allora». Rise loro in faccia e si girò verso le compagne. «Andiamo, ragazze, faremo tardi agli allenamenti».

I ragazzini si sparpagliarono, e Thea sorrise. Se la cavavano benissimo da sole. Mandò avanti lo sguardo e intravide i campi da gioco: quattordici da hockey, diversi dei quali ricoperti di erba artificiale, quattordici da rugby, due da football, ma anche innumerevoli campi da netball e da tennis. Thea espirò. Pensò a quanto fosse bello tornare a giocare, sentire il dolce rumore della mazza che colpisce la palla. Erano passati mesi. Poi rammentò che suo padre aveva giocato sullo stesso terreno e mandò giù un'improvvisa fitta di tristezza.

Gareth Pope era già sul campo, intento a sistemare una serie di birilli e palle. Quando Thea si avvicinò, lui si indicò esplicitamente l'orologio. «Mi sembra di aver capito che assisterà la nuova squadra mista», le disse, non sembrando affatto contento.

«Ho giocato un po'», ammise.

«In dieci anni, la scuola ha perso di rado un incontro, ma non ci piace adagiarci sugli allori. Selezioneremo gli undici ragazzi migliori, ma dovremmo riuscire a convocare anche una squadra mista – sempre che le ragazze siano all'altezza».

«Sono sicura che lo saranno», rispose lei, con un tono secco come il campo su cui posavano i suoi piedi.

«Forza, venite, ragazzi e ragazze», disse il professore di ginnastica, mentre gli studenti uscivano sparpagliandosi dagli spogliatoi. «Come riscaldamento fate tre giri dei campi da gioco».

Si udì un mormorio soffocato di disapprovazione, e Thea notò che Fenella, Sabrina, Joy e Aradia iniziarono una lenta corsa in senso orario insieme ai ragazzi. Di fronte a lei, Gareth prese una mazza e cominciò a far rimbalzare la pallina sulla sua piatta superficie.

Si stava mettendo in mostra.

Thea lo ignorò e corse dietro alle studentesse con una disinvolta e fluida andatura. Le raggiunse dopo mezzo giro del campo e poi rallentò, affiancandole.

«Salve, signorina», disse Fenella tra un respiro affannato e l'altro.

«Com'è andato il primo giorno di scuola?», domandò Thea.

Fenella stava per risponderle, quando una coppia di ragazzi accelerò e tutti gli altri fecero fatica a reggere il passo. L'ultimo giro fu quasi uno scatto verso il traguardo e Thea capì che stavano cercando di dimostrare qualcosa. Si sforzò un po' di più, restando incollata ai due, compiaciuta del fatto che non avessero dato un grande stacco nemmeno alle ragazze.

Finito il riscaldamento, Gareth divise gli studenti in gruppi e fece fare loro un po' di propedeutica, continuando a far rimbalzare la palla sulla mazza. La qual cosa stava cominciando a innervosire Thea, così andò a occuparsi del gruppo più lontano rispetto a lui.

Dopo più o meno una mezz'ora di esercizi, l'istruttore richiamò tutti vicino a lui e formò due squadre. Thea osservò senza commentare mentre metteva tutte le ragazze insieme a una manciata di ragazzi meno forti.

Bene, è così che andrà.

Lui le lanciò una pettorina e lei l'afferrò abilmente con una mano.

«Per finire faremo una partita. Lei può unirsi alle ragazze; non perdiamo tempo coi portieri».

«Va bene». Thea indicò rapidamente agli studenti che ruolo coprire, mettendo Fenella come centravanti, e sistemandosi dietro di lei alla sua sinistra, dove poteva tenere d'occhio la situazione e incoraggiare la squadra, se ce ne fosse stato bisogno.

Gareth si era messo in attacco nella parte opposta del campo. Dopodiché fischiò l'inizio della partita. La sua squadra prese possesso della palla e un giocatore si lanciò verso Joy, che abbassò la testa per contrastarlo, togliendogli facilmente la palla e passandola a Sabrina.

Il ragazzo girò di scatto la testa, incredulo nel vedere una delle ragazze volare verso la parte opposta del campo con la pallina.

Sabrina dribblò lungo il campo, schivando altri due giocatori prima di venire placcata.

Il ragazzo che adesso era in possesso di palla la passò all'ala, che la prese, passandola a sua volta al centravanti, il quale evitò Aradia in posizione di difesa e la lanciò con forza sul fondo della rete.

«Uno a zero», gridò Gareth, senza nascondere un sorrisetto.

Thea lo ignorò. La partita era appena iniziata.

Il gioco proseguì, con i ragazzi che fecero di nuovo punto, e poi fu Gareth a prendere la palla e stava andando dritto verso Thea. Quando fu sul punto di scartare la palla dietro di lei, Thea agganciò la mazza a essa e si abbassò per evitare di andare a sbattere contro di lui, prima di lanciarla con un potente colpo a metà campo, dove Fenella la stava aspettando, in posizione laterale. A quel punto, fu facile spedire la palla verso l'ala in attesa, che la mise in rete.

La partita andò avanti per un'altra ventina di minuti, con le ragazze della squadra di Thea che segnarono due ulteriori punti.

Rosso in volto, Gareth fischiò la fine e tornarono tutti a recuperare la propria roba. Le fece il più freddo cenno con la testa e lei lo raggiunse.

Non aveva decretato il risultato finale, ma poco importava. Non solo aveva calcolato male le sue capacità, ma anche quelle delle ragazze e, sebbene consapevole che fosse un po' infantile, Thea si concesse un breve momento di eccessivo compiacimento per la vittoria.

«È tutto per oggi», disse Gareth agli studenti che si erano radunati lì intorno. «Ho visto che c'è molto da lavorare prima dell'inizio del torneo interscolastico, e dobbiamo migliorare anche l'aspetto atletico. Ora andate, tornate a casa, ci vediamo agli allenamenti di giovedì».

Thea cominciò a raccogliere l'attrezzatura, sollevando una manciata di birilli. «Datemi un secondo», disse alle ragazze che se ne stavano andando. «Torno a casa con voi».

«Bella partita, ragazze», disse Gareth, mentre si allontanavano. Thea sapeva quanto gli fosse costato dirlo, considerata l'invidia mal dissimulata nel tono della sua voce.

«Non si preoccupi, signorina», disse Fenella, non più a portata di orecchio. «Detestano quando si è migliori di loro».

Thea rise. «Dovranno abituarcisi, no?»

«Questo li renderà anche dei giocatori migliori», disse Fenella. «Anche se alcuni di loro non se ne renderanno nemmeno conto».

«Niente di meglio di un po' di sana competizione da chi meno te l'aspetti, no?», replicò Thea con un sorriso. «Comunque, Sabrina, ho sentito quello che ti hanno detto dei ragazzi più piccoli prima dell'allenamento. Fammi sapere se continuano a infastidirti e lo farò presente a chi di dovere».

«Non era niente», disse Sabrina. «Si daranno una regolata. E poi non voglio farmi la reputazione di quella che corre dal paparino ogni volta che succede qualcosa».

«Mi sembra giusto», concordò Thea.

«Gli altri ragazzi, quelli del nostro anno...», disse Fenella. «Sono stati veramente carini».

«Ohh», dissero Aradia e Sabrina all'unisono, vedendo Fenella diventare rossa come un peperone. «Qualcuna ha un certo interesse».

«Non è *quello*», protestò lei.

«Posso parlarle un attimo, signorina Rust?».

Thea soffocò un sospiro quando madama Hicks comparve alle sue spalle. Dopo aver sorvegliato il pasto e mandato le ragazze nelle proprie camere a fare i compiti, era rimasta dabbasso per bersi una tazza di tè e stava per recarsi nel suo studio per programmare le lezioni del resto della settimana.

«Andiamo nel salottino?».

Thea prese la sua tazza e la seguì nel corridoio e poi nella stanza posta sul davanti della casa. All'interno vi erano in paio di grandi divani, diversi pouf, un pianoforte verticale in un angolo, e un bovindo affacciato sulla strada. In teoria doveva essere lo spazio relax per le studentesse, sebbene Thea cominciasse a chiedersi quando avrebbero avuto del tempo libero. Le loro giornate erano fitte di impegni, con appena una decina di minuti di pausa tra un'attività e l'altra. Magari avrebbero avuto un po' più di tranquillità nel fine settimana, anche se per coloro che praticavano qualche sport ci sarebbero state le partite del sabato e per tutti gli altri i compiti extra e le esercitazioni di musica.

«Come è andato il suo primo giorno?».

Thea fu sorpresa dall'interessamento di madama Hicks, considerato il suo solito modo di fare austero, ma cercò di nasconderla. «Bene, grazie. Niente di ingestibile. Le ragazze sembrano essersi ambientate bene».

«Be', sono state accuratamente selezionate», rispose l'altra.

Thea sollevò le sopracciglia. Madama Hicks la faceva sembrare quasi una cosa brutta. «Hanno dei curriculum eccellenti», concordò la ragazza. «Ma sono comunque delle adolescenti. Indubbiamente affronteranno delle sfide, al di là del loro background privilegiato».

«E che mi dice del resto del personale».

«Tutto a posto». Thea si guardò bene dal rivelarle che il signor Battle era stato apertamente sprezzante nei suoi confronti quando si erano incontrati la prima volta e che Gareth Pope aveva cercato di mettersi in mostra davanti a lei e alle studentesse. Poteva chiudere un occhio su entrambe le cose.

«Volevo avvertirla».

«Avvertirmi?»

«Le cose in questa casa non sempre sono come sembrano».

Thea guardò madama Hicks, aspettando che proseguisse il discorso, che approfondisse, perché non aveva la minima idea di cosa intendesse quella donna.

«Potrebbe… sentire delle cose. La notte».

«A dire il vero, stanotte ho sentito qualcosa», replicò Thea. «Ma alla fine era Fenella, che era scesa a prendersi un bicchiere d'acqua in cucina».

«È una casa vecchia, della metà del diciottesimo secolo. A volte scricchiola e si lamenta come se fosse viva».

«Come una vecchia signora», aggiunse Thea con un rapido sorriso.

«Sì, una signora molto vecchia. Ci sono un paio di libri sulla sua storia nella biblioteca locale, forse persino in quella della scuola, se le interessa».

Thea si guardò intorno, notando l'alto soffitto a cassettoni, le sue travi di legno consumate, annerite dal fumo, dalla fuliggine e dal tempo. Quante vite avevano accolto quelle mura? «Sì, mi interesserebbe, a dire il vero», rispose, decidendo in quel momento di voler davvero scoprire se le sensazioni inquietanti che le trasmetteva quella casa, soprattutto di notte, avessero un qualche fondamento.

«Le porto qualcosa per quello». Madama Hicks si alzò in piedi e scivolò fuori dal salottino, lasciando Thea sbigottita di fronte alla sua rapida dipartita. Provò una fitta al pollice e guardò il cerotto che copriva il taglietto che si era fatta con la carta. Come faceva madama Hicks a sapere che le faceva male?

Ricomparve e posò un vasetto di vetro sul tavolo davanti a Thea. «Un balsamo. Ricetta di mia madre, passatale dalla sua nonna. Tolga il cerotto».

Thea fece come le disse, notando che il taglio aveva assunto un colore verdognolo. «Uh, come è potuto succedere?».

Madama Hicks non disse niente, ma indicò a Thea di spalmarsi l'unguento sul pollice. Mentre svitava il tappo del barattolo un profumo di fiori si diffuse nella stanza, ricordandole quello che aveva sentito in camera da letto la sera precedente. A ogni modo, Thea non sembrava troppo entusiasta di quel denso composto verde.

«Devo metterlo sul serio?»

«Sì, sul serio».

Thea applicò una piccola quantità di prodotto sul dito ferito.

«Dovrebbe bastare», disse la donna, alzandosi per lasciare la stanza. «Non posso permettere che le mie ragazze si facciano male».

Thea rimase da sola in salotto a rimuginare, mentre fissava il vasetto con l'unguento. Ma, poi, di cosa voleva parlarle madama Hicks? Voleva solo avvertirla degli strani rumori durante la notte? Agitò il pollice. Aveva smesso di pulsare tanto; anzi, sembrava stare già un pochino meglio.

15

Gennaio 1769, Oxleigh

In parte grazie a Prudence e a Tommy, si era sparsa la voce del talento di Rowan tra i domestici della città e in diversi erano andati a cercarla. Un lieve bussare alla porta sul retro a tarda sera spesso preannunciava la richiesta di tinture e balsami, bevande medicinali e cataplasmi. Una caviglia slogata, tosse di vario genere annidata nel petto, un bambino con un ascesso peritonsillare, un dente dolorante e un taglio sulla testa necessitavano delle cure di Rowan. Aveva preso a preparare i balsami e gli unguenti più richiesti e a conservarli nel retrocucina – insieme a un discreto numero di erbe – così da tirarli fuori all'occorrenza. Tuttavia, si rifiutava di assistere qualcuno con emorragie o il vaiolo, poiché conosceva i limiti delle sue capacità, e aveva preso come monito il racconto di Alice sulla vedova Spanswick. Mentre Prudence ne cantava le lodi e accettava di buon grado pagamenti in natura, di solito una manciata di uova o un piccolo formaggio, Alice assisteva al tutto con evidente malumore.

Patrick era andato di nuovo a Londra, e Caroline si preparava a partire per andare dai cugini a Salisbury. A Rowan era stato chiesto di aiutare Alice a preparare i bauli da viaggio, ma se all'inizio era stata entusiasta all'idea di maneggiare le lussuose sete, la lana elegantemente intrecciata e il soffice velluto, più avanti la situazione era diventata frustrante – pensava che sarebbe impazzita per lo sforzo di trattenersi – quando

Caroline aveva scelto prima un vestito e poi un altro per poi scartarli entrambi e pretendere che gliene venissero portati degli altri. Preparare i bagagli aveva richiesto diversi giorni, e Rowan aveva dovuto tralasciare tutti gli altri compiti. Aveva cercato di non sospirare davanti all'indecisione della sua padrona e di non provare sentimenti ostili nei suoi confronti, ma il suo buon cuore era stato messo a dura prova. Rowan non riusciva a capire come si potesse essere così viziati da non essere soddisfatti di neanche uno dei bellissimi abiti che si possedevano, e Caroline ne aveva a dozzine.

A un certo punto, trascinandosi un vestito dietro l'altro, aveva incrociato lo sguardo di Alice e le due domestiche si erano scambiate un'occhiata d'intesa per la situazione assurda. Era la prima volta che Alice non la ignorava o non si prendeva gioco di lei, e questo l'aveva rincuorata immensamente.

Mentre le due mettevano via gli abiti scartati dalla sua signora, Rowan non poté fare a meno di accarezzarne la seta, chiedendosi come sarebbe stato indossare una veste del genere, sentirne la morbidezza sulla pelle, il peso della gonna sui fianchi, il fruscio della stoffa mentre camminava.

«Bellissimi, vero?», sospirò Alice. «Io sceglierei quello grigio perla. Nessuno sarebbe in grado di staccarmi gli occhi di dosso agghindata così».

«Farebbe senz'altro risaltare il tuo incarnato», concordò Rowan. «Ma una ragazza carina come te non ha bisogno di un abito elegante per essere notata».

Per le sue parole gentili fu ricambiata con un raro, fugace sorriso.

Poco prima della partenza, Caroline convocò Rowan in salotto. «È già pronta?», le domandò.

«Lo sarà presto, signora», le promise Rowan, sapendo esattamente a cosa si riferisse. «Mi serve qualche altra settimana».

«Sarà pronta al mio ritorno». Le parole di Caroline suonarono come un ordine, non una domanda.

Rowan annuì. «Ma alcune piante stanno per fiorire. Sto solo aspettando i primi segni della primavera».

Quando uscì dalla stanza, vide Alice ritirarsi nel corridoio ed ebbe la netta sensazione che stesse origliando. La cosa non la sorprese per niente.

La mattina successiva alla partenza di Caroline, Rowan posò il bruschino che stava usando per scrostare una brocca di peltro e si asciugò il sudore sulla fronte con il braccio. Le pulsavano i muscoli per lo sforzo di pulire. Non per la prima volta, maledisse la trasandatezza della domestica davanti a lei, poiché la brocca di peltro che Prudence le aveva ordinato di pulire quel giorno era stata ritrovata in fondo a una credenza ed era talmente ossidata che sembrava essere stata imbrattata con la fuliggine di un camino. Rowan sollevò l'oggetto davanti ai propri occhi e lo girò e rigirò, constatando che ora brillava come non aveva mai fatto. Inclinò la testa, sentendo rintoccare due volte la campana della chiesa. Se avesse fatto in fretta, avrebbe avuto tempo a sufficienza per andare in cerca delle erbe che le servivano prima che calasse il buio.

Sebbene la primavera fosse ormai alle porte e le radici di tarassaco crescessero a profusione lungo i sentieri fangosi ai margini della città, le foglie nuove dei lamponi, il trifoglio rosso e la menta piperita sembravano impossibili da trovare. Uscita di casa, passeggiò lungo la strada principale per poi prendere il sentiero che conduceva ai mulini, rammentando la tossilaggine che aveva visto in un giro precedente, e sperando di trovare anche una manciata di iris, oltre alle erbe che le servivano con più urgenza.

Mentre camminava, il mantello che strusciava sulla sponda, vide qualcosa muoversi davanti a lei, un'ombra nella luce fioca. Era frutto dell'immaginazione, o si trattava davvero di qualcuno o di una creatura? Non aveva molta voglia di imbattersi di nuovo nella volpe. Girata la curva con esitazione, vide che era Tommy. Lui si voltò, aspettandola con un sorrisetto sbilenco sulla faccia.

«Rowan», la salutò, mentre gli si avvicinava.

«Sapevi che sarei venuta qui?», gli chiese lei.

Le guance arrossate sul volto del ragazzo furono la risposta che le serviva sapere. «Ho finito tutte le consegne prima, oggi», replicò lui, con un sorriso che gli fece affiorare le fossette sulle guance. «E questo *è* il mio posto preferito dove venire», aggiunse, indicando con un cenno della testa la canna da pesca che si era portato, un bastone di nocciolo al quale era attaccato un filo di crine di cavallo intrecciato e un piccolo amo all'estremità. «Le trote di qui, vicino al laghetto, sono buone. Iniziano ad abboccare al calare del sole».

«Non è pesca di frodo?», gli domandò lei, con circospezione.

«Se lo è, tu non mi hai visto», replicò il ragazzo, rivolgendole un'occhiata di traverso. «Anche tu stavi andando da quella parte?»

«Sì».

«Possiamo continuare insieme, allora?».

Passeggiarono con un'andatura disinvolta, superando la piccola salita prima di scorgere il mulino. La ruota a pale era ferma, la roggia chiusa, poiché per quella giornata, ormai, la macinazione del frumento era terminata. Nell'aria si sentiva già il freddo pungente di febbraio, ma sopra le loro teste minuscoli scriccioli e fringuelli si apprestavano ad appollaiarsi, volteggiando e cinguettando, e verso ovest il sole era una pallida sfera di luce. Rowan si sentì avvolgere dalla calma di quello scenario, e si godé la sensazione di camminare tranquillamente accanto a qualcuno, senza bisogno di conversare.

Quando raggiunsero il mulino, Tommy si mise seduto ai piedi dell'argine, tirando fuori dalla tasca un groviglio di vermi che si contorcevano tutti e agganciandone uno all'amo, poi lanciò la lenza.

Rowan continuò a passeggiare, dirigendosi verso il laghetto, e dopo poco si ritrovò immensa nel suo daffare, trovando erba calderina, aglio orsino, e persino una macchia di sambuco. Alla fine, a ridosso di un'alta quercia si imbatté in quello che stava cercando da tempo: il trifoglio rosso, fiorito molto prima di quanto si aspettasse. Mentre raccoglieva le erbe, il lontano suono dell'orologio della chiesa che rintoccava la mezz'ora attraversò i campi. Tornò nel punto in cui Tommy stava pescando, la luce adesso più fioca.

«Cos'hai lì?», le chiese mentre Rowan gli si sedeva accanto.

«Solo qualche foglia e compagnia bella», rispose lei, senza scendere nei particolari del suo bottino. «Preso qualche pesce?».

Tommy annuì, indicando tre luccicanti trote marroni sull'erba. «Ne gradiresti una per cena?», le chiese.

«Ma cosa direbbe Prudence?».

Lui si mise a ridere. «Capirà senz'altro chi l'ha pescata».

«Va bene, allora, Tommy Dean. Ma dovremmo andare via subito», gli disse, vedendo che il cielo si stava rabbuiando.

«Sì. Ancora qualche minuto».

Rimasero seduti in silenzio per un momento, entrambi intenti a fissare la lenza che ricadeva nell'acqua, mentre intorno, sulla superficie, si formava un'increspatura.

«Ti piace la casa del mercante?», le domandò.

«Abbastanza», rispose. «Prudence, ovviamente, è gentile. E la signora pure, anche se temo che non sia del tutto felice». Sebbene Rowan ritenesse non fosse opportuno spettegolare sui suoi datori di lavoro, di Tommy si fidava. «Ma Alice...». Non sapeva come spiegargli l'atteggiamento della domestica senza risultare meschina. Inoltre, di recente, la ragazza aveva cominciato a provare un po' di simpatia nei suoi confronti, soprattutto dalla partenza della signora.

«Al commerciante piace, ho saputo», disse Tommy.

Rowan non fece in tempo a chiedergli come facesse a saperlo che ebbe una visione. Vide Tommy che la baciava, le sue labbra premute alle sue. Rowan non aveva mai ricevuto un bacio, non come quello che aveva appena visualizzato almeno, e la sensazione che ne ricevette, come di un brivido e un fuoco rovente allo stesso tempo, era completamente nuova per lei.

Tommy si accorse che lei lo stava guardando e si voltò nella sua direzione.

«Non... non ti dà fastidio? Il mio occhio, dico», gli chiese all'improvviso.

«Non ha niente per cui debba darmi fastidio», rispose.

Rowan sorrise. Un incoraggiamento.

Poi lui si piegò verso di lei e appoggiò delicatamente la bocca alla sua. Lei ricambiò il bacio, traendo piacere dalle sue morbide labbra, dalla loro dolcezza che sapeva di fragola. Scoprì che non le dispiacevano, quel fremito e quel fuoco che si accesero tra di loro. Non le dispiacevano affatto.

Tommy si staccò riluttante dalla sua bocca.

Il suo primo bacio. Lo avrebbe ricordato per sempre.

«Dovremmo tornare indietro», disse lui, esitando.

Mentre percorrevano la mulattiera verso la città, lei gli sorrideva, crogiolandosi in quella nuova sensazione, compiacendosi del brivido che le aveva regalato. Da est soffiava una brezza e Rowan immaginò che il fischio che produceva insinuandosi tra i rami recitasse il nome del ragazzo.

Quando Rowan tornò in cucina, Prudence guardò sospettosa la trota. «So chi l'ha pescata», le disse, prendendogliela comunque di mano.

«Ci siamo incontrati vicino al bottaccio», disse Rowan, sforzandosi di sembrare innocente. «Stavo raccogliendo delle erbe».

«Ci scommetto proprio», replicò la cuoca. «Adesso vedi di non combinare qualche guaio».

Rowan era indignata. «Non sono più una stupida ragazzina

di campagna», disse. «Sono nel pieno delle mie facoltà. In qualsiasi momento».

Era vero. A prima vista si presentava come una domestica che lavorava duramente per una rispettabile famiglia, ma in verità ricordava a malapena la semplice ragazza che era stata fino a qualche mese prima. Lo spesso tessuto di lana grigio ordinato in bottega era stato trasformato in una veste su misura e nonostante il colore banale era molto piacevole indossarla ed era decisamente un miglioramento rispetto agli abiti rattoppati e consunti che si era portata da casa. Quanto alla cuffietta, aveva scelto un nastro color ciliegia che la metteva di buon umore solo a guardarlo. Era in grado di portare a termine i propri compiti con efficienza, sapeva destreggiarsi facilmente in un mercato affollato, contrattare con i venditori ambulanti e agire con una nuova sicurezza. Non per la prima volta, sperava che sua madre e suo padre fossero ancora vivi per vedere che ragazza capace fosse diventata. Pensino l'incontentabile zia sarebbe stata soddisfatta di lei.

Prudence buttò la testa all'indietro e si mise a ridere sonoramente e a lungo, finché Rowan non si preoccupò che qualche passante potesse udire le sue risate. «Sì, immagino», disse, asciugandosi le lacrime agli occhi.

Il pomeriggio seguente, Rowan si avventurò dal farmacista, che si trovava sul limite opposto della strada principale rispetto alla chiesa, poco dopo la fine dell'acciottolato, dove il manto stradale proseguiva in forma di terra battuta. Sperava che avesse la versione essiccata delle erbe che le servivano per la sua signora, perché il tempo a sua disposizione stava per scadere e non poteva più aspettare che crescessero spontaneamente. Aveva bisogno della mentuccia e del dittamo, e anche dell'elleboro nero. Dell'ultimo aveva solo sentito parlare, non l'aveva mai visto con i propri occhi, perché non cresceva nei dintorni di Inkpen, ma sua madre glielo aveva descritto con così tanta dovizia di particolari che le sembrava di poterlo riconoscere all'istante, se ci si fosse imbattuta.

La bottega era buia e umida, con solo una fioca luce che filtrava dalla bassa finestrella sul davanti. Si trovava nel posto meno prospero della città, dove i cani rognosi si appostavano a branchi e i topi correvano coraggiosi nel fango proprio davanti alle persone, ma appena vi entrò dentro Rowan si sentì a casa, come se fosse già stata in quel posto. Anche gli odori erano ben riconoscibili: rosmarino e liquirizia, aloe vera e radice di zenzero la inondarono mentre era intenta a dare un'occhiata agli scaffali stretti, sui quali erano allineate bottiglie di vetro ambrato e verde, e ai numerosi cassetti sottostanti, che di sicuro contenevano ogni sorta di potente sostanza. Un bancone occupava la bottega in lunghezza e su di esso vi erano un grande e pesante mortaio di pietra con pestello, una gran quantità di piccole ciotole di rame e un grosso libro rilegato in pelle. Era tutto così strano e familiare allo stesso tempo; alcuni dei prodotti nei barattoli erano simili a quelli usati da sua madre, altri del tutto sconosciuti.

Rowan era sola all'interno. Si schiarì forte la voce, e dopo un attimo sentì il rumore sordo di una porta sbattuta sul retro della struttura e un lento trascinarsi di passi sul pavimento di pietra.

«Chi abbiamo, qui? Sono sicuro di non averti mai visto prima», disse l'uomo che comparve dal corridoio. «Mi ricorderei senz'altro di una ragazza coi capelli così chiari».

«Oh», disse Rowan, portandosi la mano alla testa e rendendosi conto che il cappuccio del mantello era scivolato sulle spalle.

L'uomo era minuto, appena più alto di lei, e i capelli erano quasi bianchi come i suoi, anche se nel suo caso era per via dell'età, dato che la pelle del suo volto era ruvida e rugosa, e quando parlava le grosse pieghe ai lati della bocca si muovevano. Portava un soprabito di un acceso color verde muschio, come quello che si trova nelle grotte, e gli arrivava ben oltre le ginocchia. Sembrava essere stato cucito per un uomo molto più grande, anche se il panciotto che aveva sotto gli tirava sulla pancia rotonda.

Rowan non poté fare a meno di fissarlo, perché era davvero particolare. «No, non ci siamo mai visti prima», disse. «Vengo per conto della casa del mercante. La signora Hollander mi ha ordinato di prendere alcune erbe. Rowan Caswell, domestica tuttofare, signore».

«Molto bene. Cosa desideri?».

Rowan elencò gli ingredienti di cui necessitava e l'uomo tirò giù dagli scaffali barattoli e bottiglie, rovistò nei cassetti e poi pesò uno a uno gli ingredienti sulla bilancia di ottone. Una volta radunato tutto ciò che le serviva e impacchettato accuratamente ogni cosa in un cartoccio, l'uomo la guardò di nuovo, gli occhi che sembravano trapassarla. «Hai detto che è per la signora Hollander?», le chiese, versando una finissima polvere da uno dei barattoli sul piatto della bilancia. «Spero tu sappia cosa stai facendo».

Rowan annuì. «Ho già qualcosa di quello che mi serve».

«Radice di tarassaco? Ortica? Trifoglio rosso?».

Annuì di nuovo.

«E com'è che sei così esperta in materia?», le chiese, le mani che interruppero ciò che stavano facendo e uno sguardo sospettoso che fece aumentare le rughe sul suo viso.

Rowan non ebbe altra scelta che rivelare un po' del proprio passato. «Mia madre mi ha insegnato a preparare le tinture e i cataplasmi curativi indispensabili».

«Questo qui è più di un mero cataplasma curativo».

«Ah, sì, signore?», fece lei, fingendo ingenuità.

«Questo è un potente rimedio. Spero che ti abbia insegnato bene».

«Oh, sì», rispose Rowan, tremando un po' sotto lo sguardo intenso dell'uomo.

«Non era di queste parti, però, altrimenti l'avrebbe conosciuta di sicuro». Il farmacista aprì il libro sul bancone e ne sfogliò le pagine. Rowan notò la fitta scrittura, intervallata da dosi e disegni, e allungò il collo per vedere meglio, anche se aveva scarse capacità di lettura. L'uomo non sembrava infastidito dall'interesse mostrato dalla ragazza e continuò a scorrere il dito sulle pagine, mormorando tra sé e sé.

Una volta finito di dosare tutte le erbe di cui Rowan aveva bisogno e preso nota sul suo libro mastro, lei le sistemò con cura nel cesto che aveva portato con sé e lo salutò, indicandogli di segnare tutto sul conto della signora.

La soddisfazione di avere finalmente tutti gli ingredienti, tuttavia, si spense presto. Uscita dalla bottega, uno sconosciuto le si avvicinò, chiamandola "strega" prima di attraversare la strada. Scossa, si affrettò a tornare alla casa del mercante, seguendo il sole che tramontava oltre le colline alle spalle della città, maledicendosi tutto il tempo per non essere stata più prudente con le sue attività e con coloro che aveva aiutato con i propri intrugli. Non poteva rischiare di macchiarsi con quella parola. Anzi, stava facendo la cosa giusta? La pozione per la sua signora era di gran lunga più potente di un semplice unguento o cataplasma. Evocare una nuova vita, non era qualcosa che si avvicinava alla stregoneria?

Nell'approssimarsi alla casa, sotterrò le preoccupazioni, come si fa con la brace per conservare il calore. La bottega delle stoffe era chiusa e la porta che la collegava al resto della casa era serrata a chiave. Era stata fuori più a lungo di quello che aveva pensato.

Entrò in cucina dal retro e trovò Alice seduta al tavolo che lucidava una serie di piccoli gioielli – della signora, presunse – e Prudence adagiata su una sedia accanto ai fornelli con i piedi appoggiati su un secchio e gli occhi chiusi. Rowan la udì russare leggermente. Alice si accorse a malapena di lei, ma la cuoca si mosse quando Rowan si avvicinò. «Sei stata via un bel po'», le disse, svegliandosi e sbadigliando visibilmente.

«Mi dispiace essere mancata tanto», rispose Rowan. «La signora mi aveva chiesto di andare dal farmacista. Le serve un unguento per i geloni».

Alice sollevò le sopracciglia a quella bugia, ma non disse niente.

Rowan capì che, con molta probabilità, la domestica si fosse fatta un'idea di quali fossero le sue vere intenzioni, ma meno parlava della natura della bevanda medicinale che doveva preparare, meglio era. Notò che le dita di Alice stavano lavorando velocemente con lo straccio sulla spilla che aveva in mano, come se volesse eliminare qualcosa, ma, come sempre, era imperscrutabile.

«Ha fatto sapere che tornerà tra una settimana», disse Prudence. «Il padrone posticiperà ancora un po'».

Rowan appoggiò il cesto sul tavolo. «Allora c'è poco tempo da perdere».

16

Presente

La nebbia avvolgeva le colline come un manto, mulinando attorno a Thea mentre correva lungo il sentiero che conduceva fuori dalla città e rendendo confuso tutto ciò che aveva attorno. Riusciva a vedere a soli pochi palmi dal suo naso, e dovette rallentare per evitare di inciampare su un sasso e rischiare di slogarsi la caviglia. Il giorno prima, in sala insegnanti, Claire le aveva detto che quel sentiero era il suo preferito per correre. «Ti porta fino a Summerbourne, il paese più vicino a Oxleigh», le aveva detto. «Andata e ritorno sono solo tre chilometri, ma è molto carino. C'è anche un bel pub».

L'alba era ancora un debole bagliore quando Thea era uscita di casa, e faceva talmente freddo che si era sentita pizzicare la punta del naso e delle orecchie, ma correndo lungo il sentiero si era scaldata in fretta, spaventando un coniglio mattiniero e facendo allarmare tre uccelli quando era rimasta impigliata con la manica della felpa a un ramo. Il sentiero costeggiava un torrente, ma la nebbia era talmente fitta che sentiva soltanto lo scorrere dell'acqua, passandovi accanto. Quando raggiunse il villaggio di Summerbourne aveva il fiatone e i polmoni le bruciavano, così rallentò per ammirare le costruzioni in vecchi mattoni rossi ricoperti di muschio allineate lungo la strada: una manciata di case, alcune indipendenti, altre raggruppate in file di tre o quattro, il municipio e, come le aveva garantito Claire, un pub molto carino con il tetto di paglia e le pareti imbiancate. Sebbene in un paio di abitazioni le luci fossero accese, il resto era tutto sinistramente tranquillo, dato che era troppo presto per scorgere gente in giro. Addentrandosi ancora un po' nel borgo, s'imbatté in una chiesa dalle mura di silice con una guglia altissima, vetrate colorate lungo la navata e lapidi disseminate nel cimitero. A parte le auto parcheggiate a intermittenza lungo la stradina, il villaggio era come doveva apparire da secoli, e immaginò senza fatica come dovesse essere stato viverci tanto tempo prima. La conoscenza del mondo di una persona poteva essere così limitata; come se in tutta la vita non avesse mai viaggiato più di qualche chilometro da casa propria. Vedere il passato coesistere con il presente come in questo caso era una delle cose che avevano portato Thea a studiare e a insegnare storia, il cercare di sviscerare ciò che era successo nei secoli passati.

Thea raggiunse la fine del paesino, dove una viuzza si congiungeva alla strada principale, poi girò i tacchi per tornare all'alloggio. Lanciata di nuovo a capofitto nella valle nebbiosa, le nuvolette di fiato che peggioravano la già scarsa visibilità, le sembrava quasi di correre in un mondo fantasma. Approssimandosi al fiume, la nebbia si fece più fitta e dovette sforzarsi molto per vedere davanti a lei. Sentiva la forza dell'acqua sulle rocce, la immaginava spumare verso il basso.

Suo padre aveva mai passeggiato o corso su quel sentiero quando era uno studente? Se lo raffigurò provenire da quella parte durante un'assolata giornata estiva, fermarsi per immergersi nel fiume dopo una partita di tennis a scuola. Visualizzò le fotografie in bianco e nero che lo ritraevano vestito di bianco durante un torneo di doppio o singolo, e che erano appese nel suo studio di casa, e provò un'improvvisa tristezza.

Persa in quei pensieri e nella nebbia, non si accorse della figura che le stava andando incontro finché non se la vide praticamente davanti. Per poco non la fece sbandare nel fosso, un lampo di rosso quando le passò accanto.

«Ehi!», gridò Thea, ma quando si girò, scossa, vide che la sagoma era già scomparsa. Le ci volle un po' per capire, ma, a giudicare dalla stazza, pensò di sapere chi fosse. Perché non si era nemmeno preso la briga di fermarsi? Nebbia a parte, avrebbe dovuto vederla, o era davvero così assorbito da se stesso? Un simile comportamento non faceva altro che avvalorare l'opinione che si stava facendo dell'arrogante professore di educazione fisica. In un modo o nell'altro, sarebbe andata fino in fondo.

La bruma stava iniziando a diradarsi quando Thea arrivò alla casa. Udì i rumori della cucina in fermento per i preparativi della colazione, il chiacchiericcio lontano di una radio, lo scorrere dell'acqua e le occasionali risate acute delle ragazze che si sistemavano per la giornata.

Thea si tolse la felpa e si diresse nella sua stanza, trovando la porta aperta. Controllò il meccanismo, sicura di averla chiusa quando era uscita per andare a correre. Sembrava funzionare bene, scattando e rimanendo bene incastrato nello stipite quando provò a chiuderla. Cominciò a sentirsi un po' preoccupata; qualcun altro aveva per caso la chiave?

Andò veloce nel suo studio, per controllare che fosse tutto a posto, e notò subito diversi mucchietti di polvere, come delle piramidi in miniatura, nelle giunture tra le assi di legno al margine della stanza, dove finiva il tappeto. Ciò le ricordò la sua infanzia, di quando le formiche si rintanavano tra le crepe, scavando cumuli di terra e sporco; ma lì non c'era alcuna traccia di quell'insetto. Esistevano i tarli in Inghilterra? Esaminò più a fondo, scoprendo un altro piccolo cumulo. Poteva trattarsi di termiti o muffa – di qualsiasi altra cosa autoctona? E, se era così, rischiavano che l'intero edificio crollasse sotto ai loro piedi? Si appoggiò contro la parete e la sentì piegarsi sotto il suo peso, facendola quasi cadere. Recuperò l'equilibrio e controllò meglio, notando per la prima volta quella che sembrava essere una vaga ombra nell'angolo e nel punto in cui gli stucchi incontravano il soffitto. Verificò di nuovo la parete, sentendola muoversi di un paio di millimetri.

Stava per indagare con più attenzione quando suonò la sveglia, segnalando venti minuti alla colazione. L'ispezione avrebbe dovuto aspettare.

Mentre faceva scorrere l'acqua nella doccia del minuscolo bagno, rammentò che quella casa era in piedi da diversi secoli, perciò era improbabile che crollasse proprio adesso.

17

Presente

Thea fece di tutto per non starsene lì a bocca aperta quando aprì la porta della biblioteca. L'edificio era cavernoso, con i soffitti alti e gli scaffali in ombra, che sembravano degli eccellenti nascondigli. C'erano libri a perdita d'occhio, da parete a parete, alcuni rilegati in pelle, i dorsi crepati e logori, e sembravano antichi quanto la scuola stessa. Vi era un discreto numero di lunghi tavoli con lampade da lettura verdi ormai datate a ogni postazione, sebbene in quella mattinata di sole la luce filtrasse da una grande finestra ad arco in fondo alla sala, rendendole inutili. L'unico riferimento al ventunesimo secolo erano le prese di ricarica lungo i tavoli. La biblioteca era vuota in quel momento, poiché tutti gli studenti erano in classe, e Thea pensò di occupare le ore libere in modo costruttivo prima di tornare a lezione dopo il pranzo.

Non aveva intenzione di occuparsi solo di questioni scolastiche, tuttavia. Nonostante dovesse vagliare il materiale per le classi dei ragazzi più grandi, non vedeva l'ora di cercare tra gli scaffali qualsiasi cosa potesse fornirle delle tracce sulla storia della Casa della Seta. La sera prima, madama Hicks aveva menzionato l'età dell'edificio, destando la sua curiosità di storica, e non aveva potuto fare a meno di domandarsi chi l'avesse costruito, chi avesse abitato, amato, festeggiato e pianto, dato alla luce vite o fosse morto dentro quelle mura centenarie.

«Lei deve essere la signorina Rust». Una voce pastosa come una crostata di frutta fluttuò verso di lei e Thea si voltò sorpresa in direzione di un anziano che si materializzò da dietro un gruppo di scaffali. Un fiore di lavanda all'occhiello della giacca attirò la sua attenzione; Thea pensò che ormai certe cose non le portasse più nessuno, a parte ai matrimoni. «Impressionante», gli disse, tendendogli la mano. «Temo di non avere avuto ancora il piacere...».

«Dickens. Barnaby. Nessuna relazione con lo scrittore, purtroppo», disse l'uomo, prendendole la mano. «E non c'è niente di così impressionante. Ci hanno fornito i dettagli del nuovo personale prima dell'inizio dell'anno scolastico».

«Oh, capisco». Thea si sentì un po' sciocca.

«Come posso aiutarla?», le chiese, ascoltando attentamente mentre lei gli spiegava la ragione della sua visita, aggiungendo che aveva un particolare interesse per la storia della zona, soprattutto riguardo al trattamento delle donne.

«In particolare le incriminazioni per stregoneria», specificò. «Durante l'epoca Tudor e Stuart».

«Molto interessante». L'uomo si picchiettò un dito sulle labbra. «Veniamo subito alla Casa della Seta: è passata tra più mani e ha avuto più incarnazioni di qualsiasi altro edificio sulla strada principale, credo. Prima che ne entrasse in possesso il college, è stata un boutique hotel, un B&B, una casa famiglia... Era ormai abbandonata da qualche anno. C'è stata una sorta di battaglia tra il college e l'associazione locale per la tutela degli edifici storici quando volevano acquistarla, ma il college ha vinto. È sempre così – la scuola è troppo importante per la città, persino oggigiorno. L'hanno ottenuta per quattro soldi, se è vero quel che si dice. Ora, mi faccia controllare...». L'uomo sgambettò verso il fondo della biblioteca, sparendo dietro un angolo. Dopo un po', Thea lo seguì.

«Ecco qua». Si era arrampicato su una scala alta quasi fino al soffitto e sfilò dall'ultimo scaffale un volume piccolo e sottile rilegato in pelle verde, passandoglielo. «Questo dovrebbe fare un po' di luce sulla sua storia agli inizi».

Thea girò il libro per leggerne le parole impresse a foglia d'oro sul dorso: *La casa del mercante di seta.*

«Oh, fantastico, grazie».

«Dovrà leggerlo qui. I libri rari non possono lasciare le mura della biblioteca. Sono le regole della scuola, mi dispiace».

«Certo», replicò Thea, dando un'occhiata al suo orologio; aveva circa un'altra ora libera prima di pranzo e delle lezioni pomeridiane. Aprì il libro alla prima pagina. Era piccolo, ma le pagine erano sottilissime e i caratteri molto ravvicinati e fitti.

«Ma posso metterglielo da parte – se ha bisogno di consultarlo ancora».

«Ne avrò senz'altro bisogno».

Il signor Dickens si allontanò con un cenno amichevole, e Thea si mise comoda a uno dei tavoli. Sfogliò con cautela il volume, e in fondo, tra le pagine finali e la rilegatura, trovò un pezzo di stoffa grezza ripiegata su se stessa. Il tessuto era ingiallito dal tempo e macchiato di muffa, e lo aprì, incuriosita. Un vecchio segnalibro, forse?

Dentro il pezzo di stoffa ce n'era un altro, una striscia larga pochi centimetri di quella che era quasi certa fosse seta, probabilmente un tempo bianca, e tessuta con un motivo di corolle viola, una ragnatela d'argento e le estremità di quelle che sembravano le zampe di un insetto nero. Accarezzò i fiori con le dita. Poteva trattarsi di un campione della merce del commerciante? Era sopravvissuto così a lungo? Poteva essere probabile, ipotizzò, soprattutto se il libro era stato letto di rado. Provò un brivido di eccitazione: le succedeva quando la storia prendeva vita, niente trattati, incoronazioni o battaglie, ma oggetti ordinari prodotti dalle mani di qualcun altro, qualcuno vissuto molto tempo prima, ma il cui lavoro rimaneva a disposizione dei posteri perché lo ammirassero.

Riluttante, Thea lo mise da parte e tornò all'inizio del libro. Mentre si addentrava nel primo capitolo, l'ora successiva volò. Il testo si apriva con la biografia del capofamiglia, Patrick Hollander, che era, a quanto pareva, un ricco mercante di seta. Dopo un rapido approfondimento sui primi anni della sua vita – Thea apprese che era venuto a Oxleigh per via del suo matrimonio con Caroline – il capitolo si concentrava sull'edificazione della casa, scendendo nei vari dettagli che la riguardavano. Vi erano inseriti gli ordini dei mattoni, i nomi dei mastri artigiani reclutati da Londra per posare i pavimenti e fissare le tegole d'ardesia – estratte in Galles – per l'allestimento del salotto rivestito di legno... la consegna del primo pianoforte in città... e la lista proseguiva.

Dato che il tempo stringeva, Thea sfogliò le pagine fino al centro del libro, e apprese di un incendio che aveva distrutto il retro della casa, circa due decenni dopo essere stata costruita. Una giovane – una domestica – vi era rimasta uccisa tra le fiamme. Stava proseguendo la lettura, quando venne distratta da un leggero colpo di tosse, e, alzando lo sguardo, notò che il bibliotecario era tornato. «Mi è venuto in mente che l'archivio storico locale potrebbe avere dei documenti relativi alla storia della casa. Se dovesse interessarle».

Thea la ritenne un'informazione utile. «Oh cielo», disse, controllando l'orologio. «Devo scappare. Non posso fare tardi a pranzo». Restituì il libro al signor Dickens e recuperò i propri appunti. «Grazie ancora», urlò mentre la porta si richiudeva alle sue spalle, uscendo dalla biblioteca.

Secondo il calendario scolastico, il personale docente pranzava insieme ogni martedì, a cominciare dalla prima settimana, ed era richiesta puntualità. Thea, però, si perse mentre cercava la sala da pranzo degli insegnanti, finendo in quella principale, che era piena di studenti. Infilando la testa nella porta notò che le ragazze erano tutte sedute a un tavolo, separate dai ragazzi, e ne prese mentalmente nota per cercare di risolvere la questione in futuro. Era importante che socializzassero con i ragazzi.

Quando finalmente raggiunse la sala da pranzo più piccola, in fondo al lungo corridoio, notò che era l'ultima arrivata. C'era solo una sedia vuota e fece una smorfia mentale quando si rese conto di doversi sedere accanto a Gareth Pope. Per fortuna che Claire, un faro luminoso con la sua camicetta di seta viola, era seduta di fronte a lei, un paio di posti più in là. Scivolò al suo posto mentre il preside si schiarì la voce per recitare una preghiera di ringraziamento.

Mentre il pranzo veniva servito, Thea si voltò alla sua sinistra. «Mattiniero stamattina?», domandò.

Gareth Pope la guardò come se avesse detto qualcosa di sgarbato, e Thea non riuscì a togliersi di dosso la sensazione di essersi fatta un nemico, anche se, su quali basi, non ne aveva idea.

«Ero io quella che ha quasi travolto sul sentiero per Summerbourne», gli spiegò.

«Mi dispiace», rispose lui, passandole una scodella di fagiolini. «Deve avermi confuso con qualcun altro. Le assicuro che stamattina non ero da nessuna parte. C'era parecchia nebbia, però, poteva essere chiunque».

«Errore mio», replicò Thea, arrossendo mentre si serviva le verdure nel piatto. Dio, ma stava dando i numeri? Si prese a schiaffi mentalmente per averlo accusato. Era convinta che si fosse trattato di lui, ma più ci rifletteva, più si rendeva conto di non aver visto in modo chiaro il volto della persona. Inoltre, il professore aveva ragione, *c'era* nebbia.

Thea si voltò verso l'insegnante all'altro suo fianco e si presentò, impelagandosi in un'animata discussione sui meriti della squadra di cricket inglese che avrebbe giocato in Australia al Torneo Ashes di lì a qualche mese. Notò le sopracciglia della donna sollevarsi con stupore mentre Thea le teneva testa, pratica non solo dei giocatori australiani, ma anche di quelli inglesi selezionati nella squadra.

La colonna sonora della sua infanzia era stata composta dalla voce di Richie Benaud che commentava le partite estive, dal rumore della palla che veniva colpita dalla mazza e dallo scroscio di applausi quando un battitore segnava sei punti; dalle sfide in giardino e sulla spiaggia con la mamma nel ruolo di portiere e Pip nel campo esterno; dall'intera famiglia che sudava copiosamente allo stadio di Melbourne durante il Boxing Day. Ogni. Singolo. Anno. Sospettava che suo padre desiderasse avere dei figli maschi invece che femmine. Soltanto i soprannomi che dava loro la dicevano lunga: Theo per lei e Mr Pip per sua sorella.

«Ooh, il bambino morto!», si udì mormorare. Thea si voltò per guardare al centro del tavolo, dove era stata posizionata una lunga teglia rettangolare contenente una massa pallida e bitorzoluta, dalla quale colava ai bordi una gorgogliante sostanza rossa, che ricordava il sangue nei film dell'orrore.

«Gli anziani impazziscono per un bel dolce. Jam roly-poly: un rotolo allo strutto con marmellata. Un mattone. E il diabete è servito», disse Gareth, notando la sua espressione inorridita. «Ne vuole una fetta?».

Thea scosse la testa. «Passo, grazie».

18

Presente

«Aspetta!».

Era impossibile non notare quella donna vestita con quei colori sgargianti. A Thea faceva venire in mente un albero in autunno, quando le foglie cambiano colore, e vedere il suo vestito color gelso e zafferano e i bracciali ramati che indossava le metteva allegria. Osservò Claire correrle incontro, i monili che tintinnavano come degli scacciapensieri, e raggiungerla all'ingresso della scuola. Per una volta, non era Thea quella in ritardo. L'effetto combinato delle costanti sveglie – aveva meditato più volte di scaraventare a mo' di frisbee il dispositivo a forma di sasso grigio in camera – e del dover accompagnare le ragazze a scuola ogni mattina aveva voluto dire trovarsi sul posto parecchi minuti prima del necessario, cosa inusuale nella sua vita.

Suo padre, naturalmente, era puntiglioso in fatto di puntualità, e il costante essere in ritardo di Thea, per lui, costituiva sempre un motivo di frustrazione. Lei aveva fatto del proprio meglio per migliorare, adesso erano anni ormai che il suo orologio era regolato dieci minuti indietro, ma in qualche modo non era mai riuscita a essere all'altezza delle rigorose norme di puntualità del genitore. L'avrebbe senz'altro divertito tantissimo sapere che Oxleigh fosse responsabile della tempestività della figlia.

«Sei libera sabato sera?», le chiese Claire, una volta raggiunta.

«A dire il vero, pensavo di fare una cosa tranquilla; è stata una settimana impegnativa. Perché?»

«L'inizio dell'anno scolastico è sempre devastante, soprattutto se sei nuovo, ma non esiste proprio che io ti lasci passare la serata a casa. C'è una festa vicino a Little Coldwell».

«Dove?»

«Continuo a dimenticare che non conosci la zona. È a circa una quindicina di chilometri a nord di Oxleigh. Comunque, dovrebbe essere divertente. Un'amica di un'amica vive da quelle parti. Ti farà bene uscire un po' dai confini del college. Renderti conto che oltre ai libri e ai ragazzini – e le ragazzine – brufolosi e ai combattivi professori di educazione fisica questo posto ha altro da offrirti». Claire sogghignò.

«L'hai notato anche tu?»

«Si è infastidito perché l'hai messo in imbarazzo sul campo da hockey questa settimana – almeno, così dicono le voci di corridoio».

Si scambiarono un sorriso e Claire si diresse verso la classe della prima ora di lezione, mentre Thea andò in biblioteca. Camminava scalciando le foglie che ricoprivano la stradina di ghiaia, percependo la morsa rinvigorente dell'autunno, assaporando l'aria frizzante sulla faccia. Era stata così presa dalla novità della situazione, dall'orientarsi a scuola, ma anche dal conoscere le ragazze che erano sotto la sua responsabilità, da dimenticarsi di godere di qualcosa di tanto semplice come il cambio di stagione. Tutto ciò che si era lasciata alle spalle in Australia sembrava ormai lontano anni luce. Si trascinava dietro ancora qualcosa, però, che la opprimeva più di quanto osasse ammettere.

Barnaby Dickens, il bibliotecario, pareva sorpreso di vederla. «Tornata così presto?», le chiese, le sopracciglia ribelli che spuntavano da dietro gli occhiali spessi. Stavolta il fiore all'occhiello era di un intenso viola scuro. «Elleboro», disse l'uomo, notando che Thea lo stava osservando. «Bello, vero? Velenoso, però».

Thea annuì. «Pensavo di dare un'altra occhiata al libro sulla casa».

«Sì, certo». Il bibliotecario si affrettò a recuperarlo e Thea ammirò la bellezza che la circondava, notando la luce che filtrava dalle finestre, illuminando alcuni scaffali e proiettando un'ombra su degli altri. C'era così tanta storia, lì dentro. Quella di suo padre, e adesso stava creando un po' della sua.

«È molto strano», disse il signor Dickens, tornando da lei. «Davvero molto strano».

«Che cosa?»

«Non c'è. Il libro. Potrei giurare di averlo riposto, ieri».

«Credo di non capire: come può essere sparito?». Cercò di non mostrare la propria frustrazione.

«E che accidenti ne so. Dovrò controllare con l'assistente bibliotecaria. È l'unica persona a lavorare qui oltre a me».

«Avete un sistema digitalizzato?», domandò Thea, guardando in modo eloquente il computer sulla scrivania dell'uomo. «La cosa potrebbe aiutarci».

«Sì, sì, certo. Mi dia un minuto».

L'uomo andò dietro la scrivania e schiacciò qualche tasto sulla tastiera. Aspettò. «Ecco, vediamo... Ah. Dice che il libro è stato preso in prestito».

«Ma mi sembrava avesse detto che non fosse possibile consultarlo al di fuori di queste mura», disse Thea.

«Dovrò indagare».

«Allora, chi lo *ha* preso in prestito?».

«Temo di non essere autorizzato a dirglielo».

Thea sospirò. «C'è altro materiale sulla casa?»

L'uomo scosse la testa. «Potrebbe provare alla biblioteca comunale. E all'archivio storico locale, come le ho già suggerito».

«Va bene, grazie, lo farò».

«Le farò sapere quando tornerà indietro il volume».

Frustrata, Thea passò un po' di tempo tra gli scaffali dedicati ai libri sull'Inghilterra dei Tudor. Rimase impressionata dalla vastità di materiale e piacevolmente colpita di trovare un paio di testi che considerava fondamentali per la collezione. Vagando ancora nella biblioteca, salì su uno scaleo per raggiungere i ripiani più in alto, dove si trovavano alcuni dei libri più antichi. Stava per prenderne uno che le sembrava interessante, quando il signor Dickens si materializzò sotto di lei, con un volume in mano. «Signorina Rust, credo che questo possa essere di suo interesse», disse, porgendoglielo, come se si trattasse di un'offerta di pace. «Vista la materia dei suoi studi. Stregoneria e persecuzioni, no? Inghilterra del sedicesimo e del diciassettesimo secolo?».

Curiosa, Thea scese dallo scaleo e afferrò il piccolo volume rilegato in pelle. *La leggenda delle sorelle Handsel.* «Grazie», disse all'uomo, studiando il frontespizio e notando la linoleografia di quattro alberi nodosi. «Grazie, signor Dickens».

Trovò una sedia e ben presto fu catturata da una storia che, si rese conto con crescente entusiasmo, poteva dimostrarsi estremamente preziosa per i suoi studi. Quando arrivò alla fine del libro, l'appendice con gli ulteriori approfondimenti fece battere forte il suo cuore. Vi erano elencati i nomi di decine di donne, seguiti da date – che abbracciavano quasi trecento anni, dagli inizi del sedicesimo secolo fino alla fine del diciottesimo – e luoghi. Tutte le donne erano del Wiltshire, e una di Oxleigh: *Rowan Caswell, domestica, casa del mercante di seta.* Rimase a fissare la pagina, quasi senza credere ai propri occhi. Solo una manciata di anni dopo la costruzione della casa.

Sebbene l'elenco non lo specificasse, Thea suppose si trattasse delle altre donne della contea che erano state accusate o ritenute colpevoli di stregoneria. Provò un brivido quando la sua mente cominciò a elaborare un sacco di folli teorie, e dovette fare dei respiri profondi per calmarsi. Ciò poteva spiegare in qualche modo alcuni degli episodi successi nella casa? La sensazione di inquietudine che provava quando vi si trovava da sola? Tornò a contemplare l'elenco dei nomi, quando udì un colpo di tosse discreto alle sue spalle. «Signorina Rust?»

«Sì?»

«Ho insegnato a suo padre, sa?», le disse il bibliotecario.

Thea restò un attimo interdetta. «Credevo non ci fossero rimasti insegnanti risalenti alla sua epoca».

«Pochissimi. Siamo rimasti tutti così dispiaciuti nell'apprendere la notizia...», iniziò a dire l'uomo, poi si schiarì la voce. «Era uno studente modello».

«Mi fa piacere sentirglielo dire», replicò Thea. «Parlava sempre con affetto degli anni passati a Oxleigh».

«Mi sono permesso di recuperare alcune vecchie fotografie». Le passò un grande volume di pelle. «Dei tempi di suo padre».

Thea notò che l'uomo aveva contrassegnato delle pagine.

«Faceva parte di quasi tutte le squadre – un atleta talentoso».

Thea aprì il volume alla prima pagina che l'uomo aveva segnato e inspirò rapidamente studiandola. Una squadra di cricket, i giocatori con le braccia conserte, disposti in file, larghi pantaloni bianchi e felpe con lo scollo a V. Un paio di mazze incrociate in primo piano. Riconobbe suo padre all'istante, nell'ultima fila: i capelli mossi, il mento pronunciato e la bocca ricurva. Era stato l'Oxleigh College a conferirgli quella solidissima sicurezza in sé? Thea desiderò essersi sforzata di più nel cercare di capirlo, avrebbe voluto un solo giorno in più a disposizione da passare con lui.

19

Febbraio 1769, Londra

Nelle due settimane successive all'invio dei suoi disegni, Mary aveva cominciato a logorarsi. Nel frattempo, si era aspettata una risposta, delle indicazioni dal suo finanziatore, e aveva preso a pensare al peggio, che Patrick Hollander avesse cambiato idea e non la ritenesse più un "talento naturale" (quella definizione aveva riecheggiato nella sua mente durante le ore di lavoro e l'aveva spronata a tenere alto il morale).

Il mese più rigido dell'anno portò con sé spruzzate di neve e grandine; ogni mattina i vasi da notte erano ghiacciati in superficie, e il carbone per scaldarsi era difficile da reperire. Mary prese a disperarsi sempre di più. Stava male per essere stata così arrogante da pensare che i suoi problemi potessero risolversi presto. Non poteva sopportare l'idea di parlarne con la sorella.

Un giorno, mentre si stava recando al mercato, aveva intravisto un cappotto blu pavone e una nuca fitta di riccioli. Si era affrettata verso l'uomo, ma lo aveva perso di vista tra la folla. Più tardi si era convinta di essersi sbagliata.

Alla fine del mese, Mary si ritrovò a passeggiare nei pressi di Spital Square, così salì nel laboratorio tessile di Guy Le Maître, per capire se avesse ricevuto qualche notizia. «Ma avete già lavorato con lui, no?», gli chiese, parlando a voce molto alta per farsi sentire sopra il chiasso della spoletta e il ticchettio del telaio.

Guy alzò le spalle con tipica disinvoltura francese. «Non preoccupatevi. Potrebbe esserci stato un ritardo con la posta». L'uomo alzò lo sguardo al cielo attraverso la finestra. «Il meteo...».

Era vero; dopo la neve, la pioggia insistente era scesa sulle strade per più di un mese, i torrenti avevano annegato i topi e formato delle profonde pozze da prendere alla sprovvista gli incauti. Magari stava continuando a piovere nel resto del Paese, non solo a Londra? Mary cercò di credere che fosse quella la ragione del ritardo della risposta. Si sollevò il cappuccio del mantello sulla testa e tornò a casa. Ad aspettare ancora un po'.

Durante il tragitto, la delusione e la frustrazione si trasformarono in rabbia. Come osava Patrick Hollander alimentare le sue speranze e poi semplicemente sparire? Era come se fosse diventato un fantasma: una nebbiolina inconsistente del mattino, una creazione della sua immaginazione. Mentre camminava, udendo lo sferragliare ritmato dei telai nei solai di quasi tutte le abitazioni di Spitalfields, imprecò contro il fatto che nessuno di quei macchinari stesse tessendo un suo disegno; che dei molti metri di seta tessuti, nessuno recasse il suo motivo e i suoi colori.

Il giorno successivo portò con sé la tanto attesa risposta.

Mary stava finendo di fare colazione, quando udì un forte colpo alla porta. Attimi dopo rimase a bocca aperta per la forte emozione; Patrick Hollander era di fronte a lei, proprio come se lo ricordava. Sfoggiava il sorriso sempre pronto di un uomo sicuro di trovare una calda accoglienza dovunque andasse.

«Pensavo che foste diventato un fantasma, visto che non ho avuto più vostre notizie dal nostro incontro nell'anno passato», disse lei, freddamente. «Non ditemi che questo è il modo in cui di solito conducete i vostri affari?». Lo fissò con uno sguardo impassibile e si preparò a passare alle lamentele, perché aveva passato notti intere a ripassarle a memoria.

L'uomo sollevò una mano per interromperla. «Madam», s'inserì. «Sono *molto* e sinceramente costernato. Sono stato occupato in altre questioni e impossibilitato a scrivervi. La mia povera madre si è ammalata e non ho potuto lasciarla da sola per paura che spirasse in mia assenza». Guardò Mary con un'espressione addolorata. «Temo di aver trascurato terribilmente i miei affari, ma spero che possiate perdonare le circostanze».

Un po' dell'indignazione provata da Mary sparì. Difficilmente si poteva dire qualcosa a un uomo che si era preso cura della propria madre. «Spero che adesso vostra madre stia meglio», indagò, soffocando la rabbia rimasta.

«Vi confesso che l'abbiamo sepolta una quindicina di giorni fa». Mary notò che l'uomo contrasse la mascella, e il suo cuore si addolcì.

«Le mie più sincere condoglianze, signor Hollander».

«Se ne è andata in pace, alla fine». Si mise a guardare la strada, come se qualcuno potesse sentire. «Magari potremmo continuare dentro la nostra conversazione? Come vi ho già detto, signorina Stephenson, sono molto entusiasta dei vostri disegni, e spero solo che accettiate di lavorare per me nonostante l'inatteso contrattempo».

Mary lo guardò con circospezione. Faceva bene a credergli? Più tardi, al suo ritorno, Frances le dette un biglietto. «Avanti, leggi», le disse.

«*Due motivi con fiori di campo ricevuti e approvati. Con la presente autorizzo Mary-Louise Stephenson a istruire il signor Guy Le Maître nella tessitura di cinquanta metri di stoffa ciascuno. Distinti saluti, Patrick Hollander*».

«Ho fatto male a dubitare di lui», disse Mary con sollievo. «Perché è venuto a trovarmi stamani».

Frances sollevò le sopracciglia, ma non aprì bocca, mentre Mary le spiegava il motivo dell'assenza del signor Hollander. Poi aggrottò la fronte davanti alla lettera. «Perché non ha commissionato direttamente il signor Le Maître?»

«Doveva prendere la diligenza per Oxleigh poco dopo il nostro incontro. Era molto preso dal ripristinare i propri affari e non ha avuto tempo di fargli visita».

«Ma è a soli dieci minuti da qui».

Mary sospirò. «Dovrò andarci subito». Raccogliendo i disegni originali che aveva conservato, si recò nel solaio dell'artigiano, piena di entusiasmo. Ma Guy aggrottò la fronte persino quando lei gli mostrò la lettera. «Ho una famiglia da sfamare, degli apprendisti da pagare. Come potete propormi di lavorare senza essere pagato?»

«Di sicuro il signor Hollander risolverà la questione, no?»

«Ah», sospirò Guy. «Non ha pagato il suo ultimo ordine, e nemmeno quello prima. Non posso continuare a lavorare per lui a meno che non saldi il debito. Prima devo avere i miei soldi. E tutto quello che mi deve». Guy era irremovibile.

«Di quanto si tratta?».

Quando le disse la cifra, tutte le speranze di Mary svanirono.

Non sopportava per niente il vedersi costretta a riferire alla sorella dei debiti di Hollander. «È così frustrante», inveì. «Che diamine, solo la scorsa primavera un motivo con i bucaneve e l'edera è stato scelto dalla Duchessa di Portland. Sono certa che questa stoffa sarebbe oggetto di brama per così tante signore eleganti e gentiluomini».

Sua sorella la guardò con aria triste, poi si fece pensierosa. «Magari esiste un altro modo».

«Che modo?»

«Connor O'Neill».

Mary non aveva mai sentito quel nome.

«È un operaio tessile che conosceva Samuel. È stato sospettato di essere un tagliatore».

«Un tagliatore?»

«Qualche anno fa, prima che tu venissi ad abitare qui, un gruppo di operai tessili tagliò la seta dai telai del proprio mastro tessitore, distruggendo settimane di lavoro. Lo fecero per protestare contro le paghe inique. In una sola notte tagliarono la seta da cinquanta telai. L'aria risuonò dei colpi di pistola e fummo costretti a barricarci in casa. Temetti per la nostra vita. Se quello che sento dire è vero, molto probabilmente succederà di nuovo».

Mary la fissava incredula. «E cosa è successo a Connor O'Neill?»

«È sparito».

«Be', non vedo come questo possa aiutarci, allora». Mary sospirò. Sua sorella stava parlando per enigmi. «A ogni modo, come possiamo aspettarci che un tessitore lavori gratuitamente?», domandò. Era questo l'ostacolo principale – non avevano risparmi per finanziare un'impresa tutta loro.

«Se fossimo in grado di localizzarlo, credo che avvierebbe i lavori per un prezzo più che onesto».

«E come?»

«Da quando lo hanno messo sulla lista nera, ha sempre fatto fatica a trovare lavoro. Ma Samuel credeva che fosse stato accusato ingiustamente ed ebbe compassione per lui, di tanto in tanto gli passava del lavoro, sufficiente a salvare lui e la moglie dall'ospizio per i poveri e i figli dall'orfanotrofio».

«Questo però continua a non cambiare il fatto che non abbiamo quasi più un soldo e di sicuro nessuno da destinare alla seta», protestò Mary.

«Oh, su questo ti sbagli, sorella», disse Frances con un sorriso discreto. «Perché io ho i soldi per tessere circa una ventina di metri di seta a un prezzo che credo il signor O'Neill possa accettare».

«Cosa? Come?».

Frances esitò un attimo. «La collana di mamma».

«No!». Mary rimase sconvolta da quel suggerimento. «Non puoi venderla».

«Troppo tardi. L'ho già fatto». Frances le mostrò una manciata di cartamoneta. «Il banco dei pegni si è mostrato contento».

Mary trasalì. «Ma come facevi a sapere che il signor Le Maître non era stato pagato?»

«Ti confesso che ne ero all'oscuro. Avevo già portato la collana al banco dei pegni. Come pensi che siamo sopravvissute in questi mesi? Hanno già il mio orologio e l'anello nuziale».

«Oh no», disse Mary, dando un'occhiata alla mano della sorella e vedendola per la prima volta spoglia. «Perché non me l'hai detto prima?»

«Avrebbe fatto qualche differenza? Non preoccuparti. Se tutto andrà bene, ci riprenderemo tutto fra non molto».

«Allora dobbiamo agire in fretta», disse Mary, decisa. «Dove troviamo questo signor O'Neill?»

«Devo indagare in modo discreto. Lascia fare a me».

Quando la mattina seguente Mary e Frances uscirono prima dell'alba, alto nel cielo c'era ancora uno spicchio di luna, contornato da una manciata di stelle poco visibili. Il loro itinerario le portò a oltrepassare il mercato di Brick Lane, a nord lungo la nuova strada principale fino alla confluenza con Great Bacon Street. Da lì, Mary seguì la sorella in una serie di viuzze finché non raggiunsero il retro di un gruppo di case occupate in mattoni. La pavimentazione era scivolosa per via dell'argilla e la zona sembrava praticamente abbandonata, desolata nel grigiore delle prime ore del mattino.

«Credo sia questa», disse Frances, sollevando la gonna per evitare che si sporcasse di fango e passando attraverso il terreno accidentato per raggiungere la costruzione più lontana.

Mary le stava alle calcagna, facendo delle smorfie mentre gli stivali affondavano nell'argilla e guardandosi intorno per accertarsi che nessuno si stesse avvicinando. Quella era una zona in cui non si era mai avventurata e il silenzio rispetto al trambusto di Spitalfields era impressionante. «Spero che tu abbia ragione», disse, notando due monelli di strada seduti su un muretto di mattoni in fondo a una delle case. Erano scalzi e i loro piedi erano anneriti dal sudicio, i capelli non sembravano mai aver visto un pettine e gli abiti erano di un grigio indefinito tipico dei panni sporchi. Quando le due sorelle si avvicinarono, i ragazzini saltarono giù dal muro e scomparvero nella casa, facendo sbattere la porta alle loro spalle.

Mary trasalì a quel rumore, facendo quasi cadere la borsa contenente i disegni e gli schemi. Mentre brancolava con i suoi averi, la porta si aprì di nuovo e dall'interno provenne il dolce cinguettio di un uccello. Un fanello, immaginò. Diversi tessitori li tenevano in gabbia nei solai, ma di rado aveva udito il loro canto con tutto il rumore dei telai di Spital Square e dintorni. Qui era più tranquillo, non si sentiva lo schiocco di una singola spoletta.

«Chi è là?», domandò una voce femminile da dietro la porta.

«Frances Wycroft. La vedova di Samuel. Sono qui con mia sorella, Mary Stephenson».

Ci fu un attimo di silenzio, poi la donna parlò di nuovo, ma stavolta a voce più bassa e Mary dovette sforzarsi per sentire quello che diceva. «È meglio che entriate, allora, e la smettiate di attirare l'attenzione su di voi. Fate in fretta».

Si affrettarono verso la porta, entrando nella casa e ritrovandosi in uno stretto corridoio che le condusse in una piccola cucina poco illuminata. Sul pavimento c'era un vecchio tappeto di giunchi intrecciati, ingrigito dal fango secco, e il fuoco era quasi spento. Un odore di cavolo bollito riempiva la stanza. La donna sembrava vecchia, con le guance incavate e i capelli radi, ma aveva un neonato appoggiato sul fianco e un altro bambino attaccato alla gonna. Quelli più grandi erano seduti in un angolo, e osservavano le due donne con gli occhi spalancati. «Speravamo di poter parlare con il signor O'Neill», disse Frances.

La donna sogghignò. «Siete sfortunate, perché il signore non ritiene opportuno far vedere la sua faccia da mesi. È ricercato, non lo sapete?». Rise senza allegria, prendendo uno straccio dal tavolo e pulendo un lungo candelotto di moccio dal naso dell'infante.

«E suppongo non si abbia idea di dove sia?», domandò Mary, l'umore a terra. A quanto pareva avevano fatto un viaggio a vuoto.

La donna la guardò come se fosse la stupida del villaggio, e Mary si sentì a disagio. «Ovvio che no», mormorò. «Sono molto dispiaciuta per la...», si interruppe. Non sapeva cosa dire in una circostanza simile. «Speravamo di proporgli una commissione».

«Ah, sì?». La voce della donna si fece più accomodante. «Be', non è l'unico tessitore della casa».

Le ci volle un po' per afferrare il significato di quelle parole. «Oh, capisco. Certo, signora O'Neill». Molti operai tessili insegnavano il mestiere alle proprie mogli, soprattutto per quanto riguardava i disegni più semplici, e spesso installavano due o tre telai nel solaio, in modo che anche i figli più grandi potessero dedicarsi al lavoro quando necessario.

«Perché siete venute qui? Perché non da un artigiano di Spital Square?»

«Ci siamo ritrovate in un vicolo cieco», ammise Mary, prima di spiegare la situazione.

La donna annuì. «Chiamatemi Bridget. Be', allora...». Passò il bambino che aveva in braccio a uno dei fratelli maggiori e sbarazzò il tavolo. «Fatemi vedere lo schema del motivo».

Mary tirò fuori i disegni dalla borsa e li stese sul tavolo, facendosi da parte in modo che Bridget potesse osservarli.

La donna strinse le labbra, li studiò più da vicino, mormorò qualcosa tra sé e sé e poi si rivolse a Mary, che la stava guardando in preda all'ansia. «Non posso dire esattamente di aver visto mai qualcosa di simile. Sembra un giardino della morte», pronunciò, indicando il disegno. Bridget inspirò e l'aria le s'infilò fra gli spazi vuoti della dentatura, producendo un fischio.

«Belladonna», replicò Mary, con tono pragmatico.

«Già», rispose la donna, tornando a studiare i punti sullo schema. Mary aspettò che le facesse notare uno sbaglio da principiante, un errore nel disegno, perché, per quanto lo avesse ricontrollato più volte, temeva potesse esserle sfuggito qualcosa di così ovvio a un occhio più allenato.

«L'hai ideato tu questo schema?», domandò Bridget, gli occhi stretti.

«Certo», replicò Mary. «Ma è stato commissionato da un commerciante di stoffe. Patrick Hollander di Oxleigh. Devo inviargli il tessuto quando sarà pronto».

La donna sussultò nel sentir pronunciare quel nome.

«Lo conosci, forse?», le domandò Mary.

«Credo che mio marito l'abbia nominato una o due volte», replicò subito Bridget. «Non più di questo».

Mary dette un'occhiata alla sorella. Pensava anche lei che Bridget O'Neill sapesse più di quanto volesse dare a vedere?

«È piuttosto inusuale per un disegnatore andare direttamente da un tessitore, no?», indagò Bridget, interrompendo i pensieri di Mary, ma il neonato cominciò a piagnucolare e la ragazza fu esonerata dal dare spiegazioni al riguardo. Bridget prese l'infante dalla figlia, cullandolo e calmandolo, ma senza togliere lo sguardo dal foglio. Alla fine tornò a guardare le due donne. «Si può fare», decretò. «E il caso vuole che...». Irruppe in una risata che poi si trasformò in una tosse secca. «Possa mettermi subito al lavoro. Come scoprirete, Thomas è un bravo aiutante».

Il più alto dei due ragazzi annuì con solennità.

Mary non riusciva a credere alle sue orecchie. Qualcuno avrebbe davvero tessuto una stoffa con il suo disegno. Quel pensiero quasi la sopraffece. Ignorò il fatto che sarebbe avvenuto in un contesto così ignominioso, e tutt'altro che pulito, dato che non aveva alternative. «Oh, grazie, grazie», disse. «Ecco...». Consegnò alla donna un foglio di carta. «Ho scritto delle note... per facilitare il lavoro».

Bridget prese il foglio e vi dette un'occhiata. Dopo un po' alzò lo sguardo per incontrare quello delle due donne e disse: «Sono io a dovervi ringraziare. A quanto sembra, il commerciante avrà quello che si merita».

«Che vuol dire?», le domandò Frances.

«Oh, credo che la signorina Stephenson sappia cosa intendo»; disse Bridget, con un sorriso furbetto. «Ora dobbiamo solo concordare un prezzo».

«Ce n'è anche un altro», disse Mary, porgendole un secondo schema.

«Cosa voleva dire?», chiese Frances una volta uscite da quella casa. «Col fatto che il signor Hollander avrà quello che si merita?»

«Non ne ho idea. Ma se quella donna ha talento come quello che dici avere il marito, allora dovrò solo esserne grata».

20

Marzo 1769, Oxleigh

Il ritorno anticipato di Caroline Hollander causò un trambusto di attività frenetiche che risvegliò la casa dal suo lugubre sonno. I ragazzi delle consegne depositarono la merce e Prudence preparò ogni sorta di cibo. Quando Tommy entrò con un cosciotto di cervo, fesa di manzo e un prosciutto, arrossì e poi sorrise vedendo Rowan. Avevano continuato a vedersi al fiume nel pomeriggio, quando Tommy finiva di lavorare dal macellaio, il ragazzo pescava e lei raccoglieva le erbe. Rowan non vedeva mai l'ora di trascorrere del tempo con lui, implorando l'orologio di far passare in fretta le ore per poterlo rincontrare. Stavolta, però, non ebbero la possibilità di scambiare qualche parola, perché Tommy sgattaiolò via prima che Rowan potesse pensare a una scusa per trattenerlo.

Accese i fuochi nelle stanze al piano di sotto e fece prendere aria a quelle di sopra, spalancando gli scuri e sollevando le finestre a ghigliottina. Gran parte della casa era rimasta inutilizzata per quasi un mese e un umido strisciante aveva invaso le camere. Sebbene si fosse occupata delle lenzuola settimane prima, arieggiò i copriletti e batté e sprimacciò le trapunte di piuma d'oca finché non tornarono a rivestire i letti.

Prudence mise a bollire il manzo, mentre preparava pasticcini e torte. Era in piedi davanti al tavolo della cucina, gli avambracci ricoperti di farina, quando arrivò Rowan. Un panetto di zucchero a forma di cono scintillò sotto la luce della finestra, accanto c'era una scodella di susine che sembravano delle gemme scure.

«Non voglio essere d'intralcio, ma magari potrei mettermi qui a preparare la poz... l'unguento?», chiese Rowan, correggendosi giusto in tempo. «Mi serve pochissimo spazio».

«Sarebbe meglio che tu andassi nel retrocucina a farlo», replicò Prudence, schiacciando con energia l'impasto. «Qui non c'è posto». La cuoca, di solito ben disposta con lei, era irascibile, tutta la concentrazione rivolta alla pasta frolla.

«Va bene. Non ti disturberò più». Rowan sgattaiolò via dalla stanza.

Iniziò lavandosi le mani e la faccia con acqua fredda, perché si erano sporcate di fuliggine quando aveva alimentato le fiamme dei camini. Poi pulì un pezzo del grande banco del retrocucina, che dava sul giardino, e ripensò al giorno in cui sua madre le aveva insegnato a preparare quella particolare bevanda medicinale. Era importante che si avvicinasse il più possibile a quella originale. Non c'erano molte donne sposate nel suo vecchio villaggio che avessero bisogno di simili cose, ma rammentò quando la domestica della padrona del maniero era venuta a bussare alla loro porta. Rowan non aveva neppure dimenticato la paga profumata che aveva ricevuto sua madre per i suoi sforzi, ma, per quanto ci provasse, non riusciva a ricordare se la pozione avesse funzionato o meno.

Come aveva fatto sua madre, aveva già messo in ammollo nell'aceto per diverse notti l'ortica, i boccioli di trifoglio rosso e le radici di tarassaco, e adesso prese un pezzo di mussola con la quale filtrare il liquido in una bottiglia di vetro. Al composto aggiunse con parsimonia le altre erbe e le polveri recuperate dal farmacista, prima di mettere il tappo alla bottiglia per sigillarla. Pensò di assaggiare il tutto, ma un urlo proveniente dalla cucina mandò a monte i suoi intenti e mise al sicuro la bottiglia sul davanzale. Stava per uscire dal retrocucina quando vi entrò Alice.

«Non credere che non sappia quello che stai facendo», le disse.

«Scusa?»

«Quello non è un unguento per i geloni. Mi chiedo cosa direbbe il padrone a tal proposito». Alice incrociò le braccia al petto e la guardò con sospetto. «Sai bene cosa ne pensa della stregoneria e simili».

Rowan ne aveva abbastanza. Si rifiutò di farsi sottomettere ancora. «Stregoneria, eh?». Fece un passo verso la domestica, colmando il piccolo spazio. «Mi chiedo cosa direbbe la padrona se scoprisse della tua... della tua *vicinanza* al padrone. Ha già qualche sospetto. Magari sei *tu* che potresti essere accusata d'incantamento».

Alice strabuzzò gli occhi e Rowan approfittò dell'esitazione dell'altra per prendere la bottiglia e nasconderla sotto la gonna, passandole accanto e tornando in cucina. Il cuore continuava a batterle per l'inatteso scontro, e fece dei respiri profondi per calmarsi.

«La signora è tornata», disse Prudence, interrompendo momentaneamente di impastare. «E ha chiesto di te. Puoi portarle questo? Alice si occuperà di disfare i bagagli». La cuoca indicò il tavolo, dove aveva assemblato una teiera e una tazzina di porcellana col piattino su un vassoio ovale. «Qualcosa non va?». Prudence le lanciò un'occhiata.

«No, no, va tutto benissimo», la rassicurò Rowan, sistemandosi il grembiule e infilandosi una ciocca di capelli dentro la cuffia, il cuore che era tornato a battere a un ritmo regolare e stabile.

Quando entrò nella stanza, la signora era seduta sulla chaise longue davanti al fuoco. Rowan andò verso di lei e mise il vassoio sul tavolo al suo fianco.

«Spero che il vostro soggiorno sia stato piacevole, signora», osò dire.

«Grazie, Rowan, lo è stato. Hai la bevanda medicinale?»,

le domandò Caroline, confermandole quale fosse stato il suo principale pensiero durante tutta la sua assenza.

Rowan fu sollevata di poterle dare la risposta che desiderava. «Sì, signora».

«Molto bene».

«Dovete prenderne solo un cucchiaino due volte al giorno. Non di più», l'avvertì la ragazza, porgendole la bottiglia. «E continuate finché non l'avrete finita».

«Non dimenticarti il cucchiaio, allora».

Rowan si voltò per andarsene. «Certamente».

Quando Caroline la guardò, scorse nel suo sguardo una cupezza familiare. «Speriamo che funzioni».

Una settimana dopo, con un «Ferma!», un calpestio di zoccoli e il tintinnare d'ottone, una carrozza trainata da sei cavalli si materializzò all'esterno della casa. Allertata da Prudence, Rowan si affrettò ad andare ad accogliere il padrone, tenendogli la porta aperta e mettendosi da parte per farlo passare, ma questo andò dritto nella bottega.

Veniva spesso trattata da coloro che serviva come se fosse invisibile, poiché i servitori, questo l'aveva imparato, dovevano sempre fare in modo di non trovarsi tra i piedi dei loro superiori, salvo quando venivano chiamati. A quel punto, però, dovevano comparire come per magia, eseguendo rapidamente ogni ordine del proprio padrone o padrona. Nonostante questo, fu sorpresa di non ricevere nemmeno un saluto dal signore, soprattutto dopo essere stato via così a lungo. Persino Alice, che si era precipitata sull'uscio insieme a Rowan, era stata snobbata con un sorriso sfuggente. Rowan notò che il volto dell'altra domestica si era incupito quando si girò per andarsene, sparendo nell'ombra del retro della casa.

Patrick Hollander aveva per la testa altre questioni, tuttavia, perché una volta nella bottega iniziò a tirare giù dagli scaffali la stoffa, sollevandola alla luce come in cerca di qualcosa e scartando i preziosi tessuti di volta in volta, senza curarsi del fatto che cadessero giù dal bancone sul pavimento. In un primo momento, Jeremiah, che stava servendo una cliente, sembrò pietrificato dalla paura, ma poi iniziò a sollevare alla svelta i rotoli di stoffa, scuotendoli dalla polvere che vi si era depositata sopra e cercando di rimetterli negli scaffali. La donna che stava servendo passò veloce accanto a Rowan e uscì dal negozio, guardando di striscio, l'espressione risentita. Rowan si spinse sulla soglia della bottega, poiché era curiosa di sapere cosa turbasse l'umore del suo signore.

«Lascia perdere tutto, Jeremiah», disse Patrick. «Liberiamoci del vecchio, perché ricominciamo da capo».

Poi Caroline apparve in corridoio e anche lei sembrò a malapena accorgersi di Rowan, quando le passò accanto per entrare nella bottega.

«Sei uscito di senno, marito?», gli domandò. «Cos'è questo trambusto?»

«Al contrario, mia cara, non ho mai avuto una visione così chiara del mondo. Non venderemo più i soliti motivi come qualsiasi commerciante da qui alla costa meridionale, perché ho assunto un'artista che darà vita a un nuovo stile. I nostri tessuti saranno richiesti in tutto il Paese. Le signore di Bath passeggeranno con abiti dai colori sgargianti e dai motivi insoliti, che abbaglieranno chiunque le guardi».

«Tutto questo è molto bello e sono contenta di sentire che i tuoi affari a Londra abbiano portato i loro frutti», disse Caroline, posando una mano sul suo braccio per calmarlo. «Ma finché non avremo questo nuovo materiale, cosa pensi di vendere? La gente continuerà ad avere bisogno di cotone e mussola, lana e lino, no?».

Una luce folle attraversò come un lampo gli occhi dell'uomo. «Perdona il mio entusiasmo», disse, togliendosi la mano della moglie dal braccio. «A quanto pare non riesci a vederci chiaro quanto me».

«Su, non era questo che intendevo», disse lei. «È solo che potrebbe rivelarsi incauto interrompere così bruscamente quel giro di affari. Perché se dovessimo fare in questo modo, i nostri vecchi clienti – e sono sollevata che non ce ne sia nessuno presente ad assistere a questo – potrebbero non tornare, quando avremo in vendita l'altro tipo di merce. Non vogliamo mica che si servano altrove, no? Tu che ne pensi, Jeremiah?»

«Non è giusto coinvolgere lui, mia cara. Credo che tu abbia detto cose sensate», disse Patrick in modo sgarbato. «Ma ho trovato un'artista senza eguali. A Londra sono tutti troppo ciechi per accorgersene. Io sono l'unico con una certa oculatezza, l'unico a riconoscere il valore di quella donna. Faremo una fortuna coi suoi disegni».

«Il valore di quella *donna*?», ripeté Caroline.

«Sei forse sorda?». Adesso Patrick era esasperato. «Sì, ho detto il valore di quella *donna*».

Rowan incrociò lo sguardo di Jeremiah, mentre il suo signore e la sua signora erano uno di fronte all'altra. Sembrava sconcertato, come se volesse dire qualcosa, ma temesse di aprire bocca. Sapeva più di quanto il loro datore di lavoro fosse disposto a rivelare sullo stato delle sue finanze? Rowan lo reputò possibile.

«Spero che tu sappia quello che stai facendo», disse Caroline alla fine.

«Per carità, signora mia. Lasciami condurre i *miei* affari», le disse. «Non sono cose che ti competono».

«Molto bene». Rowan percepì dell'astio nella voce della sua signora.

Ma quando Rowan passò di nuovo davanti alla soglia della bottega, vide che i rotoli di stoffa erano stati rimessi sugli scaffali e qualunque traccia della folle interferenza del padrone era scomparsa.

Una fredda ma luminosa mattinata, alcune settimane dopo

il ritorno della signora, Rowan entrò in sala da pranzo e vide che Caroline era seduta da sola, la sedia distante dal tavolo, il piatto di pane e bacon intonso e le mani sul ricamo della pettorina.

«Non è di vostro gradimento, signora?», le chiese Rowan, cominciando a sparecchiare.

Caroline scosse la testa e Rowan la guardò più da vicino, notando che era più pallida del solito, il volto teso. «State bene?», le domandò.

Caroline fece per rispondere, le labbra che si muovevano senza emettere alcun suono, ma poi la sua faccia diventò bianca come un cencio e la donna scivolò giù dalla sedia, accasciandosi sul pavimento, la gonna una massa fluttuante che somigliava alla cappella di una vescia.

«Alice!», gridò Rowan, mentre afferrava le spalle della signora e faceva del suo meglio per sollevarla in posizione eretta. «Alice! Vieni subito!».

Osò schiaffeggiare la padrona per cercare di svegliarla – delicatamente, s'intende – ma non ottenne alcun risultato. Dopo quella che le sembrò un'eternità, ma che in realtà erano stati solo una manciata di minuti, sentì avvicinarsi qualcuno.

«Che c'è?». Apparve Alice e, quando vide la scena, la scopa che aveva in mano cadde rumorosamente a terra. «Quale strano incantesimo le hai fatto? È quella bevanda medicinale? Lo sapevo che era robaccia», gridò. «L'hai avvelenata. L'hai uccisa!».

«Oh, non essere ridicola», la rimproverò Rowan, come se fosse uno dei suoi fratelli. «È svenuta all'improvviso, non vedi?». Sperava che le sue supposizioni fossero vere. «Aiutami a portarla in salotto, dove possiamo distenderla sul divanetto e allentarle il vestito. Prendile i piedi, no?».

Insieme la trasportarono e trascinarono prima nel corridoio e poi in salotto. «Vado a chiamare il padrone», disse Rowan una volta sistemata la signora sul divano e posto un piccolo cuscino sotto la sua testa. Alice iniziò ad allentare il corpetto di Caroline e slacciò i nastri del bustino, ma venne interrotta dall'arrivo di Patrick, che tuonò su per le scale.

«Che succede? Ho sentito la confusione dal negozio! Dovete proprio fare tutto questo baccano? Caroline? Rowan? Alice?».

Le due domestiche tennero lo sguardo basso sui propri stivali.

21

Presente

Nel tardo pomeriggio di sabato, mentre era distesa sul letto a leggere, Thea sentiva i vari rumori attutiti prodotti dalle ragazze al piano di sotto, dalla musica che suonava in qualche stanza, da qualcuna che si esercitava al piano o al violino, risate, tonfi e colpi indefiniti, schiamazzi e passi veloci che andavano e venivano. Si erano ambientate bene – anzi, non le sembrava nemmeno possibile che frequentassero la scuola da solo una settimana. Era stata contenta di vedere quasi tutti i loro nomi segnati sul foglio delle presenze dell'escursione che aveva programmato per l'indomani.

Nella sua famiglia, la domenica era sempre stata dedicata, che piovesse o tirasse vento, a lunghe passeggiate lungo la costa della Mornington Peninsula o sui ripidi promontori ventosi delle Macedon Ranges. Sua madre preparava il pranzo al sacco, un thermos di cioccolata calda l'inverno e di succo d'arancia l'estate, e camminavano per chilometri, suo padre che spesso era un puntino lontano, mentre il resto della famiglia faceva fatica a tenere il suo passo svelto. Una volta cresciute, lei e Pip avevano cominciato a protestare e dovevano essere trascinate in macchina, quando avrebbero preferito passare la domenica immerse in un film o in un libro o fuori con le amiche. Adesso, quei ricordi erano stati addolciti dal tempo e riusciva a pensarci quasi con piacere. Ricordava quando sua madre richiedeva la pausa pranzo, l'insistenza del padre a non fermarsi finché non fosse passato mezzogiorno. Di come guardavano il mare o la spina di un crinale, sempre affamate, mentre scartavano i panini al prosciutto e pomodoro che si erano schiacciati nello zainetto. Persino adesso, l'odore dei pomodori la riportava indietro a quei momenti.

Thea era talmente presa dal libro che si accorse a malapena che stava calando il buio. Fu solo quando suonò la sveglia della cena – a differenza del resto della settimana, il weekend le ragazze facevano tutti i pasti al dormitorio – che scattò e si precipitò nella doccia. Claire sarebbe passata a prenderla alle sette e mezza e aveva meno di mezz'ora per prepararsi.

Aveva finito di asciugarsi i capelli e li stava sistemando con le mani per dargli una sorta di piega, quando un clacson risuonò dalla finestra aperta. Dette un'occhiata all'orologio. Claire. Giusto in tempo.

Afferrò il cappotto e la borsa e si avvolse una sciarpa intorno al collo. Infilandosi gli stivali, si guardò intorno, controllando di non dimenticarsi nulla. Il vino. Sì, il vino. Prese la bottiglia che aveva comprato nel pomeriggio e scese di corsa le scale. Quando raggiunse il piano terra si fermò in sala da pranzo, dove le ragazze stavano mangiando la pizza. Rivolse loro un rapido sorriso e corse lungo il corridoio per andare ad aprire la porta, sapendo che, in caso di bisogno, ci sarebbe stata madama Hicks per loro.

«Solo cinque minuti di ritardo», disse Claire, mentre Thea saliva sul sedile del passeggero allacciandosi la cintura.

«Scusa. Posso fare di meglio». Fece una smorfia.

«Scherzavo», disse Claire con un rapido sorriso.

Thea ebbe una reazione a scoppio ritardato notando l'abbigliamento di Claire: un grande scialle ricamato con dei fiori variopinti sulle spalle, degli spessi cerchietti d'oro alle orecchie, i capelli tirati all'indietro con la riga al centro, le sopracciglia pesantemente disegnate con la matita.

«Mi sono agghindata come la tua icona femminista preferita», disse Claire.

«Aspetta, cosa? Chi?»

«Frida Kahlo. Non preoccuparti, se ti metti gli occhiali tu sei la copia sputata di Ruth Bader Ginsburg».

«Grazie. Credo», rispose Thea, spingendo gli occhiali sul dorso del naso.

Claire sorrise e si allontanò dal cordolo del marciapiede: «Comunque scherzavo sul tuo travestimento».

«Promettimi solo che non ci sarà il karaoke».

Si diressero verso la rotatoria all'inizio della strada principale della città. Thea aveva visto la chiesa la prima mattinata a Oxleigh, ma di sera era tutta illuminata, le luci orientate lungo l'alta guglia, e aveva un aspetto piuttosto maestoso.

«Puoi andarci fin lassù, se vuoi», disse Claire, notando che Thea stava guardando in alto. «Fanno dei tour. La vista della città è spettacolare».

«Da quant'è che vivi qui?», le chiese Thea.

«Cinque anni. Ci credi? Eppure, ci sono posti peggiori. Sono contenta che abbiano introdotto le ragazze nella scuola – può essere solo una cosa positiva; ristabilisce un certo equilibrio».

«Non credo che tutti gli insegnanti la pensino così».

Claire rise. «Quella è gente antiquata. Ne ho sentito uno che definiva "la congrega" il dormitorio delle ragazze!».

«Ma che cavolo...?». Thea era indignata. «Qualcuno non dovrebbe dire qualcosa? Al rettore, voglio dire».

«Ci sono abituati. Non hanno scelta, non se vogliono tenersi il proprio lavoro».

«Di cos'è che hanno così paura?»

«Dell'ignoto, molto probabilmente. Del cambiamento, magari».

Proseguirono lungo la strada che portava fuori città, ciascuna persa nei propri pensieri.

«Hai notato qualcosa di strano nella Casa della Seta?», le domandò Claire, rompendo il silenzio.

«Avrei dovuto?». Thea non era ancora pronta ad ammettere le proprie preoccupazioni.

Claire esitò un attimo, mettendo la freccia e svoltando a sinistra, uscendo dalla strada principale. «Diversi anni fa, si diceva che fosse stregata».

Thea si sforzò di emettere una flebile risata. «Nessuno crede più ai fantasmi, ormai, no? E poi, sono sicura che girano voci su qualsiasi casa di quell'epoca».

«Ma è strano che nessuno dei precedenti proprietari l'abbia tenuta in suo possesso a lungo».

«E come lo sai?».

Claire alzò le spalle. «È risaputo».

«Le ragioni possono essere state diverse. Comunque, chi sarebbe il fantasma? O i fantasmi?»

«Una donna dai capelli bianchi, secondo qualcuno. Con un mantello rosso. Anche se altri sostengono che abbia i capelli scuri».

«Be', questo è proprio un bel cliché. Chi te lo ha detto?»

«Qualcuno al pub, credo. Non prestavo molta attenzione, si parlava delle diverse case infestate in città, per non parlare del mulino».

«Il mulino?»

«Quello sul sentiero per Summerbourne».

«Ho corso lì l'altra mattina. Non ho visto nessun mulino. Però, c'era una bella nebbia. Anche se, a ripensarci, ho sentito il rumore dell'acqua. E lì che fantasma ci sarebbe?»

«Be', è qui la cosa strana. A quanto ho capito, è molto simile alla donna che si suppone infestare la Casa della Seta».

«Sai, ho scoperto una cosa parecchio curiosa in biblioteca», disse Thea dopo una breve pausa. «Alla fine di un libro su quattro sorelle della zona, uccise perché sospettate di stregoneria nel diciottesimo secolo».

«Continua». Claire le rivolse un'occhiata e poi tornò a concentrarsi sulla strada.

«C'era una lista di nomi, e uno di questi era di una donna che si chiamava Rowan Caswell, che un tempo aveva lavorato come domestica nella casa del commerciante di seta, ora conosciuta come la Casa della Seta».

«Pensi che...». Claire si voltò un attimo verso di lei, gli occhi spalancati.

Thea la sbeffeggiò. «Credo che la mia immaginazione stia avendo la meglio su di me al momento. Perciò, grazie di avermi invitato alla festa – potrò finalmente distrarmi».

«Probabilmente hai ragione», concordò Claire. «È tutto parecchio inverosimile. Interessante, però...».

Stavano guidando da una ventina di minuti, quando Claire mise di nuovo la freccia e svoltò su una strada sterrata. I fanali illuminavano la via, che era circondata da alberi, i rami che quasi toccavano il tettuccio dell'auto, formando un tunnel scuro.

La strada era stretta, ci passava a malapena la macchina di Claire. Thea si aggrappò istintivamente a entrambi i lati del sedile e trattenne il fiato, sperando che non incrociassero nessuno proveniente dalla direzione opposta, soprattutto perché stavano ancora andando come un razzo; era evidente che Claire fosse più abituata di lei a quel tipo di stradine e non sentisse il bisogno di ridurre la velocità.

«È improbabile fare un frontale, qui», disse Claire, sembrando leggere nei suoi pensieri. «Vanno tutti nella nostra direzione – c'è solo una villetta alla fine della strada».

Thea fu solo leggermente più sollevata.

Arrivate in fondo, circa un chilometro e mezzo dopo, s'imbatterono in una dozzina di auto parcheggiate a casaccio, ma della casa non c'era traccia. Claire si fermò dietro a una piccola macchina, adatta alle stradine di campagna, e spense il motore. «Spero che non ti dispiaccia, c'è da camminare un pochino», le disse. «È dopo la staccionata e quel prato». Si allungò verso di lei per aprire il vano portaoggetti e tirò fuori una pesante torcia che, pensò Thea, oltre a illuminare loro la via avrebbe funto anche da arma. «Non voglio rischiare di slogarmi una caviglia. Il terreno è parecchio sconnesso».

Uscendo dalla macchina, Thea rabbrividì per l'escursione termica, e si strinse nella giacca. Provenendo da una città, la inquietava tutto quel buio: basso nel cielo c'era solo un minuscolo spicchio di luna che emanava un flebile bagliore. Per fortuna, la torcia di Claire proiettava un bel fascio di luce davanti a loro, anche se tutto ciò che le circondava era avvolto nel buio più pesto. Da terra saliva della nebbiolina e sembrava di camminare sulle nuvole, mentre si facevano strada nel recinto per cavalli che Claire aveva così bizzarramente definito prato.

«Be', è da temerari raggiungere una festa in questo modo», disse Thea, divertita. A poco a poco, cominciarono a sentire il rumore soffocato della musica, dei bassi, e poi a vedere delle luci in lontananza.

La torcia di Claire sfarfallò e si spense, lasciandole al buio. «Accidenti», imprecò. «Si è scaricata la pila. L'ho sostituita solo la scorsa settimana». L'agitò, nel tentativo di farla funzionare. «Deve essere difettosa».

«Poco importa», disse Thea. «Siamo arrivate».

Una casa lunga e bassa con piccole finestre quadrate, le pareti imbiancate e il tetto di paglia, che sembrava aver bisogno di una bella sfoltita, si stagliò di fronte a loro, un sentiero tortuoso conduceva alla porta d'ingresso.

Mentre si avvicinavano, la porta si aprì e Claire fece un passo avanti per abbracciare l'uomo che si presentò sull'uscio. Thea esitò dietro di lei, sollevata nel vedere che l'uomo indossasse un paio di jeans e una vecchia maglia da rugby e che Claire l'avesse presa in giro sul dress code.

La preoccupazione di non conoscere un'anima a parte Claire si rivelò un falso presupposto. Appena varcata la soglia di casa, si ritrovò davanti Gareth Pope, appoggiato allo stipite di una porta. Quando lo vide gli sorrise, ma lui le fece un secco cenno con la testa e tornò a rivolgere l'attenzione alla donna con cui stava parlando.

Bene, occhio per occhio, pensò, mentre si dirigeva insieme a Claire in cucina, dove c'era un'aria viziata che appannava le finestre. L'odore di spezie, chiodi di garofano e cannella riempiva la stanza e Thea si ritrovò in mano un bicchiere di vino caldo con fette di arancio che galleggiavano all'interno.

«Su, andiamo a ballare», disse Claire, dopo averla presentata ad alcune persone. Trascinò Thea in un salotto lungo e male illuminato, dove altri ospiti stavano agitando con entusiasmo il proprio corpo, alcuni andando più a tempo di altri. Thea dette un sorso al drink prima di appoggiare il bicchiere sullo scaffale di una libreria e seguire Claire. Si abbandonò al ritmo, lasciandosi travolgere. Circondata dalla musica e dalla penombra era più semplice parlare con le persone che non conosceva. Era persino più facile evitare Gareth Pope.

Fra un ballo e l'altro, Thea sprofondò in uno dei vecchi divani malconci che erano stati addossati alle pareti. Sorrise a qualcuno, ma la musica era troppo forte per andare oltre a una conversazione superficiale.

A un certo punto, Gareth entrò nella stanza, la notò e sgattaiolò via di nuovo. Non sembrava più desideroso di lei di scambiare qualche convenevole.

Più tardi, mentre gli ospiti cominciavano a scemare un po', Thea andò in cerca del bagno. Era un po' su di giri per il vino, il caldo e la musica incessante. Salendo le scale, si fermò a guardare fuori dalla finestra sul pianerottolo, notando delle ombre confuse che si muovevano attraverso il campo. Era più tardi di quanto avesse immaginato, la gente stava andando via, cosa che non le sembrò una cattiva idea.

Quando tornò dabbasso, non c'era più traccia di Claire. Cercò invano l'amica, imbattendosi in Gareth, che scosse la testa quando gli chiese se l'avesse vista. «Non nell'ultima ora, ma non si preoccupi, sarà qui da qualche parte», disse prendendo un sorso di birra.

Thea cercò in cucina e poi in un'altra stanza che sembrava essere uno studio, ma senza risultati. La possibilità che Claire l'avesse abbandonata in mezzo al nulla cominciò a diventare palese. Stava imprecando sottovoce e controllando che il telefono prendesse per chiamare un taxi – il pensiero di vedersi costretta a supplicare Gareth a darle un passaggio a Oxleigh era troppo – quando l'amica si materializzò di nuovo.

«Pronta per andare via?», le chiese e Thea, sollevata, annuì con la testa.

«Dov'eri? Ti ho cercata dappertutto». Thea detestò il tono agitato della sua voce, ma si era davvero preoccupata.

«Oh, scusami», rispose Claire. «Sul retro c'è una vecchia stalla che è stata adibita a studio. Ero lì insieme ad altre persone; era un po' più tranquillo».

La maggior parte della gente era già andata via ed erano sole ad attraversare il campo, gli stivali di Thea zuppi della pesante guazza che si era depositata durante il tempo che avevano trascorso alla festa. Provò un brivido di freddo. La temperatura era scesa di diversi gradi.

Continuarono a camminare, prevalentemente in silenzio, entrambe stanche, Thea intenta a sognare il proprio letto alla Casa della Seta.

Poi, a metà del tragitto, uno strillo acuto risuonò da qualche parte nel buio.

Ci sono certi suoni che si sentono facilmente: un soprano che esegue un do di petto, un martello che spacca la roccia… e l'urlo perforante di una persona spaventata a morte. Thea si fermò all'istante, tutti i sensi in allerta, temendo cosa potesse celarsi davanti, accanto o dietro. «Che cavolo è stato?», sussurrò.

«Ahi», disse Claire, senza accorgersi che Thea si era fermata e andandole addosso. «Probabilmente una volpe», replicò, tentando di scacciare le sue preoccupazioni. «Il verso di una volpe femmina».

«Una volpe? A me sembrava l'urlo di una persona». Thea non si sentiva per nulla rassicurata.

«Naa», replicò Claire. «Dimenticavo che non sei abituata alla nostra fauna. Sono abbastanza diffuse qui, non preoccuparti».

Convinta solo in parte che non fosse successo niente di brutto, Thea continuò a camminare. «Posso chiederti una cosa?»

«Certo, dimmi».

«Lo conosci bene Gareth?»

«Non particolarmente. Insegna a scuola da un paio d'anni, ma è benvoluto. Perché?»

«È solo che non sembro piacergli molto. Pareva infastidito durante il nostro primo allenamento di hockey, e stasera mi ha snobbato tutto il tempo».

«L'anno scorso era l'istruttore della prima squadra. Probabilmente è questa la ragione che gli ha fatto storcere il naso. Vedere che tu sei qui e che hai giocato – e insegnato – a un livello più alto di lui».

«Puah», disse Thea. «Do solo una mano, non voglio certo prendere il suo posto. Anche volendo, c'è già abbastanza carne al fuoco con l'assenza della signora Jackson».

«La signora Jackson?»

«La donna che doveva fare da direttrice di convitto alla Casa della Seta».

«Ah, giusto».

Era buio senza la torcia, però avevano il vantaggio di conoscere già la strada e raggiunsero l'auto senza ulteriori intoppi.

Mentre Claire faceva partire la macchina, i fari riuscivano a penetrare a malapena la nebbia. Era persino più fitta di quando erano arrivate. Thea cercò di non lasciarsi sopraffare dalla poca visibilità e dal silenzio, ma i peli sul collo si drizzarono e sentì una goccia di sudore scenderle lungo la spina dorsale.

Avevano quasi raggiunto l'immissione nella strada principale quando, dal nulla, una sagoma si stagliò davanti a loro, venendo direttamente verso la macchina.

Claire strillò e sterzò per evitare l'impatto.

«Che *cazzo* era?», gridò Thea.

Con uno stridore di ruote, l'auto inchiodò, sbandando sul lato della strada stretta.

Le due si guardarono per un attimo, gli occhi spalancati sotto la luce verdognola emanata dal cruscotto. I secondi passavano mentre Thea cercava di decidersi se voltarsi oppure no.

«Pensi… pensi che ci sia qualcosa, o qualcuno, indietro?», le chiese tremando.

«E come faccio a saperlo?». La voce di solito sicura di Claire era un po' tentennante. «Ho troppa paura di controllare».

«Anch'io». Nonostante questo, Thea si voltò lentamente. Allungò il collo, ma non vide altro che la nebbia che aleggiava lì intorno, colpita dai fari posteriori della macchina. «Qualunque cosa fosse, non credo che l'abbiamo colpita; non ho sentito nessun tipo di impatto».

Claire si girò e seguì il suo sguardo. «Merda. Siamo fortunate a non essere finite nel fosso».

«Dovremmo scendere a dare un'occhiata?», domandò Thea.

«Sei matta?». Claire sembrava frastornata.

«Poteva essere…».

La frase di Thea fu interrotta dalla radio, che a quel punto decise di gracchiare e accendersi, facendo schizzare di paura le due donne, colte di sorpresa dal rumore inaspettato.

«Cristo!», disse Thea. «Che sta succedendo?». Allungò la mano per ruotare la manopola, riducendo il frastuono a un gorgoglio.

«Poteva essere cosa?», chiese Claire.

«Non lo so… un capriolo?». Ma l'attimo prima dell'incidente, a Thea pareva che si trattasse della sagoma di una donna. Con il volto pallido e i capelli chiarissimi, con una veste che strisciava lungo la strada. Proprio come quella che le aveva descritto prima Claire.

Ma è ridicolo, si rimproverò. Il tutto faceva pensare più al potere della suggestione che a qualcosa di reale. Ciò nonostante, si fece coraggio, abbassò il finestrino e si sporse fuori. La nebbia sembrò quasi penetrare nell'auto, aleggiandole intorno alla faccia, senza permetterle di vedere molto nel buio pesto. In tutta fretta, lo tirò su di nuovo.

«Sono troppo spaventata per muovermi», disse Claire.

«Andiamo», disse Thea, la voce ancora tremolante. «Non può esserci niente laggiù».

«Sì, hai ragione». Claire non sembrava convinta.

«Vuoi che guidi io?», le domandò Thea.

Claire scosse la testa. «Vorrebbe dire scendere dalla macchina e scambiarci di posto». Girò la chiave e riaccese il motore. «E non ci riesco proprio». Accelerando e mettendo in prima, le ruote sgommarono sulla strada fangosa, per poi guadagnare finalmente aderenza. «Andiamocene via subito», disse, schiacciando a tavoletta l'acceleratore. «Prima che qualcos'altro cerchi di saltarci addosso».

22

Presente

Quando Thea si svegliò la domenica mattina, si domandò per un minuto se non si fosse immaginata l'incidente mancato della notte precedente. Era stato tutto reale, no? Altrimenti, di cosa poteva essersi trattato? Di un'apparizione? Del risultato della sua troppa immaginazione? Della stanchezza? Del vino corretto? Di tutte quelle cose insieme? Non potevano essere state le bevute, perché anche Claire l'aveva visto e si era limitata solo a un paio di birre. Alla luce del giorno le sembrava piuttosto stupido essersi spaventata così tanto ed era convinta che ci fosse una spiegazione ragionevole e logica a tutto.

Il brusio della colazione e il potere ristoratore dei waffle e dei pancake dissiparono l'inquietudine persistente di Thea. Era lieta di constatare che il tempo era bello, e non vedeva l'ora di immergersi nell'escursione con le ragazze.

Poi le venne in mente un'idea, si alzò e tornò in cucina. Tre donne stavano lavorando, una caricava la lavastoviglie, un'altra puliva le pentole e la terza armeggiava coi frigoriferi.

Thea si avvicinò a quest'ultima, che si ricordava averla servita all'inizio della settimana. «Mi chiedevo se fosse possibile mandarvi le ragazze ad aiutarvi a preparare qualcosa da portare via per pranzo. Dei panini, della frutta...».

«Nessun problema», replicò la donna. «Dove pensava di andare?»

«Grovely Wood».

Le tre donne rimasero immobili.

«Stia attenta a non perdersi», disse quella che lavava le pentole, il bruschino a mezz'aria.

«È un posto infido», l'avvertì l'altra.

«Basta che sappia leggere una bussola», disse la prima donna con cui aveva parlato, chiudendo il frigo e voltandosi verso di lei. «E si assicuri di tornare prima che faccia buio».

«Certo», le rassicurò Thea, mentre, cercando di non alzare gli occhi al cielo, usciva dalla cucina per andare a parlare con le ragazze. Non c'erano mica creature pericolose di cui preoccuparsi – niente ragni velenosi, serpenti o coccodrilli nella campagna inglese.

Partirono più tardi nella mattinata, ciascuna col proprio pranzo e le bibite nello zaino. Si erano messe pantaloncini e maglietta a maniche lunghe, dato che era una luminosa e soleggiata giornata autunnale, e camminavano a gruppi di due o tre. Thea chiudeva la fila quando entrarono nel bosco, e si mise a passeggiare insieme a Fenella, contenta di potersi godere il profumo dei pini, la soffice morbidezza del terreno ricoperto di aghi sotto ai piedi e il chiacchiericcio delle ragazze – erano degli individui vivaci e briosi, niente a che vedere con le principessine che temeva fossero, e giorno dopo giorno si stava affezionando in fretta a ciascuna di loro.

Giunsero a un lungo sentiero delineato da querce, i pesanti rami che spezzavano la luce sul percorso davanti a loro. Le foglie marroni ammassate alle loro caviglie scrocchiavano sotto il peso dei loro passi. Sembravano passati giorni dall'ultima volta che ci era passato qualcuno. Alla fine del tunnel di alberi, Thea si fermò e suggerì di fare una pausa. Erano tutte silenziose mentre bevevano l'acqua e si rendevano conto per la prima volta della tranquillità della foresta; persino il canto degli uccelli si era fatto distante. In quel momento Thea non poté più scrollarsi di dosso il pensiero che qualcuno o qualcosa le stesse osservando. Tirò fuori il cellulare, convincendosi che fosse colpa dello spavento che si era presa la notte precedente e della mancanza di sonno, forse addirittura di quello che aveva letto sulle sorelle Handsel, piuttosto che di qualcosa di concreto. Si erano talmente addentrate nella foresta che il cellulare non prendeva, ma prima di uscire di casa quella mattina, aveva fatto uno screenshot della mappa che aveva trovato su internet. Mostrò lo schermo a Fenella. «Dimmi dove pensi che siamo», la incoraggiò.

Fenella studiò l'immagine, spostandola con il dito verso sinistra e ingrandendola. «Credo qui – se queste qua sono le querce», disse, indicando un sentiero che si apriva attraverso l'ombreggiatura verde sulla mappa.

«Ottimo». Thea notò che arrossì a quell'elogio. «Mi fido del tuo giudizio».

«Signorina, cosa sono questi?», chiese Joy, che si trovava accanto a un ramo caduto, indicando qualcosa che vi era cresciuto sopra. Sembrava brillare sotto la luce fioca del bosco, come se fosse fosforescente.

«Non toccarli!», gridò Aradia, avvicinandosi alla compagna. La ragazza si inginocchiò e osservò il tronco. «Sono funghi fantasma. Velenosi. Per gli umani e gli animali».

«Si trovano spesso nei boschi inglesi?», domandò Thea.

Aradia scosse la testa. «Sono piuttosto rari, a dire il vero. È insolito vederli qui». Tirò fuori il cellulare e scattò qualche foto. «Che c'è?», domandò alle ragazze quando notò che la stavano guardando con curiosità. «Sono appassionata di micologia».

«Signorina...».

Thea si voltò verso Sabrina che stava zoppicando verso di lei. «Vescica?», tentò di indovinare.

La ragazza annuì.

«Non preoccuparti». Thea frugò nello zaino. «Ho dei cerotti da qualche parte».

Sabrina si slacciò la scarpa, facendo perno su Aradia per sorreggersi e facendo una smorfia quando si tolse il calzino.

«Avresti dovuto dirmelo prima». Thea ispezionò la vescica, che era lacerata e sanguinante. «Non c'era motivo di soffrire in silenzio».

«Scusi, signorina. Non volevo essere d'impiccio».

«Avremmo risolto in un attimo». Aprì il kit del pronto soccorso.

«Signorina?», fece Aradia. «Ho sentito dire da uno dei ragazzi che questo bosco è infestato. Non è vero, no?»

«Be', si dice che...», iniziò a raccontare Thea. «Siano esistite quattro donne», aggiunse. «Le sorelle Handsel. Erano originarie della Danimarca. Nel 1737 scoppiò un'epidemia di vaiolo nel villaggio ai margini di questo bosco. Nessuno ne conosce esattamente il motivo, ma la gente del villaggio che era sopravvissuta si convinse che le quattro sorelle ne fossero responsabili – forse perché erano straniere – e le accusò di essere in combutta con il diavolo».

«Stregoneria, intende?», le domandò Sabrina, facendo una smorfia mentre Thea le applicava il cerotto.

Thea annuì. «Prima ancora di essere sottoposte a processo, portarono le donne nel bosco e le bastonarono a morte. I loro corpi furono seppelliti qui, sufficientemente lontani, in modo che non potessero insorgere e cospirare contro gli abitanti del villaggio».

«Sul serio, signorina?», chiese Aradia. «È incredibile».

Thea sorrise. Quello era esattamente il genere di storia che piaceva alle ragazzine adolescenti. «Da qualche parte qui vicino ci sono quattro vecchi faggi, e secondo la leggenda locale indicherebbero il punto dove sono state sepolte le sorelle morte. Ma a parte questo non credo che il bosco sia davvero infestato. Ecco fatto», disse a Sabrina, passandole la scarpa. «Così dovrebbe essere più facile camminare».

«Grazie, signorina».

«Intende come quelli là?», le chiese Joy.

Si girarono tutte a guardare dove stava indicando e Thea rimase imbambolata. Come aveva fatto a non notarli? A circa una trentina di metri c'erano quattro alberi, posizionati come i punti cardinali di una bussola, i loro tronchi spessi e nodosi erano sovrastati da una cascata di foglie ramate e rosso cremisi, a terra quelle morte, e la loro ombra oscurava lo spazio limitrofo.

Thea trattenne il fiato. «Credo di sì», rispose, allontanandosi dalle ragazze per andare a vedere più da vicino. Quando raggiunse gli alberi, mise a turno una mano su ciascuno dei tronchi, sentendo una connessione con la storia, nonostante i secoli che erano passati. Fu percorsa da un brivido. Questo poteva decisamente essere un punto di partenza per i suoi studi.

«Sono successe un sacco di cose a quei tempi, vero?», domandò Fenella, avvicinandosi.

«Se intendi alle donne – soprattutto a quelle che erano un po' diverse, o che sembravano avere qualche nozione medica o erboristica – allora sì, temo proprio che sia così. La superstizione, l'ignoranza e la paura di ciò che non poteva essere prontamente spiegato o compreso erano dilaganti. Non dimenticare che a quel tempo gran parte delle persone non riceveva un'istruzione. E chi la riceveva – be', era pronto a dare la colpa alle donne, specialmente quelle che non erano in grado di difendersi».

«Succede ancora oggi», disse piano Joy. Tutte le ragazze si erano avvicinate.

«Purtroppo è così, benché a volte in modo più subdolo», concordò Thea, impressionata dall'intuizione della ragazza. «Ma stiamo diventando più brave a far sentire la nostra voce, a chiedere aiuto». Stava quasi per menzionare la lista che aveva trovato in fondo al libro – il fatto che vi era annotato il nome di una vecchia domestica della casa, ma poi ci ripensò, perché non le conosceva ancora bene da sapere come avrebbero reagito. *E poi hanno solo sedici/diciassette anni*, rammentò a se stessa.

Da quando si erano fermate vicino ai faggi, il vento aveva cominciato a soffiare a raffiche, portando rapidamente con sé dei nuvoloni grigi, odore di pioggia, il rombo di un tuono in lontananza e un cielo che non prometteva nulla di buono. Thea determinò che avessero un'altra ora di cammino per raggiungere il punto di osservazione, e poi un altro paio per tornare a casa. Non voleva proprio fare dietrofront prima di raggiungere il loro obiettivo. «Bene, allora», disse Thea, un po' dubbiosa. «Continuiamo fino al nostro punto di riferimento – è a circa tre chilometri da qui».

Riposero le bottiglie nello zaino e cominciarono ad addentrarsi sempre di più nel bosco. Incrociando le dita che nella peggiore delle ipotesi avrebbero preso solo una breve scrosciata, Thea incoraggiò le ragazze a camminare.

Il percorso si fece sempre più ripido, e dopo un'ascesa costante che lasciò doloranti le cosce di Thea, raggiunsero la sommità e si fermarono a riprendere fiato. Sebbene fino a quel momento il tempo avesse retto, in lontananza il cielo era minacciosamente scuro, le nuvole adesso si stavano ammassando verso di loro.

In cima al belvedere c'era un'alta guglia di pietra, alla base della quale c'era un simbolo un po' nascosto. Thea spostò un ciuffo di erbacce, scoprendo l'incisione di una faretra piena di frecce.

«Cos'è, signorina?»

«È un monumento dedicato ad Artemide», rispose Fenella, raggiungendole. «La dea della caccia. È stato eretto nel Novecento da un proprietario terriero del posto, in onore della sorella». Tirò fuori il cellulare dalla tasca e scattò una rapida foto.

Thea la fissò incredula. «Molto impressionante». Le ragazzine erano intelligenti, su questo non c'era alcun dubbio.

«Ho fatto delle ricerche l'altro giorno, dopo aver visto un disegno sulle chiavi della casa», disse Fenella alzando le spalle. «È anche un simbolo segreto che indica autorità femminile», aggiunse, sollevando le sopracciglia divertita.

Thea prese una bella sorsata dalla bottiglia dell'acqua, ricordando il simbolo sul polso dell'addetta in cucina alla Casa della Seta. Ignorò l'assillante sensazione che ci fosse qualcosa che le sfuggisse, una qualche connessione, e suggerì alle studentesse di fermarsi a mangiare. Il promontorio era esposto, il vento sferzava i capelli intorno alle loro facce ed entrava nelle felpe che, adesso, gran parte di loro stava indossando, ma nessuna si lamentò, sebbene fossero più silenziose che mai.

Il rombo di un tuono le fece alzare lo sguardo dal panino. La pioggia rendeva indistinto l'orizzonte e il vento aveva aumentato di forza. Joy infilò le mani nelle maniche della maglia e Thea si rese conto che anche le sue dita si stavano intorpidendo. Non voleva rischiare che qualcuna di loro andasse in ipotermia, che era probabile se fossero rimaste ancora a lungo lì ferme, soprattutto se colpite dalla pioggia gelida che adesso si stava indubbiamente spostando nella loro direzione.

Misero via le proprie cose e scattarono giù per lo stretto sentiero che si allontanava dal punto di osservazione. Camminando in fila indiana, mantennero un ritmo costante, il vento che le sospingeva alle spalle. Dopo un po', Thea si fermò e fece una rapida conta. Esaminò il gruppo di ragazze allineato dietro di lei. «Qualcuno ha visto Sabrina?», gridò.

«Era dietro di me», rispose Aradia.

«Credo che le facessero di nuovo male i piedi», disse Fenella.

«Forse si è fermata a riposare», suggerì Joy.

Thea digrignò i denti. «Be', avrebbe dovuto dirmelo. Andiamo. Dobbiamo andare a cercarla. Speriamo che non sia rimasta troppo indietro».

A quelle parole si levò un brusio. «Non possiamo aspettarla qui, signorina?», ma Thea fu irremovibile. «Non possiamo lasciarla indietro». *Non la figlia del rettore*, si disse, sentendo il freddo entrarle nelle ossa.

Quando presero a risalire la collina, la pioggia cominciò a cadere, all'inizio piano, ma ben presto a scrosci che le inzupparono da capo a piedi. Thea si maledisse per non aver insistito affinché tutte si portassero delle giacche impermeabili, nonostante l'ingombro che questo avrebbe significato.

Dopo aver proseguito per circa un chilometro, notò una porzione di felci appiattita; le secche fronde color ruggine su un lato del sentiero erano state calpestate. Il terreno scendeva ripido lì ed era fitto di alberi, ma Thea si fermò e osservò in basso. Là sotto scorse qualcosa di colorato in mezzo alla vegetazione bassa.

«Cosa c'è laggiù?», domandò, indicando il punto preciso, mentre le si stringeva lo stomaco. «È una borraccia dell'acqua?»

«Sì», replicò Fenella. «È quella di Sabrina».

23

Marzo 1769, Oxleigh

«Non c'è bisogno del dottore». Patrick Hollander era in piedi di fronte alla moglie e la guardava con curiosità, ma senza preoccupazione. Il respiro della signora, per quanto debole, era tornato regolare e le sue palpebre sfarfallavano come una falena in prossimità di una lampada. «Risparmiamoci questa spesa per il momento».

Sebbene di tanto in tanto la sua padrona avesse menzionato la questione soldi, era la prima volta che Rowan sentiva il signore mostrare la minima apprensione per le loro finanze. Forse la situazione era peggiore di quel che sembrava?

Patrick s'infilò la mano nella tasca del panciotto e ne estrasse una tabacchiera smaltata. Prese una piccola quantità di polvere bruno-giallastra e se la portò al naso prima di inalarla profondamente. «Magari Caroline è solo un po' sovraffaticata».

Rowan rimase sorpresa da quella noncuranza, e, a ogni modo, com'era possibile che la sua padrona fosse sovraffaticata? La donna si era appena alzata dal letto e le sue giornate consistevano nel leggere – di solito un libro di preghiere – accanto al fuoco, suonare il pianoforte e prendere il tè con le amiche. Ma Rowan sapeva bene qual era il suo ruolo lì dentro e tenne a freno la lingua, temendo di venire rimproverata o peggio. Forse per Caroline non era insolito svenire, anche se nei mesi in cui aveva lavorato in casa del mercante non le era mai capitato di assistere a un episodio simile. «Vado a prendere dell'acqua», disse, desiderosa di fare qualcosa al posto che starsene lì impalata. Quando uscì dalla stanza, scorse Alice, che era pallida quanto la sua signora, e intercettò uno sguardo tra il signor Hollander e la domestica di sua moglie.

Quando tornò con l'acqua, la padrona aveva ripreso i sensi, gli occhi erano aperti e un po' di colore era riapparso sulle sue gote. «Potreste aiutarmi a mettermi seduta?», chiese Caroline. Alice la sollevò, mentre Rowan le posizionava dei cuscini dietro la schiena per farla stare più comoda. «Ho qui una cosa». Frugò nella tasca della gonna e tirò fuori una graziosa scatolina d'argento, ne fece scattare l'apertura e inalò. Rowan aveva già visto un oggetto simile, una volta che la signora del maniero era giunta dal sentiero tra le abitazioni di Inkpen sopraffatta dall'odore di sterco. Quando più tardi aveva chiesto cosa ci fosse stato dentro, sua madre le aveva detto contenere una piccola spugna imbevuta di aceto. Nonostante le lacrime agli occhi e la smorfia quando la sua padrona l'aveva inalata, la sostanza sembrò averla fatta riprendere un po'.

«Mi sento leggermente meglio», disse Caroline. «Confesso che prima non mi andava molto di fare colazione, ma forse adesso potrei mangiare un po' di pane».

«Certo», disse Rowan, togliendole di mano la scatola d'argento e posandola sul tavolo vicino. Era sollevata di vedere che gli occhi della signora avessero perso quell'espressione vitrea e vuota che l'aveva tanto spaventata.

«Be', se non c'è nient'altro che possa fare», disse distrattamente Patrick. «Dovrei tornare in bottega».

Rowan si morse il labbro, perché voleva rispondergli che in realtà non aveva fatto *niente* per assistere sua moglie. Rammentò lo sguardo sul suo viso quella volta in cui lo aveva trovato per caso al combattimento dei galli, la stessa espressione di quando si era messo a buttare per terra i rotoli di stoffa del negozio, la discussione che aveva sentito di sfuggita… Nella sua testa ormai non c'era più alcun dubbio: quell'uomo era imprevedibile, a volte crudele, e avrebbe fatto bene a ricordarselo.

Quando Patrick uscì dalla stanza, Rowan si voltò e andò a chiudere la porta. «Siete sicura di stare abbastanza bene, adesso?», chiese. Poi, dal momento che Caroline non rispose: «State prendendo la bevanda medicinale, come vi ho consigliato?».

Caroline annuì e un'improvvisa consapevolezza le illuminò gli occhi. «Pensi che...», iniziò a dire.

«Dubito che possa aver già fatto effetto», replicò Rowan.

«Non avete il ciclo da qualche mese, ormai», disse piano Alice.

«Sì, ma non è mai stato regolare», rispose Caroline.

«Dovete riposare», disse Rowan. «Preparerò un tonico, per rafforzare il sangue. Forse dovreste tornare a letto, dopo aver mangiato qualcosa», le suggerì.

«Certo», concordò Caroline. «Alice, va' ad assicurarti che sia pronto».

Rowan notò l'espressione sul volto di Alice, mentre la sua padrona le impartiva gli ordini. Un lampo di disprezzo, o forse era invidia?

Aveva la sensazione che Alice puntasse a una vita di gran lunga più grandiosa di quella di una domestica. Una volta, mentre Caroline era a Salisbury, aveva visto di sfuggita Alice davanti allo specchio in camera della signora. Si era messa uno dei suoi più sontuosi abiti di seta. In quella occasione, Rowan non aveva detto niente, del resto non poteva certo biasimarla: non aveva sognato anche lei di provare la sensazione di quella delicata stoffa sulla sua pelle?

La signora trascorse diversi giorni distesa a letto e Prudence preparò ogni mattina la colazione che Rowan o Alice le portavano su un vassoio salendo parecchie rampe di scale dalla cucina. Rowan rimaneva sempre in silenzio, mentre la donna si lamentava del pane freddo e della cioccolata amara.

Una mattina, mentre Rowan portava gli avanzi in cucina attraverso le scale sul retro, per poco non si scontrò con Alice. La domestica si allontanò, una mano sulla bocca. Rowan si era fermata giusto in tempo, e la osservò mentre si precipitava fuori dalla porta. Incuriosita, la seguì, e la vide in preda ai conati di vomito vicina al canale di scolo lungo il lato del giardino.

«Stai male?», le chiese Rowan una volta finito di vomitare.

Alice si raddrizzò e si pulì la bocca con il dorso della mano. «Deve essere stato qualcosa che ho mangiato», replicò, un'espressione accigliata sul suo volto. «Non disturbarti. Non è nulla».

Avevano mangiato le stesse cose la sera precedente – lingua fredda e pane d'orzo, mandando giù il tutto con un po' di birra – eppure Rowan non si era sentita male. «Sei sicura?», le domandò scrutandole la faccia, che notò essere pallida, proprio come quella della sua padrona prima che svenisse.

Alice si portò involontariamente la mano sulla pancia e non osò guardare Rowan negli occhi.

In quell'istante, Rowan capì subito di cosa si trattasse, senza che nessuno glielo dicesse.

«Chi è stato?», le chiese a voce bassa. «Non il padrone, voglio sperare».

Alice scosse energicamente la testa. «Tommy Dean», rispose, un'espressione scaltra sul bel volto.

Il cuore di Rowan mancò qualche battito. Si erano scambiati solo un bacio, ma lei si era già affezionata molto al garzone del macellaio, si era persino immaginata – con un volo della fantasia – un futuro insieme a lui. Lo aveva ritenuto un ragazzo bravo e gentile e pensava che a lei ci tenesse. Aveva cambiato così in fretta i propri interessi? Il fatto che adesso questi fossero rivolti ad Alice le toglieva completamente il fiato.

«Dimmi perché dovrei crederti», le chiese. «Vuoi ferirmi così tanto?»

«Credimi quando dico che non ha niente a che fare con te», rispose Alice.

Rowan non sapeva dire esattamente il perché, ma qualcosa nella voce di Alice la fece raggelare dentro.

«Devo andare a Bath», dichiarò Patrick una settimana dopo, sedendosi con sua moglie a fare colazione. «Perché sono convinto che i tempi siano maturi per incrementare i nostri affari. Credo che ci sia un crescente bisogno di mercanti di fine seta in città. L'abbiamo visto con i nostri stessi occhi l'ultima volta che ci siamo stati, no?».

Rowan, che era entrata nella stanza con un bricco di cioccolata per la signora, dette l'impressione, come del resto era richiesto, di essere incurante della loro conversazione, sparendo sullo sfondo, anche se in verità rimase ad ascoltare attentamente tutto ciò che veniva detto, affamata di informazioni di qualunque tipo.

Le parve di capire che le finanze del signor Hollander stessero subendo un declino e sgorgassero via come il rigagnolo in fondo al giardino: a volte in piena, altre goccia dopo goccia. Ipotizzò che fosse così che andassero gli affari. In effetti, nel suo villaggio avevano passato dei momenti molto simili, stagioni buone e cattive, abbondanza e scarsità. Aveva imparato a vivere nell'incertezza, ma non poté fare a meno di interessarsi al patrimonio dei propri datori di lavoro, perché senz'altro era una questione che riguardava anche lei. Si sentiva ancora turbata dalle affermazioni di Alice, ma non era riuscita a trovare Tommy da nessuna parte, per chiedergli direttamente la verità. Era tornata più e più volte al fiume, ma lui non c'era, e la sua assenza non fece altro che avvalorare le parole di Alice.

«Non ho dubbi che la tua osservazione sia giusta», disse Caroline, prendendo un sorso di cioccolata. «Spero solo che tutti questi sforzi non finiscano per consumarti, marito caro».

Patrick rise, come se la moglie avesse appena fatto una buona battuta. «Non agitarti, soprattutto per le complicazioni del commercio. Una moglie non dovrebbe caricarsi di un simile fardello».

«Non sono una sempliciotta, marito», replicò lei.

«Certo che no, ma sarebbe meglio che tu ti riempissi la testa di questioni che riguardano la casa, lo sviluppo della nostra famiglia».

«Starai via a lungo?», gli domandò.

«Non più di un mese, credo», rispose lui. «Devo fare in modo di affittare una proprietà a Westgate. A ogni modo, spero di non lasciarti sola per troppo tempo, viste le tue condizioni». Posò una mano su quella della moglie e la guardò con affetto, era la prima volta in molti mesi che Rowan lo vedeva rivolgerle uno sguardo del genere.

Era confermato, allora. Il fatto che fosse passato così poco tempo da quando le aveva dato la bevanda medicinale la portò a credere che il seme dovesse essere già stato piantato prima della partenza della sua padrona.

Perciò Rowan non ritenne di doversi stupire nel vedere il suo signore trattare la moglie in un modo piuttosto diverso dal solito, adesso. Era molto più premuroso, le parlava con una rinnovata gentilezza e riverenza.

Mentre controllava la tavola per vedere se dovesse servire altro cibo, nella sua testa cominciò a prendere forma un'idea. Avrebbe potuto approfittare dell'assenza del padrone per partire a sua volta? Per tornare a Inkpen dai suoi fratelli, anche se solo per qualche giorno? Le mancavano da morire, e si chiedeva spesso se stessero bene, se Albie godesse di buona salute, se Will stesse aiutando lo zio, se Joseph ed Elias fossero diventati meno dispettosi. Poteva essere successa qualsiasi cosa durante i mesi in cui non c'era stata e il non poterli vedere, il non sentirli vicino la consumava. La loro compagnia sarebbe stata senz'altro un balsamo per il suo cuore ferito.

Quando Rowan incrociò Patrick nel pomeriggio gli rivolse

la fatidica domanda: «La signora accennava al fatto che sarei potuta andare presto a trovare la mia famiglia», disse. «Credo che dovesse parlarvene».

«Non l'ha fatto. Comunque, non sono molto convinto di poter fare a meno di te». Patrick Hollander fu sbrigativo. «Con Alice che non sta bene, la signora potrebbe aver bisogno di te».

Era vero che di recente Alice era rimasta confinata a letto, e persino quel giorno Rowan si stava occupando di entrambi i suoi datori di lavoro, andando su e giù così tante volte per le ripide scale sul retro della casa da avere i capogiri. Tenne a freno la lingua, frustrata di non poter controbattere, e che non avesse altra scelta che accettare gli ordini del padrone. La sua natura disponibile per una volta l'abbandonò: in quel momento, disprezzava con tutto il cuore il proprio padrone, e persino di più Alice.

24

Presente

«Non crede di dovermi spiegare come sia possibile che mia figlia sia finita giù per uno strapiombo questo pomeriggio, signorina Rust?». La voce del rettore era calma, ma Thea ne percepiva tutta la freddezza.

«Me ne assumo tutta la responsabilità. Era sotto la mia tutela e ho fallito nel tenerla al sicuro. Si è separata dal resto del gruppo ed è scivolata in una zona scoscesa del bosco». Non aveva senso cercare delle scuse. Lei e Fenella avevano ridisceso il ripido pendio, trovando Sabrina rannicchiata per terra, poi l'avevano aiutata a camminare e a raggiungere le altre ragazze. Si era fatta dei tagli e dei lividi e aveva una caviglia dolorante, ma apparentemente non aveva riportato ferite gravi. Era pallida e scossa, ma con l'aiuto di due compagne, era riuscita a percorrere il rimanente tratto nel bosco. Tornate a Oxleigh, Thea aveva accompagnato le ragazze al dormitorio ed era corsa all'alloggio del preside per informarlo dell'accaduto.

«Capisco», disse lui, formando un ponte con le dita delle mani. «Devo dire che – lasciando perdere il fatto che si sia trattato di mia figlia – la sua supervisione delle ragazze è stata disattenta. Qualcuno potrebbe argomentare che sia stata negligente, signorina Rust. Poiché tale cosa è successa, per non parlare del fatto che le ragazze sono qui da appena una settimana… dovrò pensare bene se sia necessario prendere dei provvedimenti più seri». L'uomo la scrutò da sopra gli occhiali. «Per ora, forse è meglio che vada ad asciugarsi. Deve essersi indubbiamente spaventata molto». C'era un briciolo di gentilezza nella sua voce, adesso.

Quando Thea tornò alla Casa della Seta, andò direttamente in bagno e si tolse i vestiti bagnati, tremando per il freddo finché non s'infilò sotto il getto bollente della doccia. Fu solo più tardi, quando si recò nel suo studio per prendere degli elaborati, che notò di nuovo dei mucchietti di terra sul pavimento. Aveva lasciato gli scarponi da escursione nel guardaroba sul retro della casa – come tutte le altre – perciò non poteva essere stata lei a sporcare. Quindi da dove venivano? Si inginocchiò per guardare più da vicino. Lo sporco sembrava originarsi dalle giunture delle assi del pavimento, dove c'era un leggero spazio vuoto. Pungolò il legno, individuando un punto più morbido in cui questo si sgretolò per la pressione esercitata. Si alzò in piedi e si guardò intorno in cerca di qualcosa per sollevare le tavole, quando lo sguardo le cadde sulla libreria. Mancava qualcosa.

La scatola di latta. Quella che si era portata da Melbourne.

Era sullo scaffale dello studio quando era uscita quella mattina.

Perlustrò in modo frenetico la stanza, gli occhi che vagavano su e giù per la libreria e poi sulla scrivania.

Ah. Eccola lì. Era sicura di non averla spostata, e nessuno era entrato a pulire, di certo non di domenica. Lasciò perdere le assi del pavimento e andò alla scrivania, accarezzando il tappo della scatola, come per rassicurarsi del fatto che fosse ancora lì.

La doccia calda stava esaurendo in fretta il suo effetto, così tornò in camera da letto, si buttò sotto il piumone e chiuse gli occhi, promettendosi qualche minuto di riposo. Si addormentò in pochi minuti e sognò di trovarsi nello spiazzo della foresta, seduta al centro dei faggi. I rami erano sottili e sinuosi, e la toccavano impigliandosi alla sua maglietta, graffiandole le braccia, solo che non riusciva ad allontanarsi, era immobile come una statua...

Il vivace e metallico suono delle trombe s'insinuò bruscamente nel sogno di Thea, svegliandola di soprassalto. Non aveva idea di chi avesse impostato la sveglia – o se molto probabilmente la musica venisse generata in modo casuale – ma apprezzava i violini e il flauto molto più delle trombe. La stanza era buia e cercò a tastoni il cellulare, vedendo a malapena i numeri sullo schermo. Le otto e trenta. Per un momento non capì se fosse mattina o sera. Rimase distesa nel letto, in ascolto del rumore dei passi sulle scale, degli scorci di conversazione, e immaginò che fosse ora di cena. Cercò un paio di scarpe e se le infilò ai piedi prima di uscire e raggiungere le ragazze.

La sala era calda, ma Thea non riusciva a smettere di tremare. Si guardò attorno per controllare se le altre manifestassero una reazione simile alla sua, ma le studentesse sembravano tutte energiche e vivaci mentre chiacchieravano. Tutte le loro attenzioni erano rivolte a Sabrina e si prendevano cura di lei, aiutandola ad appoggiare la caviglia su un cuscino.

«Lei non sta bene», disse madama Hicks finita la cena e sgombrata la sala.

«Un'infreddatura. Davvero, non è niente», protestò Thea, sebbene la sua fronte fosse imperlata di sudore e la gola le facesse male a inghiottire.

Madama Hicks tirò fuori un piccolo sacchetto di carta e glielo porse. «Metta in infusione un cucchiaino di questo in acqua calda e aggiunga del miele e del limone. Lo beva tutto».

«È molto premuroso da parte sua». Thea fu commossa dalla gentilezza della donna. «Madama Hicks...».

«Sì?»

«Volevo dirglielo prima, ho notato che spesso nel mio studio ci sono dei mucchietti di sporco sul pavimento. Temo che possa trattarsi di termiti».

«Forse è meglio parlarne con il custode. Così può organizzare un sopralluogo», rispose seccamente.

«D'accordo». Si sforzò di sorridere. Di certo poteva occuparsene direttamente lei, no? Sebbene l'anziana signora conoscesse molto meglio di lei i protocolli della scuola, Thea lasciò perdere.

«E il pollice come va?»

«Oh», disse sorpresa, sollevandolo per controllare. «Me ne ero completamente dimenticata. È guarito del tutto».

«Bene», rispose madama Hicks. «Dobbiamo accertarci che lei stia bene. Anche un paio di aspirine non sarebbero una cattiva idea».

A quanto pareva la signora non era solo propensa ai rimedi naturali. Ma cosa intendeva con il doversi assicurare che Thea stesse bene? Se lo avesse detto riferendosi a una delle ragazze avrebbe potuto capirlo, ma a lei?

Thea portò il sacchetto di carta in cucina e prese una tazza, dopodiché accese il bollitore. Il personale aveva finito di pulire e c'era rimasta un'inserviente, intenta a detergere i banconi. Thea la riconobbe come la donna del tatuaggio; in effetti lo vide di nuovo all'interno del suo polso, quando si avvicinò per lavare la superficie accanto a lei.

«Non ci siamo presentate adeguatamente», disse Thea, porgendole la mano.

La donna rimase sbigottita, come se la sorprendesse il fatto che le venisse rivolta la parola. «Moira», rispose questa.

«Le dispiace se le chiedo perché se lo è fatto?». Thea le indicò il polso.

«Si dice protegga dal male», disse alzando le spalle.

Il bollitore suonò indicando che era pronto e interrompendo la conversazione, così la donna si allontanò. A Thea scoppiava la testa per la febbre ed era troppo stanca per riflettere sulla questione. Per il momento, almeno. Salì barcollando le scale, poi bevve l'infuso facendo delle smorfie per il sapore amaro. Alcuni minuti più tardi, si addormentò profondamente.

Una donna era seduta ai piedi del letto di Thea, si inanellava i boccoli corvini sfuggiti dal cappuccio della mantella. Gli occhi erano scuri come delle violette. Thea voleva muoversi, ma era come se un peso le schiacciasse il petto e per quanto ci provasse, non ci riusciva.

«Eh?», sussurrò alla fine, il respiro affannato. «Non è reale. Non è reale», continuava a ripetersi. «È tutto nella tua testa». Ma un'inquietante paura la travolse, premendola contro il materasso. Ebbe la netta sensazione che quella donna non la volesse lì.

Scattò un suono acuto e Thea si svegliò di soprassalto. Sbatté le palpebre e guardò in fondo al letto, ma la donna era sparita. La polvere che madama Hicks le aveva dato; era stata quella a farle fare quel sogno bizzarro? Qualunque cosa ci fosse stata dentro aveva senz'altro funzionato contro il suo raffreddore – si sentiva molto meglio e persino il mal di gola si era attenuato. Chiuse di nuovo gli occhi. Era così stanca…

Qualche attimo dopo le luci della stanza si accesero e si spensero subito e il suono acuto continuava incessante, sempre più forte. Doveva trattarsi dell'allarme antincendio, perché non poteva esserci altra ragione per quel chiasso infernale. Allungando la mano cercò gli occhiali, barcollò fuori dal letto e si portò in corridoio, dove trovò Fenella, un piccolo volto bianco illuminato dal bagliore della sua torcia. «Va tutto bene, Fen, va tutto bene», le disse, cercando di mantenere un tono di voce più calmo possibile. «È solo un'esercitazione, perciò dobbiamo uscire tutte di casa. Il punto di raccolta è per strada, due porte più in là, all'esterno del Lamb & Flag».

Fenella annuì, stringendosi nella vestaglia e cercando in fretta le ciabatte mentre Thea l'aspettava.

Scesero le scale insieme e Thea guidò Fenella in direzione del piano terra, prima di percorrere il corridoio per assicurarsi che le altre ragazze fossero sveglie.

L'allarme stava ancora suonando senza sosta.

Tutte le studentesse adesso dovevano essersi svegliate per il forte baccano, e quando fu certa che fossero tutte al sicuro fuori, Thea si affrettò ad andare loro incontro. Raggiunta la porta d'ingresso della casa, si rese conto di non aver visto madama Hicks. Corse sul retro e bussò alla sua camera, ma non ricevette risposta. Girò il pomello, chiamandola. Alla fine, aprì la stanza e vi sbirciò dentro. Era tutto buio, ma riusciva a vedere il letto. Era vuoto. E intonso. Non c'era tempo per arrabbiarsi per il fatto che la donna non fosse rimasta a garantire l'incolumità delle ragazze.

Quando Thea uscì in strada, notò le luci accese in diverse abitazioni vicine. Si udì una sirena e si voltò verso la casa. Non c'era traccia di incendio, niente odore di fumo. Vide madama Hicks in piedi dietro al gruppo di ragazze e la salutò con la mano, ma la donna non sembrò averla vista.

Dopo aver calmato le ragazze ed essersi accertata che fossero tutte fuori, Thea andò a parlare con i pompieri, che erano scesi dal camion e avevano iniziato a investigare. «È saltata la corrente elettrica», disse uno di loro. «Un sovraccarico e un calo di tensione improvvisi devono aver fatto scattare l'allarme».

«È saltata solo nella casa, non nella strada?», chiese Thea.

«Sembrerebbe così».

«I fusibili non hanno nulla di strano», disse un altro. «Ma fareste meglio a chiamare un elettricista in mattinata».

Thea annuì e notò che l'alba aveva appena cominciato a rischiarare il cielo.

«Comunque è sicuro tornare dentro», aggiunse.

«Grazie. Andiamo, ragazze», disse lei, guidando le studentesse nell'abitazione. «Non credo che nessuna di noi riuscirà a tornare a dormire dopo tutto questo trambusto, ma almeno potrete riposare fino all'ora di colazione».

Mentre oltrepassava la porta in coda alle ragazze, la testa le vorticava di pensieri. Impianto elettrico inaffidabile, porte che si aprivano da sole e una probabile infestazione di termiti, per non parlare dello strano sogno: Thea cominciò a preoccuparsi che ci fosse qualcosa di molto strano in quella casa.

25

Presente

«Un cappuccino per favore. Molto forte». Thea aveva bisogno di qualcosa per svegliarsi dopo la notte di sonno interrotto. La corrente non era ancora stata ripristinata e aveva fatto in modo che le ragazze facessero colazione in uno dei dormitori maschili prima di recarsi a scuola. Aveva invitato madama Hicks a unirsi a lei al bar vicino casa, ma l'anziana signora aveva declinato l'invito, con la scusa che avrebbe aspettato l'elettricista. «Sa com'è. Appena ti assenti, arriva».

Thea aveva cercato di convincerla che l'elettricista aveva il suo numero e che avrebbero potuto rincasare in un minuto, ma la signora non si era lasciata persuadere, e come al solito la sua espressione non invitava a insistere. Né era disposta a sollevare con lei la questione dell'abbandono della casa prima delle studentesse durante il falso allarme della notte. L'ultima cosa di cui aveva bisogno era fare un passo falso con lei; il rettore si era già convinto che fosse un'incompetente, e necessitava di più alleati possibile.

Cercando il portafoglio nella borsa per pagare la colazione, le dita di Thea sfiorarono qualcosa di morbido. Lo tirò fuori, fissandolo confusa mentre si rendeva conto essere il pezzo di stoffa che aveva trovato all'interno del libro nella biblioteca scolastica. Come diamine ci era finito, nella sua borsa? Arrossì di vergogna al pensiero di averlo sottratto, seppur involontariamente.

Lo strinse, guardandosi in giro con fare furtivo per assicurarsi che nessuno l'avesse vista, anche se gli altri clienti del bar – due signore attempate, una delle quali stava dando da mangiare un muffin a un volpino in parte nascosto in una borsa – non stavano prestando la minima attenzione a lei. Ripiegò la stoffa e la infilò tra le pagine di un quaderno, il modo migliore che le venne in mente per tenerla al sicuro, promettendosi di tornare in libreria quanto prima.

Dopo aver pagato, uscì dal bar, dette un'occhiata all'orologio e vedendo l'ora affrettò il passo. Le lezioni sarebbero iniziate nel giro di quindici minuti e prima doveva fare un'altra cosa. Stringendo la borsa, cominciò a correre.

Si portò all'ingresso principale della scuola e trovò il custode intento a guardare accigliato un foglio sulla propria scrivania. Dovette dare un colpo di tosse per attirare la sua attenzione, anche se era certa che l'avesse sentita arrivare. «Signor Battle, ha un momento?», gli chiese.

«Un momento? Credo di poterglielo riservare, signorina Rust». La sua voce era intrisa di acidità.

«Sarà senz'altro al corrente dell'allarme antincendio scattato stanotte alla Casa della Seta», disse. «Un elettricista sta andando a verificare».

«Certo, signorina Rust».

«Be', c'è un altro problema, e madama Hicks mi ha suggerito di parlarne con lei. Il pavimento del mio studio è ricoperto di mucchietti di terra. Li tolgo e ricompaiono. Continua così da quando sono arrivata. Non so se sia necessario chiamare la disinfestazione o un ingegnere strutturista».

«Capisco. È sicura che non si tratti semplicemente di fango proveniente dalle sue scarpe?».

Lei lo guardò con ostinazione.

«Be', un ingegnere strutturista mi sembra un po' eccessivo, non crede?»

«Non lo so; lei crede?». Thea mantenne la propria posizione.

«Molto bene». L'uomo sospirò pesantemente. «Farò fare un'ispezione».

«Grazie, signor Battle». Era un inizio.

«Del resto non ho nulla di meglio da fare».

Thea si rifiutò di reagire a quella battuta di scherno, lasciandosi scivolare addosso il sarcasmo dell'uomo. Concordarono un appuntamento al dormitorio femminile più tardi in giornata.

Mentre si recava in classe, Thea trovò l'indirizzo dell'archivio storico locale e calcolò di avere abbastanza tempo dopo pranzo e prima dell'appuntamento con il signor Battle per passare un paio d'ore là a cercare di scoprire qualcosa sulla storia della casa. Voleva anche fare delle ricerche sulle sorelle Handsel e vedere se esistessero altre vicende di stregoneria locale che potessero collegarsi alla loro. Compose il numero dell'ufficio e dette a Helen, la donna che rispose al telefono, alcuni brevi dettagli sull'area d'interesse della sua ricerca.

Prima di pranzo, Thea s'infilò nella sala insegnanti per recuperare le chiavi della macchina di Claire; le trovò nel suo armadietto insieme a un biglietto con le indicazioni su dove fosse parcheggiata l'auto. Salutò alcuni professori che aveva iniziato a riconoscere e tirò un sospiro di sollievo quando vide che Gareth Pope non era nei paraggi.

Arrivò nel parcheggio dell'archivio storico quando le campane della chiesa batterono mezzogiorno. Venne accolta calorosamente da Helen quando si presentò. «Ho recuperato tutto ciò che abbiamo sulla casa», le disse. «Ci sono diverse cartelle». Gli occhi della donna si illuminarono e Thea sentì crescere dentro di sé un certo entusiasmo. Era ansiosa di sapere cosa fosse accaduto tra quelle mura, voleva sapere di più sull'uomo che aveva avuto l'intuizione di costruirla e le famiglie che vi avevano vissuto nei secoli.

Helen le chiese la borsa. «Non è concesso portare niente all'interno, se non carta e penna», le spiegò, afferrandola e consegnandole il materiale per prendere appunti. La donna accompagnò Thea in una piccola stanza con un ampio tavolo e una sedia da ufficio. Gli unici oggetti sulla scrivania erano dei piccoli pouf rivestiti di seta bianca. Helen le passò un paio di guanti di cotone chiaro. «Alcuni materiali sono piuttosto fragili», le disse. «Potrebbero rovinarsi con il sebo della pelle».

«Certo», rispose Thea. «Grazie».

«Torno tra un attimo». L'impiegata uscì dalla stanza e tornò qualche minuto dopo con diverse cartelle straripanti di fogli protocollo e un tubo di cartone.

«Nel tubo c'è una copia delle planimetrie della casa», disse, posando i raccoglitori sul tavolo. «Non erano inserite tra il materiale dell'archivio, ma ho avuto un'intuizione e sono riuscita a scovarle tra un mucchio di altre piantine delle case lungo la strada principale».

Thea spalancò gli occhi. Era molto più di quanto si fosse aspettata.

«Le ho tirate fuori apposta per lei». La donna aprì l'estremità del tubo e ne estrasse delicatamente la carta all'interno, schiacciandone i bordi arrotolati con i fermacarte a forma di pouf sul tavolo. «Mi sono permessa di fare qualche piccola ricerca preliminare», disse. «All'epoca era una delle residenze più grandi della città. Commissionata da Thomas Bayly e completata nel 1763. Era un proprietario terriero del posto, credo. Si trattò di un regalo di matrimonio per la figlia, Caroline, e il suo nuovo marito. Be', più per il marito in realtà, perché al tempo alle donne non era concesso possedere degli immobili».

Si udì suonare il campanello alla reception.

«La lascio sola». Thea percepì una certa riluttanza nella voce di Helen, mentre si apprestava ad andare a vedere chi avesse suonato.

Thea si sporse in avanti e studiò il foglio davanti a lei. Sarà stata anche una copia, ma sembrava antica quasi quanto l'originale, ingiallita com'era e macchiata dal tempo. L'inchiostro era sbiadito e virava al seppia chiaro e la scrittura era pomposa e incomprensibile, ma si riuscivano comunque a distinguere i diversi piani, ognuno dei quali era stato disegnato separatamente. Individuò la cucina, il salotto, che adesso era adibito a sala da pranzo per le ragazze. Notò che la stanza di madama Hicks un tempo era stata il retrocucina. E poi c'era una bottega al piano terra, ora convertita a sala. Vi era disegnata la stretta scala sul retro che portava dalla cucina al solaio – usata dalla servitù, come le aveva già spiegato madama Hicks.

Al secondo piano erano collocate una serie di grandi stanze, e immaginò che in seguito fossero state divise nelle camere da letto più piccole e nei bagni di adesso.

Al piano attico c'era la stanza di Fenella e quella di Thea, e poi un'altra stanza che ipotizzò essere il suo studio. Osservò la pianta più da vicino e notò un'altra porta che conduceva a quella che sembrava una cabina armadio. Se Thea non si sbagliava, era nel punto in cui aveva sentito cedere il muro quando vi si era appoggiata. Ma perché era stato bloccato l'accesso a quello spazio?

Le piantine mostravano i giardini, incluso uno schizzo di quello alla francese a forma di pentacolo. Il pentacolo, lo sapeva bene, era un simbolo legato alla stregoneria, che si presumeva venisse utilizzato nell'evocazione magica, per predire il futuro, o fare presa sul diavolo, anche se veniva spesso associato all'elemento della terra. Quindi, era là sin dall'inizio. Sentì lo stomaco contorcersi; il suo istinto le diceva che ciò fosse significativo, sebbene ancora non capisse esattamente come.

Thea aveva tenuto in tasca il cellulare in modalità silenziosa e adesso lo tirò fuori per scattare di nascosto un paio di foto alle planimetrie prima di proseguire con le cartelle che l'archivista le aveva lasciato sul tavolo. Controllò l'orologio mentre apriva la prima pagina. Le dodici e trenta. Ancora un'ora a disposizione.

La prima cartella mostrava dei manufatti più recenti: inserzioni pubblicitarie di quotidiani risalenti a qualche decennio prima che riguardavano l'Hotel Casa della Seta, il manifesto di un ballo che si era tenuto là, un atto di vendita. L'elenco di un'agenzia immobiliare locale che annoverava la costruzione tra gli "edifici di interesse storico e culturale di Grado II". C'era un servizio degli anni Ottanta con delle foto a colori sbiadite che mostravano una grande stanza allestita per la cena e una camera da letto decorata con tende a festoni. Riconobbe a stento quel posto.

Poi, una stampa in bianco e nero dell'esterno, datata 1931. Mostrava l'odierno profilo del tetto a timpano e l'ampia porta d'ingresso. Per quanto riguardava la facciata esterna, era cambiato poco negli ultimi ottant'anni.

Sfogliando la prima cartella, notò che nel secolo precedente non erano accadute molte cose degne di nota alla casa. Ma del resto a lei interessava andare ancora più indietro, sebbene fosse consapevole che probabilmente avrebbe trovato molto meno materiale relativo alla casa nelle epoche meno recenti.

Thea sentì bussare alla porta ed Helen infilò la testa nella stanza. «Ha tutto quello che le serve?».

Thea annuì, cosciente del tempo che stava scorrendo veloce e del fatto che gliene servisse parecchio per finire di guardare tutto.

Helen la lasciò di nuovo in pace e Thea aprì il secondo raccoglitore. Sembrava promettere più del primo. Ma andava comunque molto a rilento, dal momento che presentava delle pagine scritte a mano di un libro mastro, lettere, e, continuando a sfogliare, un pezzetto di stoffa di cotone bianco. Esitò un attimo, dopodiché lo aprì. Dentro vi era una striscia di seta.

Il cuore le mancò un battito.

Era ricamato con la stessa fantasia di quello che aveva infilato nel quaderno. I colori erano più brillanti, la seta più candida, ma il motivo era identico. Scattò rapidamente una foto per poterlo comparare all'altro, che era ancora nascosto nella sua borsetta.

Dopodiché, la campana della chiesa rintoccò di nuovo. Doveva andare via subito, se voleva arrivare in tempo all'appuntamento con il signor Battle.

«Tutto qui?». Il custode si inginocchiò goffamente nel punto in cui Thea gli stava indicando. Nel tempo che era stata fuori casa i mucchietti si erano ingranditi, e adesso erano alti diversi centimetri. Il signor Battle aveva portato con sé un addetto alle disinfestazioni, un uomo alto e serio con una tuta da lavoro color cachi e un paio di occhiali protettivi.

«Che ne pensa, Jim?», gli chiese Battle.

L'uomo si chinò accanto a lui e raccolse del materiale, tastandolo tra il pollice e l'indice. «Mmm», disse. «È parecchio fine, quasi una polvere». Tornò a guardare Thea. «Improbabile che si tratti di roditori», disse, premendo il pavimento di legno con le mani in via del tutto sperimentale. «Sembra venire dagli interstizi delle assi».

«E accanto a questa parete», disse Thea. «Pensa che possano esserci degli insetti che scavano o qualcosa del genere sotto al pavimento?».

L'uomo si tirò su. «Qualunque cosa sia, non è muffa, e questa è una buona notizia. Sarà necessario ispezionare anche l'esterno della casa, e prelevare dei campioni». Tirò fuori un paio di contenitori cilindrici di plastica trasparente e vi inserì dentro la polvere del pavimento, prima di chiuderli ermeticamente. «L'ha notato solo in questo punto?», le chiese, scarabocchiando qualcosa su un paio di etichette e incollandole sui cilindri.

Thea annuì.

«Faremo dei test e l'avviseremo se si tratta di qualcosa di cui preoccuparsi. Potrebbe essere solo polvere, o fango delle scarpe? Magari il vento che filtra e la fa raccogliere in mucchietti».

Thea non reputò credibile quella spiegazione neanche per un secondo. «Ma i mucchietti si allargano», disse lei, frustrata di fronte all'apparente mancanza di preoccupazione dell'uomo. «E lascio quasi sempre le scarpe che uso all'esterno al piano di sotto».

«Sapete, l'ultima volta che ho visto una polvere del genere era al funerale di mio nonno», meditò Battle. «Ormai non è più usanza. Si fanno solo cremazioni e funzioni commemorative adesso, non c'è più rispetto per la tradizione».

«Eh?». Thea non aveva idea di cosa stesse farneticando.

«Cenere alla cenere, polvere alla polvere... sembra quasi la terra finissima che le talpe tirano su quando scavano; per tradizione veniva raccolta e usata ai funerali».

«Ma è impossibile in questo caso; siamo a tre piani da terra», disse Thea.

«Arriveremo al nocciolo della questione, non si preoccupi», disse l'ispettore per rassicurarla. «Con una bella spruzzata di prodotto risolveremo il problema, sempre che sia necessario. Ma non stia in ansia per la casa – resisterà più a lungo di noi». L'uomo scoppiò in una fragorosa risata che però non riuscì a placare le preoccupazioni crescenti di Thea.

Quando il signor Battle e l'addetto alle disinfestazioni se ne furono andati, Thea andò in cerca di qualcosa da bere. C'era un bollitore in un angolo della sala da pranzo, e prese una bustina di tè dal contenitore accanto, mentre aspettava che l'acqua si scaldasse. Quando versò l'acqua nella tazza, vide venire a galla dei puntini neri. Infastidita per aver rotto la bustina, la tirò fuori e ricominciò da capo, ma qualcosa che si muoveva attirò la sua attenzione. Guardò più da vicino. Le macchioline nere non erano le foglie del tè. Ma minuscoli insetti. Trasalì. *Puah*. Cos'era successo al tè?

Controllò. L'intero contenitore ne era pieno zeppo.

Thea non era particolarmente impressionabile, ma la vista di quell'ammasso di minuscoli insetti che si muovevano le fece rivoltare lo stomaco e le vennero i conati di vomito al pensiero che avrebbe potuto ingerirli involontariamente. Andando in cucina, gettò tutto nell'immondizia, chiedendosi se qualcuno non stesse facendo uno scherzo a lei e alle ragazze. *Oh, smettila di fare la paranoica*, si rimproverò, preparandosi una tazza di caffè. *Chi mai farebbe una cosa del genere?* Sapeva che le infestazioni erano una cosa comune, soprattutto nelle case vecchie, e che non fossero da interpretare come qualcosa di losco. Poteva solo sperare che un'adeguata fumigazione avrebbe debellato tutte le spiacevoli creature che popolavano quel posto.

Il caffè era caldo e forte e per fortuna privo di insetti, così si mise seduta a uno dei tavoli, la tazza a fianco, poi tirò fuori il pezzo di stoffa per compararlo con quello che aveva fotografato all'archivio storico.

Posò il tessuto sul piano del tavolo e scorse le fotografie sul telefono. Non c'era alcun dubbio: erano due scampoli della stessa stoffa. C'era persino un minuscolo intaglio sul suo pezzo che mancava su quello sullo schermo. Mise via il cellulare.

«Dove l'ha preso?».

Thea trasalì.

«Preso cosa?», domandò, sentendosi una stupida mentre si girava verso madama Hicks che era dietro di lei. A volte quella donna la faceva sentire una dodicenne sul punto di essere sgridata. E poi come riusciva a muoversi così piano ogni volta? *La prego, almeno tossisca prima di cogliermi di sorpresa*, avrebbe voluto dirle, ma non osò farlo.

Madama Hicks indicò il pezzo di stoffa, gli occhi accesi di curiosità.

«Ehm...». Thea decise di essere sincera. «A dire il vero, nella biblioteca della scuola».

Madama contrasse le labbra, come se stesse valutando se le stesse dicendo o meno la verità. «Atropa», disse tra sé e sé, allungando un dito nodoso e accarezzando delicatamente la stoffa.

«Eh?»

«Una pianta velenosa. Giusquiamo. O belladonna, come è più comunemente conosciuta. E questo è un ragno tessitore nero, o qualcosa di simile. *Amaurobius ferox*. Il piccolo divora la madre dopo la nascita», disse, un sorriso sulle labbra sottili.

«Carino». Thea rabbrividì.

«Cosa ci faceva nella biblioteca della scuola?»

«Non ne ho idea. Non volevo prenderlo, sul serio». Thea si vergognava come una studentessa beccata a mentire. «L'ho trovato tra le pagine di un libro. Un libro sulla storia di questa casa, per la precisione. Devo averlo inavvertitamente messo nella borsa insieme all'agenda e al quaderno, quando sono uscita. Pensa che possa essere un pezzo di stoffa venduta dal mercante che viveva qui? Potrebbe essere davvero così antico?»

«Potrebbe, anzi, è addirittura molto probabile», disse madama Hicks. «Le dispiace se lo prendo in prestito io?», le domandò.

Se lo immaginò, o Thea notò un lampo di avidità nel volto della donna?

«Ma non dovremmo restituirlo? Non ha un certo valore, se è quello che pensiamo?»

«Oh, non credo che si accorgeranno della mancanza di un minuscolo pezzo di stoffa, no? Non farà male a nessuno. Voglio solo tenerlo per un po'».

«Immagino sia così», rispose Thea. Era riluttante a darglielo, ma non le veniva in mente nessuna buona ragione per non farlo. E poi, avere madama Hicks dalla sua parte avrebbe potuto tornarle utile. «Ma cosa vorrebbe farci?». Si trattenne dal riferirle di aver trovato un pezzo della stessa stoffa nell'archivio storico locale.

«Mia madre era un'erborista. Mi ha lasciato le sue ricette, come credo di averle già detto. Adesso si trova in una casa di riposo, ha quasi novant'anni. Non c'è più un briciolo di avventura nella sua vita, ma credo che le farà piacere vedere questo».

Di fronte a una spiegazione del genere, Thea non poteva certo rifiutarsi.

26

Presente

Thea aveva dei problemi a dormire, si svegliava presto da quando si era trasferita nella Casa della Seta. A volte, qualche attimo prima di abbandonarsi all'inconscio, immaginava che la casa cercasse di parlarle, che gli scricchiolii e i brusii fossero molto più che semplici rumori di una vecchia abitazione che si assestava.

Per l'ennesima volta, i suoi occhi si aprirono e nel buio pesto l'unica cosa che riusciva a vedere erano le luci dell'odiosa sveglia. Ma non aveva ancora suonato. Era stato qualcos'altro a svegliarla, ne era sicura.

Sentì chiaramente un rumore. Era stato *quello* a svegliarla. Lo stridore di un mobile, poi una risata soffocata. Dette un'occhiata all'orologio al polso. Mezzanotte passata. Le ragazze dovevano dormire già da un pezzo. Poi udì lo stesso rumore per la terza volta. Rimase distesa nel letto per un momento, facendo finta di non aver sentito niente. Non aveva proprio voglia di abbandonare il tepore del letto per andare a investigare, ma sapeva di doverlo fare. Inoltre, se non lo avesse fatto non si sarebbe più addormentata, di questo era certa.

Infilandosi le ciabatte ai piedi e tremando mentre si metteva la vestaglia, afferrò gli occhiali, cercò il telefono e lo impostò nella modalità torcia. Aprì la porta, sbirciando nel corridoio. Altri rumori, e una flebile luce che filtrava da sotto la porta di Fenella. Ne era sorpresa, non se lo sarebbe mai aspettato da una ragazza tranquilla e studiosa come lei. Procedette per il corridoio in punta di piedi e restò in ascolto fuori dalla porta. Un'altra risatina; due voci diverse. Un grido sommesso.

La scena che si ritrovò davanti quando aprì la porta non era certo ciò che avrebbe voluto vedere – un gruppo di ragazze radunate attorno a un cerchio di lettere. Capì immediatamente quello che stavano combinando. Inalando il tanfo di igienizzante per mani (tutte le ragazze, nessuna esclusa, sembravano drogate di quella roba: le ricordava quando da adolescente aveva la stessa fissazione per l'appiccicoso lucidalabbra alla ciliegia), puntò la torcia su di loro. «Sul serio?», sbottò, mentre le studentesse cercarono in tutta fretta di coprire le lettere della tavoletta Ouija in mezzo a loro. «Una seduta spiritica? Avete la *minima* idea del guaio in cui vi siete cacciate?». Thea fu colta da una rabbia improvvisa e il tono della sua voce diventò più severo del necessario.

Le venne in mente un episodio, accaduto anni prima. Una gita a Sydney e la visita alla stazione di quarantena a Manly. Si trovava nel minuscolo bagno di una delle guardiole. Il terrore si era insinuato in lei sotto forma di brivido dietro la nuca, un improvviso bisogno di fuggire. Inciampando addosso alla gente, era corsa all'esterno, a prendere una boccata d'aria. Aveva capito che qualcosa di terribile, qualcosa di malvagio era accaduto in quella stanza. La casa dove si trovava adesso stava cominciando a darle una sensazione simile e a giocare un brutto scherzo ai suoi nervi.

«Oh Gesù», mormorò Morgan.

«Scusi, signorina», si giustificò Fenella.

«E pensare che avevo una buona opinione di tutte voi».

«Era solo per divertirci un po'», disse Sabrina.

«Non è certo né il momento né il posto giusto, non credete?». Le guardò male.

Aradia, che aveva coperto in tutta fretta la tavola con le lettere, iniziò a dire qualcosa, ma Thea la zittì con un gesto della mano. «Niente scuse. Voglio che torniate subito nelle vostre camere e filiate a letto. Se sentirò il minimo rumore prima di domattina, dovrete risponderne davanti al preside. Continueremo il discorso domani». Tenne la porta aperta e le quattro ragazze, che non dormivano in quella stanza, uscirono e scesero al piano di sotto, quasi inciampando tra loro nella fretta di andarsene.

La sera seguente, le ragazze coinvolte nella bravata stavano aspettando Thea in sala da pranzo. Quella mattina, prima di andare a scuola, Thea aveva chiesto loro di riunirsi là dopo cena, lasciando che si tormentassero tutto il giorno. Era consapevole che già quella fosse una punizione sufficiente e, sperava, anche un deterrente per evitare che l'episodio si ripetesse.

«Allora», disse. «Chi mi racconta cosa stavate facendo ieri notte?».

Le ragazze arrossirono, si agitarono e si misero a guardare le proprie mani, i piedi, il pavimento, tutto tranne che lei. Il silenzio continuò. Solo Fenella la stava guardando negli occhi.

Alla fine fu lei a parlare. «Stavamo solo facendo le stupide. Lo so che abbiamo sbagliato, ma onestamente era solo un gioco».

«Sì, signorina», aggiunse Sabrina. «Siamo così dispiaciute». Sembrava mortificata. O lo era davvero o era molto brava a recitare. Thea non sapeva ancora decidersi su quale delle due.

«Lo siamo davvero», aggiunse Morgan. «Ovviamente».

«Ovviamente», ribadì Fenella, e tutte le ragazze annuirono, mormorando di essere d'accordo con lei. «È solo che dopo quello che hanno detto i ragazzi… abbiamo pensato che potesse esserci uno…».

«Che cosa?»

«Uno spirito, signorina».

A Thea venne subito in mente il racconto di Claire sulla giovane donna che si diceva infestare la Casa della Seta, le visioni che lei stessa aveva avuto, la sensazione di disagio che sentiva crescere in lei – ma non avrebbe rivelato nulla di tutto questo alle ragazze. «Su, andiamo; siete tutte ragazze ragionevoli per capire che è un'assurdità, no? Probabilmente vi siete solo spaventate a morte», disse Thea, provando un improvviso moto di tenerezza per loro. «A giudicare dall'urlo di Joy».

«Quello è stato per Isis, signorina», disse Joy. «Credevo fosse un fantasma». Arrossì in volto.

«Be', non vi farò una ramanzina sull'importanza di dormire prima della scuola e del benessere generale. Ma vi dico questo: siete tutte ben consapevoli che vi hanno scelte qui per le vostre abilità e l'intelligenza, ma ciò non significa che non dobbiate lavorare sodo per ottenere dei risultati. Non ve la caverete solo con il vostro talento naturale. Lasciate perdere le sciocche distrazioni e non deludete voi stesse, ragazze», disse Thea, con un tono di voce più gentile.

Le studentesse erano evidentemente a disagio e Thea seppe che avevano capito ciò che stava cercando di dire loro. Erano ragazze coscienziose, non sarebbero state immatricolate nella scuola altrimenti, persino Sabrina, che aveva dimostrato di essere quella più propensa a oltrepassare il limite rispetto alle altre. «Sono sorpresa di dovervelo ricordare; in quanto prime alunne nella storia della scuola, dovrete dimostrare più di tutti gli altri alunni. Il minimo passo falso avrà delle conseguenze, al di là di quanto possa sembrare ingiusto». Le sue parole colpirono nel segno, a giudicare dalle espressioni piene di rimorso sui loro volti. «Non voglio sapere di chi è stata l'idea», aggiunse. «Perché per quanto mi riguarda siete tutte responsabili. Ma…». Fece una pausa, lasciando che assorbissero il peso delle sue parole. «Essendo il primo episodio di cattiva condotta, per stavolta, lascerò perdere». Le ragazze si guardarono tra loro sollevate. «Al prossimo errore, però, non avrò altra scelta che riferirlo al rettore».

«Sì, signorina», dissero in coro, il sollievo evidente sui loro volti. «Promesso».

«Inoltre non voglio che riferiate di tutto questo alle vostre compagne. Non voglio certo che qualcun'altra si faccia venire in mente stupide idee».

Annuirono tutte, adesso guardandola negli occhi.

Stava per congedarle, quando Fenella parlò. «C'è una cosa che non le abbiamo detto di ieri notte». Esitò un attimo. «È una cosa parecchio forte, signorina».

«Be', parla, allora», disse Thea.

«La tavola ha detto qualcosa. All'inizio ho pensato che si trattasse della parola *trust*, fiducia. Ma poi mi sono resa conto che era il suo nome – *T Rust*».

«*Letteralmente*», le fecero eco le altre.

Thea ignorò l'improvviso brivido che le corse lungo la schiena. «Be', penso che sarebbe meglio prendere questa informazione con le pinze, no?», disse bruscamente. «Chiunque di voi potrebbe aver manovrato le cose». Si rifiutava di accettare l'idea che ci fosse molto di più dietro a una marachella da ragazzine.

27

Aprile 1769, Londra

Quando le stoffe emersero dal telaio, Mary trattenne il fiato di fronte alla loro bellezza, poiché erano persino più belle di quando avesse immaginato. Era tornata nella casa della tessitrice nel giro di un paio di settimane, impaziente di vedere i progressi che aveva fatto Bridget.

La lucentezza della seta e i delicati colori rendevano i fiori sulla stoffa reali quasi quanto quelli che aveva raccolto e che l'avevano ispirata. Sullo sfondo, il tessuto nel telaio era di un verde chiaro, simile alle prime foglie primaverili di un salice. Il motivo che vi era stato ricamato sopra conteneva l'aquilegia, il fiordaliso e la licnide, la stellaria e la vitalba, e di tanto in tanto recava un bruco colto nell'atto di mangiucchiare una foglia, il rosso carapace di una coccinella sul petalo di un fiore, il corpo giallo e nero e le ali traslucide di un'ape intenta a raccogliere il polline.

«Non ho mai visto nulla di simile», disse Bridget. «Anche se devo ammettere che hai creato un disegno realistico. Ma gli insetti?». La donna rabbrividì. «Chi potrebbe mai desiderare di indossare un vestito o un panciotto con sopra quelle creature?».

Mary tenne per sé la propria opinione. «Grazie, Bridget. È senz'altro notevole il tessuto che ne è scaturito. Ti sono molto riconoscente per le tue doti e il tuo impegno».

La donna bofonchiò qualcosa e tornò curva sul telaio: «Torna tra una settimana; dovrei aver finito il lavoro».

Così congedata, Mary raccolse le proprie cose e tornò con riluttanza a casa. I giorni sarebbero passati lenti, poiché, sebbene dovesse lavorare a dei nuovi progetti, non avrebbe trovato la concentrazione giusta finché la stoffa non fosse stata pronta.

Quando vide il secondo tessuto, con ricamata la belladonna di cui si era perdutamente innamorata, rimase senza parole. Il viola di quel fiore e la digitale lentigginosa tessuta su un intenso sfondo color crema sembravano luccicare nonostante la luce fioca dell'abitazione. «La stoffa ideale da indossare al lume di migliaia di candele», disse Frances, quando Mary gliela mostrò più tardi, dato che aveva negoziato con Bridget, convincendola a farle ricamare il tessuto con del filo d'argento, che brillava ogni volta che catturava la luce proveniente dalla finestra.

«E vedi questo?», disse Mary, orgogliosa. Nascosto in un angolo c'era un minuscolo ragno tessitore – un suo personale scherzo – intento a tessere la sua tela d'argento.

Carino, ma letale. «Lo sapevi che nell'antico Egitto i ragni venivano associati alla dea Neith? Che erano considerati gli orditori del destino?».

Frances strizzò gli occhi. «Spero tu abbia ragione, sorella».

Mary si rifiutò di tollerare il minimo dubbio. Immaginò che una signora con un irriverente senso dell'umorismo e un'intelligenza sottile avrebbe potuto apprezzare un motivo così poco convenzionale e desiderare di indossarlo su un abito. Di certo, non ce ne sarebbe stato uno simile in tutta l'Inghilterra.

«Devo inviare un campione al signor Hollander con la prossima diligenza. Con il conto per la tessitura». Accarezzò entrambe le stoffe, incapace di distogliere lo sguardo. «Quale di queste due bellezze dovrei inviare per prima?»

«La belladonna», disse convinta Frances. «Perché mi inquieta averla qui».

Mary le rivolse un'occhiata perplessa. «Bridget O'Neill ha

detto una cosa simile quando sono andata a prendere la stoffa. Dice di avere avuto incubi quasi ogni notte dopo averci lavorato, di aver dormito a malapena. È per questo che lo ha terminato così presto – non vedeva l'ora di toglierselo di casa. Ma, quanto a te, non avrei mai creduto che fossi così superstiziosa, Frances».

«A dire il vero, non ti so spiegare perché, ma preferirei che tu inviassi quello per primo».

«Va bene, allora, è deciso». Mary lo racchiuse con cura in un pezzo di cotone grezzo e poi in diversi strati di carta marrone, legando il pacchetto con uno spago, dopo aver infilato dentro l'ammontare del lavoro.

«Speriamo che il pagamento sia imminente», disse Frances.

28

Presente

Il pomeriggio seguente, terminate le lezioni della giornata per lei, ma non per le ragazze, che erano ancora a scuola a svolgere i compiti per casa, Thea si sedette alla scrivania del suo studio. La casa era silenziosa, il personale di cucina non era ancora arrivato per preparare la cena e madama Hicks non si era vista da nessuna parte, sebbene sapesse essere da qualche parte lì in giro. Lavorò di continuo, scrivendo appunti e sfogliando le pagine dei libri di testo sparpagliati davanti a lei.

Le sue studentesse erano andate come un razzo con il primo argomento del programma, più in fretta di quanto avesse previsto, e doveva recuperare terreno se voleva stare un passo davanti a loro. Programmò di parlarne con il suo capo di dipartimento; non voleva che lavorassero così in fretta con il rischio di perdersi i dettagli e le sfumature dell'argomento trattato. Era elettrizzante insegnare a delle ragazzine così brillanti, anche se impegnativo.

Poi udì il suono distante di un pianoforte. Rimase in ascolto per un momento, cullata da quelle note, dopodiché le venne da chiedersi chi lo stesse suonando, dato che tutte le ragazze erano a scuola. Qualcosa di soffice le sfiorò le caviglie. Isis. Il gatto si attorcigliò alle sue gambe e Thea si piegò per arruffargli il pelo, fu ricompensata con un lamentoso miagolio. Thea si raddrizzò, ascoltò ancora, poi sentì una porta sbattere sul retro della casa. La musica si interruppe. Era il momento di fare una pausa, così scese le scale per andare a indagare.

«Ehilà», disse. «È lei, madama Hicks?».

Un singhiozzo soffocato o forse un colpo di tosse. Dei passi lenti. Un secco fruscio, come di canne al vento.

«Ehilà», ripeté, più forte di prima.

Madama Hicks emerse dall'ombra, il retro della gonna era impigliato a foglie e ramoscelli che si trascinava dietro.

«Va tutto bene?», le chiese Thea.

La donna si voltò verso di lei. «Morti», disse con tono piatto. «Tutti morti».

Un vento glaciale tirò da fuori entrando nel corridoio. «Cosa? Chi è morto?», le domandò.

«I pesci. I pesci rossi. Tutti quanti. Avvelenati».

«Ne è sicura? Magari è stata colpa del freddo?»

«Non sia sciocca. Sopravvivono persino se il laghetto è ghiacciato in superficie. No. Sono stati avvelenati. Vada a vedere».

Quando Thea arrivò al laghetto puntò la torcia del cellulare sull'acqua. Madama Hicks aveva ragione. I corpi rigonfi dei pesci galleggiavano, le pance bianche che luccicavano sotto la luce. Si inginocchiò. Faceva fatica a vedere, ma le sembrò che le branchie fossero di colore verde. Sembravano proprio essere stati avvelenati.

Poi qualcosa catturò la sua attenzione. Qualcosa di iridescente sotto il bagliore della torcia. Non dovette neanche avvicinarsi di più per capire di cosa si trattasse. Funghi fantasma. Come quelli che lei e le ragazze avevano visto nel bosco. Qualcuno li aveva utilizzati per avvelenare apposta i pesci? Mentre tornava in casa, illuminò il suolo del giardino con la torcia. Le piante erano appassite e marroni, persino il rosmarino. Appena due giorni prima, erano tutte dritte e lucenti, e le erbe invernali rigogliose.

«Anche le piante», disse Thea quando scorse madama Hicks

in attesa sulla soglia. «Persino il rosmarino. E quello è praticamente impossibile che muoia».

Madama Hicks era agitata, adesso, continuava a sfregarsi le mani. «Dica alle studentesse di non uscire là fuori, che per il momento è vietato. Non sappiamo se la situazione è nociva anche per l'uomo».

Chi mi avrebbe fatto una cosa simile? E perché? Si trattava di uno stupido scherzo commesso da una delle ragazze, o da qualche insegnante talmente spaventato dalla loro presenza da fare di tutto per intimorirle? Era collegato agli insetti nel contenitore del tè, ai mucchietti di polvere nello studio? C'era forse qualche sorta di veleno nella casa stessa? Quell'ultimo pensiero era ridicolo, ma più ci pensava e più Thea non riusciva a scrollarselo di dosso.

Sapeva di dover parlare del giardino e di quello che aveva scoperto lì madama Hicks alle ragazze, durante la cena. Non voleva allarmarle – Dio solo sapeva quanto potesse essere suggestionabile un gruppo di ragazzine adolescenti, soprattutto dopo la stupidaggine della tavoletta Ouija – ma erano abbastanza intelligenti da non farsi infinocchiare da delle scuse assurde sul perché fosse vietato loro l'accesso al giardino. La verità – o una versione edulcorata di essa, almeno – era il modo migliore di procedere.

Dopo che le inservienti ebbero portato lo spuntino serale in tavola – montagne di sandwich tostati e caraffe di latte – Thea batté le mani per richiamare il silenzio. Senza scendere nei dettagli, chiese alle ragazze di non utilizzare il giardino finché il laghetto non fosse stato svuotato. «A quanto pare è successo qualcosa che ha causato la morte dei pesci», disse. «Probabilmente, dietro ci sarà una spiegazione banale, ma finché non sappiamo di cosa si tratta, vi chiedo di non andarci».

Ci fu un borbottio di voci, certe preoccupate, altre indignate, molte che chiedevano di saperne di più.

«Signorina?». Joy aveva alzato la mano. «Non ci ho dato

molto peso lì per lì, ma dopo gli allenamenti di hockey della scorsa settimana ho sentito il signor Pope e il signor Battle parlare del fatto che noi ragazze non saremmo durate fino alla fine dell'anno. Il signor Battle ha detto che sarebbe rimasto sorpreso se fosse successo il contrario. Crede che possa avere qualcosa a che fare con questo? Che qualcuno stia cercando di spaventarci a morte?».

Thea sentì montare dentro di lei la rabbia. Qualunque fosse il loro personale pensiero, come osavano quegli uomini parlare di certe cose davanti agli alunni? «Assolutamente no, Joy». Fece del proprio meglio per mantenere la calma mentre rassicurava le ragazze. «Sono solo chiacchiere, e faremmo meglio a ignorarle, non credete?». Non esisteva proprio che avrebbe permesso a qualcuno di spaventare quelle ragazzine. Avevano lo stesso diritto dei ragazzi a stare lì.

«Sì, signorina».

Si levò un brusio e Thea alzò la mano per zittire tutte. «Per favore. Non c'è altro di cui discutere a questo punto. Finite di mangiare e poi sarete libere fino a che non verranno spente le luci». Si guardò attorno e vide che la porta che conduceva in cucina era socchiusa. In piedi, dietro a essa, c'era Moira, l'inserviente.

Dopo aver lasciato ritirare le ragazze nelle proprie camere, Thea andò in cucina e trovò Moira intenta a pulire il bancone.

«Vive in città da molto, Moira?», le chiese.

La donna smise di pulire. «Da tutta la vita».

«Allora deve conoscere la storia di questa casa?»

«Un po'. Sono successe parecchie cose negli anni».

«Qualcosa in particolare che dovrei sapere?»

«Be'...», esitò.

«Sì?»

«Qualcuno ritiene che sia maledetta. Io no, ovviamente», disse in fretta. «Altrimenti non ci lavorerei, no?»

«Che tipo di maledizione?», le domandò Thea.

«Be', nessuno riesce a stabilircisi. Dicono che la casa voglia qualcosa. O che voglia liberarsi di qualcosa».

Fantastico, prima Pope e Battle, e ora la casa.

«Che diamine vuole dire?», continuò.

«Ha subìto degli incendi…».

«Sì, ma quale casa antica, soprattutto risalente a diversi secoli fa, non ha subìto un incendio a un certo punto», argomentò.

«E il fantasma», aggiunse Moira.

«Oh, ne sono al corrente, ma onestamente… non è il genere di storie che si creano per attirare gli affari più che per allontanarli?», replicò Thea, la voce più calma di quanto non si sentisse lei.

Moira alzò le spalle.

«Mi dica, sa qualcosa a proposito di una domestica che un tempo ha lavorato qui… credo sia stata accusata di stregoneria. Non molto tempo dopo l'edificazione di questa casa».

«Mai sentito niente», rispose Moira. «Ma non mi sorprenderebbe. Ci sono un sacco di donne che sono state accusate di stregoneria da queste parti. È per questo che nessuno va a Grovely Wood con il buio, se può evitarlo».

«Sì», disse Thea. «Il nome della domestica era su un libro dedicato alle sorelle Handsel».

«Chissà, magari potrebbe scoprire qualcos'altro?», suggerì Moira.

«Ci proverò», rispose Thea. Esitò un attimo prima di aggiungere. «Sul libro c'era anche disegnato un simbolo».

«Ah sì?»

«Una freccia».

Moira mosse imbarazzata il polso sinistro.

«Ne sa qualcosa di più, Moira?», le chiese piano.

«Le donne delle antiche famiglie…», iniziò. «Quelle che affondano le proprie radici in questa città e nei dintorni nei secoli addietro…».

«Vada avanti».

«SupponLgo che ci supportiamo tutte a vicenda, è una specie di rete. Ci riconosciamo grazie a questo simbolo. Mia madre lo portava alla collana…».

«Una rete?»

«Sì».

29

Presente

Thea prese un altro appuntamento all'archivio locale, più curiosa che mai di andare fino in fondo alla faccenda. Mentre apriva il secondo raccoglitore, gli occhi le si illuminarono di fronte a un ritaglio di giornale. Era ripiegato e ingiallito dal tempo, lo aprì e il titolo dichiarava: "In fumo: donna uccisa dalle fiamme in storica casa di Oxleigh". Lesse attentamente l'articolo sbiadito, che parlava di un incendio che si credeva essere partito dalla cucina, ma le cui origini rimanevano sconosciute. Un uomo sulla trentina e due bambine erano scampati all'incendio, soccorsi da una coppia di coraggiosi vicini, ma i vigili del fuoco avevano tragicamente scoperto il corpo della madre quando, ore dopo, erano entrati nella camera da letto bruciata.

Controllò la data: 15 ottobre 1969. Cinquant'anni prima. Thea rammentò il precedente incendio, di cui aveva letto nel libro della biblioteca della scuola. Due incendi. Moira lo aveva detto. Non era insolito che case vecchie di secoli bruciassero, si ripeté seria. Ma due donne morte come risultato? Persino con tutti quei secoli di mezzo, la cosa era parecchio preoccupante.

Gli articoli nel raccoglitore poi passavano direttamente agli anni Ottanta, con un atto di vendita che mostrava che la casa era passata a qualcun altro. Di nuovo molto prevedibile, ma la casa sembrava aver conosciuto diversi proprietari, soprattutto in tempi più recenti. A quanto sembrava, nessuno vi era rimasto a lungo.

Era come se gli strati di storia della casa fossero tenuti insieme come in un libro, il cui testo – gli eventi passati – in certi casi fuoriuscisse dalle pagine. Pensò che lo strato più superficiale, su cui la nuova storia stava venendo scritta, riguardasse in parte la sua – la sua e quella delle ragazze.

L'archivio stava quasi per chiudere quando Thea arrivò alla fine del faldone, e trascorse gli ultimi minuti a sfogliare le pagine rimanenti. Ciò che la intrigava di più erano i primi anni della casa. Che fosse per via del suo istinto di storica, ma non riusciva a togliersi di dosso l'assillante sensazione che fosse successo qualcosa, all'inizio. Doveva trovare di nuovo il libro, quello della biblioteca scolastica; forse le risposte che cercava erano lì dentro.

Girò l'ultima pagina. Un altro articolo di giornale, stavolta datato 2001. "Strani spettri" dichiarava il titolo del quotidiano «Oxleigh Gazette». Riferiva del numero dei fantasmi che erano stati avvistati nella contea. Era accompagnato dal racconto di una cliente della Casa della Seta – ai tempi in cui era adibita a hotel – che sosteneva che la camera che le era stata assegnata fosse infestata. Da una giovane donna seduta ai piedi del suo letto. Con una mantella con il cappuccio.

Mentre leggeva questo, a Thea venne il fiato corto. Si dette un'occhiata intorno, osservò il piccolo e ordinario spazio circostante, poi tornò al documento per accertarsi di aver letto bene. Nessun errore. C'era la descrizione dettagliata della donna con la mantella – quella che aveva visto un volta sola in sogno – seduta in fondo al suo letto. Thea andò alla finestra e guardò fuori. Nel tempo in cui si era trattenuta all'archivio, il cielo si era oscurato e la pioggia minacciava di cadere dai nuvoloni carichi che coprivano il sole. Era come se fosse stato messo un coperchio sopra la terra, che chiudeva e premeva verso il basso, opprimendola.

Arrivato il momento di andarsene, si mise un paio di guanti di lana e si avvolse la sciarpa al collo, chiedendosi quali fossero le implicazioni di ciò che aveva scoperto. La casa era davvero stregata? C'era una connessione con la domestica accusata di stregoneria? Pensava sul serio che una cosa del genere fosse possibile? E, soprattutto, se era possibile, cosa avrebbe dovuto fare? Rabbrividì per il freddo e corse verso l'auto di Claire, accendendo al massimo il riscaldamento dopo aver avviato il motore, ma le ci volle un bel po' prima di scaldarsi.

«Potrei parlarle?», chiese Thea a Gareth Pope, quando vi s'imbatté nella sala insegnanti.

Il professore di educazione fisica, che si stava preparando un caffè, si voltò verso di lei, il bollitore in mano, e per poco non si versò l'acqua calda sulle scarpe. Si salvò all'ultimo minuto, centrando la tazza secondo le sue intenzioni iniziali. La riempì e poi sollevò le sopracciglia guardando Thea.

«Ne vuole un po'?», le chiese.

Thea scosse la testa. «Andrò dritta al punto. Benché non mi piacciano i pettegolezzi inutili, mi è stato riferito che lei e il signor Battle condividete la stessa opinione riguardo al fatto che le ragazze non siano tagliate per l'Oxleigh College. Che avete dei dubbi sui benefici che possano apportare alla scuola e che stavate parlando di tutto questo facendovi sentire da loro».

Sembrava sorpreso. «Non è assolutamente vero. Semmai le stavo difendendo con il vecchio Battle. È lui quello scontento di questo cambiamento, non io».

«Sono successi una serie di episodi alla Casa della Seta, di cui sono certa lei sia al corrente. Se dovessi scoprire che qualcuno all'interno della scuola ne è responsabile…».

Pope la guardò, confuso. «Mi sta minacciando, signorina Rust?»

«Ho anche saputo che ieri ci sono stati gli allenamenti di

hockey», disse, cambiando argomento. Aveva messo in chiaro le cose.

L'uomo si portò la tazza alle labbra, prese un sorso di caffè e la studiò. «Mi chiedevo perché fosse mancata, infatti».

«Non comparivano nel mio orario». Fece del proprio meglio per evitare di mostrare animosità nella voce. «E non riesco a capire come possa essere successo».

«Non starà mica insinuando che l'ho deliberatamente tagliata fuori?», le domandò l'uomo.

«Be', lo ha fatto?»

«Sono offeso persino che me lo chieda. Certo che no. Non sono così meschino».

Prima che Thea potesse stabilire se credergli o meno, Claire entrò disinvolta nella stanza, scontrandosi quasi con entrambi. «Thea! Dopo ho un buco – ti va di vederci?».

Thea annuì, voltando le spalle a Gareth. Aveva bisogno di confidarsi con qualcuno su ciò che stava succedendo alla casa, anche solo per convincersi che forse stava esagerando con gli avvenimenti più di quanto fosse ragionevole.

«Dunque, fammi capire. Qualcuno ha avvelenato i pesci, tu hai trovato dei funghi sparpagliati per terra, dei mucchi di sporco nel tuo studio, gli insetti nel tè, e credi di aver visto un fantasma?».

Claire era incredula.

«Ho sognato un fantasma», la corresse Thea. «C'è una bella differenza».

«E qualche secolo fa una domestica che viveva lì dentro aveva qualcosa a che fare con la stregoneria? Senti, posso capire che la questione dei pesci sia preoccupante, ma il fantasma?». Sollevò una mano. «So che era solo un sogno, ma era simile alla donna di cui ti ho parlato?».

Thea annuì. «Abbastanza».

«Pensavo avessi detto di non credere a certe sciocchezze».

«Infatti, ma non eri l'unica spaventata a morte da qualunque cosa abbiamo visto tornando a casa dopo la festa», le ricordò.

«Va bene, *quello* è stato spaventoso, ma, su... avevamo bevuto un po' e c'era un sacco di nebbia fuori. Poteva essere stato qualunque cosa. Adesso mi sembra persino tutto così sciocco».

«Io avevo bevuto un paio di bicchieri di vin brûlé, ma diluiti in quattro ore», protestò Thea. «E so che non si è trattato solo della nebbia. E poi sento dei passi per le scale mentre so di essere sola in casa, il piano suonare durante il giorno quando le ragazze sono a scuola... ho problemi a dormire la notte – continuo a svegliarmi a mezzanotte, alle due, alle tre. Non credo di poter reggere ancora per molto, a essere del tutto onesta».

Stavano camminando fianco a fianco sul sentiero che costeggiava i campi da gioco e portava a Summerbourne. Claire si fermò e si girò verso Thea. «Credi – e te lo sto chiedendo nel modo più ingenuo possibile – che la pressione della situazione possa averti giocato un brutto scherzo? Dopotutto, sei stata buttata nella mischia, ti è stato chiesto di vestire i panni della direttrice di convitto e badare a quattordici ragazzine, tra l'altro tutte nuove nella scuola, proprio come te. Una scuola che, aggiungerei, non ha mai avuto alunne finora. Stiamo facendo del nostro meglio per trascinare questo posto nel ventunesimo secolo, ma non sarà mai facile».

«Tredici», la corresse Thea. «Tredici ragazze. Comunque mi domando se non si tratti di un sabotaggio. La cosa dei pesci, voglio dire. So che nella scuola ci sono persone che non ci vogliono qui – il signor Battle per primo».

«È possibile», disse, contraendo le labbra. «Ma, veramente? Ho sempre pensato che Battle abbai ma non morda, ma del resto non si finisce mai di conoscere una persona. Pensi di informare il dottor Fox?».

Thea abbassò di colpo le spalle. «Lui ha già deciso che sono responsabile di quello che è capitato a Sabrina. Parlargli delle mie paranoie non credo che faccia migliorare la sua opinione di me. Inoltre, non ho nessuna prova, e il signor Battle lavora in questa scuola da sempre, mentre io sono arrivata da cinque minuti. Non vorrei peggiorare la situazione. Ma non sono preoccupata solo per me – e se le ragazze non fossero al sicuro in quella casa? C'è sicuramente qualcosa che non ci vuole là». Si interruppe. «Oh, Gesù, ora sembro davvero una che ha perso la ragione». Claire la guardò seria. «Dovremmo chiamare una mia amica. Fiona Spanswick. Non abita molto lontano da qui, in realtà». Tirò fuori il cellulare e digitò un rapido messaggio.

Qualche istante dopo, il telefono le notificò la risposta.

«Ottimo, possiamo passare da lei adesso. Sta sulla strada. Ci arriviamo in una quindicina di minuti, al massimo».

Perplessa, Thea seguì l'amica lungo il sentiero, raggiungendo Summerbourne e fermandosi davanti a una piccola abitazione con il tetto di paglia.

Una donna elegante, con un maglione nero morbido e ampio, pantaloni di ottima fattura e pantofole di velluto venne ad aprire loro la porta. I suoi capelli sale e pepe erano raccolti in una morbida crocchia e delle perle brillavano ai lobi delle orecchie. Salutò Claire come una vecchia amica, avviluppandola in un abbraccio, poi sorrise cordialmente a Thea mentre l'altra gliela presentava.

«Scusa se ti ho chiamato di punto in bianco, ma eravamo da queste parti e ho pensato... be', in realtà ho pensato che potresti aiutarci in una cosa», disse Claire, mentre si dirigevano in cucina.

Era forse una specie di psicologa? Thea trasalì. Non aveva *proprio* nessuna voglia di parlare di sé, e di sicuro non con una sconosciuta.

«Ah, sì?», fece Fiona, riempiendo il bollitore al lavandino e prendendo tre tazze da una credenza.

«Scusa, Thea, avrei dovuto spiegarti. Fiona è il parroco della Saint Margaret, la chiesa di Oxleigh», la informò Claire. «Lei e mia madre sono amiche da anni. Fiona è stata come una zia per me, da quando vivo qui».

«Non dovrebbe indossare degli abiti ufficiali – un collare, o qualcosa del genere?», le chiese Thea.

Fiona sorrise con indulgenza. «Non sempre».

Thea continuava a non capire come Fiona avrebbe potuto aiutarla.

«Questo lavoro non è solo battesimi, matrimoni e funerali», disse, come se avesse letto nel pensiero di Thea. La donna mise le tazze sul tavolo e indicò una caraffa accanto a Thea. «Non che lo sappiano in molti. Serviti pure latte e zucchero. Dovrei avere anche dei biscotti da qualche parte». Si voltò e cominciò a rovistare in una credenza.

Thea allungò una mano per prendere una tazza e rimase sorpresa nel vedere il motivo che vi era disegnato sopra. Erano dei fiori viola a forma di stella, dipinti ad acquerello. Quasi gli stessi che aveva visto sul pezzo di seta trovato dentro al libro.

«Una piccola presa in giro a me stessa», disse Fiona, che si era girata di nuovo e aveva colto Thea a fissarli. «Belladonna. Atropa belladonna».

Thea trasalì nel sentir nominare quella pianta, ma Fiona, che era occupata ad aprire un pacco di biscotti e a metterli in un piattino, non sembrò notarla.

«Biscotti allo zenzero?», le offrì, spingendo il piatto verso di lei e sedendosi di fronte. «Prendete pure, sono molto buoni». Si sporse in avanti sul tavolo, avvolgendo le mani intorno alla tazza e coprendo i fiori dipinti. «Allora, cosa posso fare per te?».

Esitando, dato che si sentiva un po' sciocca a parlare degli episodi che erano successi nella tranquillità di quella casa, Thea le raccontò tutto. «La spiegazione più probabile è che qualcuno stia cercando di spaventarci», disse. «O magari alcuni dei ragazzi stanno facendo degli scherzi. Ma una parte di me si chiede se possa esserci una causa diversa». Thea non poteva credere che stesse contemplando l'idea che ci fosse dietro qualcosa di paranormale. Qualche mese prima si sarebbe messa a ridere di fronte a un pensiero del genere, ma adesso, con tutto quello che era capitato, non era più così spavalda. «E poi c'è la questione dello sporco».

«Lo sporco?»

«Continua a venire su dalle assi del pavimento del mio studio. Battle – il custode – ha detto che gli ricorda la terra che a volte veniva usata nelle sepolture».

«Capisco», disse Fiona quando Thea ebbe finito di parlare. La donna dette un'occhiata di traverso a Claire e poi tornò a guardare lei, come se stesse valutando con attenzione le parole da rivolgerle. «Direi che si tratta di un'anima inquieta».

Thea la guardò sorpresa. *Inquieta?*

«Uno spirito malvagio», disse Claire in modo melodrammatico, gli occhi spalancati.

Fiona espresse disapprovazione. «Non necessariamente, Claire», la rimbrottò. «Ma c'è senz'altro qualcosa che sta disturbando la pace, a quanto pare. A volte è come se ci fosse – in mancanza di una parola più adeguata – una *presenza*, soprattutto nelle vecchie costruzioni, o in un posto in cui è accaduto qualcosa di catastrofico».

«Ho cercato di indagare sulla storia della casa», la interruppe Thea».

«E?»

«Be', c'è stato un incendio, negli anni Sessanta. Una donna morta. Poi, secoli prima, credo che una domestica sia stata accusata di stregoneria, ma non riesco a trovare informazioni al riguardo. Ed *esistono* racconti di persone che avrebbero visto un fantasma, ma si parla di un sacco di tempo fa. A dire il vero, ci sono stati due incendi – uno risale a qualche centinaio di anni fa, e anche in quel caso è morta una donna. Non crede che le due cose possano essere connesse?», le chiese.

«*Due* eventi catastrofici», disse Claire.

Non ce ne sarà un terzo, giurò Thea in silenzio. *Non se posso evitarlo.*

«È possibile, immagino», disse Fiona. «Comunque, come stavo dicendo, alcune persone sono più sensibili a certe cose, colgono le vibrazioni che molti non percepiscono». Soffiò sul tè, increspandone la superficie. «È come se fungessero da canale col passato, a volte lo spirito può persino attaccarsi a loro».

Claire fischiò. «Questo è un po' folle».

Thea rabbrividì. Era sorpresa di sentire certe opinioni da una persona religiosa, soprattutto una di aspetto normale come Fiona, ma del resto, forse, poteva avere un senso. Se Fiona credeva in un potere superiore, allora era logico anche che potesse credere in altre tipologie di forze invisibili.

«E pensa che io possa far parte di quelle persone?», le domandò.

«Esiste senz'altro una possibilità».

«Quindi cosa dovrei fare? Ho paura degli effetti che questo potrebbe cominciare a produrre sulle ragazze».

«Per non parlare su te stessa, mia cara. Ora, quello che Claire sa, ma tu probabilmente no, è che io faccio parte di un gruppo all'interno della diocesi che si chiama Ministero della Salvezza». Sorrise con tatto, i bordi esterni degli occhi increspati. «Sembra una cosa parecchio sinistra, ma ti assicuro che non lo è».

«Non ne ho mai sentito parlare», disse Thea, perplessa.

«Di solito non lo pubblicizziamo. Immaginalo come un ministero della salute, se può aiutarti. Esistono diverse tipologie di salvezza, maggiori e minori. Io mi occupo di quelle minori: essenzialmente, aiuto a purificare gli edifici – o una persona – dagli spiriti che potrebbero infestarli», disse Fiona. «Succede più spesso di quanto si pensi. A volte resta come un'energia intrisa nella struttura di una costruzione, nei mattoni e nella malta, che deve essere eliminata».

«Intende come un poltergeist?», le domandò Thea.

Fiona annuì, posando la tazza e spostandosi sulla sedia. «Una specie».

«E la tipologia di salvezza maggiore?»

«È al di sopra delle mie competenze, mia cara. Si tratta essenzialmente di possessione demoniaca».

«Esorcismi?».

Un brivido attraversò Thea, quando Claire pronunciò quella parola.

«Preferiamo parlare di salvezza», disse Fiona con tono pragmatico.

Thea era sbalordita che quelle cose esistessero davvero, ma decise che a quel punto avrebbe potuto fare un tentativo. «Dovremo farlo quando le ragazze sono a scuola. Anzi, quando non c'è proprio nessuno in casa. C'è un'altra donna, la governante, ma non credo che sia disposta ad accettare una cosa simile».

«Certo. Ti garantisco la mia massima discrezione».

Concordarono un momento della settimana seguente, quando la casa sarebbe stata con tutta probabilità vuota, durante il giorno libero di madama Hicks. «Saranno necessarie almeno un paio d'ore», disse Fiona. «È un edificio grande e dovrò avere accesso a ogni stanza. Porterò con me anche un paio di aiutanti; tutti con esperienza in questo genere di cose».

«E se non dovesse funzionare?», domandò Thea.

«Allora potrei consigliarti una psicologa», disse Claire.

«Il problema non è nella mia testa», insisté Thea. «Non me lo sto inventando».

«Io ti credo, mia cara», la rassicurò Fiona. «Io sono qui per aiutarti».

Mentre si mettevano d'accordo, Thea notò un orologio appeso alla parete. «Oh, Gesù – ops, scusi. Dobbiamo tornare indietro. Tra venti minuti ho lezione in quinta».

Se ne andarono ringraziando e salutando in tutta fretta, ma

quando la porta stava per chiudersi qualcosa di luccicante attirò l'attenzione di Thea, che abbassò lo sguardo. Il ricamo argentato sulle pantofole di Fiona. Prima non aveva fatto caso al motivo, ma adesso era proprio davanti a lei. Frecce. Le stesse incise sulle chiavi, della spilla di madama Hicks, del tatuaggio di Moira, e del masso sul belvedere dell'escursione. La rete di donne. Thea non sapeva se sentirsi rassicurata o preoccupata dal fatto che Fiona sembrasse essere una di loro.

30

Maggio 1769, Oxleigh

«L'hai vista? Alice, dico?», chiese Rowan a Prudence, quando tornò a casa.

Era andata dal macellaio ad aspettare Tommy all'esterno, finché non era sbucato con il suo carretto a mano, in procinto di fare le sue consegne. «Temo che tu mi stia evitando», gli aveva detto senza giri di parole.

Lui si era fermato, accostando il carro di lato alla strada.

«Giuro che non è così», aveva risposto lui. «L'altro garzone si è ammalato e sto facendo anche il suo lavoro, oltre al mio. Nelle ultime settimane, ho sempre finito un pezzo dopo il tramonto».

«Tommy».

Rowan non poteva sopportare di vedere il dispiacere negli occhi del ragazzo al tono distaccato della sua voce.

«Rowan, che c'è? Credevo che fossimo amici. Rowan?», le aveva chiesto di nuovo, dato che non gli rispondeva. «Non penso di aver fatto qualcosa che possa averti fatto arrabbiare, ma, se l'ho fatto, dimmi cos'è e ti chiederò scusa».

Tommy le era sembrato così sincero che ci aveva quasi creduto.

Rowan aveva dato un calcio a un ciuffo di tanaceti con la punta dello stivale. «Tu… e Alice», aveva cominciato a dire, non potendosi più trattenere.

«Io e Alice?», aveva detto lui, l'espressione confusa. «Siamo solo conoscenti. Le è successo qualcosa?»

«Di certo te l'avrà detto». Rowan lo aveva guardato di traverso, ma la sua ostinazione sembrava rimbalzargli addosso e aveva continuato a guardarla confuso.

«No. Non ho parlato con lei. Non di recente, almeno».

«È incinta», aveva sussurrato lei, stando attenta ai passanti.

Adesso, Tommy le era sembrato veramente scioccato. «Continuo a non capire perché la cosa debba riguardarmi».

«Oh, andiamo, sei sicuro?».

Prima consapevolezza, poi rabbia avevano attraversato il volto del ragazzo. «Non so chi ha messo in giro questa voce, ma se lo scopro gli darò le bastonate che si merita». Era indignato. «Non posso pensare che tu abbia abboccato a una stupidaggine del genere. Ti credevo diversa, Rowan Caswell. Chi te lo ha detto?», aveva aggiunto, insistente. «Chi?».

L'espressione di Tommy era limpida e fredda come l'acqua tirata su da un pozzo. Non avrebbe mai dovuto dubitare di lui. Rowan aveva scosso la testa. «A quanto pare mi sono sbagliata, mi dispiace. Devo andare». Gli era passata accanto ed era corsa verso casa, senza dare ascolto a Tommy che la stava chiamando alle spalle.

«Alice? È in giro?», chiese di nuovo a Prudence. La domestica della padrona di casa si era ripresa dal malessere che l'aveva tenuta a letto di recente, sebbene adesso si aggirasse con un'espressione persino più inacidita di quella che le aveva riservato da quando Rowan aveva messo piede nella casa del mercante.

Prudence era seduta davanti a una terrina di mele, intenta a pelarle e a masticarne la buccia. «Credo che si stia occupando della signora», replicò calma. «Cosa ti serve con così tanta urgenza?»

«Le ho prestato le mie muffole», disse Rowan. «E fuori si gela. Sta soffiando un vento spietato». Simulò un brivido per rendere più credibile la bugia.

Prudence sollevò un sopracciglio e poi tornò alla mela che

aveva in mano. «Be', adesso sei al chiuso. Vieni a scaldarti al fuoco, se hai freddo. Ma non starci troppo, perché devi apparecchiare la tavola per la signora. Puoi chiederli oggi pomeriggio, i guanti ad Alice».

«Sì», replicò Rowan, posando uno straccio sul fornello della cucina prima di appoggiarci le mani sopra. «Non ne avrò bisogno fino ad allora».

Prudence schioccò la lingua. «Spero sia solo questo. Pensi che non abbia notato in che modo incivile vi comportate tra voi? Quando tornerà, il padrone non tollererà un'atmosfera così inquieta».

Sempre che torni, pensò Rowan infastidita, dato che non avevano sue notizie da quasi due settimane, anche se ci si aspettava che tornasse dal suo ultimo viaggio nel giro di una settimana.

Rowan dovette aspettare per potersi confrontare con Alice, trovandola molto più tardi nella camera da letto della signora, intenta a rassettarla per la notte. «Ho visto Tommy oggi», le disse Rowan, osservando attentamente la sua reazione. «Sostiene di non sapere niente della tua situazione. Dimmi, com'è possibile?». Rowan riusciva a malapena a mantenere la calma.

«Mente», disse subito Alice, ma Rowan percepì una minuscola esitazione nella sua voce.

Rowan non disse niente, e rimase in attesa che proseguisse.

«Mi ha abbandonata, non avrà più nulla a che fare con me. Che sia maledetto».

Alice si sedette bruscamente sul letto, a cui aveva appena fatto prendere aria, e Rowan notò una lacrima luccicare sulle sue ciglia e scivolarle sulla guancia. Tutta la rabbia di prima si dissipò. «Dovrei crederti? Su, non sono così stupida. Ma so che non sei una prostituta». Rowan si mise seduta accanto a lei, che non cercò di spostarsi. «Chi è stato davvero? Il padrone?», si azzardò a dire.

«Spero che tu possa mostrarmi un po' di gentilezza», disse

Alice, le mani che si intrecciarono in fretta sul grembo. «Anche se probabilmente non me la merito. Posso fidarmi che non lo dirai a nessuno?».

Rowan le prese la mano e gliela strizzò con delicatezza. «Sai che puoi farlo».

«Hai indovinato alla prima», disse Alice, soffocando un singulto. «È suo. Ha insistito col fatto che la signora Hollander non avesse nessuna utilità per lui, che sperava potessimo stare insieme, che mi desiderava più di tutto. Ma ora che lei aspetta un bambino è cambiato tutto. Lui ha quello che vuole – un legittimo erede».

«Oh Alice», disse Rowan, una volta digerite quelle parole.

«Non può venire a sapere della mia condizione, perché mi caccerebbe, non ho dubbi. E non ho nessun altro posto dove andare». Adesso prese a piangere più forte. «Non posso andare al San Pietro e Paolo».

Rowan rabbrividì al pensiero di quel ricovero cittadino – che prendeva il nome dai due apostoli, ma che di santo aveva ben poco – ai margini della città. Si trovava ormai a Oxleigh da un po' e aveva sentito parlare delle percosse e delle condizioni disumane che si vivevano tra le sue spesse mura di pietra. Alice non sarebbe durata un anno lì dentro, di questo ne era certa, tale era il tasso di malanni e malattie.

«Tu capisci cosa vuol dire cercare di costruirsi un futuro. Mi negheresti questa possibilità?», le chiese Alice.

«Non sono io a trovarmi in questa situazione», disse Rowan, provando compassione per la ragazza mentre pronunciava quelle parole. Volente o nolente, se Patrick Hollander aveva preteso Alice, c'era ben poco che la domestica avrebbe potuto fare per fermarlo. Rifletté bene. «Dubito che potremo nascondere a lungo la tua condizione. E di certo non potrai andare da qualche parte a partorire».

«Tu sei capace di preparare una bevanda medicinale per mettere al mondo un bambino; sei anche capace di farne una per sbarazzarsi di un feto non ancora sviluppato?», le domandò Alice, tra un singhiozzo e l'altro.

Rowan risucchiò l'aria. Era la richiesta che temeva di più, perché le causava un grosso rimorso di coscienza essere responsabile della fine di una vita appena iniziata. Rammentò che anche a sua madre era stata chiesta la stessa medicina, ricordava i suoi occhi stretti e la postura delle spalle mentre la preparava. «Pensavo che fossi diffidente verso certe cose», replicò Rowan, senza rispondere alla sua domanda. «Sei stata la prima ad accusarmi in passato».

«Lo so. E mi dispiace tanto. Devi credermi», la implorò.

«Ci sono un sacco di donne che si ritrovano nei guai», le aveva detto una volta sua madre. «Ma non posso dire che lo faccio con piacere, ed è pericoloso se la cosa è troppo avanti».

Rowan cercò di ricordare le tempistiche esatte che le aveva detto. «Quando è stata l'ultima volta che hai avuto il ciclo?», chiese ad Alice.

«All'inizio dell'anno».

Cosa avrebbe fatto sua madre, di fronte a questa situazione? Non per la prima volta, Rowan desiderò che lei fosse lì a dispensarle consigli. Una cosa era quando le veniva chiesto aiuto per generare una vita, un'altra per mettervi fine.

«Puoi farlo?», le chiese Alice, l'espressione un misto di paura e speranza. «Sono ancora in tempo?».

Non del tutto convinta di poterlo fare, Rowan annuì lentamente. Era per il bene sia di Alice che di Caroline, perché se Caroline avesse scoperto la slealtà del marito, ciò avrebbe potuto distruggerla, e probabilmente avrebbe distrutto l'intera casa. «Dobbiamo fare in fretta, perché, ogni giorno che passa, il bambino diventa sempre più forte dentro di te. Non è esente da considerevoli rischi. Sei sicura che è quello che vuoi?».

Alice sprofondò nel letto. «Che altra scelta ho?»

«Come vuoi. Cercherò gli ingredienti, anche se dovrò recuperarne alcuni dal farmacista. Hai i soldi per pagare?».

Alice annuì, tirando su col naso. «Ho dei piccoli risparmi. Quanti soldi vuoi?»

Rowan la guardò con compassione. «Io non voglio niente. Ma il farmacista li vorrà».

«Grazie». La sua voce era gentile, delicata, priva del disprezzo che di solito la colorava. Stava per dire qualcos'altro, ma Rowan la interruppe. «Speriamo che non sia troppo tardi», disse. «Altrimenti sarà un guaio per tutte e due».

La mattina seguente non ci fu né traccia né parola del ritorno del mercante. Rowan era sollevata di dover svolgere solo compiti leggeri dato che lui non c'era, così poteva liberarsi in fretta delle faccende mattutine e poi andare dal farmacista. Prima, tuttavia, si recò al cimitero, per l'ingrediente fondamentale che cresceva lì. Avrebbe dovuto seccarlo e ridurlo in polvere, ma gliene serviva solo una minuscola quantità perché la pozione avesse l'effetto desiderato. Certo, se ne avesse messo troppo avrebbe causato la morte, e non solo del bambino indesiderato.

Rowan vide l'albero appena oltrepassato il cancello di ferro. Alto, folto e sempreverde, con le sue spesse foglie aghiformi e le bacche color cremisi. Le foglie erano velenose, ma erano le bacche che le servivano. Stava per afferrarne una manciata, quando notò del movimento dietro a una lapide. Esitò un attimo, perché non voleva essere colta in flagrante. Se qualcuno l'avesse vista raccogliere le bacche del tasso, era probabile che sarebbero circolate delle chiacchiere su di lei, con la conseguenza che avrebbe dovuto lasciare la città.

Comparve il sacerdote. «Hai bisogno di aiuto?», le chiese. Poi, la studiò con attenzione. «Non credo che ci conosciamo».

«Rowan Caswell, signore», disse lei, rivolgendogli un inchino ossequioso. «Sono la domestica tuttofare degli Hollander. Il mercante di seta».

«Sì, certo, lo conosco il signor Hollander, anche se spererei di vederlo più regolarmente in chiesa», replicò l'ecclesiastico.

«Be', è spesso in viaggio, signore».

«Capisco. Be', cosa ci fai tu qui, oggi?».

Rowan si guardò attorno in cerca di una scusa. Non voleva rivelare le sue intenzioni a un ministro del culto – avrebbe certamente riversato su di lei tutta l'ira del Signore, se avesse avuto anche il minimo sospetto. «Una scorciatoia», disse, anche se si rendeva conto che reggeva poco come scusa. «Per il mulino».

L'uomo aggrottò la fronte e Rowan trattenne il fiato. Le avrebbe creduto?

«Suppongo non ci sia nulla di male in questo», replicò lui, continuandola a guardare con sospetto.

«Buona giornata, signore», disse Rowan, sollevando i lembi della gonna e riprendendo a camminare. Fu costretta a superare l'albero, non osando guardarsi indietro per controllare se l'uomo la stesse ancora osservando.

Si diresse al fiume e passeggiò lentamente. Dopo aver fatto passare una quantità di tempo accettabile, fingendo di essere stata al mulino, girò i tacchi e oltrepassò di nuovo il cancello della chiesa. Stavolta si guardò bene intorno e, non vedendo nessuno, allungò la mano e strappò alcune delle bacche, nascondendole nella tasca all'altezza della vita.

Le lasciò davanti al focolare della cucina tutta la notte, valutando che si sarebbero sufficientemente seccate per la mattina seguente. Disse a Prudence che le servivano per una tintura contro la crisi del settimo anno, e sebbene la cuoca avesse sollevato le sopracciglia dubbiosa, non disse niente. Dopodiché, non ci sarebbe voluto molto per preparare la bevanda medicinale. Rowan sperava di ricordare bene le istruzioni della madre, l'esatta quantità di ciascun ingrediente e quanto dovesse lasciar riposare il tutto prima di poterlo utilizzare. Come e quando dovesse essere preso. Quali effetti avrebbe avuto.

Ebbe qualche difficoltà a persuadere il farmacista a darle le due erbe che le mancavano.

«Non sei venuta qualche mese fa con una certa richiesta? Mentuccia e dittamo, se non sbaglio?»

«Sì, signore».

«E ora vuoi ruta essiccata e altra mentuccia?». La durezza del suo sguardo le fece capire che l'uomo aveva indovinato cosa dovesse preparare con quegli ingredienti. «Non riesco a capire perché sei tornata, cercando di ottenere un risultato completamente opposto a quello della tua prima visita. È la tua signora che ti ha ordinato di venire?».

Rowan scosse la testa. «Non… non è per lei».

L'uomo sospirò pesantemente. «Molto bene», disse, prendendo la scala in fondo alla bottega. «Ma se si viene a sapere che fornisco ingredienti per certi intrugli…», la minacciò. «Se qualcosa dovesse andare storto…».

«Non lo saprà nessuno», gli promise, mentre gli porgeva alcune sottili monete. «Lo giuro sulla mia stessa vita».

«Se dovesse accadere, io non ti ho mai visto prima, né vorrò rivederti mai più. Queste non sono faccende in cui voglio trovarmi invischiato. Ma prendi questo». Le passò un piccolo libro rilegato in pelle rossa. «*Piante potenti*. Ti darà una mano in più».

Rowan non ebbe il coraggio di dirgli che sapeva leggere molto male. Per preparare questa particolare bevanda medicinale, avrebbe dovuto affidarsi solo al ricordo delle istruzioni della madre. Sperava che ciò fosse sufficiente.

Il giorno seguente, soddisfatta delle sue erbe, Rowan mescolò la tintura con una tazzina di brandy che aveva versato dal decantatore sullo scrittoio del mercante. Dette il tutto ad Alice, istruendola di prenderne una cucchiaiata, mattina e sera, per una settimana. «Speriamo che indebolisca il… problema. Non sorprenderti se vedi più sangue del solito nel ciclo. Potresti dover mettere degli stracci in più. E accertati di tenere questo nascosto».

Il volto della domestica era pallido. «E se non dovesse funzionare?», domandò.

«Allora temo che non potrò aiutarti».

31

Maggio 1769, Oxleigh

Rowan stava spazzando nel corridoio frontale della casa, quando arrivò la consegna. Vide Jeremiah tagliare lo spago che avvolgeva il pacco con un appuntito paio di forbici da stoffa e iniziare a scartarlo. Mentre passava la scopa nella bottega, si avvicinò al banco, dando di tanto in tanto un'occhiata, curiosa di vedere quale motivo avesse questo nuovo tessuto, poiché essere a così stretto contatto con l'attività commerciale del suo datore di lavoro non aveva fatto altro che aumentare la sua attrazione per seta, taffetà e simili e per gli eleganti abiti che venivano fabbricati con quegli sfarzosi tessuti. Troppo spesso, si chiedeva come sarebbe stato indossare quegli abiti eleganti. La sera si addormentava immaginando proprio questo, la gente che si fermava ad ammirare una giovane donna dai capelli chiarissimi e un abito sfavillante, e la donna in questione era lei. Era consapevole che si trattasse solo di una sciocca fantasia da domestica, ma i suoi sogni erano pervasi dallo sfarzo e dal fruscio della seta.

Jeremiah tolse la stoffa dalla carta e la srotolò sul bancone dove cominciò a luccicare come se fosse una cosa viva. Rowan smise di pulire e sbatté le palpebre diverse volte, all'inizio senza credere ai propri occhi.

Il tessuto era della seta più sontuosa, tessuta con filo d'argento, e Rowan si ritrovò abbagliata dalla sua pericolosa bellezza. Ma non era né il colore né la lucentezza a toglierle il fiato.

Era il motivo, o meglio la combinazione di erbe e fiori che si intrecciavano e attorcigliavano sul candido tessuto, trattandosi degli intensi fiori viola della belladonna e del napello, e di quelli candidissimi della cicuta, aggrovigliati alle campane rosa della digitale, luminose come se fossero state colte proprio quella mattina. Fu travolta da un presentimento, ma non riusciva a distogliere lo sguardo. «Atropa belladonna», sussurrò tra sé e sé. Fu sul punto di allungare la mano, quando una voce la interruppe.

«Di che si tratta?».

Trasalì, perché Caroline era comparsa sulla soglia, mentre pensava che la sua signora stesse facendo colazione.

«Sono venuta a chiedere se ci fosse altro latte per il porridge. Cos'è questa stoffa, Jeremiah?», gli domandò, avvicinandosi e prendendone un lembo tra le dita. «Devo saperlo subito». A quanto pareva Caroline ne era attratta quanto Rowan.

«Non ne sono certo, signora», replicò Jeremiah. «Non ho ancora guardato il registro degli ordini».

«Mi piacerebbe davvero averla per me», disse la signora. «Mi servirebbe un nuovo abito per l'imminente ballo di Oxleigh e questo geniale motivo mi piace moltissimo». Caroline arrossì sulle guance e gli occhi le brillarono a quella eventualità.

«Dimmi, Rowan, tu che conosci le piante. Ho riconosciuto la digitale, ma cos'è quel fiore viola?».

Rowan esitò un attimo, poi parlò. «Ce ne sono due, signora. La belladonna e il napello. Sono delle piante potenti e molto velenose, soprattutto se combinate tra loro come in questo caso».

Caroline si mise a ridere e quel suono fece rabbrividire Rowan fin dentro le ossa. «Che idea originale! Vi assicuro che nessuno ha mai pensato a una cosa del genere, prima d'ora».

«Sì, signora». Rowan avrebbe voluto informarla della sensazione di pericolo che avvertiva, poiché l'ombra era di nuovo calata nella stanza, nonostante il sole brillasse alto nel cielo.

Non osò rivelare i suoi dubbi, però, temendo di attirare su di sé dei sospetti e, in ogni caso, non pensava che la sua signora le avrebbe creduto, dato che stava ammirando la stoffa come se ne fosse rimasta folgorata.

«Non ho dubbi che il signor Hollander sarà favorevole. Assicurati di metterla da parte per me». Ritirò la mano con una certa riluttanza.

«Molto bene, signora», disse Jeremiah, recuperando il tessuto e rimettendolo nell'incarto con cui era arrivato.

Più tardi, nel pomeriggio, Rowan si ritrovò dentro la bottega, che era chiusa per la pausa pranzo. Voleva vederla un'altra volta, per assicurarsi che si trattasse solo di un mero pezzo di stoffa e di aver viaggiato troppo con la fantasia, attribuendole dei poteri sinistri. Il tessuto giaceva sul bancone, e mentre lo toglieva dall'incarto, trattenne il fiato. Era persino più bello di quanto ricordasse. Notò un minuscolo ragno in un angolo del disegno, uno scarabeo in un altro. Facendo fatica a credere a ciò che stava per fare, afferrò un paio di forbici dal banco e, con molta attenzione, tagliò una striscia di una decina di centimetri dal fondo, recidendo una zampa del ragno, ma catturando la belladonna e la digitale. Rimise a posto le forbici, riavvolse il tessuto nella carta e si ficcò il pezzo di seta rubato nella tasca. Dopo essersela svignata in fretta dalla stanza, uscì di casa e camminò a passo svento in direzione del laghetto del mulino, perché per il senso di colpa le sembrava di avere un mattone nello stomaco e voleva allontanarsi il più possibile. Se fosse stata scoperta…

«La signora Hollander vuole vederti», disse Alice guardando Rowan attraverso la cucina, e Rowan, che era rientrata dopo aver svuotato il gabinetto, sentì aumentare dentro di lei il rimorso che l'aveva tenuta sveglia tutta la notte precedente.

La signora aveva scoperto il furto? L'avrebbe buttata in mezzo alla strada? Mandata davanti al tribunale di Salisbury? Non poteva credere di essere stata così stupida da rubare un pezzo di stoffa, seppur minuscolo. Si era persino mezzo convinta di aver usato le forbici nel tentativo di lanciare un incantesimo che potesse diminuire i poteri di quel tessuto, poiché aveva percepito in esso una magia oscura. Tuttavia, la verità era che non era del tutto certa del perché lo avesse fatto – la stoffa sembrava esercitare un fascino su di lei che non sapeva spiegarsi. Era come se il demonio in persona ci avesse messo lo zampino.

Dopo essersi lavata le mani nel retrocucina e sistemata i capelli sotto la cuffia, salì le scale verso il soggiorno, piena di agitazione. Rimase vicino alla porta ed emise un leggero colpo di tosse per avvisare la signora della propria presenza.

«Ah, Rowan, entra, per favore. Ho una commissione per te». Caroline le sorrise e il battito accelerato di Rowan si calmò. Riusciva di nuovo a respirare.

«Certo, signora».

«Porta la stoffa che è arrivata ieri e consegnala alla sarta. Non c'è tempo da perdere, perché mancano poche settimane al ballo. Dille che andrò subito da lei per le misure».

Rowan esitò un attimo, sapendo che Jeremiah non fosse ancora arrivato in bottega.

«Vai, ragazza. Hai il mio permesso di prendere il tessuto. Informerò Jeremiah di cosa ne è stato appena lo vedo».

Rowan annuì. «Sì, signora».

Quando entrò nel negozio buio, le ombre sembrarono di nuovo inseguirla mentre si avvicinava agli scaffali in fondo. Li scrutò in cerca della stoffa. All'inizio, non riusciva a vederla da nessuna parte, ma poi individuò la carta accartocciata e ripiegata sullo scaffale in alto. Allungò la mano per afferrare il pacchetto, barcollando sotto il suo peso, poiché era di gran lunga più pesante di quanto si fosse aspettata e dovette prenderlo in braccio, come se fosse un bambino.

La casa della signora Pennyfeather si trovava a soli pochi metri sulla strada principale. La porta della sarta era chiusa e Rowan dovette bussare forte diverse volte prima che venissero ad aprirle.

«Vengo dalla casa del mercante, per conto della signora Hollander», disse alla giovane che le aprì. «Mi ha ordinato di consegnare questa alla signora Pennyfeather».

«È prestissimo», replicò la ragazza. «Ma la signora è già al lavoro. Faresti meglio a entrare».

Rowan la seguì in una stanza sul retro della casa, dove era seduta la sarta, una nave scura in mezzo a un mare di coloratissima seta.

Rowan spiegò la ragione della sua visita e mise il pacco di stoffa su un tavolo, accarezzandolo con le dita, riluttante a separarsene, tanto era il fascino che esercitava su di lei. Le tornò in mente la striscia di tessuto che aveva nascosto sotto al materasso.

«Dovrà venire per le misure il prima possibile», disse la sarta senza smettere di cucire. «Perché ho già diversi abiti da terminare e il tempo per lavorarci è poco».

Rowan se ne andò, promettendole che la sua signora sarebbe andata da lei nel giro di qualche ora.

La signora Pennyfeather lavorò giorno e notte nelle settimane precedenti al ballo, perché in città c'erano solo due sarte e quasi ogni donna che andava a quell'evento annuale aveva ordinato un nuovo abito. Oxleigh era ricca e ogni mercante desiderava sfoggiare la sua buona sorte, e quale modo migliore se non sul corpo della propria moglie?

Anche il negozio di Hollander fu inondato di clienti, e sia Jeremiah che il signor Hollander furono impegnatissimi con gli ordini. «Temo che se continuerà così non avremo più neanche uno pezzetto di seta da vendere», si lamentò Jeremiah una mattina, mentre Rowan puliva il pavimento della bottega.

«Ma se gli affari vanno bene, è di sicuro una buona cosa, no?», replicò lei.

Lui le rivolse un flebile sorriso. «Lo spero proprio».

Il vestito della signora fu consegnato un pomeriggio presto. Caroline era andata a trovare un'amica, perciò non fu la prima a vederlo. Insieme – poiché il pacco era parecchio pesante – Rowan e Alice lo portarono nella sua camera, appoggiandolo sul letto e spacchettandolo.

Una volta tirato fuori e disteso sul copriletto rimasero entrambe a fissarlo senza parole. La stoffa catturava la luce, il filo d'argento luccicava come la ragnatela di un ragno e il viola e il rosa acceso dei fiori risaltava sullo sfondo color crema. La gonna era ampia, con un lungo strascico sul retro che ricadeva a pieghe dalle spalle. In vita era decisamente più largo degli altri abiti di Caroline, poiché ormai era avanti con la gravidanza, ma il corpetto aveva delle stecche in più che potevano essere rimosse una volta tornata al suo peso forma. «Non permetterò a questa cosa di impedirmi di andare», le aveva sentito dichiarare rivolgendosi al marito, quando lui le aveva domandato se fosse ancora intenzionata ad andare al ballo. «Prometto che dal giorno dopo inizierò a stare a riposo», aveva giurato. «Ma prima fammi divertire un po'». Patrick Hollander, per una volta, non aveva cercato di esercitare su di lei la propria volontà.

«È come se brillasse di luce propria», sussurrò Alice, dopo averlo osservato per un po'.

«Guarda qui», disse Rowan. «La curva dei fiori è come quella del corpetto; che astuzia».

Poco prima che riuscissero a distogliere lo sguardo dall'abito, un urlo di Prudence fece scendere di corsa le scale ad Alice, portandola in cucina.

Rowan si trattenne lì ancora un po', ipnotizzata. Poi, prima di potersi rendere conto di ciò che stava facendo, si era già sciolta il grembiule e allentata i ganci della parte anteriore del suo grigio vestito da lavoro, facendolo cadere sul pavimento.

Mentre si infilava il nuovo abito, la percorse un brivido. Sapeva per certo che sarebbe stata picchiata se l'avessero scoperta, forse anche peggio, e aveva anche paura del potere di quei fiori, ma non riuscì a fermarsi. Rowan pesava quasi quanto la signora, ma era leggermente più robusta, e sebbene la stoffa la stringesse un po' sulle spalle e non indossasse la crinolina, l'abito le stava abbastanza bene, anche se dovette tirare la stoffa in eccesso sul punto vita. Le sfuggì un piccolo sospiro dalle labbra, poiché la fresca sensazione della seta sulle braccia nude era deliziosa nel calore della stanza. Il pizzo sui gomiti e sul collo era vaporoso come il cerfoglio selvatico che cresceva nelle siepi. Dentro a quel vestito elegante, Rowan si sentiva una persona diversa, una ragazza quasi senza imperfezioni.

Si diresse verso lo specchio e si tolse la cuffia. Rimosse le forcine che la tenevano ferma, i capelli bianchi le caddero sulle spalle, catturando la luce come i fili d'argento nel disegno della seta.

Si voltò per ammirare l'effetto sulla schiena e la cascata di stoffa che scendeva dalle spalle e mentre faceva questo notò un'ombra in un angolo dello specchio. Un brutto presentimento, improvviso e inaspettato come un tuono, la travolse. L'abito non le sembrò più così bello, era come se stesse quasi cercando di possederla, come se vi abitasse uno spirito malvagio dentro.

Con dita tremanti, sganciò il corpetto e si sfilò la gonna dai piedi, un'unghia le si impigliò in uno dei minuscoli ragni tessuti nel motivo. Fece tutto il possibile per non strapparsi la stoffa di dosso nella fretta di liberarsene. A quel punto capì che il male si annidava lì dentro, o nel motivo o nel tessuto, o in entrambi.

Avrebbe dovuto avvisare la sua signora? Sapeva di avere poca speranza di convincerla a indossare un abito diverso. E poi ciò non avrebbe portato la padrona a chiedersi che razza di preveggenza possedesse la sua domestica, per sostenere che il male fosse stato ordito in una stoffa così bella?

Rowan distese con cura l'abito sul letto, lisciando le pieghe prima di rimettersi il proprio. Quella lana grigia di cui era fatto non le aveva mai dato tanto conforto come in quel momento.

Per la fine della settimana, Rowan era arrivata a convincersi che le sue paure fossero il risultato della sua fervida immaginazione e che era stato stupido credere che qualcosa di malvagio si celasse nella trama di quella seta, in un motivo a fiori – per quanto letali fossero.

Il sabato pomeriggio, Alice aiutò la signora a prepararsi per il ballo, mentre Rowan aveva tirato fuori il panciotto preferito del suo padrone – quello coi fiori arancio che aveva il giorno in cui l'aveva assunta – e un paio di pantaloni alla cavallerizza puliti. Sentendo del trambusto in corridoio, sgattaiolò fuori dalla cucina per dare un'occhiata ai signori che stavano per uscire di casa. Persino sotto la luce fioca, l'abito di Caroline brillava e Rowan vide il suo volto illuminato dall'euforia. Anche Patrick Hollander guardava sua moglie con ammirazione. «Solo il meglio per mia moglie. Sarai la reginetta del ballo, mia cara».

Caroline si mise a ridere. «Oh, zitto, adesso. Senza neanche i fianchi da mettere in mostra, lo vedo improbabile». Ma Rowan notò che la signora ne era lo stesso compiaciuta.

Alcuni minuti dopo che i due furono usciti, Rowan colse l'occasione per sgattaiolare dalla porta sul retro e percorrere il sentiero che costeggiava la casa accanto. Era una bella serata, e il sole aveva appena cominciato a tramontare. Il vivace cinguettio degli uccelli che tornavano al nido riempiva l'aria, che era profumata dei fiori dei meli in fondo al giardino.

Si affrettò verso il fiume, dove si era data appuntamento con Tommy, perché per quanto avesse voglia di vederlo, doveva condividere con qualcuno il peso delle sventure di Alice.

Lui l'abbracciò e lei ricambiò, assaporando la sensazione confortevole che trovò in quel gesto. «Ho parlato con Alice e ha ammesso di aver mentito quando ha detto che eri tu il responsabile».

«Ma perché avrebbe dovuto inventare una cosa del genere? Non è migliore di una sgualdrina… ti chiedo scusa».

«Non credo che sia così semplice», disse Rowan.

«Chi è, allora?».

Rowan esitò un attimo, staccandosi dalle sue braccia. «Il signor Hollander».

Tommy buttò fuori l'aria. «Cos'ha intenzione di fare?»

«Ha chiesto il mio aiuto…». Rowan si morse il labbro.

«Il tuo aiuto?», le domandò. «E come…». Poi cominciò a capire il significato di quelle parole. «Ma non va bene. Così è andare contro la natura!».

«Cos'avrei dovuto fare? Se non l'avessi aiutata l'avrebbero sbattuta fuori, sarebbe finita in un ricovero o peggio, e avrebbe potuto accusarmi di qualsiasi cosa; so che è capace di farlo. E poi probabilmente avrebbero licenziato anche me, perché il signor Hollander non tollera la minima seccatura. Ho le mani legate».

«Ma troveresti senz'altro lavoro da un'altra parte», disse Tommy, cercando le mani di Rowan.

«Non ne sono così sicura – qualcuno in città già non vede di buon occhio le mie conoscenze erboristiche, e non mi stupirebbe il fatto di trovarmi un muro davanti, di vedermi addossare la colpa di aver rovinato l'equilibrio della casa. Comunque, è troppo tardi – ormai è fatta».

Lui la guardò un attimo, riflettendo sulla questione. Rowan trattenne il fiato.

«Io starò al tuo fianco, qualunque cosa succeda», disse Tommy alla fine.

Rowan espirò e gli sorrise grata. «Tommy Dean, tu sei un vero gentiluomo».

«A differenza di qualcuno nato con quel titolo», disse cupo.

32

Presente

Thea non poteva credere di avere acconsentito. Più ci pensava, più le sembrava completamente assurdo. Un esorcismo? La gente – e non gente normale, ma dei ministri del culto – faceva davvero quelle cose? Non era mica il Medioevo, accidenti, era il 2019. La superstizione doveva essere già stata superata da un pezzo. Eppure, esisteva una piccola parte di lei che si chiedeva – sperava, persino – se la cosa avrebbe funzionato, se gli episodi inspiegabili, fastidiosi e del tutto inquietanti avrebbero smesso di verificarsi e se lei e le ragazze avrebbero potuto proseguire tranquillamente la loro vita scolastica. *A volte non c'è bisogno di avere le prove, di conoscere tutti i fatti, di crederci*, si disse. *Devi semplicemente fidarti.*

Ora, mezz'ora prima del previsto arrivo di Fiona, Thea era seduta in una casa vuota, ad ascoltare gli scricchiolii e i cigolii, il gorgoglio dell'acqua calda nei tubi e il fischio del vento che passava dagli infissi. Suo padre si sarebbe messo a ridere. Riusciva a sentire la sua voce. «Superstizioni senza senso», avrebbe detto. Fino a poco prima, sarebbe stata d'accordo con lui.

All'inizio della settimana, il laghetto dei pesci era stato svuotato e riempito di nuovo e avevano rimosso le piante morte. Thea aveva riferito la faccenda per e-mail al signor Fox, ma non aveva detto nulla in merito ai suoi sospetti nei confronti di Battle. Tutto ciò che aveva contro di lui erano la sua continua ostilità e il racconto di Joy secondo il quale l'uomo avrebbe proclamato che le ragazze non sarebbero durate fino alla fine dell'anno scolastico. Se avesse voluto accusare il custode, le sarebbero servite delle prove concrete di una qualsiasi azione da lui commessa, e non solo voci. I risultati dell'uomo del servizio disinfestazioni si erano dimostrati inutili, ma, su insistenza di Thea, era tornato e aveva nebulizzato del prodotto nel suo studio. Non ci era più entrata da allora.

Trasalendo per il colpo alla porta, anche se avrebbe dovuto aspettarselo, Thea balzò in piedi per andare ad aprire.

Quando Fiona entrò in casa, vestita con il tradizionale lungo abito talare nero e il collare bianco, aprì la cerniera di una piccola sacca e ne estrasse un recipiente metallico e rotondo con delle catene al centro. «Un turibolo», le spiegò. «Lo usiamo per bruciare l'incenso e purificare gli ambienti. Oh, acciderba!».

«Che succede?». Thea aveva sentito bene? *Acciderba*?

«Per un attimo ho pensato di aver dimenticato l'incenso. Ma eccolo qui». Le sorrise raggiante. «Sta' sicura che non toccherò niente, né con questo né con le mie mani».

«C'è soltanto lei?», le chiese Thea. «Aveva detto che avrebbe portato degli aiutanti, no?»

«Oh, non preoccuparti, verranno più tardi», disse Fiona allegramente, prima di sparire nei meandri della casa, lasciando dietro di sé una scia di incenso muschiato.

La donna era all'opera da più di un'ora, intenta a spostarsi da una stanza all'altra, e Thea la vide agitare il turibolo come in una danza, mormorando quella che sembrava una cantilena. Ben presto, la casa era stata inondata di legno di sandalo e fumo. Thea dette un'occhiata all'orologio. Avevano a disposizione ancora qualche ora, prima che madama Hicks tornasse dal suo pomeriggio libero e le ragazze da scuola dopo i compiti e il pranzo. Sperava le rimanesse abbastanza tempo per aerare i locali prima del loro arrivo.

Thea restò in salotto, facendo finta di leggere, ma non vedendo l'ora che Fiona concludesse il lavoro. Quella faccenda creava un clima surreale. L'incenso e la cantilena le parevano un po' ridicoli e amatoriali, eppure voleva credere che avrebbero funzionato, con un'intensità che la sorprendeva. Quando Fiona si spostò in cucina, Thea non fu più in grado di reggere la tensione. Così andò a vedere e trovò la porta sul retro aperta.

Nella penombra, vide il curato in piedi in fondo al giardino alla francese e, semi nascosta dietro agli alberi, Thea fu sorpresa di scorgere madama Hicks, avvolta in una mantella lacera ma ampia, gli onnipresenti occhiali a schermarle gli occhi. Stava per andare da lei, per cercare di spiegarle la situazione, ma poi tre donne, che Thea non aveva mai visto prima, comparvero dal cancello in fondo al giardino.

«Ma chi…», iniziò a dire Thea.

Fiona sollevò una mano indicandole di rimanere in silenzio e fece un cenno alle donne che le stavano andando incontro. «Unitevi a noi. Thea, vieni qui, per favore». Le indicò un punto più avanti nel giardino, e Thea, avendo ancora poco chiaro cosa stesse succedendo, fece come le era stato detto. Raggiunse la sua postazione e solo in quel momento capì come si fossero sistemate. Cinque donne. Le cinque punte del pentacolo.

Quando guardò oltre le spalle di Fiona, Thea vide madama Hicks aggirarsi nell'ombra. *Che idea si starà facendo di tutto questo?*, si chiese, ma non ebbe la possibilità di parlarle, perché Fiona prese di nuovo a cantilenare, sottovoce. Thea non riuscì a distinguere le parole, non capì se fosse una preghiera o un incantesimo. Rimase lì, lottando contro il desiderio impellente di andarsene, di scappare il più lontano possibile da quel posto, perché non ci capiva nulla. Era così distante dai fatti chiari e definiti a cui era abituata, in cui credeva.

Una delle donne le prese la mano, gliela strinse in modo rassicurante, e quando lo fece, Thea sentì prenderle l'altra da Fiona. Eccole lì, in un piccolo giardino sul retro, con le stelle che iniziavano a punteggiare il cielo, la luna piena e luminosa.

Cinque donne che si tenevano per mano in un cerchio in un giardino, dopo il tramonto.

In un'altra epoca, sarebbero state bruciate a un palo per molto meno.

Più tardi, andate via tutte, ci fu un altro colpo alla porta. Andò ad aprire, pensando che Fiona avesse dimenticato qualcosa, ma fu sorpresa di vedere il signor Dickens in piedi di fronte a lei.

«Ah, signorina Rust. Sono felice di averla trovata. Perdoni l'intrusione, ma...».Tirò fuori un rettangolo avvolto in una carta marrone. «L'ho trovato. Il libro: quello che desiderava».

«Ma pensavo avesse detto che non potesse uscire dalla libreria?».

Thea non ottenne risposta alla domanda, perché l'uomo le spinse il pacchetto nelle mani, si portò un dito alle labbra e si voltò per andarsene. «Devo andare».

Thea chiuse la porta, grata che non fosse apparso prima, chissà che idea avrebbe potuto farsi della scena in giardino. Thea non era riuscita a trovare madama Hicks, ma sapeva che a un certo punto avrebbe sicuramente dovuto spiegarle. Non voleva che la notizia giungesse alle orecchie del preside, poiché dubitava che sarebbe stato comprensivo.

Quando, quella sera, finalmente raggiunse la sua camera da letto, trovò la porta socchiusa e l'incenso che aleggiava ancora denso nell'aria. Accese una lampada e subito notò qualcosa di diverso. Tutto era come l'aveva lasciato, con una eccezione: il barattolo di latta era caduto dalla mensola e giaceva di fianco, al centro della stanza. Probabilmente era stato fatto cadere da Fiona, nonostante la sua promessa di non toccare nulla. Quando Thea lo raccolse, controllando che non si fosse aperto, e lo raddrizzò, un pensiero le passò per la mente: poteva avere qualcosa a che fare con i turbamenti della casa? Sospirò, quando un altro pensiero, che aveva continuato a indugiare nella sua testa da quando era arrivata lì, si fece avanti. *Devo farlo. Avrei dovuto affrontare la cosa settimane fa. Ma non stasera. Presto, però.*

Thea prese il libro che il signor Dickens le aveva portato e si distese sul letto, sfogliandone le pagine fino a quando non trovò il punto in cui era arrivata. Il testo era fitto e faceva fatica a leggere, ma perseverò minuto dopo minuto, fino a superare la mezzanotte. Giunta all'ultimo capitolo riuscì a malapena a credere a quello che vi era descritto.

Quella notte sognò di nuovo la donna. Erano nello studio di Thea, sebbene sembrasse più vecchio, la tinta alle pareti era di un altro colore, e non c'era alcuna traccia della scrivania o della libreria di Thea. Ciuffi di capelli chiari, non scuri come la volta precedente, le uscivano dal cappuccio della mantella, sebbene Thea non riuscisse a vederle il volto. Sembrava indicare il muro.

Thea si svegliò in un bagno di sudore e guardò l'orologio. Due del mattino. La stessa ora in cui si era svegliata quasi ogni notte da quando era lì. Chiaramente, il "rituale purificatore" di Fiona non aveva avuto l'effetto desiderato. Di nuovo, udì il pianoforte suonare in lontananza, e strizzò gli occhi verso la radiosveglia per capire se fosse da lì che provenisse la musica, ma non sembrò così. Di certo nessuno si sarebbe messo a suonare il pianoforte a quell'ora, no? Era sul punto di scendere dal letto per andare a vedere, quando ricordò. Un pianoforte. Ma certo. Aveva letto prima della consegna di un pianoforte – il primo in città. Era stato un regalo per la padrona di casa.

Qualcuno, o qualcosa, stava cercando di interagire con lei. Stava iniziando ad avere un'idea su chi, ma non ancora su cosa.

33

Luglio 1769, Oxleigh

Rowan si svegliò trovandosi una lanterna puntata direttamente negli occhi e Alice piegata su di lei, che la tirava per le spalle. «Vieni, presto. Veloce, ho detto», la esortò sussurrando.

«Che... Che c'è?», domandò Rowan, sbattendo le palpebre per la luce.

«C'è sangue, tanto sangue». Fece un mezzo singulto.

Era la tintura? Di certo avrebbe dovuto aver già fatto effetto. «Dovresti distenderti, Alice», disse Rowan. «Muoversi troppo peggiorerà le cose».

Alice scosse la testa con veemenza. «Non sono io».

«Qualcuno in città, allora?», chiese Rowan. «Che è venuto a chiedere aiuto?».

Alice scosse di nuovo la testa, tirandola verso la porta.

In quel momento Rowan capì: poteva esserci solo un'altra persona con quel problema. Mentre scendevano le scale, il pianto della sua padrona divenne sempre più forte, il suono riecheggiava in modo agghiacciante nella casa buia. Una volta, l'estate prima che il padre morisse, Rowan era uscita nei campi con lui la mattina presto e si erano imbattuti in un leprotto, la zampa posteriore bloccata in una trappola. Il rumore che proveniva dalla stanza della padrona le ricordò il lamento acuto della giovane lepre che si dimenava contro il metallo arrugginito.

Mentre correvano, a Rowan venne in mente l'abito da sera che la sua padrona aveva indossato due settimane prima per il ballo e poi, con orrore, la sensazione che aveva avuto quando l'aveva provato. Pronunciò sottovoce una preghiera, sperando di sbagliarsi.

«Che fai?», chiese Alice, alzando la lanterna di fronte al viso di Rowan.

«Niente», rispose, fermando il movimento delle labbra.

La scena che le accolse, Rowan avrebbe voluto non vederla mai più. Era come immaginava fosse un mattatoio, poiché le lenzuola della sua padrona erano macchiate di sangue, scuro come la pece sotto la flebile luce. Ebbe un conato di vomito per l'odore che pervadeva la camera, le membra le tremarono quando rammentò l'ultima volta che ne aveva sentito uno simile, un fetore che le era rimasto impresso nella mente. La madre aveva assistito a un parto, e aveva portato Rowan con sé per aiutarla, ma la testa del bambino era rimasta incastrata troppo a lungo e la madre non era riuscita a bloccare l'emorragia. Nessuno dei pazienti era sopravvissuto.

A Rowan ci volle tutta la sua determinazione per sforzarsi di superare la soglia ed entrare nella stanza. Prese la brocca sul comò a un lato del letto della sua signora e inumidì il pezzo di stoffa che si trovava lì. Mentre Alice rimase indietro, Rowan si avvicinò alla testa del letto, evitando una pozza di vomito sul tappeto turco e mise la pezza sulla fronte della signora, tenendola ferma nonostante i tremori della donna.

«Alice, sei tu?», chiamò Caroline quando sentì il fazzoletto.

«Rowan, signora», rispose, la voce bassa. «Dove sentite dolore?», le domandò.

Un gemito profondo e gutturale e poi rispose. «La pancia, le spalle… mi fa male come se avessi il diavolo dentro di me e cercasse di uscire».

Rowan chiese ad Alice di portare la lanterna e fece del suo meglio per valutare l'emorragia. Abbassò il copriletto e trovò macchie di sangue più chiaro sulle chiazze di quello più vecchio e scuro, che avevano imbevuto le lenzuola.

«Dimmi che non è il bambino», supplicò Caroline. «Tutto tranne quello».

«Posso?», chiese Rowan, premendo delicatamente sullo stomaco della padrona, palpandole sotto le costole e poi ancora più in basso.

Caroline emise un altro urlo che avrebbe svegliato l'intera casa, e anche quelli della strada, se le finestre non fossero state chiuse. Poi, un rumore alla porta della stanza: Prudence, avvolta in una vestaglia. «Che succede?», chiese, spalancando gli occhi alla vista della scena. «Vado a prendere dell'acqua, dobbiamo ripulirla».

Prima che Prudence se ne andasse, Rowan si avvicinò alla cuoca e le parlò a bassa voce all'orecchio. Prudence annuì capendo cosa Rowan le stesse dicendo.

Alice si lasciò sfuggire un flebile lamento. «È tutta colpa sua...». Indicò Rowan. «Vede cose che gli altri non vedono. È un sortilegio. L'ho beccata a sussurrare le parole di un incantesimo prima».

«È vero quello che dice?», chiese Prudence, guardando bruscamente Rowan.

Lo sguardo di Rowan saltò dall'una all'altra, furiosa con Alice e sconcertata che Prudence non avesse respinto subito le accuse. «Non siate ridicole», disse, trovando la voce. «Non era altro che una preghiera. Adesso, muovetevi. Non dobbiamo causare turbamento alla signora. Facciamo come suggerisce Prudence e ripuliamola meglio che possiamo», aggiunse. «E portate tutti i pezzi di stoffa che riuscite a trovare. Sta andando a fuoco».

Nonostante la giovane età, Rowan prese il controllo della situazione; fu come se le mani della madre la stessero guidando mentre si accertava delle condizioni della sua signora.

Prudence tornò in camera, e si misero all'opera rimuovendo

le lenzuola insanguinate e sostituendole con altre pulite, cercando di essere il più delicate possibile con Caroline. Rowan notò che non sembrava esserci sangue fresco, né tracce dell'infante, così mormorò un'altra preghiera di ringraziamento.

«Dovremmo chiamare il cerusico?», domandò Prudence.

«No!», gridò Rowan, perché aveva sentito parlare delle terribili ferite che quegli uomini potevano infliggere, del fatto che non fossero migliori di un macellaio.

«Il dottore, allora?».

Rowan annuì con riluttanza e Prudence comandò ad Alice, che se ne stava ancora vicino alla porta, di andare dritta alla casa del dottore. Rowan andò in soffitta a vestirsi, lasciando Prudence con la signora.

Quando tornò in camera da letto, prese una delle pezze che Prudence aveva portato e la immerse in una coppa di acqua fresca, strizzandola e distendendola sulla fronte della padrona, che era calda come la brace di un fuoco. Caroline aprì brevemente gli occhi a quel tocco, ma erano vacui, non vedevano, ed erano rovesciati all'indietro. In quell'istante Rowan temette per la vita della sua padrona, poiché il suo spirito sembrava quasi del tutto spento. Mentre aspettavano il dottore, Rowan le cantò una vecchia canzone che aveva sentito da bambina. «*Quando la luna brillerà sul suo bel viso, quando il vento chiamerà il suo nome, quando il gelo sparirà dal terreno, allora l'amore mio tornerà*». Mentre cantava, pensava al padrone di casa, a quando sarebbe tornato a casa, perché era partito da Oxleigh due giorni dopo il ballo, affermando una volta ancora di avere degli affari da svolgere a Bath.

Quando arrivò il dottore, bandì chiunque dalla stanza tranne Rowan, che gli spiegò come avevano trovato la signora. «Apri subito le finestre, dobbiamo liberare l'aria dal miasma putrido di cui si è impregnata», abbaiò. «Dov'è il signor Hollander?»

«Via, signore. Non sappiamo quando farà ritorno», disse

Rowan, affrettandosi a fare quello che gli aveva chiesto. Nel frattempo, il sole era sorto e il rumore della strada, le ruote dei carri e delle carrozze che sfregavano sui ciottoli, i cavalli che nitrivano e i venditori di fiori che annunciavano le loro merci, penetrarono nella stanza insieme all'aria fresca. Sembrava crudelmente ingiusto che il resto della città andasse avanti, occupandosi dei propri affari come in un giorno qualsiasi, mentre la sua signora giaceva sospesa tra questo mondo e l'altro.

«Possa Dio portarlo in fretta a casa», disse, aggirandosi attorno al letto e osservando attentamente la propria paziente. Poi: «Datele orzata e brodo di manzo se lo prenderà, e mandate qualcuno in farmacia per dei sali di assenzio. Tornerò di nuovo domani».

«E il bambino?», domandò Rowan.

«Non riesco a sentire alcun movimento», disse l'uomo. «Ma questa di per sé non è una conclusione».

Una volta che il dottore se ne fu andato, Rowan fece ritorno al capezzale della sua padrona, frustrata che un medico tenuto in così grande considerazione non fosse stato capace di fare di più per lei. La febbre continuava a essere alta, facendole sussultare e tremare il corpo come se avesse le convulsioni. La brezza che entrava dalla finestra non la rinfrescò per niente.

Rowan la vegliò tutto il giorno, e ancora Patrick Hollander non si era visto. Prudence portò del brodo e un piatto freddo per Rowan, e le rughe sulla sua fronte diventarono più profonde quando osservò entrambe.

Molto più tardi, mentre la luce sbiadiva dalla finestra, Rowan chiuse gli scuri e accese una lampada a olio. Si chinò per appoggiarla sul comodino accanto al letto e notò che la sua padrona non tremava più per la febbre. Era rattrappita e pallida, bianca come le lenzuola, e i capelli chiari erano scuri per il sudore, ma il respiro si era calmato e il viso era diventato di nuovo sereno. Sbatté le palpebre e aprì gli occhi e Rowan si tirò indietro, imbarazzata di essere stata colta così vicina a lei.

«Signora», disse.

«Sete», sussurrò Caroline.

Rowan prese la scodella di brodo e con un cucchiaio gliene mise un po' in bocca. Le sembrava di nutrire un neonato, tanto erano piccoli i sorsi della sua padrona.

Lo sforzo pareva averla resa esausta e, dopo non più di mezza scodella, Caroline si distese sui cuscini e si addormentò di nuovo.

Alice, che si era assentata per la maggior parte della giornata, essendo andata in farmacia e a fare altre commissioni, fece capolino nella stanza. «Come... come sta?»

«Meglio, credo», disse a voce bassa Rowan. «Non sanguina più. Deve riposare».

«Ha…».

«Cosa?», domandò Rowan.

«Per caso ha...».

«Su, parla», disse, infastidita dall'interruzione e ancora arrabbiata per l'accusa che le aveva mosso prima.

«Ha perso il bambino?»

«C'era talmente tanto sangue che può essere possibile che non sia più vivo dentro di lei».

Rowan non riuscì a decifrare l'espressione sul suo volto, ma qualcosa del comportamento di Alice la disturbò. Sembrava quasi contenta.

Il mattino seguente, il dottore fece ritorno e, dopo un frettoloso esame, dichiarò che la signora Hollander aveva superato il peggio della febbre. Istruì Rowan di proseguire con le dosi di assenzio, diluito con acqua. «Tuttavia non è ancora certo se il bambino sia ancora vivo», disse, congedandosi. «Ma credo che la signora Hollander sia salva. Per adesso».

Qualche istante dopo che il dottore se ne fu andato, si udì

del trambusto per strada, seguito dal rumore della porta d'ingresso che sbatteva e degli stivali che calpestavano veloci e pesanti le scale. Caroline si sollevò leggermente dalla posizione distesa. «Mio marito?».

Patrick Hollander piombò in camera da letto come se fosse posseduto. «L'ho visto in strada!», gridò. «Il dottore. Cos'è successo? Stai bene, mia cara?».

Rowan fermò il sussulto di sorpresa che le crebbe in gola, poiché Hollander somigliava ben poco all'uomo che si era abituata a riconoscere come il suo padrone. I capelli erano arruffati, i pantaloni alla cavallerizza, di solito bianchissimi, sporchi di fango, la giacca mezza sfilata e il panciotto strappato. Sembrava avesse subìto l'imboscata di alcuni banditi e che ne fosse uscito sconfitto.

Caroline non sembrò notare il suo aspetto scompigliato, anzi, chiamò a raccolta un flebile sorriso per lui. «Un po' di debolezza, tutto qui. Sono praticamente guarita».

Patrick spostò lo sguardo dalla moglie a Rowan e ad Alice. «È vero? Niente di più grave? Il bambino?».

Rowan non rispose. Non era compito suo contraddire la padrona di casa, a prescindere dalle bugie che raccontava.

«Non preoccuparti per me. Era solo un po' di sangue, tutto qui», insisté Caroline.

«Ma il bambino?»

«Dovrebbe star bene», lo interruppe. «Devo solo avere pazienza, riposare e aspettare».

«Aspettare? Cosa?», domandò.

«Lui – o lei – che cresca forte, ovviamente», disse lei. «Ma cosa ti è successo? I tuoi vestiti...».

Patrick si sedette pesantemente sul letto. «La nostra carrozza ha avuto una disavventura, ecco tutto. Si è ribaltata sulla strada non lontano da Melksham. Abbiamo dovuto tirarla fuori dal fosso. Ma non c'è bisogno di soffermarsi su certe questioni. Bath è stata alquanto gradevole e sono felice di riferirti che mi sono assicurato l'affitto di un bell'edificio nel centro della città. Sono tornato per organizzare la consegna della merce da qui in avanti».

«E chi si occuperà del negozio lì?», chiese Caroline.

«Ma io, ovviamente».

«Quindi, te ne andrai di nuovo?». La delusione le offuscò il volto.

«Sì, domani, perché devo tornarci subito».

«E qui?»

«Jeremiah fa un lavoro eccellente nel servire i nostri clienti. Non preoccuparti di certe cose. Dato che di certo non hai mai dovuto farlo in precedenza». Le prese la mano e la strinse delicatamente.

Rowan si voltò per andarsene, ma quando lo fece colse l'espressione afflitta di Alice e ne seguì la traiettoria, che era fissa sul loro padrone. Qualche istante più tardi, le sovvenne un orribile pensiero. Che Alice avesse dato la bevanda medicinale che aveva preparato per lei alla signora? Non osò nemmeno contemplare una cosa tanto vile, perché, se fosse stato così, la colpa sarebbe stata anche sua.

34

Presente

A parte la burrascosa giornata dell'escursione dall'epilogo sfortunato, era stato un autunno insolitamente asciutto. Thea continuava a controllare le previsioni del tempo con un occhio attento, domandandosi quando quel paese apparentemente umido avrebbe ottenuto la pioggia per la quale era tanto famoso. Finora non si era verificato nulla di più della nebbia, ma a lei sarebbero serviti solo un fitto rovescio e il buio, perché non solo avrebbero celato la sua figura, ma avrebbero anche permesso alle sue azioni di passare inosservate. La pioggia avrebbe lavato via ogni prova.

Prima di lasciare Melbourne, la madre aveva spinto l'anonimo barattolo tra le mani di Thea, chiedendole di portarlo con sé. Un ultimo dovere filiale.

Quella settimana, le previsioni annunciavano un sistema di bassa pressione in arrivo da Ovest, superando le ondulate colline che fiancheggiavano la città, e in effetti quella domenica pomeriggio portò nuvole plumbee e l'aria rimase pesante con la promessa della pioggia.

Nel corso della giornata, Thea era diventata sempre più nervosa, camminando avanti e indietro nella sua piccola stanza, incapace di concentrarsi. Fu un sollievo per lei vedere il cielo oscurarsi e ascoltare il rumore della pioggia che scrosciava sui vetri delle finestre. Distratta, eseguì i suoi compiti serali e poi, quando calcolò che le ragazze stessero dormendo, con pochissime probabilità che si svegliassero, chiuse la cerniera della giacca, infilò una torcia in una delle capienti tasche e il barattolo nell'altra. Quest'ultimo era più pesante di quanto sembrasse e tirava goffamente la giacca da un lato, ma ignorò la cosa e sgattaiolò giù dalle scale.

In silenzio, per non svegliare la casa addormentata, si allacciò gli stivali e aprì lentamente la porta d'ingresso. Quasi subito, la pioggia iniziò a entrare dentro, formando delle piccole pozze sul pavimento di pietra.

Era il momento di fare quella cosa e poi, forse, avrebbe finalmente dormito più tranquilla.

L'orario di chiusura dei pub era vicino e in alcuni di questi si poteva scorgere una flebile luce, ma la strada principale era quasi deserta. Oxleigh era praticamente una città fantasma, i lampioni proiettavano delle ombre tremolanti sull'asfalto punteggiato di pozzanghere. Thea tirò i lacci del cappuccio per farlo aderire allo scalpo, abbassò la testa e camminò con determinazione verso la scuola. La pioggia le batteva sul viso, pungendole la pelle esposta e dovette asciugarsi gli occhiali diverse volte per ripulirli.

Accidenti.

Aveva raggiunto l'entrata, ma gli alti cancelli in ferro battuto erano chiusi a chiave. Scuotendoli per la frustrazione, si rimproverò per non aver controllato l'orario in cui venivano bloccati la sera. Accese la torcia, usando il fascio di luce per controllare la cancellata, in cerca di un altro modo per entrare.

Niente.

Poi, illuminando a sinistra, notò una porticina ricavata all'interno del cancello principale. Durante il giorno non si vedeva, quando le due ante erano aperte e schiacciate contro il muro. Si avvicinò. Anche quell'apertura era bloccata da un pesante lucchetto, ma quando ci puntò sopra la torcia, notò un simbolo. La faretra. Poteva essere che...? Si infilò una mano in tasca per prendere le chiavi e selezionò quella con le frecce incise sopra, la sola per cui, si rese conto in quel momento, non era stata ancora in grado di trovare una serratura. Quasi esultò quando questa entrò senza problemi nel lucchetto, permettendole di superare il cancello e mettere piede sul suolo della scuola senza ulteriori intoppi. Sì affrettò a proseguire oltre, lasciando il lucchetto aperto per quando avesse fatto ritorno.

Thea marciò lungo il sentiero, muovendosi a zig-zag per evitare le pozzanghere peggiori. La pioggia cadeva ancora a raffiche, entrandole di traverso dagli occhiali e rendendole difficile il compito di vedere dove stesse andando, ma proseguì imperterrita. I jeans erano ormai zuppi, ma almeno la giacca si stava dimostrando in grado di resistere agli scrosci. Il barattolo le sbatteva dolorosamente contro la coscia mentre camminava, un promemoria, per quanto non gliene servisse uno, del compito che l'attendeva.

Ben presto giunse ai campi da gioco – quelli da hockey su cui Gareth aveva cercato, fallendo, di battere lei e le ragazze solo qualche settimana prima. Gli stessi campi che d'estate venivano usati per il tennis e il cricket, quelli di cui suo padre le aveva parlato con così tanto affetto.

Un solo riflettore era stato lasciato acceso, illuminando parte dei terreni, ma Thea rimase nell'ombra, per non correre rischi nel caso vi fossero installate delle telecamere a circuito chiuso.

Rimase un attimo lì ferma, sentendo la pioggia gocciolarle dentro il colletto e lungo il petto. Poi si mise una mano in tasca e tirò fuori il barattolo. Era un cilindro grigio, circa delle dimensioni di un piccolo telescopio, e niente del suo aspetto lasciava intuire cosa ci fosse all'interno. Strinse le mani attorno alla superficie liscia, lo alzò in avanti e svitò il tappo.

Ogni volta che pensava al padre, amore, frustrazione, rimorso, dolore e rabbia venivano a galla tutti assieme, un'ingarbugliata matassa che, capì in quel frangente, probabilmente non sarebbe mai stata sbrogliata.

Sforzandosi di tenere ferme le mani tremanti, inclinò il barattolo e lo scosse verso il terreno. I polverosi detriti grigio-marroni scivolarono fuori e subito scomparvero nell'erba, proprio come aveva sperato. Mera polvere, restituita alla terra. Una lacrima le rigò la guancia e si mescolò alla pioggia che aveva sul volto. Suo padre aveva desiderato rendere Thea e la sorella forti contro il mondo, renderle delle guerriere. Non ci era proprio riuscito.

La pioggia continuò a scendere, incessante, mentre l'ultimo granello di cenere scivolava fuori dal barattolo. Lo rovesciò del tutto e lo scosse per essere sicura, poi lo raddrizzò, raccogliendo dell'acqua piovana prima di sciacquarlo e ripulirlo, finché non rimase più alcuna traccia di polvere.

Era fatta. Era fradicia fino alle ossa, la giacca alla fine aveva ceduto alla pioggia, ma a malapena se ne era accorta. Il peso che la opprimeva da così tanti mesi era scomparso assieme alle ceneri del padre: come se si fosse liberata dal passato.

Non notò la figura scura dall'altro lato del campo finché non sentì l'urlo.

«Thea!».

Gareth, con un impermeabile addosso, il volto oscurato da un ombrello, stava venendo verso di lei.

«Cristo in bici», borbottò tra sé e sé. Era l'ultima persona che avrebbe voluto vedere. «Che ci fa qui?», sibilò quando la raggiunse. La pioggia gli sgocciolava dal colletto della giacca e le sopracciglia erano raggrumate a raggiera.

«Stavo per chiederle la stessa cosa. L'ho vista uscire di casa. Mi stavo facendo una birra al pub in fondo alla strada».

«E mi ha seguita?». Era incredula.

«Colpevole, temo». Alzò una mano. «Ammetto che ero curioso di sapere cosa ci facesse fuori in una serata così schifosa, ma non era mia intenzione spaventarla».

«Be', lo ha fatto», disse, stizzita.

«Mi dispiace». La coprì con l'ombrello, un'offerta di pace.

«Non volevo disturbarla. Ho aspettato che finisse. Non si preoccupi. Il suo segreto è al sicuro con me».

Thea lo fissò guardinga.

«Andiamo, usciamo da qui prima di morire entrambi di freddo».

«Non mi serve il suo aiuto», disse testarda.

Lui sogghignò e stava per risponderle qualcosa, quando un altro urlo riecheggiò in mezzo ai campi. Thea alzò lo sguardo. «Battle!».

Il custode si muoveva a una velocità non indifferente, avanzando verso di loro come un granchio impazzito. Thea sbatté le palpebre. Non aveva idea che fosse capace di camminare così veloce.

«Ehi!», gridò di nuovo. «Cosa pensate di fare, voi due?».

Gareth afferrò la mano di Thea. «Presto! Prima che ci raggiunga».

«Come siete entrati qui?», domandò il signor Battle quando iniziarono a scappare. Riusciva quasi a sentire le ondate di disapprovazione e irritazione sprigionate dall'uomo.

Thea non ebbe tempo di pensare. Seguì Gareth come per istinto cieco, e scoppiò a ridere per l'assurda situazione. Era un'insegnante responsabile, non una scolaretta ribelle. Girò la testa e, da dietro gli occhiali bagnati, vide il custode avvicinarsi. «È stato lei a darmi la chiave!», strillò, prima di piegarsi quasi in due dal divertimento.

Lei e Gareth si fiondarono attraverso il cancello, lasciando l'uomo tutto ansimante al loro inseguimento. A Thea sfuggì quasi l'urlo successivo, ma percependovi una nota di dolore, si voltò e vide il custode tenersi il petto. «Aspetti!», disse a Gareth. «Credo ci sia qualcosa che non va».

Gareth si fermò a pochi passi da lei. «È meglio controllare se stia bene».

Thea vide il signor Battle cadere in ginocchio. Senza un attimo di esitazione, Gareth scattò verso di lui, Thea lo seguì all'istante. «Stendiamolo su un fianco», disse lui, coprendo il custode con l'ombrello, quando Thea li raggiunse. «Non mi piace per niente».

Il signor Battle sembrava così piccolo, disteso inerme sul terreno. Persino nella quasi totale oscurità, Thea riusciva a vedere che il suo volto era diventato di un grigio poco salubre. Tirò fuori il telefono dalla tasca e prese a comporre un numero.

«È 999», le ricordò Gareth.

«Sì, sì», disse, provando una fitta di senso di colpa per aver causato tutto questo.

Meno di un quarto d'ora più tardi, le luci e le sirene illuminarono l'oscurità e Thea vide la sagoma del rettore attraversare i campi a grandi passi. Persino in vestaglia e con gli stivali di gomma trasmetteva solennità.

Prima che il dottor Fox potesse chiederlo, Gareth si fece avanti e spiegò brevemente la situazione, omettendo di menzionare perché si trovassero sul terreno della scuola a un'ora così tarda.

«Bene. Mi vestirò e andrò in ospedale. Non c'è bisogno che veniate. E dovreste tornare a casa vostra».

Non fece altre domande, ma Thea sapeva che alla fine avrebbero dovuto spiegare la loro presenza sul suolo di proprietà della scuola quasi a mezzanotte.

I paramedici sistemarono il signor Battle su una barella e gli misero la maschera dell'ossigeno prima di caricarlo con attenzione sull'ambulanza. «Lo porteremo al Saint Anne in un baleno», sentì dire a uno di loro.

Thea rimase in piedi a guardare mentre lo portavano via, incerta sul da farsi. Se il signor Battle non si fosse ripreso... Se si fosse ripreso e avesse detto al rettore quello che aveva fatto...

«Andiamo», disse Gareth, interrompendo i suoi pensieri catastrofici. «So io cosa ci serve».

35

Luglio 1769, Londra

«Devo andare», annunciò Mary, piombando furiosa in casa. Erano passati due mesi da quando aveva inviato i rotoli di seta a Hollander e non aveva ottenuto alcuna risposta. «Non posso credere di essere stata così sciocca da fidarmi di lui», disse furibonda. «Non gli permetterò di farla franca in questo modo».

«Che c'è?», chiese Frances seduta al tavolo, una calza mezza rammendata dimenticata tra le dita. «Dove devi andare?»

«A Oxleigh, ovviamente. Perché non posso rimanere qui un istante di più. Devo accertarmi di persona che il signor Hollander abbia ricevuto la seta e scoprire esattamente perché non ho avuto alcuna risposta».

«Servirà a qualcosa, sorella?», disse Frances con tono gentile. «Ho avuto i miei dubbi su di lui sin dal primo incontro, mi è sembrato subito un tipo troppo subdolo».

«E non hai pensato di avvertirmi con più determinazione?»

Frances alzò le spalle. «Eri – eravamo – disperate».

Mary scosse la testa con veemenza, delle gocce di pioggia volarono dalla mantella e bagnarono il pavimento. «Non posso permettermi di lasciar perdere, per il mio orgoglio e per la speranza di poter recuperare la collana di nostra madre. Non mi farò prendere in giro. Diversamente dal signor Le Maître, non posso aspettare mesi sperando di essere pagata. Ho un posto prenotato sulla diligenza di domani mattina e arriverò mercoledì. Devo affrettarmi e preparare il baule, perché non c'è tempo da perdere».

Mary impacchettò il tessuto con le aquilegie e la vitalba insieme ai disegni, avvolgendoli con cura in diversi strati di lino. Aggiunse qualche abito ordinario adatto a viaggiare, un paio di sottovesti, calze e così via. In cima a tutto mise delle lenzuola, perché non era sicuro che il letto della locanda dove si sarebbe fermata la diligenza per la notte fosse privo di insetti, e Frances le aveva consigliato di portarsele da casa.

Quella sera, Mary si ritrovò a fare avanti e indietro nella stanza senza darsi pace, le guance arrossate e i pensieri che giravano vorticosi, perché adesso che si era decisa ad agire non riusciva a calmarsi. Ripeté le parole che avrebbe detto al signor Hollander. Avrebbe dovuto mostrarsi arrabbiata, persino presuntuosa, come avrebbe fatto un uomo, o più calma, ragionare con lui in modo più pacato? Sapeva che la seconda sarebbe stata una linea di condotta più favorevole, sebbene desiderasse molto infuriarsi con lui per non aver rispettato il loro accordo. Non si sarebbe più fatta mettere da parte, mancare di rispetto e ignorare. Il fatto che fosse una donna non dava a Hollander il diritto di rinnegare l'accordo e non mantenere fede ai propri debiti.

La pioggia smise di martellare contro i vetri e, quando calò la sera, si ridusse a una lenta pioviggine, alimentando in Mary la speranza che avrebbe continuato ad attenuarsi e che la carrozza non avrebbe accumulato ritardo, dato che il viaggio era già di per sé lungo anche senza la prospettiva di un'ulteriore perdita di tempo.

Mary conosceva poco la zona sud-ovest di Londra, ma Frances le aveva assicurato essere gradevole e per lo più pianeggiante. «Mi piacerebbe venire con te, ma sono impegnata in ospedale», le disse crucciata.

«Possiamo a malapena permetterci un biglietto», replicò Mary. «Inoltre, sono perfettamente capace di confrontarmi con lui da sola». La collera divampò dentro di lei finché non assunse la portata di un incendio ormai non più domabile.

Mentre Mary si apprestava a partire, la mattina seguente, Frances le mise in mano un fagottino. «Del cibo, per il viaggio. Buona fortuna e che Dio ti protegga e possa guidarti».

Mary si sforzò di mettere a tacere i dubbi che le crebbero nel petto. Esisteva una possibilità, sebbene minima, che potesse essere successo qualcosa di avverso al signor Hollander, che potesse essersi ammalato... che ci fosse una spiegazione semplice dietro la mancanza di comunicazione da parte sua. Magari, in quello stesso momento, poteva essere in viaggio per Londra. Oh, quanto sarebbe stato terribile se lo avesse mancato per un pelo in questo modo.

No, rammentò a se stessa, era veramente poco probabile, e lei non poteva restarsene seduta ad aspettare che fosse il destino a decidere. La sua pazienza era arrivata al limite. Non poteva più sopportare di rimanere ignara della situazione.

Mary aveva intrapreso solo un altro viaggio nella sua vita, quello che l'aveva portata dalla sua casa d'infanzia a York a quella di sua sorella a Spitalfields l'anno prima, e, arrivata a Oxleigh, dopo così tante ore, provò una sensazione di turbamento simile alla volta precedente. La stazione di posta davanti a lei era un imponente edificio di pietra color miele, e rimase colpita da quanto fosse diverso da tutto ciò che le era familiare. Prima che avesse il tempo di rimuginarci sopra, però, era stata scaricata vicino all'ingresso insieme al baule e alla valigetta, e i suoi compagni di viaggio divennero presto una nube di polvere in lontananza, diretti verso la strada per Bath.

La luce stava calando, dato che era ormai tardo pomeriggio. Sapeva di avere i capelli scompigliati e gli abiti sgualciti, e non voleva farsi trovare in quelle condizioni quando avrebbe affrontato l'uomo che le aveva causato tanto tormento. Stabilì che sarebbe andata a cercarlo la mattina seguente, sul presto, prima che lui avesse il tempo di uscire di casa.

Quando raggiunse la sua camera, prestò poca attenzione a quanto fosse gradevole e alle dolci colline intorno, e si distese sul letto, sollevata di non essere più in perpetuo movimento, poiché le sembrava di avere le ossa allentate dalle giunture.

Più tardi, dopo un pasto di affettati e pane che le era stato portato in stanza, aprì il baule e ne tirò fuori il rotolo di tessuto, maneggiandolo con cura per non sporcarlo. Lo distese sul letto e lo ammirò di nuovo in tutto il suo luminoso splendore. Il solo guardarlo le infuse coraggio.

La campana della chiesa rintoccò e ipotizzò che restasse ancora una mezz'ora di crepuscolo. Convincendosi che la città fosse abbastanza sicura per fare una rapida esplorazione della strada principale, in cerca della casa del mercante, impacchettò in fretta e furia la stoffa e la ripose da una parte prima di avventurarsi fuori dalla locanda.

Mary si avvolse nella mantella e accelerò il passo, superando altre locande, un calzolaio, un fabbricante di candele e una selleria, un cappellaio, una drogheria, due macellerie e un negozio di liquori, la natura dell'attività commerciale era indicata a caratteri cubitali sulle porte o con cartelli appesi alle vetrine. Era una città florida, ma questo non la sorprendeva, perché sapeva essere una popolare tappa di sosta per Bath, in cui signore e gentiluomini andavano a farsi i bagni e a socializzare nelle nuove sale da ballo. Aveva quasi raggiunto la fine della strada e stava cominciando a preoccuparsi per essersi fatta sfuggire la bottega che cercava, quando eccola lì, proprio davanti a lei, una brillante illustrazione con rotoli di seta e un paio di forbici da stoffa. Il cuore cominciò a battere più veloce al pensiero che presto avrebbe incontrato Patrick Hollander, sfidato il leone nella sua tana.

Fingendo di dare un'occhiata alla merce, sbirciò la vetrina, indietreggiando quando notò un uomo nel locale buio. Non era quello che stava cercando, però. Questo era più magro, con la schiena ricurva e le spalle piegate in avanti su un petto incavato come le ali di un pipistrello. Lui alzò lo sguardo, come se sapesse di essere osservato, e Mary riprese a camminare, fingendo di avere delle commissioni urgenti da sbrigare lungo la strada.

Quando il cuore rallentò un po' la sua corsa, attraversò la strada, sollevando i lembi della gonna per evitare il fango e tornò indietro dall'altro lato, dando un'altra rapida occhiata al negozio da lontano.

Adesso sapeva dov'era, l'ira che ardeva dentro di lei diventò ancora più grande. Patrick Hollander l'aveva ignorata; le aveva fatto promesse che non aveva mantenuto e questo lei non lo accettava. Non vedeva l'ora che fosse l'indomani mattina.

36

Presente

Entrarono nel pub da una porta laterale. Thea era sorpresa di vedere quel posto mezzo pieno nonostante fosse ufficialmente passata l'ora di chiusura. Al loro arrivo, alcune persone smisero di parlare, ma tornarono subito alle loro birre e alle loro conversazioni, quando riconobbero Gareth. Un paio sollevarono i bicchieri verso di lui.

Era un sollievo non trovarsi più sotto la pioggia, e Thea appese la giacca a un gancio accanto alla porta, osservando le gocce d'acqua che colavano sul tappeto. Gareth tornò dal bar con due bicchieri quasi pieni e un asciugamano. Glielo porse e lei se lo passò sugli occhiali appannati e si asciugò con gratitudine il viso e i capelli.

Trovarono un tavolo in un angolo, accanto al camino che emanava un gradito tepore, e si misero seduti uno di fronte all'altra sulle vecchie panche di legno.

«Pensa che se la caverà?», gli chiese. «Mi sento malissimo. Se non mi avesse inseguito… Cristo, avrei potuto ucciderlo».

Stavolta l'aveva combinata grossa; di certo il rettore l'avrebbe licenziata prima della fine della settimana.

«Thea», disse Gareth, con solennità. «Non è la prima volta che succede».

«La prima volta cos'è successo?»

«La prima volta Battle ha avuto un piccolo malore».

«Quello non era un "piccolo malore"», disse lei, meravigliata. «Sembrava proprio un attacco di cuore».

«È un uomo anziano», disse Gareth, così piano che Thea dovette avvicinarsi per sentirlo in tutto quel brusio prodotto dalla clientela. «La verità è che ormai da anni il lavoro è diventato troppo per lui, ma Foxy lo ha tenuto per una questione di lealtà. Battle è in questa scuola da tempo immemore. Sarebbe dovuto andare in pensione decenni fa».

«Non ha una famiglia? Una moglie?».

Gareth scosse la testa. «La scuola è la sua famiglia, immagino». Fece tintinnare il bicchiere contro quello di lei. «Vuole dirmi cosa ci faceva là?», le chiese, prendendo un sorso del drink. «Ma, ovviamente, se preferisce non…».

Thea scosse la testa. «Mio papà». La sua voce era rauca, strozzata dalle lacrime non versate.

«Certo. Il compianto Henry Rust».

«Lo conosceva?»

«Tutti lo conoscevano. Rappresentante degli studenti. Leggendario atleta della scuola. Ha continuato a giocare a cricket per l'Australia, no?»

«Nel Nuovo Galles del Sud, per la precisione».

«So che è successo da poco. Deve essere stata dura». Si appoggiò allo schienale, esaminandola per un momento, e Thea notò una certa umanità nel suo sguardo. «Non è l'unica ad aver avuto un padre super sportivo».

«Ah, no?»

«Mio padre era appassionato di rugby – devo il mio nome a Gareth Edwards, il più grande mediano di mischia del Galles di tutti i tempi; be', secondo mio padre, almeno. Il fatto che avessi preferito l'hockey al rugby è stata un'eterna delusione per lui». Fece una smorfia. «Non mi è mai piaciuto rischiare di farmi male».

Thea sorrise. Sapeva come fossero fatti certi padri e i loro alti standard impossibili.

«Quindi, tale padre tale figlia?», le chiese.

«Oh, non ne sono proprio sicura».

«È troppo modesta. Io ho sottovalutato le sue capacità e la sua esperienza. Ho indagato su di lei – davvero impressionante. Mi dispiace averla trattata male. Mi dispiace, Thea». Posò con gentilezza una mano sulla sua e Thea trovò quel calore inspiegabilmente confortante.

«Devo scusarmi anch'io», disse con un'espressione triste. «Sono saltata alle conclusioni, ho detto cose che probabilmente non avrei dovuto dire».

«Tregua?». L'espressione di Gareth era seria.

«Tregua». Thea sollevò il bicchiere, battendolo contro quello di lui e bevendone un sorso. Il whisky le incendiò la gola, riscaldandola da dentro. Smise di tremare.

«Cosa la spinge?», le chiese, sporgendosi verso di lei, un'espressione di genuino interesse sul volto.

«Prego?»

«Cosa la spinge a eccellere?»

«La paura di fallire?». Sorrise leggermente. «No, anzi, non è del tutto vero. Immagino che volessi rendere il mio vecchio fiero di me», disse.

«E ci è riuscita?».

Si tolse gli occhiali. «Non lo so. Non era facile stargli vicino. Penso che nemmeno mia madre lo conoscesse fino in fondo. Suppongo che uno dei motivi per cui sono qui fosse cercare indizi, qualcosa che potesse fornirmi qualche informazione in più… ormai, però, non credo ci sia più molto a trattenermi qui, e immagino che il dottor Fox concorderà con me, dopo quello che è appena successo».

Ma mentre pronunciava quelle parole, si rese conto che non era esattamente così. Avrebbe voluto rimanere. E non per l'insensata ragione di guadagnarsi il rispetto del padre o per comprenderlo meglio, ma perché si era affezionata alle ragazze, persino alla scuola, e a tutto il buono che rappresentava.

Thea prese un altro sorso di whisky e scivolò nel silenzio. Le dita e i piedi cominciarono a gelare, la sensazione di formicolio che tornava. Si fissò le mani mentre le fletteva, vedendo una versione più piccola delle dita dalla punta squadrata di suo padre.

«Non sempre lui mi piaceva». Eccola lì. La verità. Finalmente pronunciata a voce alta. Com'è che diceva il vecchio adagio? *La verità vi rende liberi*? Be', era ancora tutto da vedere. «Ed è stata dura smetterla di sentirsi in colpa per questo». Finì il contenuto del bicchiere e lo posò sul tavolo con un *tonfo sordo*. «Altro giro?»

«Noi non siamo i nostri genitori, Thea. Non dobbiamo essere come loro. E, comunque, loro non sono mai stati perfetti. Anzi, in certi casi erano ben lontani dall'esserlo».

«Lo so». Adesso lo aveva capito.

«Potrà non sembrare granché», disse lui, sollevando lo sguardo verso il soffitto basso di travi antiche. «Ma è così».

Thea si alzò per andare a ordinare un altro giro di bevute.

«E sua madre? Fratelli? Sorelle?», le domandò, una volta tornata al tavolo. «Fidanzati su cui fare affidamento?».

Thea fece una risata imbarazzata. «Diciamo che sono più abile a hockey che nelle relazioni».

Il pomeriggio seguente, sebbene l'orario delle visite si fosse concluso da mezz'ora, Thea sgattaiolò oltre il banco delle infermiere e lungo il corridoio, diretta al reparto dove era stato ricoverato il signor Battle. Una volta dentro, si avvicinò in punta di piedi all'unico letto occupato. Sul comodino più vicino, c'era una composizione di gigli viola, gli stessi che il signor Dickens si era appuntato all'occhiello, ma non faceva altro che sottolineare il grigio asettico e il blu freddo della stanza.

Il custode aveva gli occhi chiusi, così Thea aspettò un po' al suo capezzale. Quando fu sul punto di andarsene, l'uomo scattò sull'attenti, lo sguardo fisso su di lei.

«Mi scusi se l'ho disturbata. Volevo solo...», esitò. «Sono solo venuta a vedere come stava».

Lui grugnì ed eruppe in una brusca risata. «Non mi ha ancora fatto fuori».

Thea sorrise. «Mi dispiace».

«A me non sfugge niente», disse, una minuscola nota d'orgoglio nella voce.

«Sto cominciando a capirlo», ribatté lei triste. «Come si sente?»

«Mai stato meglio».

«Vedo».

L'uomo rimase un attimo in silenzio, deglutendo. «È la mia vita. La scuola».

Thea annuì. Lacrime di compassione le solleticavano sotto le palpebre. Sapeva che quell'ammissione doveva essergli costata molto.

«E non posso dire di essere contento dei vari cambiamenti. *Tradizione*», disse, sottolineando la parola. «Un tempo significava qualcosa, non che lei possa saperne più di tanto. Venendo dalle colonie e tutto il resto».

Thea ignorò la frecciatina, consapevole che l'uomo la stesse provocando, proprio come aveva fatto la prima volta che si erano incontrati, sebbene in quel momento si rendesse conto che le sue intenzioni erano prenderla in giro, non insultarla. «Significa ancora qualcosa», replicò lei. «La scuola non sta perdendo nulla. Semmai ci sta guadagnando. Non è che forse sta confondendo la tradizione con la storia? Ci si può evolvere, no?».

Battle tossì, e per un tremendo istante pensò di averlo affaticato troppo, ma il suo respiro tornò normale e le indicò il bicchiere d'acqua sul comodino. Thea lo prese, avvicinandoglielo alle labbra e aiutandolo a bere.

37

Luglio 1769, Oxleigh

Non potendo stare a letto un minuto di più, Mary si alzò mentre il sole cominciava a rischiarare l'orizzonte, lavandosi in fretta la faccia prima di vestirsi con cura. Strinse le stecche del busto sopra la sottoveste, allacciò il corpetto del vestito sulla pettorina e lisciò le pieghe della gonna che si era un po' stropicciata nel baule. Dopo aver abbottonato le maniche, si spazzolò i capelli e li raccolse sotto il cappellino, facendo una smorfia perché aveva l'orlo sfilacciato ed era un modello ormai fuori moda.

Aveva lo stomaco tutto attorcigliato per poter contemplare l'idea di fare colazione, anche se bevve un po' di tè che le venne offerto quando scese al piano di sotto nella sala adibita ai pasti. Dato che era ancora troppo presto, la stanza era tranquilla, solo pochi ospiti si trovavano già lì. Si sforzò di bere qualcosa mentre aspettava che l'orologio battesse l'ora. Quando rintoccò otto volte, capì di non poter aspettare oltre e tornò in camera a prendere il secondo rotolo di stoffa che Bridget O'Neill aveva tessuto.

Mary percorse la strada principale con un'espressione determinata che nascondeva il subbuglio allo stomaco. Era giornata di mercato e il centro della strada era occupato da ogni tipo di banchetto, perciò si tenne ai bordi, evitando i venditori di fiori e di formaggi, i panettieri e quelli con ceste di uova e pesci di fiume. Quando raggiunse la porta della casa del mercante di seta, non permise a se stessa un attimo di esitazione e bussò sonoramente con il pugno.

In un primo momento non udì nessun movimento all'interno, ma dopo aver bussato di nuovo, sentì dei passi avvicinarsi. Una domestica con una curiosa cicatrice sull'occhio comparve sull'uscio. «Apriremo tra un'ora o più, se è per il negozio», disse, le vocali morbide e arrotondate.

«No, no. Sto cercando Patrick Hollander. È il commerciante di tessuti, no?».

La ragazza annuì, e le confermò quell'informazione. «Ma temo che non sia da queste parti».

Mary non poteva credere alle proprie orecchie. Non aveva pensato che potesse esistere la possibilità di non trovarlo lì, aveva dato per scontato che si sarebbe confrontata con lui quella mattina. Pensò con disperazione alla bellezza della collana della madre nelle avide mani dell'uomo del banco dei pegni.

«È partito due giorni fa», aggiunse la domestica.

«Ma sono venuta da Londra», disse, incapace di contenere la disperazione nella voce tremante. Fece del proprio meglio per darsi un contegno, per organizzare i pensieri in una sorta di ordine. «Mi chiamo Mary-Louise Stephenson».

La domestica la guardò senza capire. «La aspettava?»

«Siamo in affari insieme. Almeno...». Indicò il pacchetto sotto al braccio. «È quello che mi è stato fatto credere». Mary parlava più forte di quanto fosse sua intenzione e la domestica sbirciò oltre le sue spalle, dove un certo numero di passanti si erano fermati a guardare incuriositi. «Dovrebbe essere in possesso del primo tessuto, con un motivo dai fiori viola».

La domestica trasalì. «Forse è meglio se entrate», disse. «Posso chiedere alla mia signora cosa si può fare».

Mary si vide guidare verso delle scale e in un grande soggiorno, dove ardeva un bel fuoco dietro a una grata. «Arriverà tra poco, poiché non si è ancora alzata. È stata indisposta...». La domestica si interruppe per l'imbarazzo e Mary si sentì all'improvviso fuori posto. L'inadeguatezza della sua visita, a un'ora del genere, la turbò. Le donne della sua posizione sociale, per quanto impoverite, non si presentavano così, senza avvisare.

«Magari è meglio se...», si azzardò a dire. Ma ormai era troppo tardi, perché la ragazza era già uscita dalla stanza. Mary posò con cura la stoffa sul sofà, togliendola dall'incarto e stendendola. Si guardò attorno, notando le lussuose tende alle finestre e lo spessore del tappeto sotto ai suoi piedi. Patrick Hollander era un uomo di considerevoli mezzi. Che vivesse in una tale agiatezza, apparentemente ignorandola, fece di nuovo scattare la scintilla di rabbia, rafforzare la sua determinazione.

Quando la signora Hollander entrò in salotto, Mary notò che era indubbiamente incinta, la pettorina ricamata faceva ben poco per nascondere il pancione.

«Vi chiedo scusa per essermi presentata così presto...», iniziò a dire, alzandosi in piedi.

«Non preoccupatevi. Ero molto curiosa di conoscere l'artista di una stoffa così incantevole», disse Caroline, sedendosi e invitando Mary a fare altrettanto. «Apprendo dalla mia domestica che siete voi la responsabile del tessuto con la belladonna, no?».

Mary annuì. «Sono contenta di sapere che è arrivato, perché non ho ricevuto alcuna comunicazione da parte del signor Hollander in merito al pagamento del mio lavoro – e quello della mia tessitrice. Ho anche portato il secondo tessuto che mi ha commissionato».

«Sì, lo vedo». Caroline si protese in avanti per visionare la stoffa che Mary aveva disposto sul sofà, accarezzandola delicatamente con le dita. «Desidero molto possedere anche questo disegno. Farò in modo che Jeremiah, il nostro bottegaio, provveda a che veniate pagata».

Mary sfoggiò un piccolo sorriso e rilassò le spalle, che erano rimaste tese da quando era uscita per la sua commissione. Magari, rapportandosi con la signora Hollander, sarebbe stata trattata in modo più onesto, alla fine? «Apprezzo molto sentirvelo dire. Tuttavia, resta la questione dell'altra stoffa, per la quale non sono stata ricompensata». A Mary non piaceva sollevare l'argomento soldi con una signora come la Hollander, soprattutto nella sua condizione, ma insisté indipendentemente dalla sensibilità di entrambe, poiché l'idea di tornare a Spitalfields senza aver risolto la situazione era inconcepibile.

«Temo di non potervi aiutare in questo», replicò. «Perché non sono al corrente degli accordi con mio marito a tal proposito. Dovrete aspettare il suo ritorno. È a Devizes, credo, per una fornitura di cashmere e bigello. Magari provate a passare domani». La donna soffocò uno sbadiglio e a Mary fu chiaro che la sua presenza nella casa del mercante stava diventando di troppo. Se ne andò senza altra scelta se non quella di accettare il pagamento per la seta che aveva portato con sé e aspettare il signor Hollander per l'altra.

Mary uscì dalla casa del mercante con una banconota e una manciata di ghinee nella tasca, ricavate dalla vendita del tessuto. Nonostante avesse contrattato in maniera gentile con la signora Hollander, era stata contenta di essere stata adeguatamente pagata. I soldi sarebbero serviti in parte a rimborsare il banco dei pegni e a finanziare qualche altra notte alla locanda, perché era determinata a rimanere e ad affrontare Patrick Hollander. Già che era venuta a Oxleigh, non intendeva andarsene finché non avesse portato a termine la propria missione. Voleva incontrare quell'uomo per se stessa, per scoprire perché avesse infranto il loro accordo.

Quando Rowan tornò in soggiorno, la sua attenzione fu subito catturata dalla stoffa stesa sul sofà accanto alla signora. Chiara e lucente, sembrava concentrare tutta la luce della stanza, trascinando il suo sguardo verso la sua irresistibile bellezza. Non provò la sensazione di inquietudine che aveva provato osservando l'altra; in effetti, questo delicato motivo di fiori selvatici era gioioso e positivo.

«Eccezionale, vero?», disse Caroline. «È una donna di straordinario talento».

Rowan annuì, d'accordo con lei.

Lasciata la casa del mercante, Mary non aveva voglia di tornare subito in camera, dato che era ancora presto, così decise di fare un giro nei dintorni. Passeggiò sulla strada principale, dopodiché proseguì oltre l'acciottolato, sul percorso sterrato che conduceva fuori città. Un fiume in rapido movimento scorreva accanto al sentiero, abbastanza lontano da esso, per evitare che i turisti inconsapevoli potessero cadervi dentro. Dopo non molto giunse a un mulino, la grande ruota a pale che girava per effetto del flusso idrico. Il rumore del macchinario, delle macine di pietra e della corrente era quasi assordante, ma era come ipnotizzata dall'impeto dell'acqua.

Dopo un po' si voltò per tornare indietro, ma si fermò di scatto quando vide una giovane praticamente davanti a lei sul sentiero. «Oh!», esclamò, dato che pensava di essere sola. «Sei la domestica della casa del mercante. Mi hai seguita?».

Non ottenne risposta.

«Non può essere una coincidenza che tu sia qui».

Rowan le fece un inchino. «Vi chiedo scusa, signora, ma è per il tessuto – per il primo disegno. L'ho visto quando è arrivato...». Esitò un attimo. «Volevo mettervi in guardia. È solo che quei fiori contengono un potere oscuro. Porta sfortuna maneggiarli a meno che non li si conosca».

Mary rise. «Ma è solo una stoffa. Che male può arrecare a chi la indossa? La signora Hollander mi è sembrata piuttosto soddisfatta. E chi sei tu, una domestica, per affermare una cosa del genere?».

Rowan dette un'occhiata furtiva intorno e riprese a camminare. «Buona giornata, mia signora».

«Un momento», disse Mary, venendole in mente una cosa.

«Sì, signora?». Rowan si voltò a guardarla.

«Sono rimasta dispiaciuta nell'apprendere della morte della madre del signor Hollander. Spero che non abbia sofferto».

Rowan la guardò smarrita. «Temo di non essere a conoscenza di un tale avvenimento, signora, ma del resto lavoro in quella casa da meno di un anno. Magari è successo prima del mio arrivo? Vi confesso di non aver mai sentito il mio signore parlare di sua madre».

«Capisco. Allora devo essermi sbagliata». Il sospetto di Mary era stato confermato. Aveva sicuramente a che fare con un bugiardo e un impostore. Quanto alle superstizioni della domestica sulla stoffa – be', non avevano alcun senso. Malgrado ciò, ebbe un momentaneo presentimento ricordando le parole della sorella a proposito di quel disegno, del suo desiderio di sbarazzarsene il prima possibile.

38

Luglio 1769, Oxleigh

Il giorno seguente, Rowan stava lucidando i gradini di fronte alla casa del mercante, e non notò la disegnatrice di stoffe, Mary Stephenson, finché non le si parò davanti.

«Ho sentito dire che il signor Hollander è tornato», disse Mary, mentre Rowan interrompeva ciò che stava facendo, ficcandosi un ciuffo di capelli nella cuffia.

Rowan annuì con un minuscolo cenno della testa. «È molto inquieto», disse, consapevole che il suo padrone fosse in uno dei suoi momenti capricciosi, avendo rovesciato un piatto il giorno prima, dopo aver scoperto che la carne servita non era stata cotta come piaceva a lui.

«Be', io ho da renderlo ancora più inquieto», disse Mary, marciando verso la porta della bottega e aprendola.

Sebbene avesse quasi terminato di pulire fuori, Rowan indugiò un altro po', curiosa di vedere quello che sarebbe successo. Non dovette aspettare a lungo, poiché la porta rimase socchiusa e poté vedere all'interno, dove Jeremiah stava aiutando il signore a scegliere le stoffe da portare in settimana a Bath. Per poco non saltò all'indietro finendo nella traiettoria di un carretto, quando il signor Hollander urlò di sorpresa vedendo entrare la signorina Stephenson, ma poi, a costo di rischiare un rimprovero o anche peggio, Rowan entrò in casa e si mise dietro la porta interna della bottega, dove poteva origliare tutto.

«Madam». Dopo la sorpresa iniziale, la voce di Patrick Hollander si fece più controllata. «Vi confesso che non mi aspettavo proprio di vedervi da queste parti, così lontana da Londra».

Rowan percepì la durezza nella voce di Mary, quando gli rispose. «Non sarei venuta, se voi non aveste infranto completamente il nostro accordo. Un accordo fatto in buona fede, aggiungerei, perché vi ho preso per un gentiluomo di parola. Volevate imbrogliarmi?»

«In verità, no», disse lui, sembrando stupito. «Avete la mia parola su questo».

«Ho paura che conti poco», lo canzonò Mary.

Lui la guardò confuso. «Signorina Stephenson, vi confesso che mi ero convinto che foste stata *voi* ad aver avuto dei ripensamenti sul nostro accordo, dato che non ho più ricevuto vostre notizie. Infatti, se non fossi stato così occupato con altre questioni di lavoro, sarei venuto da voi per farmi restituire l'anticipo che vi ho dato, alla prima occasione nella capitale».

«Ma io vi ho spedito la stoffa. *Mesi* fa».

«E dove sarebbe la prova?». Hollander aprì le mani e allargò le braccia. «Perché qui non c'è proprio niente».

Patrick sembrava confuso.

«Non potete certo negare di averla ricevuta. Vostra moglie mi ha informato di averla apprezzata talmente tanto da farsene fare un abito da sera».

«Ho capito di che stoffa state parlando», ammise lui, la consapevolezza che cominciava ad affacciarsi sul suo volto. «Ma non essendo qui quando è arrivata, non avevo la minima idea che fosse frutto del vostro lavoro».

Mary non poté fare a meno di emettere un verso incredulo che le partì dalla gola, di fronte a un'affermazione del genere. «Il vostro uomo non ha registrato l'arrivo della merce in vostra assenza?».

Patrick alzò le spalle. «Non c'è niente nel registro degli ordini».

Rowan non poteva credere alle sue orecchie. Malgrado i suoi sentimenti nei confronti del suo padrone, lui era pur sempre il suo datore di lavoro e per questo gli doveva lealtà, ma rendersi conto di trovarsi nella casa di un bugiardo e di un imbroglione indispettiva la sua anima onesta.

«Ma vostra moglie mi ha assicurata che la stoffa è stata consegnata. Non conta nulla, questo?»

«Signorina Stephenson», disse Patrick. «Mia moglie è sotto pressione, la sua condizione... E, come potete vedere, io sono molto occupato al momento. Magari tornate domani pomeriggio quando avrò avuto l'opportunità di controllare il libro mastro e rettificare questo piccolo malinteso».

«Forse per voi è un piccolo malinteso, signore, ma per me si tratta della mia occupazione».

«Certo, non ho dubbi che verrà risolto tutto in maniera soddisfacente, ma non posso davvero aiutarvi finché non avrò fatto qualche accertamento in più».

Rowan si sforzò di tenere a freno la lingua, quando udì Mary acconsentire a tornare il giorno seguente. Sapeva che il suo padrone sarebbe partito per Bath la mattina dopo e che non sarebbe stato in casa quando la donna fosse tornata. Come un ragno scaltro, Patrick Hollander stava tessendo la sua tela di bugie, ma chissà se ci sarebbe finito lui stesso nella propria trappola?

Più tardi, Rowan andò dal macellaio e prese altra carne di montone che aveva richiesto Prudence, rimuginando ancora sulla perfidia del suo padrone. Il macellaio la guardò mesto. «Il conto è in arretrato di tre mesi. Per favore, informa il tuo signore che questa è l'ultima volta che gli fornirò la merce se non verrò pagato».

Mentre usciva dalla bottega, Rowan cominciò a rendersi conto che si trattasse molto più di una disattenzione. Rammentò di aver visto Prudence discutere con il fruttivendolo la settimana prima. Quando la cuoca si era accorta che Rowan aveva visto tutta la scena, si era giustificata dicendo che le patate erano piene di vermi, ma ora Rowan non ne era più tanto sicura. Erano i soldi – o la loro assenza – il motivo del comportamento incostante del padrone? Aveva mandato in fumo il loro patrimonio col gioco? O a Bath si era spinto troppo oltre? O, semplicemente, aveva perso il contatto con la realtà delle cose?

Rowan non tornò subito a casa, ma si recò alle locande di posta in fondo alla strada principale. Alla prima non ebbe fortuna, ma alla seconda le fu detto di aspettare nella sala mentre la governante andava a chiamare la signorina Stephenson.

«Ah, sei tu». Mary era in piedi di fronte a Rowan. «Hai un messaggio da parte del signor Hollander, per caso? Ha fatto quadrare i conti?», le domandò, un'espressione speranzosa a illuminarle il volto.

Rowan scosse la testa, si guardò attorno e notò che la governante si aggirava per la stanza, sperando indubbiamente di cogliere qualche pettegolezzo. «Possiamo andare in un posto più appartato?», le chiese a voce bassa. «Vi prego, è nel vostro interesse ascoltare quello che ho da dirvi».

«Molto bene. Si sta piuttosto bene fuori, ma lasciami andare a prendere la mantella».

«Vi aspetto vicino alla chiesa – quella al limitare della città».

Mary annuì e Rowan si affrettò a uscire dalla locanda.

Non dovette aspettare molto, perché dopo poco vide sopraggiungere la figura di Mary Stephenson a qualche metro di distanza. Da lontano, la mantella della donna somigliava alla sua, ma più si avvicinava più si vedeva che era fatta di un tessuto molto più raffinato, benché tarmato in alcuni punti.

«Bene», disse Mary, in piedi davanti a lei. «Cosa dovevi dirmi?».

Rowan si era trasformata in una giocatrice d'azzardo, le sue parole erano i dadi, anche se prima ancora di aprire bocca non aveva la certezza che avrebbe vinto. «Quando ho sentito il signor Hollander dire che non pensava di aver ricevuto la stoffa, non ho più potuto rimanere in silenzio. Come ha fatto a non riconoscerla? È un motivo molto diverso da qualsiasi altro mai visto».

Mary trasalì.

«Non c'è da fidarsi di lui», proseguì Rowan bisbigliando, gli occhi intenti a controllare che nei paraggi non ci fosse nessuno a origliare.

Mary sembrava confusa. «Ma tu sei al suo servizio. Perché rischiare il posto per dirmi questo? E perché il signor Hollander avrebbe dovuto mentirmi, dato che mi ha promesso di incontrarmi domani?»

«È in partenza per Bath alle prime luci del mattino», le confessò Rowan.

«Lui *cosa*?». Gli occhi di Mary si fecero più duri. «Continuo a non capire. Perché prendermi così in giro? Se non apprezza il mio lavoro, perché commissionarmelo? Non ha fatto altro che far perdere tempo a entrambi».

«Se permettete, signora, credo che sia ammattito».

«Ammattito? E come?»

«È instabile. Ha perso il contatto col presente, con il passato, poi... Si dimentica ciò che promette. È come se un attimo volesse far felice qualcuno, e subito dopo lo negasse». Rowan si interruppe, convinta di aver detto già troppo. Non aveva dimenticato le storie sulla mordacchia che le raccontava sua madre, e nonostante sapesse che non venisse più usata da tempo, se il padrone avesse scoperto la sua slealtà, poteva comunque incorrere in conseguenze terribili.

«Come può condurre affari in questo modo? È insensato».

«Non è tutto oro quel che luccica in questa casa, e ho pensato che fosse utile avvisarvi».

«Come mi hai avvisato del pericolo derivato dall'indossare la stoffa col mio motivo sopra?», le chiese Mary, passeggiando su e giù davanti a Rowan. «Non posso tornare a Londra e dire a mia sorella che ho fallito nel mio intento». Mary si voltò, le mani strette, la mascella tesa. «Non gli permetto di prendersi gioco di me, accidenti! Si pentirà amaramente delle sue azioni, questo è poco ma sicuro».

«Vi prego», disse Rowan. «Non deve sapere che sono stata io a informarvi».

L'espressione di Mary si addolcì. «Tu hai rischiato molto, e di questo te ne sono molto grata. Non saprà mai il motivo del mio celere ritorno. Ecco...». Le porse una monetina di rame. «Per il disturbo. Mi dispiace; è tutto quello che mi rimane».

Rowan scosse la testa. «Non sono venuta da voi sperando in una ricompensa», disse. «Ma solo per senso di cosa è giusto».

«Molto bene».

«Devo andare, o si domanderanno che fine ho fatto, se mi assenterò troppo». Si allontanò in fretta dal sagrato, pensando a una scusa da dire nel caso Prudence le avesse chiesto dove fosse stata.

Mary procedette a passi lenti, senza preoccuparsi del fatto che la gonna si fosse sporcata di fango nel tragitto. Quanto era stata stupida a farsi abbindolare da un tale uomo. Maledisse se stessa per essersi fidata così tanto della sua parola, per essersi lasciata impressionare – adesso lo ammetteva – dall'apparente ricchezza di quell'uomo, dal suo bell'aspetto e i suoi modi affascinanti. Era tutta finzione.

Non sarebbe più stata la stupida che lui aveva fregato. Alla fine avrebbe piazzato altri suoi lavori – i mormorii degli addetti al telaio e degli apprendisti e la reazione della signora Hollander nei confronti dei suoi disegni erano la riprova del suo talento. Non avrebbe smesso di credere in se stessa a causa di un piccolo passo falso, ma di certo sarebbe stata più cauta nelle negoziazioni future.

39

Luglio 1769, Oxleigh

Un silenzio innaturale era sceso sulla città e Rowan mandò avanti le proprie faccende con un'atipica lentezza, indugiando su semplici compiti e prendendosi delle lunghe pause tra l'uno e l'altro. La crescente tensione che si percepiva nell'aria somigliava a quella che precedeva un temporale. Il padrone di casa era di nuovo uscito. Rowan, che lo aveva visto dirigersi verso una taverna in fondo alla strada principale, sospettava che fosse andato a giocare a carte.

Prima di uscire, Patrick l'aveva istruita di preparare il suo baule da viaggio con vestiti puliti, ma una volta terminato quel compito, Rowan si sentiva priva di energie per sbrigare tutte le altre normali faccende. Era stanca delle bugie, del clima d'inganno che si respirava in casa e che avvelenava l'aria come un cancro. Nessuno sembrava esserne esente. Persino Prudence la stava evitando, ultimamente.

Poteva essere per via delle accuse di Alice? Rowan aveva fatto del proprio meglio per aiutarla, ma la domestica sembrava non desiderare altro che mostrarle ostilità.

Rowan non vedeva l'ora che arrivasse il pomeriggio e quando le campane rintoccarono le quattordici, si stava già mettendo la mantella sopra il vestito, perché il cielo era di un viola livido e sembrava sul punto di piovere da un momento all'altro. Scivolò fuori dalla porta sul retro e seguì il sentiero laterale che portava alla strada principale. Dopo qualche metro, scorse due figure familiari: il suo padrone e la signorina Stephenson, in piedi sotto l'insegna del Seven Stars. Non riusciva a sentire quello che si stavano dicendo, ma si tirò ancora più su il cappuccio per evitare di essere vista. Non c'era da preoccuparsene molto, però, perché nessuno dei due l'avrebbe notata, tanto erano concentrati l'uno sull'altra. Mentre si avvicinava, indugiando davanti alla vetrina di un negozio, azzardò un'altra occhiata. Sembravano discutere, e a quel punto vide il suo padrone afferrare il polso della signorina Stephenson e trascinarla lungo la strada. Capì subito che stavano andando in direzione del fiume. All'improvviso, la visione delle acque turbinose della roggia inondò la sua mente, una sagoma rossa ghermita dalla fortissima corrente al centro del laghetto. Qualcosa di terribile sarebbe accaduto alla donna di Londra; Rowan provò la sensazione di essere pugnalata allo stomaco.

Tommy la chiamò dall'uscio del macellaio, ma lei lo ignorò, continuando a camminare.

Adesso aveva perso di vista la coppia, ma Rowan accelerò il passo lungo la strada e svoltò in una viuzza che l'avrebbe condotta al mulino dalla direzione opposta. La mantella s'impigliò in un cespuglio di ginestre facendola inciampare e rompendole una calza, ma proseguì a corsa, nel tentativo di raggiungere prima il mulino.

Era senza fiato e ansimava, ma non rallentò il passo, anche se il petto le scoppiava. Ma quando raggiunse la sponda del fiume, si ritrovò davanti qualcun altro.

La sua signora. Caroline. Avvolta in una mantella di velluto scarlatta, i capelli biondi sciolti sulle spalle. Aveva un'espressione furibonda, come se avesse perso la ragione, e Rowan notò che le tremavano le mani come in preda a una paralisi, quando le alzò davanti a sé.

«Non dovreste stare a riposo, signora?», disse Rowan con il fiato spezzato.

«Tu sapevi?», le chiese Caroline, ignorando l'apprensione della domestica.

«Sapere cosa?». Rowan, temendo che il suo tradimento fosse venuto a galla, si preparò a ricevere la sua punizione, qualunque essa fosse. Mandò giù il nodo che le si era formato in gola, aspettandosi il peggio. Ma il nome che la signora pronunciò dopo non fu quello che si era aspettata di sentire.

«Alice e mio marito».

Rowan la guardò in silenzio, incapace di confermare o negare i sospetti della sua padrona, provando un'ondata di sollievo per il fatto che i suoi peccati non fossero ancora venuti a galla.

«Devo sapere la verità». Caroline parlò a denti stretti. «L'ho cercato in tutta la città, in ogni taverna e vicolo. Sta venendo da questa parte?»

«Li ho seguiti – o meglio lui», disse Rowan. «Venite, continuiamo a cercare».

Raggiunsero il fiume, ed entrambe videro la coppia a qualche metro di distanza sul sentiero davanti a loro, vicino al punto in cui il corso d'acqua si allargava in un laghetto.

Mary-Louise, la disegnatrice di seta e il suo padrone.

Rowan e Caroline continuarono a camminare. Mentre si avvicinavano, Rowan vedeva che i due stavano facendo dei gesti convulsi, le teste erano piegate in avanti, gli occhi spalancati; le braccia gesticolavano in modo incontrollato. Patrick Hollander sembrava instabile sui piedi, barcollava come se fosse ubriaco. Il bavero era tutto storto e le tasche rovesciate in fuori, come per mostrare che dentro non ci fosse niente. Con il rumore della roggia, Rowan non riusciva a sentire una parola di quello che si dicevano, sebbene l'animosità tra i due fosse abbastanza eloquente.

Hollander sollevò le braccia in segno di resa, ma facendo questo afferrò la signorina Stephenson per le spalle. Questa barcollò all'indietro, talmente vicina all'acqua che Rowan rimase senza fiato. Vide la bocca del suo padrone muoversi, ma continuava a non udire le sue parole.

«Patrick!», strillò Caroline, abbastanza forte da farsi sentire oltre il frastuono della corrente.

Patrick e Mary si fermarono, sorpresi nell'accorgersi di non essere soli.

Rowan rimase a osservare mentre Caroline si sollevava i lembi della gonna e, nonostante il pancione, si affrettava verso i due. Quando raggiunse il marito, gli posò una mano sul braccio, ma lui la respinse e Caroline vacillò per la forza con cui l'aveva fatto. Sbilanciandosi, inciampò all'indietro, poi rimase impigliata alla mantella, che le si era tutta aggrovigliata intorno ai piedi.

Rowan guardò pietrificata e in silenzio la scena, un attimo prima la sua signora era lì in piedi, quello dopo non c'era più, caduta come una quercia abbattuta, immersa nel turbinio dell'acqua, inghiottita in un istante.

Patrick la chiamò urlando.

Rowan rimase là, immobile sul posto, e continuava a osservare mentre lui si toglieva la giacca e si immergeva nel laghetto, gridando il nome di sua moglie.

Rowan si sentiva intontita, come in mezzo alla nebbia, nelle orecchie il boato dell'acqua. Il tempo sembrava essere rallentato, il miele che colava da un favo, mentre lei se ne stava da una parte e si affliggeva, guardando il suo padrone addentrarsi sempre di più nel laghetto. Alla fine, recuperò la voce, anche se le parole che gridò quando l'uomo scomparve sotto la superficie le erano sconosciute e persino le sue orecchie le identificarono come una maledizione. Tutto ciò che vedeva di Caroline era il suo mantello che galleggiava nell'acqua, la visione che aveva avuto prima un'orribile realtà.

Poi, Tommy si materializzò al suo fianco. Rowan non la smetteva di chiedergli come fosse arrivato lì, limitandosi a puntare la mantella di Caroline. Senza esitare un attimo, anche lui si tolse la giacca e si buttò in acqua, mentre Mary si avvicinò alla sponda, scrutando la corrente.

Patrick era al centro del laghetto adesso, intento a immergersi nel punto dove si era ammucchiata la mantella, ma ogni volta riemergeva a mani vuote. «Caroline!», gridava, gli occhi spiritati mentre cercava intorno a sé. «Caroline! Vieni fuori!». Rowan lo vide immergersi tre, quattro, cinque volte. L'uomo guardò verso l'argine. «Non ci riesco... non vedo», gridò verso di loro. «Non la trovo! È come se fosse stata risucchiata in un vortice». Poi, scomparve diverse altre volte, ma alla dodicesima non riemerse più.

Anche Tommy, che era in acqua, raggiunse il punto dove prima c'era Patrick e cominciò a immergersi nell'acqua turbolenta.

Dopo un bel po' tornò in superficie, si voltò verso Rowan, si asciugò gli occhi e scosse la testa. Senza arrendersi, proseguì le ricerche.

«Lei è qui!», gridò Mary. Era corsa lungo la sponda, dove il laghetto incontrava il fiume e l'acqua era più calma. «Laggiù», disse indicando.

Rowan abbandonò la sua postazione al margine del laghetto e corse verso il fiume. Vedeva la mantella rossa, scura come il sangue.

Non preoccupandosi più della sua paura dell'acqua, Rowan corse lungo il sentiero, si tolse la mantella e si immerse. Inciampò e per poco non cadde, facendosi pericolosamente trascinare sotto, mentre l'acqua spingeva contro la sua gonna. Tenne duro, senza pensare alla propria incolumità, facendo dei gran respiri finché non raggiunse la sua signora. Prendendola da sotto le braccia, la trainò verso un punto in cui l'acqua era più calma. Mary andò ad aiutarla a trascinare una Caroline avvolta nel centocchio, così fine da sembrare pizzo, verso la riva.

Insieme le tolsero l'erba dalla faccia, avvicinandosi per capire se in lei fosse rimasto ancora un briciolo di vita.

«Lui l'ha spinta», annaspò Mary. «L'ho visto. Magari non voleva, ma l'ha spinta nell'acqua. Stava quasi per fare la stessa cosa a me». Tremava per lo spavento e il freddo, le braccia e la gonna grondanti d'acqua. «È il diavolo in persona». Mise un braccio intorno a Rowan. «Stai bene? Anche tu saresti potuta annegare».

Battendo i denti, Rowan sentì il calore della donna sotto gli abiti zuppi, un piccolo conforto.

Portarono Caroline fuori dal fiume, senza sapere cosa fare. Per qualche attimo non successe niente, poi, dopo quella che le sembrò un'eternità, Rowan notò un flebile respiro uscire dalle labbra della sua signora.

Una sensazione di sollievo la pervase, quando il respiro diventò più regolare. Insieme, lei e Mary la portarono sul sentiero. Una volta certa che la sua padrona fosse ancora aggrappata alla vita, Rowan si sedette sui talloni, incapace di comprendere quello che era successo nel giro di pochi terribili minuti.

«Dobbiamo portarla a casa», disse, ripresasi.

«Ma come?», le domandò Mary.

«Chiamate aiuto. Il macellaio ha un carretto». Rowan non ebbe alcun timore di assumere il controllo della situazione, adesso.

Mary si alzò in piedi, strizzò la gonna più che poté, poi si diresse verso la città a passo lento – perché la sottogonna e la biancheria le si appiccicavano alle gambe.

Rowan cercò Tommy, temendo il peggio. Non avrebbe osato respirare finché non lo avesse visto. Alla fine, la sua testa lucente sbucò dall'acqua come una lontra e spaccò la superficie. Così sollevata, fu distratta da un movimento sull'argine. Il corpo del suo padrone era rotolato su un fianco, e per un momento Rowan immaginò che fosse stata la corrente a sospingerlo in quel modo, che il fiume avesse risputato il suo cadavere. La domestica si mise a urlare, quando vide l'uomo mettersi seduto, scuotersi l'acqua dai capelli, piegarsi in avanti e sputare fuori l'acqua. «Tommy!», urlò Rowan. «Aiutalo». Nonostante tutto quello che il suo padrone aveva e non aveva fatto, la domestica non poteva sopportare la vista di una persona bisognosa di aiuto che non venisse soccorsa. Inoltre, sapeva che, una volta compreso ciò che era successo, Patrick Hollander avrebbe dovuto convivere con le proprie azioni.

Quella, Rowan lo sapeva, era la punizione più grande che potesse esistere.

40

Luglio 1769, Oxleigh

Caroline era distesa in camera da letto, il respiro corto e affaticato. Il macellaio e un altro apprendista chiamati da Mary Stephenson l'avevano trasportata via dal fiume. Sebbene abituati alle carcasse degli animali, i due l'avevano caricata sul carretto con sorprendente delicatezza, mentre Rowan, Tommy e Mary erano rimasti a guardare. Patrick aveva barcollato verso di loro, lasciandosi sfuggire un grande urlo di rabbia e angoscia quando aveva visto la moglie immobile. «Non è...», aveva biascicato. «Non può essere...». Tommy gli aveva afferrato il braccio, allontanandolo dal carro mentre gli uomini ripercorrevano il tragitto all'indietro. «Ce l'hanno loro, adesso», aveva detto. «Fareste meglio a chiamare il dottore».

Patrick si era liberato dalla presa di Tommy e, trascinandosi sulle gambe, si era messo a seguire il carro.

Arrivati a casa, il macellaio e l'apprendista avevano portato Caroline di sopra, nella sua camera. Alice l'aveva spogliata degli abiti bagnati e Rowan le aveva posato le mani sul ventre, pregando che la creatura fosse ancora viva. Si fece il segno della croce, mentre ricoprivano il suo corpo inerte con un lenzuolo, in attesa del medico.

L'uomo arrivò nel giro di un'ora, insistendo perché uscissero dalla stanza e poi riemerse poco dopo con un'espressione cupa in volto. Rowan lo vide dirigersi in salotto per parlare col padrone di casa, ma non ci fu bisogno di sentire quello che diceva per capire che c'era la possibilità che la signora non si risvegliasse mai più.

Mary era tornata alla locanda solo dopo che Rowan l'aveva rassicurata del fatto che ormai non ci fosse più niente che lei potesse fare. Il suo abito era bagnato e ricoperto di fango, ma fece poco caso al freddo del corpo e dell'anima, tanto era stordita. Era come se l'orrore al quale aveva appena assistito fosse lontano, solo un brutto sogno, perché era troppo spaventoso da prendere in considerazione. Temeva che la signora Hollander potesse non sopravvivere; non aveva mai visto un volto così pallido. La sua pelle era grigia, e ce l'aveva avuta impressa nella mente per tutto il tragitto lungo la strada principale, ignara delle occhiate preoccupate e incuriosite della gente al suo passaggio. Battendo i denti, era entrata barcollando nella sua stanza e adesso si tolse il vestito e armeggiò con i lacci del corpetto, spogliandosi completamente e strisciando sotto le coperte. Le ci volle un po' prima di smettere di tremare.

Molto più tardi un colpo alla porta la svegliò e si infilò in fretta una sottoveste pulita. «Chi è?», domandò.

«Ho sentito quello che è successo», disse la moglie del locandiere, mentre Mary apriva leggermente la porta. «È stata una terribile tragedia. Chi l'avrebbe mai creduto?». La donna scosse la testa con fare triste, sibilando tra i denti e restando là davanti, sperando chiaramente in qualche pettegolezzo in più sull'accaduto.

Mary era in silenzio. Sembrava aver dimenticato del tutto l'arte oratoria.

Rendendosi conto che non avrebbe ottenuto nessuna informazione, la donna le porse il vassoio che aveva in mano. «Questo dovrebbe riscaldarvi. C'è anche una lettera. Indirizzata a voi. È arrivata al Seven Star, ma poi hanno pensato di provare a consegnarla qui».

Mary guardò il vassoio senza troppa curiosità, ma indietreggiò per far entrare la donna.

Dopo aver mangiato un po' di zuppa, quasi strozzandosi per quanto bruciasse, gli occhi di Mary si posarono sulla lettera e ne registrò la calligrafia familiare.

Caroline era rimasta distesa nel letto per tre giorni, diventando sempre più pallida, un debole rantolo che le usciva dai polmoni a ogni respiro, mentre il marito era rimasto vigile al suo capezzale, rifiutandosi di lasciarla e senza toccare il cibo che Rowan gli aveva portato.

Rowan era andata in farmacia, a chiedere qualcosa che potesse far riprendere la signora più in fretta, ma l'uomo non aveva nulla da darle. «Tempo», le aveva detto, con solennità. «Solo il tempo saprà dirci».

Il secondo giorno era arrivata una lettera a casa del mercante, indirizzata a Rowan. La cosa l'aveva messa un po' in confusione, non avendone mai ricevuta una. Aveva pensato subito ai suoi fratelli e pregato che non fosse capitato loro qualcosa di brutto, dato che la tragedia, ultimamente, era sempre dietro l'angolo. «Non riconosco la calligrafia», aveva detto, passandola a Prudence, visto che la cuoca sapeva leggere meglio di lei.

«È da parte della signorina Stephenson», l'aveva informata Prudence, dopo aver rotto il sigillo. Con le sue dita paffute aveva sorretto il foglio e letto con i suoi occhi da miope. «Dice che deve tornare a Londra, perché ha saputo dalla sorella che dei commercianti hanno chiesto di vedere i suoi disegni». Aveva girato il foglio. «Dice che pregherà per la signora Hollander e chiede che le invii notizie quando possibile. C'è un indirizzo». Prudence aveva ripiegato il foglio, restituendolo a Rowan e bevendo un sorso di gin dal bicchiere.

La quarta mattina, sul presto, Patrick si fece finalmente persuadere a lasciare la camera della moglie, mentre Rowan e Alice si occupavano della loro paziente. Quando Rowan sollevò le lenzuola, notò qualcosa muoversi sotto la camicia da notte della signora. Il pancione pulsava. Vi posò la mano sopra e sentì di nuovo del movimento. «Credo che il bambino stia per uscire».

«Cosa?», fece Alice. «È ancora vivo?»

«È troppo presto», mormorò Rowan. «Troppo presto».

«Devo chiamare il dottore?», domandò Alice.

«No, questo è un lavoro per donne. Chiama la levatrice».

Il parto fu veloce. Durò meno di un'ora, stimò Rowan, considerato che la campana della chiesa rintoccava una volta sola ogni ora. Aveva assistito a diverse nascite con sua madre, ma nessuna come questa, dove la partoriente non urlava né imprecava. Caroline era stata muta tutto il tempo, gli occhi talmente rovesciati all'indietro che si vedeva solo il bianco. La levatrice aveva parlato poco, domandando solo altre bende e chiedendo a Rowan di tenere separate le gambe della signora, in modo da estrarre la nuova vita.

Rowan non aveva mai visto un neonato così minuscolo; era poco più grande di un coniglio, e altrettanto magro, e i fitti peli che ricoprivano la pelle lo facevano sembrare più una scimmia che un essere umano. Il cuore di Rowan si spezzò per una nascita così prematura.

La levatrice avvolse il povero scricciolo nella mussola e lo presentò al padrone, una volta partorito. Caroline Hollander non aveva ripreso i sensi neanche una volta durante il parto, restando lontana come dal primo giorno in cui l'avevano tirata fuori dal fiume.

Il signore si mise seduto su una sedia accanto al letto, con il neonato in braccio, inebetito, rendendosi a malapena conto di avere una figlia, adesso.

«Avete un nome da darle, signore?», gli chiese la levatrice, mentre rassettava la stanza.

L'uomo guardò prima Rowan e poi l'altra donna, come se si fosse accorto allora della loro presenza.

«Diana», mormorò. «Diana Grace».

Rowan guardò la bambina. La sua pelle rosa si stava scurendo, e proprio sotto ai suoi occhi diventò sempre più scura, quasi blu. Faticava a respirare.

«Che minuscola creatura», disse la levatrice in modo dolce.

Prudence era sulla soglia della camera. «Deve essere battezzata».

Ma Patrick Hollander non sembrava volerne sapere. «Lasciami stare, donna!», gridò. «Non riesco nemmeno a pensare lucidamente». Si guardò attorno nella stanza in penombra, lo sguardo si posò sulla figura inerte della moglie sul letto accanto a lui. «Ho disperatamente voluto un bambino, ma mai, mai in questo modo», sussurrò. «È tutta colpa mia». Passò l'infante a Rowan e barcollò fuori dalla stanza, sbandando giù per le scale e sbattendo la porta alle sue spalle.

«Speriamo che stia andando alla canonica», disse Rowan.

«Invece temo che stia andando alla taverna», disse Prudence, seguendolo con lo sguardo dalla finestra.

Si voltarono entrambe al rantolo d'orrore della levatrice. Videro che le lenzuola che coprivano la signora adesso erano impregnate di sangue. «Non sento il battito», disse la donna, il dito sul collo di Caroline. «Se n'è andata».

Meno di un'ora dopo che sua madre ebbe lasciato questo mondo, Diana, tra le braccia di Rowan, esalò l'ultimo respiro, la pelle bianca come il marmo.

Nonostante avesse acconsentito al funerale della moglie, Patrick non lasciò andare la figlia. Quando una minuscola bara – più piccola persino di una scatola per cappelli – fu consegnata insieme a quella di Caroline, l'uomo se ne impossessò e ordinò loro di uscire di casa.

Al loro ritorno, della piccola bara non vi era più traccia, e nessuno, né Prudence né Jeremiah, né Alice né Rowan osarono chiedere a Patrick dove fosse stata messa.

41

Luglio 1769, Oxleigh

Sebbene il corpo di Patrick Hollander si fosse ripreso dal quasi annegamento e dalla perdita della moglie e della figlia, altrettanto non successe al suo spirito. La sua solita sicurezza di sé era andata in frantumi e si muoveva con l'andatura di un uomo distrutto, come se non capisse o persino non volesse più far parte del mondo che lo circondava. Rowan lo aveva osservato mentre se ne stava nel cimitero, tremante come un pioppo nella brezza, la mattina del funerale della moglie. Ovviamente, non c'era dubbio che non sarebbe stato chiamato a rispondere della tragedia. Nonostante lei, Mary e Tommy avessero visto tutto quel che era successo, né lei né Tommy avrebbero osato parlare, e Mary se ne era andata via già da un po', facendo ritorno a Londra.

Caroline era stata sepolta con l'abito confezionato con la stoffa che le era piaciuta tanto; il groviglio di fiori letali il suo sudario. Rowan non era riuscita a scrollarsi di dosso la colpa di essere stata in parte responsabile anche lei dei tragici eventi; anzi, sembrava proprio che fosse condannata a indossare per sempre un pesante fardello. Aveva fallito nel mettere in guardia con sufficiente convinzione la signora dai pericoli che aveva percepito, dal male che si annidava nella trama di quel vestito, non essendo stata in grado di evitare che lo indossasse. Aveva anche preparato una tintura per spezzare la vita che stava crescendo nel ventre di Alice, ma di fatto aveva contribuito alla morte del bambino della sua padrona, lasciandola consumata dal senso di colpa e dal rimorso.

Una sera che il padrone era fuori, Rowan non ce la fece più. Appostata in cima alle scale di servizio, oltre la porta che le isolava, attese nell'ombra che Alice salisse per andare a letto. Nel momento in cui la domestica stava per passare, Rowan l'afferrò per il polso, e con tutta la forza che aveva la imprigionò contro il muro. «Dimmelo», sibilò, a pochi centimetri dal suo volto. «La bevanda medicinale. L'hai data alla nostra padrona?».

Alice si divincolò, ma Rowan non aveva intenzione di lasciarla andare finché non le avesse detto la verità. «Strega», disse con rabbia la ragazza più grande.

«Come osi chiamarmi così?», replicò Rowan. «Non eri tutta entusiasta di ricevere il mio aiuto non tanto tempo fa, eh? Ora», disse, serrando la presa sul polso fino a far gemere Alice. «Dimmi la verità».

Alice scosse la testa con veemenza, ma Rowan la tenne stretta, in attesa della risposta.

«Sei stata tu a preparare la bevanda. Forse avresti dovuto metterci più attenzione», ribatté infine Alice.

Rowan fremette di rabbia mentre i suoi sospetti venivano confermati. «Come hai *potuto* usarla per i tuoi scopi malvagi, e, peggio ancora, cercare di incolpare me quando la nostra signora si è ammalata?», le domandò. «Ne hai mai davvero avuto bisogno per te?». Mentre pronunciava quelle parole, l'ultima tessera del mosaico le si materializzò davanti.

Alice si mise a ridere. «Hai abboccato alla mia patetica recita, eh? Credulona. Ti ho proprio convinta». Mimò di cullarsi il pancione e rise di nuovo, una risata spietata e forzata. «Se avesse perso il bambino, Patrick sarebbe stato libero di tornare da me. Non avevo altra scelta».

Gli occhi di Alice scintillarono sotto il bagliore della luna, e in quel momento a Rowan sembrò di scorgere un barlume di follia nelle loro profondità. Allentò la presa sul polso, sentendosi fuori combattimento. Era stata completamente superata in astuzia da Alice. «Mi dispiace per te», disse. «Hai ingannato più te stessa che me. Non capisci che non ti avrebbe mai riconosciuta come sua? Sei solo una domestica. Ti ha mai fatto una promessa del genere?».

L'espressione di Alice si incupì alle parole di Rowan. «So che l'avrebbe fatto, se ce ne fosse stata l'occasione. Gli avrei dato una ragione per farlo».

«Ma non potevi, no? Perché nonostante le bugie che mi hai raccontato, non stai crescendo il suo bambino dentro di te».

Alice si divincolò di nuovo, approfittando della distrazione di Rowan e liberandosi con un forte strattone. Inciampò e cadde pesantemente contro la porta. Questa non era chiusa a dovere e si aprì all'indietro, sbattendo sulla parete. Nel secondo che seguì, Alice perse l'equilibrio e iniziò a cadere, urlando. Quel movimento sembrò quasi una danza, un turbinio di gonne, sottogonne e mutandoni. La cuffia le scivolò dalla testa liberando i capelli, che le volarono davanti alla faccia. Per quanto Rowan tentò – e senz'altro lo fece – di allungare il braccio per salvarla, era troppo tardi, e tutto ciò che afferrò fu l'aria, mentre Alice capitombolava giù dalle ripide scale, prima di fermarsi con un tonfo sordo contro la ringhiera.

Rowan sbirciò nella penombra, scorgendo un groviglio di braccia e gambe sul pianerottolo in basso. Alice era lì immobile e in silenzio, e persino da dove si trovava Rowan vedeva che il collo della domestica era rigirato in un modo parecchio innaturale.

Un silenzio agghiacciante riempì la casa.

Poi, udì lo sbattere di un'altra porta e l'incedere irregolare di qualcuno sulle scale dal piano di sotto.

«Ho sentito tutto», ansimò Prudence, una volta arrivata sulla scena.

«È stato un incidente, lo giuro», disse Rowan. «Devi credermi. Non volevo farle del male». Scosse la testa terrorizzata al pensiero di aver causato un'altra morte.

«Sì, ragazza, lo so». Prudence riprese fiato e si abbassò su Alice, una mano sul suo collo.

«Che dobbiamo fare?»

«Vado a chiamare qualcuno che non farà domande», disse la cuoca, sorprendendo Rowan per la sua prontezza nel reagire.

Prudence si raddrizzò, lanciando un'ultima occhiata disperata ad Alice e affrettandosi a scendere le scale.

Dopo un po' fece ritorno, con Tommy al seguito.

Seguendo le istruzioni di Prudence, tutti e tre trascinarono il corpo di Alice sugli ultimi gradini e fuori dalla porta sul retro, dove era parcheggiato il carretto del ragazzo.

«Faresti questo per me?», sussurrò Rowan, mentre coprivano il corpo di Alice con un vecchio lenzuolo.

«Certo. Per Prudence, e per te», la rassicurò. «Non preoccuparti, Prudence mi ha raccontato tutto. Non è colpa tua, neanche un po'».

«Ma dove la porterai?»

«Meglio non chiederlo», replicò Tommy.

«Assicurati che nessuno ti veda», lo avvertì Prudence, mentre trascinava il carretto in fondo al giardino.

Tommy si congedò da entrambe con un cenno della testa e sparì nel buio.

Dopo che Tommy se ne fu andato, Prudence e Rowan andarono in cucina, dove Prudence recuperò la bottiglia che teneva nella credenza e preparò due bicchieri di gin. Rowan per poco non si strozzò con quel liquido amaro, ma si sforzò di buttarlo giù. L'avrebbe aiutata a dimenticare, almeno per un po', sebbene fosse consapevole che sarebbe stato impossibile dormire quella notte. Lo sarebbe stato per entrambe.

«Dirò al padrone che se l'è svignata», disse Prudence, prendendo un'abbondante sorsata. Hollander ancora non si era visto, e Rowan dedusse che non sarebbe tornato prima dell'alba, come le notti precedenti. «Dirò che è andata a lavorare da una famiglia a Summerbourne. Scommetto che non se ne stupirà».

«E le sue cose?», domandò Rowan.

«Niente è meglio di un bel falò per liberarsene».

«E la sua famiglia? Non sentiranno la mancanza?»

«Non aveva nessuno», disse Prudence. «È venuta qui dal ricovero per poveri».

Adesso Rowan sapeva perché era così terrorizzata di finire là dentro.

«Spero…», la voce di Rowan vacillò. «Spero che tu non creda che io sia colpevole… di tutto».

«Silenzio, bambina. Come potrei pensare una cosa del genere? Alice ha avuto quello che si meritava, in un modo o nell'altro». Prudence prosciugò il bicchiere. «Ci sono state fin troppe morti in questa casa, a parer mio», disse, triste. «Non parliamone più».

Le parole di Prudence avevano offerto un po' di conforto a Rowan, ma non riusciva a scrollarsi di dosso la paura che il corpo di Alice potesse essere rinvenuto, e che il suo ruolo nella tragedia venisse svelato. Il giorno seguente portò due uomini alla porta del mercante, chiedendo di parlare col padrone di casa. Rowan non li riconobbe come del posto e, con un crescente presentimento addosso, origliò dalla porta del salotto, restando nell'ombra per non essere vista.

«Siamo qui per indagare sull'accusa secondo la quale state ospitando un criminale», disse uno dei due.

«Ma è assurdo», replicò Patrick. «Qua ci siamo solo io e le mie domestiche, per le quali posso garantire. Siete davvero venuti a tormentare un uomo che ha così sofferto di recente per la perdita della moglie?».

Rowan notò la vergogna sul volto dei due uomini, ma proseguirono imperterriti lo stesso. «Cerchiamo una giovane. Rowan Caswell», disse uno dei due.

Rowan raggelò, sentendo freddo e caldo contemporaneamente. Erano venuti per lei.

«Ho una domestica con quel nome, ma vi assicuro che non è una criminale. Sono pronto a giurarlo».

Nonostante le parole del suo signore, Rowan trattenne il fiato, combattuta tra il voler scoprire di più e il desiderio di scappare e salvarsi la pelle.

«Siamo stati informati del contrario. Che pretende di fornire presunti "rimedi curativi", con terribili conseguenze. Che di fatto sia un'avvelenatrice».

«Non ne so niente», disse Patrick. «E dubito fortemente che possa essere successo sotto il mio tetto, perché è risaputo che io non tolleri certe cose».

«Allora concordate sul fatto di non volere che si pratichino queste cose in città. La domestica lavora per voi da molto?»

«Abbastanza da sapere che è una brava e abile servitrice», disse Patrick.

«A ogni modo, potreste chiamarla lo stesso?».

Patrick sospirò pesantemente, dopodiché acconsentì alla loro richiesta. «Dovrete interrogarla qui, in mia presenza. Non permetterò che venga portata via».

Mentre i due mormoravano tra loro, Rowan sgattaiolò dall'ombra e corse in cucina, incrociando Prudence che rientrava dal retro.

«Ci sono degli uomini con il padrone», ansimò. «Vogliono interrogarmi».

«Per Alice?». gli occhi di Prudence penetrarono nei suoi.

«No, mi accusano di essere un'avvelenatrice». Collassò su una sedia.

Prudence afferrò il braccio di Rowan e la fece calmare. «Chi sono questi uomini?».

Rowan scosse la testa. «Non li ho mai visti. Il padrone ha insistito che si stavano sbagliando, ma non è riuscito a convincerli».

Mentre si domandavano sul da farsi, dalle scale udirono chiamare il nome di Rowan.

«Aiutami», la supplicò Rowan.

«Fatti coraggio e affrontali, ormai è troppo tardi per scappare».

«No, signore», replicò Rowan, gli occhi fissi con modestia sul primo dei due che l'aveva interrogata. «Non so niente di tutto questo». Strinse tra loro gli stivali per far smettere le gambe di tremare sotto la gonna, evitando così di tradirsi.

«Ma ditemi, dove sono le prove?». Patrick aveva lo sguardo di uno a cui era appena venuto in mente di fare quella domanda.

Rowan notò che per la prima volta i due sembravano meno sicuri di sé.

«Al momento, ci stiamo solo basando su un'accusa, signore».

«Puah», fece lui. «E chi avrebbe fatto una simile accusa?»

«Ci sono giunte voci e siamo costretti a indagare».

«Bene, io – e la domestica qui – ho giurato che non esistono le premesse per certe voci». Patrick si alzò in piedi e andò alla porta. «Prudence?», chiamò. «Prudence, vieni qui, per favore».

Prudence aveva seguito Rowan su per le scale, ma era rimasta nel corridoio, ed entrò in tutta fretta dalla porta un attimo dopo essere stata chiamata. «Sì, signore?»

«Questi gentiluomini», disse. «Sono venuti qui con l'accusa che un membro di questa casa sia un'avvelenatrice».

«Ma è un'assurdità, signore», disse Prudence, fingendo di essere sconvolta. «Qua siamo tutte timorate di Dio, rispettose domestiche che non farebbero male a nessuno, nemmeno a una bestia».

«Ovvio», disse Patrick. Poi si rivolse agli uomini: «Ve l'avevo detto che non c'era motivo di sospettare nulla. Adesso andatevene, e lasciate in pace un povero uomo che ha perso la moglie».

I due non sembrarono del tutto persuasi dell'innocenza di Rowan, ma, non avendo altra scelta, se ne andarono. «Molto bene. Se siete pronto a giurare sulla buona condotta della ragazza, dobbiamo lasciare in sospeso la questione, per il momento».

«Se dovessimo scoprire che in qualche modo ci avete depistati, le conseguenze saranno molto serie», aggiunse il secondo uomo.

«Non m'interessa niente, perché mi sono capitate cose ben peggiori nelle ultime settimane, che non potete neanche immaginare. Prudence, accompagna alla porta questi gentiluomini, per favore».

«G-grazie, signore», balbettò Rowan una volta che gli uomini furono usciti. «Per avermi difeso».

Patrick sgusciò via dalla stanza senza risponderle.

L'alterco sembrò aver rianimato un po' il padrone di casa, ma più passavano i giorni meno il campanello del negozio suonava, e cadde di nuovo nello sconforto. Registrò a malapena Prudence che gli riferiva della partenza di Alice, rispondendo solo che era meglio così, perché non poteva più permettersi di pagare il suo stipendio. Gli amici che una volta lo avevano intrattenuto lo abbandonarono, dato che ora l'ombra dello scandalo aleggiava pesantemente sulla casa, e di rado usciva dal salotto, chiedendo che gli venisse servito da mangiare lì e tirando fino a notte fonda con una bottiglia o due, o più, a fargli compagnia.

Adesso erano in pochi a chiedere dei rimedi a Rowan, a quanto pareva la notizia delle accuse contro di lei era circolata in tutta la città. Era grata di essere lasciata in pace, perché viveva nella paura che quegli uomini tornassero, e con le prove stavolta, o peggio che si scoprisse il suo ruolo nella morte di Alice. Temeva che il suo padrone non potesse più permettersi di pagare neanche il suo, di stipendio, alla fine del trimestre, ma una rinnovata lealtà nei suoi confronti le impediva di andare a cercarsi un nuovo lavoro altrove. Inoltre, metà città sembrava contro chiunque fosse connesso alla casa del mercante.

Aveva avuto un sacco di tempo per chiedersi cosa ne avesse fatto il padrone della minuscola bara, un mistero che non era ancora riuscita a risolvere. Un pomeriggio, mentre Hollander era seduto in salotto a fissare il fuoco, Rowan si fece coraggio e glielo chiese.

«La bambina, signore?», gli domandò. «Diana Grace? Non dovrebbe essere sepolta nel cimitero?»

«Cosa?», ruggì, il suo umore irritabile innescato di nuovo. «Come osi parlarmi di mia figlia? *Non* sono affari tuoi. Lei è con Dio, come mia moglie. Sparisci dalla mia vista».

«Sì, signore», disse lei, indietreggiando. «Perdonatemi; non avrei dovuto parlarne».

Rowan sapeva che Hollander stava mentendo, ma non ebbe altra scelta che fare ciò che le era stato ordinato.

A fine settembre, quando le foglie cominciarono a cambiare colore e il freddo invernale incombeva minaccioso nell'aria, Patrick licenziò Jeremiah. «In realtà, non abbiamo più clientela», disse, affermando ciò che era ovvio a entrambi. La polvere si era accumulata sugli scaffali vuoti, dove una volta erano disposte le stoffe, e la casa era diventata silenziosa, sebbene a volte – se restava attentamente in ascolto – a Rowan sembrava di sentire le note malinconiche di un pianoforte. La ninnananna che un tempo le aveva cantato sua madre. Di solito scacciava in fretta certe fantasie, perché non c'era più nessuno a suonare quello strumento, ormai.

Tommy aveva smesso di venire a consegnare la carne, perché il padrone mangiava talmente poco che non era più necessario, ma un pomeriggio, mentre Rowan tornava dai campi a sud della città – evitava il fiume ormai – s'imbatté in lui per strada. Gli fece un cenno con la testa mentre la superava, senza aspettarsi che si fermasse a parlarle, soprattutto dopo l'ultima volta che si erano visti. Del resto l'intera città ora faceva del proprio meglio per evitare i superstiti della casa del mercante.

«Rowan», la chiamò, quando ormai fu a diversi passi da lui.

Rowan si fermò, si voltò, e lo osservò mentre la raggiungeva.

«Come stai?». Le rivolse un sorriso incerto.

«Abbastanza bene». Fece per riprendere a camminare.

«Non potremmo essere di nuovo amici?», le chiese.

Rowan scorse un improvviso barlume di speranza, come se il mondo non fosse andato tutto in fumo. «Non credo che sia un'idea saggia», gli rispose. «Non sono la persona che molti vorrebbero come amica».

Tommy si tolse il cappello e se lo girò nervosamente tra le mani. «Non m'importa cosa pensano gli altri».

Rowan ricambiò il sorriso. «È bello sentirlo».

«A dire il vero, non è che potremmo essere più che amici?». Tommy esitò un attimo, come se si stesse preparando a rimanerci male, poi proseguì. «Posso corteggiarti, Rowan Caswell?»

«Sei sicuro?», ribatté, colta di sorpresa per la schiettezza delle sue parole. «Dopo tutto quello che è successo?»

«Non te lo chiederei, altrimenti».

«Be', allora, mi piacerebbe, Tommy Dean», replicò. «Molto».

42

Presente

«Signor Battle». Thea era in piedi davanti al custode, dopo essersi precipitata a scuola a seguito della convocazione del rettore.

«Signorina Rust».

Thea sorrise nel vedere la consueta espressione di lieve disdegno dell'uomo. Doveva senz'altro sentirsi meglio. «Bello rivederla qui», gli disse. «Ho un appuntamento col rettore».

L'uomo sollevò un sopracciglio, ma non disse nulla.

«Mi ha chiesto di incontrarlo con una certa urgenza», aggiunse.

«Un momento». Sollevò la cornetta del telefono e vi mormorò dentro qualcosa di incomprensibile prima di rimetterla giù e farle un cenno con la testa.

Thea lo prese come un invito a passare e riprese a camminare.

«Trasferiremo lei e le ragazze il prima possibile», disse il dottor Fox, quando Thea entrò nel suo ufficio.

«Scusi?». Thea era confusa. Non era questo che si era aspettata di sentirsi dire.

«C'è un problema… con la falda acquifera alla Casa della Seta. Un tubo rotto è quello che apparentemente ha causato la morte dei pesci e delle piante. Il rischio per lei e le ragazze è minimo, ma mi sembra comunque prudente tenervi lontane dall'area finché la questione non sarà risolta, cosa per cui potrebbe volerci un po' di tempo. Libereremo Casa George, distribuendo i ragazzi che stanno lì negli altri dormitori. Dovrebbe essere tutto pronto entro la fine della prossima settimana, ma nel frattempo è severamente vietato l'accesso in giardino a tutte le ragazze e al personale».

«Capisco. Certo, rettore». Thea era sollevata di vedere che l'uomo avesse voltato pagina dall'incidente con il signor Battle, cosa per cui l'aveva rimproverata il giorno successivo all'episodio.

«Il signor Battle si assicurerà che lei venga aggiornata a mano a mano».

Mentre usciva dall'ufficio del rettore, Thea fu contenta di vedere Claire, i suoi abiti sgargianti una botta di colore sullo sfondo grigio degli edifici scolastici. «Ci trasferiamo», disse, raggiungendola.

«Cosa?»

«Le ragazze e io ce ne andiamo dalla Casa della Seta. C'è un problema con le tubazioni a quanto pare, è quello che ha causato la morte dei pesci». Thea le spiegò come il rettore della scuola intendesse risolvere la situazione.

Claire mise un braccio intorno alle spalle di Thea ed esercitò una lieve pressione. «Credo sia meglio così. Non è mai stato il massimo che le ragazze fossero così lontane dalla struttura principale della scuola».

«Ma non sono del tutto convinta di voler ancora lasciare la Casa della Seta. Sono convinta che ci sia qualcosa che debba essere risolto».

«Cosa, esattamente?». Claire era perplessa.

«Mi piacerebbe saperlo». Nonostante la purificazione di Fiona, Thea continuava a sentirsi inquieta là dentro, soprattutto all'ultimo piano, nella sua stanza o nello studio. Adesso le restavano solo pochi giorni per venirne a capo.

«Non rimuginarci troppo, ti dico», cercò di rassicurarla Claire. «Presto non sarà più un problema».

Ma Thea sapeva che non sarebbe stata in grado di lasciar perdere tutto così facilmente. Mentre si recava in classe, fece un salto in biblioteca e rimase divertita nel trovare il signor Dickens quasi completamente nascosto, dalla pila di libri che aveva in mano spuntava solo un ciuffo di capelli.

«Ah, signorina Rust!». Sembrava lieto di vederla, e Thea sorrise nel vedere che sfoggiava un altro fiore viola appuntato al bavero, stavolta una calla viola. Doveva avere una serra, pensò Thea, perché persino lei sapeva che certi fiori non crescevano d'inverno.

«Ho qualcosa da mostrarle», disse l'uomo, sparpagliando la pila di libri sulla scrivania e liberandosi le mani. La condusse in fondo alla libreria, girando all'ultimo momento a sinistra e aprendo una porticina che avrebbe potuto essere di una dispensa, ma che di fatto era di una minuscola stanza, gli scaffali pieni di centinaia di scatoloni. L'aria era secca e fredda e Thea si strinse nelle braccia mentre l'uomo le faceva strada all'interno. «Qui è dove teniamo alcuni dei documenti più antichi relativi al college – dettagli sulla sua storia, gli atti istitutivi e così via».

Thea annuì, adesso disorientata.

«Quando ha chiesto informazioni sulla Casa della Seta, non pensavo che avessimo altro oltre a quel libro, ma ho pensato comunque di controllare se ci fosse qualcosa dell'epoca in cui è stata costruita». Tirò fuori uno scatolone che riportava le date *1750-1850*. «Non c'è molto – naturalmente, trattandosi di duecentocinquant'anni fa e di un centinaio prima della fondazione del college. L'attuale sede del rettore un tempo era una locanda di posta».

Ma certo. Thea sapeva che Oxleigh era una florida città nel diciottesimo secolo, per via della sua posizione strategica sulla strada per Bath.

«Per puro miracolo, abbiamo trovato degli articoli d'interesse di quel tempo». Con una teatralità che avrebbe impressionato persino un mago, il signor Dickens aprì lo scatolone e Thea vi sbirciò all'interno, scorgendo un paio di vecchi libri in cima a quella che sembrava una pila di libri mastro. «È straordinario che questi siano sopravvissuti», aggiunse l'uomo, passando il primo a Thea.

«*Tom Jones*», disse lei, leggendo il titolo sulla costola. «Se questa è una prima edizione del romanzo di Fielding, probabilmente vale una fortuna». Aveva la bocca spalancata per la sorpresa.

«Lo so – non lo dica a nessuno». Gli occhi dell'uomo scintillavano. «Ma non è tutto». Tirò fuori i libri mastro e li accatastò in una pila precaria, mentre Thea aspettava. «Questo», disse, arrivando in fondo allo scatolone ed estraendo un ritratto in miniatura. «Caroline Hollander. Moglie di Patrick Hollander, il primo residente della Casa della Seta. Mi sono permesso di fare qualche piccola ricerca. Pare che la donna sia morta in circostanze tragiche».

«Lo so, lo accennava il libro. Diceva che era caduta nel laghetto del mulino. L'acqua aveva impregnato il suo vestito – doveva essere diventato pesante come il piombo – e, naturalmente, considerata l'epoca la donna non sapeva nuotare», disse Thea. «Si diceva che fosse stato il marito a spingerla, ma non venne mai accusato apertamente. La tragedia lo distrusse, rovinandogli la vita e alla fine anche il lavoro».

«Aveva solo ventiquattro anni», disse l'uomo.

«Ed era incinta», aggiunse lei.

Quando Thea tornò a casa, era tardo pomeriggio e dentro non c'era nessuno. Salì le scale e andò nello studio.

Eccoli di nuovo. La mattina avevano passato l'aspirapolvere – le donne delle pulizie venivano due volte a settimana – ma ecco di nuovo spuntare i maledetti mucchietti di polvere. In quel momento capì che per quante fumigazioni facessero non sarebbero mai spariti. Dopo la chiacchierata con il signor

Dickens aveva cominciato a farsi un'idea sul loro significato. Dato che lei e le ragazze si sarebbero trasferite la settimana successiva, non c'era più tempo da perdere per risolvere il mistero. Lo avrebbe fatto nel modo migliore che conosceva – prendendo in mano i fatti e andando in cerca di prove concrete. Era ora di smetterla di aver paura di ciò che avrebbe potuto scoprire.

Andò in fondo alla stanza, dove la parete incontrava le assi del pavimento, dove il muro aveva ceduto incurvandosi leggermente quando vi si era appoggiata. Tirò fuori il cellulare dalla tasca e scorse le foto, in cerca delle piantine che aveva fotografato all'archivio storico e ingrandì le stanze del piano attico. L'inchiostro era sbiadito, ma riuscì a individuare un piccolo sgabuzzino, forse un nascondiglio. C'era qualcosa lì dentro, di questo ne era sicura.

Premette di nuovo la parete, notò una crepa su entrambi i lati. Prese un righello di metallo dalla scrivania e passò l'angolo appuntito lungo la fessura, accentuandola. A differenza del resto della stanza, che era fatta di mattoni rivestiti d'intonaco, lì era come se fosse stato messo un grosso rettangolo di cartone. Mentre spingeva, questo si separò dalla parete con un forte schianto, e si servì del righello per aiutarsi a staccarlo del tutto. Sbatté le palpebre e tossì per la pioggia di detriti che scese giù.

Qualche centimetro oltre il pannello di cartone c'era un muro di mattoni.

43

Luglio 1790, Oxleigh

Vent'anni dopo essere andata via dalla casa del mercante, Rowan Dean – Rowan Caswell da ragazza – si trovava sulla soglia di quell'abitazione. Il cartello con le forbici da stoffa non era più appeso all'architrave, e la polvere si era ammassata alle finestre un tempo limpidissime.

«Posso farvi entrare solo per qualche minuto», disse il proprietario della bottega accanto, che era venuto ad aprire la casa per lei. «Per fare un favore al signor Dean. Ma perché desiderate visitare questo posto?»

«Un tempo ci lavoravo. Volevo dargli un ultimo saluto, credo. Prima che si trasformi del tutto». Le era giunta voce che ci fosse uno stalliere desideroso di acquistarla, poiché la domanda di locande in città non accennava a diminuire, dato che gli appartenenti alla buona società vi facevano tappa durante i loro viaggi per le acque termali di Bath.

L'ultima volta che Rowan aveva visto Patrick Hollander era stato verso la fine dell'anno precedente e lo aveva visto uscire dal Seven Stars, riconoscendolo a stento. Era rimasta sconvolta dal suo incedere traballante e dagli abiti sudici. Girava voce che non si fosse mai ripreso dalla perdita della moglie. Non era più il giovane dandy che aveva conosciuto al parco più di vent'anni prima, ma, del resto, anche lei era cambiata. Adesso era una donna rotondetta, non più la scheletrica domestica di un tempo. Tre bambini e i vantaggi di essere la moglie di un macellaio avevano aggiunto carne alla sua figura, sebbene stesse benissimo. Quel giorno in particolare, indossava un abito con un motivo a piccole margherite – partenio, una delle sue piante officinali preferite, e il motivo era stato disegnato da Mary-Louise Stephenson, adesso la più nota disegnatrice di seta di Londra. Rowan ripensò alla bellissima stoffa che un tempo veniva venduta nella bottega del mercante, a quanto avesse desiderato accarezzarla, sognato di indossare qualcosa di altrettanto bello, senza immaginarsi che un giorno ci sarebbe riuscita. Le sembrava passato così tanto tempo.

Aveva sposato Tommy l'estate successiva alla tragedia, e seppur con qualche remora aveva rinunciato al suo lavoro nella casa del signor Hollander per trasferirsi in un piccolo cottage ai bordi della città e cominciato la sua vita da coniugata. La casa del mercante, ormai, era diventata un posto cupo, con ombre che si annidavano in ogni angolo, e non era riuscita ad andarsene abbastanza in fretta. Spesso, nonostante le finestre chiuse e nessuna brezza che potesse esservi, era stata colta da brividi freddi. A volte le era parso di sentire Alice nel letto accanto a lei durante la notte, anche se sapeva quanto fosse stupido. Non era più riuscita a dormire bene fino alla prima notte di nozze, sotto un altro tetto, e, al contrario delle sue aspettative, non era mai venuta fuori la notizia della scoperta del corpo di una giovane domestica.

«Eccoci qua», disse l'uomo, sbloccando la porta ed entrando. Rowan si coprì la bocca, poiché l'aria all'interno era viziata e c'era un odore acre di abiti non lavati e vasi da notte da tempo dimenticati. Le pareti erano ingiallite dal fumo e i tappeti che un tempo adornavano i pavimenti erano spariti. L'elegante mobilia, i sofà sontuosamente tappezzati, le preziose tende di seta e le credenze di quercia erano andati anche loro.

Rowan si prese il suo tempo, spostandosi da una stanza all'altra, mentre i ricordi di quel tempo alla casa riemergevano nella sua testa. All'inizio era stata felice, contenta di venire trattata bene e di guadagnarsi i suoi soldi per la prima volta, si era sentita orgogliosa del proprio lavoro e aveva adorato essere circondata da tutta quella bellissima seta, con quei colori vibranti. Ma quando entrò nella vecchia camera della sua signora altri ricordi inondarono la sua mente e le sovvennero il sangue e le urla e poi il silenzio tombale che era piombato nella casa. Rowan si sedette sul letto e chiuse gli occhi. Sebbene il suo fosse un matrimonio felice, e i suoi bambini le regalassero moltissima gioia, era rimasta turbata dagli accadimenti di quella casa. Spesso si era ritrovata distesa nel letto, divorata dal senso di colpa per aver involontariamente innescato gli eventi che avevano portato alla morte della sua padrona. Certo, qualcun altro aveva delle colpe maggiori, questo lo sapeva, ma non era mai riuscita a fare del tutto pace con se stessa.

Mentre sedeva là, sopraggiunsero le note malinconiche di una ninnananna. Con gli occhi ancora chiusi, immaginò di sentire una presenza sedersi accanto a lei. La sua signora. Stava cercando di dirle qualcosa. Trattenendo il fiato, Rowan si sforzò di dare un senso a quella sensazione. Poi, ebbe una visione. Era lo stesso viso di molti anni prima, pallido e cereo, di un neonato, ma stavolta c'era anche una minuscola bara, con una targhetta d'argento. In quel momento capì cosa le stesse chiedendo la sua signora.

Rowan aprì gli occhi, sentendo un rumore di passi sulla scala di quercia.

«Adesso dovete davvero andare».

Era il bottegaio.

«Certo», disse Rowan, alzandosi dal letto e dando un'ultima occhiata alla stanza. Sarebbe dovuta tornare, anche se non aveva idea di quando sarebbe stato, perché doveva fare in modo che la bara venisse adeguatamente sepolta. Doveva escogitare un modo per mettere le cose a posto.

44

Presente

Solidi mattoni. Fantastico. Thea rimase un attimo immobile, poi passò le dita sulla superficie. Alcuni dei mattoni avevano un colore diverso dagli altri, e sembravano non essere mai stati cementati con la malta. Premendoli, li sentì muovere leggermente, di qualche millimetro, ma quel poco bastò a farla riflettere.

Tornò in camera sua e afferrò una delle mazze da hockey, quella più vecchia, non la sua preferita – *ovviamente*, come avrebbero detto le ragazze.

Il cuore aveva cominciato a martellarle nel petto e le mani erano tese sull'impugnatura avvolta dal nastro, ma bastarono pochi colpi ben assestati per spingere alcuni dei mattoni nella cavità dietro. Qualche altro colpo e avrebbe creato uno spazio sufficiente dove infilare la testa. Non osava fare un buco più grande, non aveva idea di cosa avrebbe potuto provocare al resto della parete. Si servì della torcia del cellulare per illuminare. L'aria era densa di polvere provocata dallo spostamento dei mattoni e dovette aspettare qualche secondo in modo che questa si depositasse. Dopodiché dette un'altra occhiata, sporgendosi oltre il buco che aveva creato, la mano che reggeva il telefono davanti a lei.

C'erano ragnatele dappertutto e controllò che non ci fossero ragni, ma non ne vide nessuno. All'inizio lo spazio le sembrò vuoto, ma poi notò qualcosa che la fece sobbalzare contro i mattoni e cadere il telefono nella cavità. La torcia continuava a far luce, illuminando una piccola scatola, dalla forma inequivocabile.

Si allontanò, sedendosi sui talloni e contemplando il buco a distanza. Poi afferrò di nuovo la mazza da hockey e – con più attenzione, stavolta – spostò qualche altro mattone, allargando l'apertura finché non fu abbastanza spaziosa per allungarsi all'interno e recuperare la scatola.

Era più pesante di quanto non sembrasse e fece una smorfia quando l'angolo appuntito di uno dei mattoni le graffiò il braccio, uscendo fuori dal buco. Il legno si schiantò, si sgretolò e cominciò a disintegrarsi tra le sue mani; al di sotto sentiva il freddo del metallo.

Piombo. Naturalmente. Le bare venivano spesso rivestite di piombo in passato.

Una piccola placca era collocata sul tappo. Una targhetta ricoperta di polvere, scura e ossidata, ma passandovi sopra le dita emerse una scritta.

Diana Grace Hollander. Luglio 1769.

Doveva trattarsi della figlia di Caroline – la data lo confermava.

Posizionò la bara sul pavimento davanti a lei e rifletté sul fatto che probabilmente giacesse lì indisturbata da duecentocinquant'anni. In quanto storica era elettrizzata dalla scoperta: quello era il tipo di reperto su cui qualunque archeologo avrebbe sbavato sopra. Ma, sebbene fosse consapevole che la mortalità infantile fosse fin troppo comune nel diciottesimo secolo, la toccò molto avere davanti agli occhi la prova di una vita così tristemente interrotta. Cosa poteva essere successo per far sì che la bara – costosa, tra l'altro – venisse murata in casa e non sepolta su un terreno consacrato? Thea era ben consapevole che non l'avrebbe mai scoperto.

La giusta cosa da fare sarebbe stata informare il rettore, ma qualcosa la tratteneva dal farlo. Sapeva quanto la scuola ci tenesse alla propria privacy, e una tale scoperta avrebbe portato lì una valanga di media. Alla fine, con riluttanza, sollevò la bara e la rimise nel buco, recuperando anche il telefono. Ammucchiò i mattoni da una parte, ripristinò il cartongesso per coprire il buco e uscì dalla stanza.

Una decisione di quella portata necessitava di un'attenta riflessione.

Quando Thea si svegliò la mattina seguente, dopo una nottata tormentata da un sogno dopo l'altro su neonati avvolti nelle bende come mummie egizie, con solo il volto scoperto e cavità nere al posto degli occhi, capì cosa andasse fatto. E c'era una sola persona su cui potesse contare e in grado di aiutarla.

Fiona aprì la porta con indosso un incongruo grembiule natalizio, dal quale spuntava appena il collare da sacerdote. «Salve», disse, accogliendo Thea in casa. «Non credevo ci saremmo riviste così presto. Come posso aiutarti? Presumo che non si tratti di una visita di cortesia, no?». Il sorriso sul suo volto era caldo e aperto e Thea sapeva di essere nel posto giusto.

Fiona la condusse in una luminosa veranda e si sederono entrambe su una poltrona rivolta verso la stupenda veduta collinare, Grovely Wood una macchia scura all'orizzonte.

Thea raccontò al curato ciò che aveva scoperto e tutto quello che pensava della faccenda.

«Ma è assolutamente interessante», disse la donna, quando Thea ebbe finito di parlare. «Stento a credere alle mie orecchie».

«Credo di sapere cosa debba essere fatto, ma mi piacerebbe conoscere la sua opinione».

Fiona rimase un attimo in silenzio, a pensare. «Ci sono tre soluzioni possibili», disse alla fine. «Primo, reputo inutile contattare la polizia. Da quello che hai detto, è passato così tanto tempo che non servirebbe a niente allertare le autorità. E oltretutto la cosa non aiuterebbe a mantenere una certa discrezione».

Thea annuì concordando con lei.

«Secondo, potresti parlare col rettore della scuola, e lasciare che se ne occupi lui. O...».

«O potrei portare la bara a lei?», chiese Thea speranzosa. «Magari è possibile seppellirla sul terreno consacrato? Credo sia questo che mi stanno dicendo i mucchietti di polvere». Non poteva spiegarselo in maniera razionale, ma era sicura che seppellire la minuscola bara avrebbe messo fine ai disordini della casa.

Fiona si morse le guance. «Be', potrebbe rappresentare un discreto incubo amministrativo, a essere onesta».

Le speranze di Thea sprofondarono.

«Ma non impossibile». Rivolse a Thea un enigmatico mezzo sorriso. «Credo che se agiamo con discrezione, potrebbe essere la cosa migliore. Scambierò due parole con il capo».

«Intende Dio?», le chiese Thea.

«No», rise Fiona. «Il reverendo James. Anche se credo mi servirà anche la Sua assistenza».

«Sono convinta che non dovremmo coinvolgere nessun altro», disse Thea. «Non gioverebbe né alla storia né ai resti di Diana».

Fiona le fece un rapido cenno con la testa. «D'accordo».

Thea ricevette la telefonata quella sera stessa. «Ho trovato una soluzione al nostro dilemma. Porta la cassa al camposanto all'alba», disse Fiona. «Domani c'è un funerale. Una famiglia del posto che ha una cripta nel cimitero. Sarà aperta, e posso entrare dentro. Nessuno se ne accorgerà».

«È sicura?», le domandò Thea. «Non si metterà nei guai?»

«Lascia che me ne occupi io».

Il sole non era ancora sorto, mentre Thea si dirigeva verso la chiesa. Trasportava la piccola cassa avvolta in un canovaccio, infilata in un'innocua busta della spesa. Pesava una tonnellata, e dovette impegnarsi per tenerla orizzontale e non muovere ciò che c'era al suo interno. Sperava solo di non incontrare nessuno di sua conoscenza.

Fiona era in attesa vicino alla cripta ricoperta di muschio, la pesante porta aperta. Mentre Thea si avvicinava, il brivido che la colse non fu del tutto imputabile al freddo, ma piuttosto al fatto che non le piacesse molto l'idea di starsene in un cimitero al buio.

Prima che il curato prendesse in consegna il contenuto della busta, Thea vi si sporse sopra e si fece il segno della croce, poi scoprì la piccola cassa e lesse l'iscrizione.

«Solo duecentocinquant'anni di ritardo», disse Thea, cercando di alleggerire l'atmosfera.

Fiona le rivolse un sorriso rassicurante, mentre teneva la bara tra le braccia. Poi disse: «Dio onnipotente, nostro Padre Celeste, ti affido il corpo di Diana perché riposi in pace. "Ritorna, figlio della terra, perché mille anni sono ai Tuoi occhi come il giorno di ieri che è passato..."».

Dopo qualche altra breve frase, Fiona fece segno a Thea di seguirla. A Thea non allettava l'idea di entrare in una cripta umida, a prescindere da quale fosse la ragione, così restò fuori, e osservò Fiona che spariva nel buio. Il curato riapparve qualche attimo dopo. «Devi entrare, Thea; è l'unico modo».

Fiona le prese la mano e, stentando a credere a ciò che stava facendo, Thea entrò nel mausoleo. Dentro c'era odore di stantio e l'aria era ancora più frigida che nel cimitero.

Quando i suoi occhi si abituarono alla penombra, si guardò intorno, ma non riuscì a individuare la minuscola bara. «È... Dov'è finita?», mormorò.

Fiona scosse la testa e indicò un punto nell'angolo più lontano. Ah, eccola, così piccina vicina alle altre casse. Sembrava penosamente piccola. Thea mandò giù il nodo che aveva in gola.

Fiona cominciò a salmodiare con la sua voce da alto soprano, mentre spingeva Thea ad addentrarsi nella cripta con lei. Raggiunta la piccola bara, spruzzò dell'acqua santa e pronunciò la preghiera finale, poi piegò la testa.

Cantare sulle ossa, pensò Thea, inspiegabilmente commossa dalla cerimonia. Un modo antico per piangere i morti in così tante culture diverse.

Alla fine, Fiona indicò a Thea che potevano andare. «Riposa in pace adesso», disse, stringendo la ragazza in un abbraccio quando emersero fuori. Quando Fiona si staccò, Thea cominciò a sentire il concerto dell'alba, i primi dolci cinguettii nell'aria immobile, come le note di un piano. Il cielo iniziò a rischiararsi e la nebbia a diradarsi. Sarebbe stata una bella giornata.

45

Presente

«Ricorda, ricorda…», recitarono le ragazze mentre si avviavano allineate verso la scuola. Erano passate poco più di due settimane da quando Thea aveva sparpagliato nella pioggia le ceneri del padre, appena una dalla scoperta della minuscola bara di Diana Hollander.

Il 5 di novembre: l'infausto giorno del 1605 in cui fu scoperto che Guy Fawkes era a capo di un complotto per far saltare in aria la sede del Parlamento. Per la Notte dei Falò, in base a quello che le aveva raccontato Claire, la scuola celebrava la ricorrenza accendendo una pira in un campo dismesso oltre a quelli da gioco. All'inizio della settimana, mentre le ragazze erano alle prese con gli allenamenti di hockey, Thea aveva visto il signor Battle dirigere gli operai all'interno dell'area delimitata da delle corde. A detta di Gareth, aveva continuato a impartire istruzioni precise per ridurre al minimo gli sforzi, ma a quanto pareva aveva dei problemi a seguire le prescrizioni del medico. «Tenga lontane da qui quelle ragazze», le aveva abbaiato dietro, mentre passavano correndo. «Sennò altro che guai, mi creda». Thea gli aveva rivolto un sorriso ed era stata contenta di notare gli angoli della bocca dell'uomo incresparsi in risposta.

I riflettori erano accesi e proiettavano ombre sul terreno, e quando arrivarono al campo vide che uno spaventapasseri – il ragazzo – era stato collocato in cima all'enorme catasta di rami e bastoni e vecchi pezzi di legno. Per un momento a Thea sembrò che ci fosse lo stesso Battle sopra la pira, dato che il fantoccio indossava una vecchia redingote simile a quella del custode.

«Parkin?». Claire si materializzò davanti a lei, con una mantella di velluto nero allacciata al collo con un grosso nastro e brandendo una teglia con dentro una torta nera e dall'aspetto appiccicoso.

Thea ne prese una fetta e l'assaggiò, assaporandone le spezie, la melassa e sentendo dei pezzi attaccarsi ai denti come cemento. Claire era sparita, inghiottita da frotte di ragazzi e insegnanti. L'aria si riempì di schiamazzi e Thea fece fatica a tenere d'occhio tutte le studentesse. Preoccupata di averne perse di vista un paio, si guardò intorno e vide Fenella, Sabrina e Joy in fila con un gruppo di ragazzi vicino a un lungo tavolo carico di patate al cartoccio, montagne di formaggio grattugiato e vaschette di panna acida. Accanto c'era un grosso bollitore, delle scodelle coi marshmallow e centinaia di tazze allineate, pronte per essere riempite con la cioccolata calda. Vide Fenella buttare indietro la testa e ridere per qualcosa che aveva detto uno dei compagni. L'allegria che si respirava era contagiosa e l'umore di Thea, sopraffatto dalla notte di pioggia nei campi da gioco e poi dall'esperienza nella cripta, si risollevò.

Dopo che si furono riempiti la pancia con le patate e molti ebbero masticato il caramello – «Attenta a non riempirti troppo», l'aveva avvertita Claire – arrivò l'annuncio che il fuoco stava per essere acceso. Gli studenti vennero fatti mettere a distanza di sicurezza, oltre le corde che delimitavano l'area del falò, con gli insegnanti a sorvegliarli. Il signor Battle sollevò il cordone e si avvicinò alla torreggiante struttura. Sembrava minuscolo al confronto. Thea vide la scintilla di un accendino, la fiamma che consumava lo stoppino di lunghe e sottili candele che l'uomo ficcava al centro della catasta.

Un momento di assoluto silenzio, poi un sussulto generale quando il fuoco prese vigore, il crepitio e lo schiocco che aumentavano d'intensità fino a ruggire nelle orecchie di Thea, dandole la sensazione di poter essere divorata.

«Bello davvero», disse Gareth, avvicinandosi a lei.

«Sì», replicò, gridando per essere sentita oltre il boato del fuoco. E all'improvviso le venne in mente un ricordo, dimenticato fino a quel momento, di una vacanza con la famiglia, doveva avere sui dieci anni, Pip otto. Un viaggio in macchina, tutti accaldati, stanchi e sudati per il caldo di gennaio e l'inutile aria condizionata. Non erano lontani da Beechworth, a nord di Melbourne, e stavano tornando da una visita ai nonni, lei e sua sorella sul sedile posteriore, la pelle appiccicosa di crema solare e residui di gelato all'ananas e lime, la radio che metteva in guardia dalle temperature da record, dal pericolo d'incendi. Il cielo era di uno strano colore arancione scuro e l'odore di fumo filtrava persino dai finestrini chiusi, facendo tossire e rantolare l'asmatica Pip. Rammentò l'espressione preoccupata di sua madre mentre guardava alle loro spalle, fuori dal lunotto posteriore. Fiocchi di cenere che cadevano sull'auto come fossero neve. Suo padre si era messo a raccontare una storia – una scenetta dei *Monty Python* – poi si era voltato per rassicurarle con un sorriso, facendo ridere persino sua madre. Ma Thea aveva notato le nocche bianche delle sue mani che stringevano il volante, e percepito il suo sollievo una volta arrivati sani e salvi a casa. Un preziosissimo ricordo.

«Tutto bene?», le chiese Gareth, notando la sua espressione distante.

«Bene, davvero», replicò lei, rivolgendogli un sorriso rassicurante.

Alla fine, quando la pira fu ridotta a uno scheletro di braci accese, gli insegnanti riassunsero il proprio ruolo. Il direttore di convitto accompagnò i ragazzi nei rispettivi dormitori e a poco a poco il campo si svuotò, finché non rimasero solo le ragazze e qualche professore intento a pulire.

«Dobbiamo andare adesso», disse Thea, richiamando le ragazze. «Fenella, puoi andare ad avvertire Sabrina e Morgan? Credo che siano ai tavoli del cibo con alcuni ragazzi». La studentessa annuì e andò a chiamare le compagne. Una volta riunite tutte, tornarono verso il cancello della scuola.

«Filate di sopra, ora». Le accompagnò dentro la Casa della Seta e verso il guardaroba. Mentre si toglievano rumorosamente i cappotti e le scarpe e si affrettavano per le scale, Thea vide la porta della cucina socchiusa. «Ehi», fece. «È lei, madama Hicks?». Non vedeva la governante da tutto il giorno e cominciava a chiedersi dove fosse finita.

Ci fu un suono di risposta, ma non era umano.

46

Presente

Il gatto strisciò verso di lei, miagolando furiosamente.

«Isis!», lo chiamò Thea, abbassandosi per accarezzarlo. «Dov'è la tua padrona, eh?». Mentre sfregava il collo del gatto, sentì qualcosa attaccato al collare. Nella penombra era difficile capire di cosa si trattasse, ma con le dita afferrò l'estremità di un fiocco e lo tirò, sciogliendone il nodo. Isis soffiò leggermente in segno di protesta, poi sgambettò via, lasciando un pesante oggetto delle dimensioni di una moneta nella mano di Thea.

Ne accarezzò la superficie, poi se lo avvicinò agli occhi per studiarlo meglio.

La spilla di madama Hicks. Thea gliel'aveva sempre vista addosso.

Si tolse gli stivali fangosi e percorse in fretta i pochi passi che la separavano dalla camera della governante, sul retro della casa. Esitò un attimo, una volta raggiunta la porta. Se madama Hicks fosse andata a letto presto, non voleva disturbarla. Una luce fioca filtrava da sotto la soglia, dando conferma a Thea che la donna si trovasse lì dentro.

Le avrebbe restituito la spilla l'indomani mattina.

Madama Hicks non si presentò dopo colazione e, quando le ragazze furono uscite per andare a scuola, Thea tornò alla sua porta sul retro della casa. Bussò, aspettò, bussò di nuovo, ma senza alcun esito.

Frustrata, afferrò la manopola, aspettandosi che la stanza fosse chiusa a chiave. Con sua grande sorpresa la maniglia scattò e Thea aprì con delicatezza la porta. «Buongiorno?».

La sua voce sembrava innaturale nel vuoto della camera. Mentre sbirciava all'interno, trasalì per l'aria fredda che la investì e per la vista di ciò che la circondava.

A parte la mobilia e una trapunta arrotolata ai piedi del letto, non c'era alcuna traccia che qualcuno vi avesse alloggiato dentro. Un leggero odore di erbe aleggiava nell'aria e, quando Thea guardò verso la finestra, notò il barattolo con il balsamo sulla logora copertina di pelle rossa di un libro. Accanto c'era anche un ritaglio di qualcosa.

La stoffa! La sollevò davanti alla finestra. Era quasi trasparente alla luce del giorno, le piante tessute sembravano come sospese a mezz'aria.

Thea prese il libro, la cui rilegatura era quasi sul punto di rompersi. *Piante potenti: una guida*. Lo aprì, trasalendo quando vide il nome sbiadito di *Rowan Caswell* annotato sull'angolo del risguardo. Lo rimise a posto e si guardò attorno impotente. Dove poteva essere andata madama Hicks? Non si sarebbero trasferite nel nuovo dormitorio fino alla settimana successiva, quindi perché la stanza della donna era già stata svuotata? E perché aveva un libro appartenuto alla domestica che un tempo aveva prestato servizio in quella casa? Un libro vecchio di centinaia di anni?

Niente di tutto questo aveva un senso.

Sentendo bussare alla porta di casa, uscì dalla stanza e andò ad aprire. Sbatté le palpebre quando vide un uomo smilzo dai capelli scuri sulla soglia. Aveva un'aria familiare, ma le ci volle un attimo per capire chi fosse.

«Jeff», disse lui, e quando sorrise Thea notò i suoi denti sgangherati.

«Ma certo, il fotografo! Salve, come sta? Purtroppo le ragazze non ci sono in questo momento».

«Oh, no, sono solo venuto a lasciarle queste». Le porse una grande busta marrone. «Perdoni se ci è voluto così tanto, ma ho avuto parecchio da fare. Sa, l'inizio dell'anno scolastico e tutto il resto». Si scostò i capelli dagli occhi. «C'è una copia per ciascuna ragazza. Ho dovuto ricorrere un po' a Photoshop», disse, quasi scusandosi.

«Ah sì?»

«Sì, c'era una strana ombra in tutte le foto. Ne ho lasciata una intatta, così può vedere anche lei – è in cima a tutte».

Thea salutò l'uomo e passò il pollice sul bordo della busta. Come previsto, sopra a tutte c'era una stampa diversa dalle altre. Proprio nel punto del giardino in cui si era messa in posa madama Hicks c'era un alone bianco e sfocato. L'unica traccia che quella donna fosse stata davvero lì.

Esattamente come quando una chiave fa scattare una serratura, Thea capì tutto.

Aveva mai visto madama Hicks insieme a qualcun altro? A parte quella mattina in giardino, non l'aveva mai vista in una stanza mentre c'erano anche le ragazze – mai durante un pasto, mai al mattino mentre le studentesse uscivano per andare a scuola, mai la sera quando andavano a letto. Qualcuno l'aveva mai nominata a scuola? Moira, o le altre addette in cucina? Claire? Il dottor Fox? Thea frugò nella mente, ma non riuscì a trovare un singolo momento in cui fosse capitato.

Come aveva fatto a essere così cieca?

Si disse che era impossibile aver semplicemente immaginato la donna: madama Hicks le aveva dato il balsamo, parlato con lei, l'aveva rassicurata… ma Thea l'aveva mai toccata, sentito il calore della sua pelle, tastato la sostanza sotto ai suoi vestiti?

Thea scosse la testa, cercando di far quadrare ciò che era reale e ciò che non lo era, convincendosi che non fosse impazzita. Non del tutto.

Senza preoccuparsi di prendere le chiavi, Thea si mise a correre lungo il sentiero per Summerbourne, colta da un improvviso bisogno di scappare da quella casa claustrofobica. Per prendere un po' d'aria fresca e vedere le cose nella giusta prospettiva. Mentre attraversava in cima alla strada principale, si trovò il tragitto sbarrato da una Mini che aveva avuto la peggio in uno scontro con una quattro ruote motrici. L'auto della polizia era già lì, i lampeggianti che ruotavano lentamente, e sebbene ci fosse un gruppo di passeggeri scioccati, nessuno sembrava essersi fatto troppo male. Per aggirare l'incidente, tagliò dal cimitero, pensando magari d'incontrare Fiona e confidarsi con lei, che potesse calmarla.

Mentre camminava, della musica filtrava da una finestra aperta, un coro che ripassava un requiem: aveva visto le locandine che pubblicizzavano il concerto qualche settimana prima. Le voci si alzarono e diventarono più intense, aleggiando tra le lapidi e regalando al posto un'atmosfera di pace, che era lontana anni luce dal traffico che rombava sulla strada principale.

Un mazzo di gigli su una tomba catturò l'attenzione di Thea. Attratta dai fiori, rallentò un attimo il passo. La lapide era modesta, piccola e rotonda, chiazzata dal tempo con licheni verde-giallognoli.

Rimase senza fiato quando decifrò l'iscrizione sbiadita.

Alla sacra memoria di Rowan Dean, Caswell da nubile. Adorata moglie di Thomas Dean. Madre di Lucy, William e Grace. Nata il 31 ottobre 1754. Morta il 5 novembre 1804. All'età di 51 anni.

Accarezzò la lapide, come per provare a se stessa che non stava immaginando niente, che fosse tutto reale. Rowan Caswell aveva vissuto – per l'epoca, almeno – una lunga vita. Ed era stata sepolta in un luogo consacrato – perciò le accuse di stregoneria nei suoi confronti non avevano attecchito. Cosa confortante.

L'anniversario della morte della donna era ricorso il giorno prima. A distanza di duecentocinquant'anni. In cima alla lapide c'era un pentacolo, e in fondo una freccia identica a quella della spilla indossata da madama Hicks.

Una rete di donne che badano l'una all'altra.

Era tutto così strano.

«Cos'hai lì?», le chiese Claire, indicando il libro che Thea aveva in mano.

Erano nella sala insegnanti dopo le lezioni e Thea si stava preparando per tornare alla Casa della Seta.

«Contiene la storia della casa del mercante di seta – la Casa della Seta, appunto. Parla della domestica di cui ti ho accennato, quella che era stata accusata di stregoneria, perciò calza a pennello coi miei studi. E credo di aver trovato la sua tomba prima».

«Una ragione per restare, allora?», le chiese Gareth speranzoso, unendosi alla conversazione.

«Sì», rispose Thea con un largo sorriso. «Direi che ci sono un sacco di ragioni».

Il sole stava tramontando, colorando il cielo di un bellissimo arancione e tingendo le nuvole di un rosa dorato, e Thea decise di tornare a casa passando per il fiume. Quando arrivò al limite dei campi da gioco, prese il sentiero che costeggiava il corso d'acqua, raggiungendo la Casa della Seta dal retro. Quando si ritrovò davanti il cancello del giardino, decise di proseguire, fino a Summerbourne, continuando a rimuginare sulla stranezza della scoperta di quella mattina.

Sentiva lo scorrere impetuoso dell'acqua nel laghetto del mulino e notò una biforcazione che curvava verso l'acqua. Là, il fiume era sovrastato da un fitto groviglio di rovi, pieni di spine e frutti. Evitò quel sentiero e svoltò verso il paese, lasciandosi sfuggire la figura indistinta di una domestica dai capelli scuri accovacciata tra i vilucchi e l'ortica.

Ringraziamenti

Uno dei primi film che ho visto era una storia di fantasmi dove dei bambini del passato infestavano una vecchia casa di campagna. *The Amazing Mr Blunden* ha avuto un effetto duraturo su di me, spaventandomi e intrigandomi allo stesso tempo, e restando impresso nella mia memoria. Forse è per questo che ho sempre desiderato scrivere un libro dove gli eventi passati s'intrecciavano col presente.

L'idea per questa storia è stata concepita al Victoria & Albert Museum. L'ho visitato diverse volte negli anni, soprattutto quando vivevo a Londra, e la sezione dei costumi è assolutamente la mia preferita. Tre anni fa, durante una visita, vidi uno straordinario abito di seta del diciottesimo secolo e non riuscivo più a togliergli gli occhi di dosso. Il tessuto color crema era ricamato con mazzi di fiori ed era luminosissimo nonostante avesse centinaia di anni. Scattai una foto e mi annotai il nome della stilista, Anna Maria Garthwaite, scoprendo in seguito che era stata una rinomata artista della seta all'epoca in cui erano gli uomini a rivestire quel ruolo. Cominciai a immaginare quanto dovesse essere stata dura per lei farsi strada in un mondo prettamente maschile.

Sono cresciuta in una città di mercato inglese, dove c'è la casa di un mercante della seta ristrutturata, così dopo averla visitata di nuovo mi venne un'altra idea per la mia storia, e vorrei ringraziare Lynda Nunn per la sua preziosa assistenza e Ilse Nikolsky della Casa del Mercante, Marlborough per il suo aiuto con le mie infinite domande sulla vita nel diciottesimo secolo. Marlborough ospita anche una rinomatissima scuola pubblica, ma devo sottolineare che la scuola che ho immaginato nel romanzo non ha nessuna correlazione con questa.

So che lo Wiltshire non è l'unico posto in cui le streghe si dicessero praticare la magia oscura nei secoli scorsi, ma conducendo ulteriori ricerche sono venuti fuori un sacco di casi di donne di quella contea – spesso povere e anziane, spesso guaritrici ed erboriste – accusate di stregoneria, incolpate degli scarsi raccolti e delle malattie che affliggevano città e villaggi. Queste persecuzioni proseguirono dal quindicesimo, sedicesimo, diciassettesimo secolo fino agli inizi del diciottesimo, e alcuni dei racconti di quello che è successo a quelle donne sono ancora ben noti oggigiorno; la storia delle sorelle Handsel è una di questi.

Il mio interesse per i poteri delle piante medicinali e velenose mi ha portato a immaginare che aspetto potesse avere una stoffa adornata con quei fiori. Mi è sembrato naturale combinare la storia di un tessuto inusuale e potente con delle nozioni erboristiche e un sospetto di stregoneria.

Prima di morire, mia madre è stata un ministro della Chiesa Anglicana per diversi anni. Aveva un particolare interesse per gli esorcismi, e si specializzò in quell'ambito. Una narratrice nata, spesso mi catturava con le sue storie sul potere degli spiriti e dei pensieri manifesti della mente umana.

Mi affascina anche l'idea che gli eventi traumatici possano lasciare un segno in un determinato luogo, che l'energia rimanga latente anche centinaia di anni dopo, così ho cominciato a immaginare una vecchia casa infestata dai fantasmi del suo passato, dove i personaggi del presente fossero in grado di garantire il riposo alle anime inquiete.

Grazie, come sempre, al mio paziente e incoraggiante marito, Andy, alla mia sempre entusiasta agente Margaret Connolly, e a tutta la squadra di Hachette Australia per il loro costante supporto al mio lavoro. Un ringraziamento speciale ad Alex Craig, per non aver mai perso di vista il quadro d'insieme della storia durante la lettura della prima bozza, e per i suoi inestimabili suggerimenti su come migliorare il manoscritto, e grazie anche a Celine Kelly e a Claire de Medici per i loro gentili pareri e indicazioni. Un grazie anche a Becky, perché le sue discussioni mi hanno aiutato esattamente quando ne avevo bisogno. E, infine, c'è una persona la cui opinione conta più di tutte: sono così felice dell'entusiasmo travolgente di Rebecca Saunders dimostrato nei confronti di questo manoscritto, e mi ritengo incredibilmente fortunata ad averla come redattrice ed editore.

Indice